임득호 여행수필집

경상도

7순 노부부가 다녀온

두꺼비와 깐나의 황혼여행

두꺼비와 칸나의 황혼여행
전 5권 중 제 3권 / 경상도 편

1판1쇄 발행 / 2022년 6월 27일

발행인 김삼동
편집 · 디자인 선진기획
인쇄 선진문화인쇄
펴낸곳 도서출판 THE삼
전화 (02)383-8336 **주소** (03427) 서울시 은평구 서오릉로21길 36 현대@101동 401호
전자우편 ksd0366@naver.com

7순 노부부가 다녀온
두꺼비와 관나의 황혼여행

경상남도

걱정도 여행에선 동반자다

울고 싶은데 뺨 때려주었다고나 할까. 오늘이 그런 날이다. 일기예보가 적중했다. 밤새 내린 비도 모자라는지 아침부터 비다. 하루를 어찌 여느냐 하는 것은 하루를 마무리하는 기준이 된다. 바다가 물안개 속에 숨어 신비로워야 옳다. 그런데 오늘은 영 아니다.

아침이나 해결하자며 마나님을 깨우긴 했지만 대책이 무책이다. 그때가 12시. 다음 숙박지로 가다 식당이 있으면 먹는 것이 대책이다. 장사 읍내라도 갔다 올 밖에. 먼 거리가 아니니 다행이다. 몸살 끼로 어제 하루 고생했는데 오늘 내린 겨울비로 감기 걸린다면 큰일이다. 그러니 빗속을 거니는 낭만보다는 차창 밖으로 빗줄기를 세어보는 것을 즐겨야할 것 같다.

여행은 우리의 삶과 많이 닮았다. 맑은 날이 있는가 하면 궂은 날도 있다. 그것이 삶의 활력소가 되어준다. 인생의 내리막이라며 의기소침할 때 여행을 떠나보라. 아직은 호기심과 꿈이 남아있다는 걸 느낄 수 있을 것이다.

척만 안한다면 얼마든지 나이는 잊을 수 있다. 산이 있으면 쉬엄쉬엄 오르면 되고 숲이나 공원에선 활개치고 걷는다고 누가 뭐랄 사람도 없다. 산천풍광에 취하면 코를 벌름거리면 되고, 자세를 꼿꼿이 펴고 걸어도 눈치 줄 사람도 없다. 다 내 하기 나름이다. 혼자 흥얼거리건, 자신에게 수다를 떨건 자유다.

건강백수를 누리려면 걷고 즐기고, 배우고, 웃어라. 이를 만족시키는데 여행만한 것이 있을까. 나라에 손 내밀거나 인생이 종점에 가까워졌다고 생각하지 않는다면 시도해 볼 필요가 있다. 비용은 숙박비에 맞추면 되고, 걱정거리는 장롱에 깊숙이 처박아 두고 떠나면 된다. 여행 중에 쓰는 것이 귀찮다 싶으면 핸드폰으로 해결하면 되고, 동행인이 그냥 안 놔두면 웃어주면 된다. 이마에 주름 잡아주는데 돈이 드는 것도 아니지 않는가.

오늘은 온종일 비 내리는 바다만 보고 있었다. 말이 필요 없었다. 빗소리가 자장가처럼 들리면 복 많은 사람이요, 멜로디로 들리면 바다가 얘기를 들려줄 것이다. 기저귀가 꽃물을 들이는 줄도 몰랐다. 열흘은 가겠네. 이제 4년 찬데 호들갑을 떨 수도 없으니 혼자 삭여야만 한다. 별일이야 없겠지. 그게 답이다.

마린 원더스 호텔

거 제

거제 맹종죽림욕장

2014년 6월 4일(수)

'맹종죽은 그 옛날 맹종이란 사람이 그의 모친이 한겨울에 대나무 죽순을 먹고 싶다 하기에 눈이 쌓인 대밭에 가보았으나 죽순을 구할 길이 없자 엎드려 울고 있는데 눈물이 떨어진 그곳에 죽순이 돋아나 효를 다했다.'

효를 상징하는 의미는 그래서 생긴 것이다. 숲에 들어가니 죽림욕을 즐길 수 있는 호젓한 산책로가 재미있었다. 발걸음을 옮길 때마다 길에 깔아놓은 댓잎이 발바닥에 폭신한 감을 주어 좋았다. 숲의 풍부한 음이온이 자연치유의 공간으로 활용된다니 사랑받을 수밖에. 그런데 맹종죽에 꽃이 피면 한 날 한시에 대나무들이 모두 죽어버린다고 한다.

산 중간에 있는 정자에서 바라본 바다가 바로 정유재란 당시 칠전량 해전이 벌어진 바다라고 한다. 원균이 왜적 가토와 고니시의 협공을 받아 대패를 당하고 거북선과 전함까지 이 바다에 수장시키고 일만의 병사까지 잃은 치욕의 역사 현장이다.

'나무도 아닌 것이 풀도 아닌 것이/ 곧기는 누가 시켰으며 속은 어찌 비었는가./ 저러고 사철을 푸르니 그를 좋아 하노라.'

윤선도의 오우가를 중얼거리며 걷다보니 한 시간이 금방이다. 이렇게 굵은 대나무도 처음 보았지만, 그 수명이 반백년은 간다는 것도 처음 알았다. 나무도 아닌 것이.

저녁은 해운대정식. 생선회, 보쌈 불고기, 물김치. 정말 푸짐하고 맛은 있었다. 그러나 동래파전은 겉이 너무 눅눅하고 기름에 담갔다 꺼냈는지 느끼해서 두 번 이상 젓가락 가기가 쉽지 않았다. 솔직히 새우와 오징어마저 낚시질해야 잡힐 정도다. 다른 테이블에서도 푸대접 받긴 마찬가지였다.

방은 바다 조망이 아니라 공원 조망이라 아쉬웠다. 밤바다를 거들떠보지도 않을 거면서 또 욕심 부린다. 비도 오는데 어딜 가느냐며 동서와 희자매들이 한사코 사양하지만 우리 마님 칠순행사를 주관하는 내 마음은 안 그렇다. 비 때문이라기엔 너무 아쉽다. 택시 3대를 불러 해운대 커피거리까지 갔다.

카페에서 오순도순 이야기 하다 보면 비가 그치는 행운이 오지 있을까. 기대는 있었다. 그러면 해운대 야경을 보며 걷다가 노래방에 가서 한 곡씩 뽑을 생각이었는데 끝내 날씨가 도와주질 않았다.

오늘밤도 희 자매의 환상의 고스톱이 3시까지 이어졌다고 하는데. 들려보낸 산딸기는 어찌 됐을까. 시골길을 걷다 산딸기를 만난 것도 꿈같은 행운이지만, 한 알씩 따서 입에 넣을 때의 느껴지는 새콤함과 흐뭇함은 현실일 게다. 아시긴 할라나 모르겠구먼.

해운대 웨스틴조선호텔

거제포로수용소 유적공원

2018년 1월 6일(토)

신 거제대교를 건너 도착한 거제포로수용소 유적공원에는 볼 것이 많지만 잃어버린 추억이 그리운 사람은 주어갈 것도 많은 곳이다.

입구에 들어서면 끊어진 대동강다리를 건너는 피난민 행렬과 포로를 생포하는 전투 현장, 포로들에게 DDT 소독약을 뿌려주는 유엔군, 전쟁포로들의 내무 생활, 급식 장면, 여럿이 동시에 바지 내리고 일 보는 일자화장실.

전쟁에 휩쓸린 여자 포로들도 인민군처럼 사상과 이념의 소용돌이에서 헤어나질 못했다고 한다. 여자 포로들이 '호랑이 같은 여자들' 이란 별명을 얻어가며 송환 후에 투쟁 실적을 알리기 위해 소요와 난동을 일으켰다니 사상은 개조되는 것이 아니라 환경에 따라 변화해가는 생물과 같은 것인가 보다.

'돗도' 준장이 친공포로들에 납치되자 지역민을 소개시키고 UN군 검문소를 설치한 MP다리를 건너는 것으로 마무리 했는데. 이 또한,

"흥정 물로 고위 장교를 납치하여 인질로 삼으라."

는 비밀지령에 따른 저들의 행동이었다니 섬뜩하다. 저들은 지금도 미사일과 핵을 앞세워 서울 불바다 운운하며 협박하고 호시탐탐 노리고 있다. 이곳을 보고 가는 아이들은 저들을 한 민족이라며 어여삐 볼까. 아니면 핵을 가진 위험한 철부지 이웃으로 볼까.

아이들의 웃음소리가 그치질 않는다. 평화와 자유의 모습은 이런 것이다. 그런데 왜 이리 무거운 침묵은 오래가는 거지. 저녁시간까지 우린 717호에서 와현선착장과 바다가 내려다보이는 침대에 벌렁 드러누웠는데 둘은 바닷바람 쏘이며 데이트 했다는 군요. 젊다는 건 그래 좋은 거다.

그나저나 섬 여행에 들떠 있는 두 사람에 배 멀미가 걱정인 사람과 배타기를 꺼려하는 사람까지 섞여있다.

호텔리베라거제

해금강

2018년 1월 7일(일)

아침은 아메리칸 스타일. 승선권을 작성하고는 10시 30분을 기다린다. 구

름이 끼어 해는 볼 수 없고, 몸이 으스스하니 좋은 날씨는 아니다. 하긴 발을 동동 구를 정도는 아니니까. 손이 시리고 어깨가 움츠러드는 서울에 비하면 그래도 양반이다.

외도호에 오르자 신바람 난 사람은 제수씨. 용호는 긴장이 역력하고 영님이는 걱정을 한 아름 안고 탔다. 해금강은 선상관광이다. 배에서는 금연과 고성방가를 삼가라는 안전수칙과 구명동의 착용 법을 알리고 나면 관광지로 향한다.

주민 10여 가구가 산다는 안섬은 거북이가 떠 있는 모습이고, 학동 흑진주몽돌해수욕장은 해변이 온통 검은 몽돌이다. 신선이 내려와 풍류를 즐길 만큼 경관이 아름답다는 신선대는 갈도. 금강산과 비견할 만하다 해서 주민들이 해금강이라 불렀다는 그곳에는 억겁의 세월 동안 파도가 만들어낸 창조물들로 가득했다.

만물상을 소개하는 선장의 입이 바쁘다. 은진미륵과 같아 보여 미륵바위로도 불린다는 부처님바위. 오늘은 파도가 높아 깊이는 들어갈 수 없다며 입구를 맴도는 십자동굴은 깎아지른 절벽이 걸작이었다.

코가 크고 잘생긴 신랑바위는 배가 뒤로 돌아가면 촛대바위로 변신하여 두꺼비바위를 보살피고 있었다. 머리에 천년 송을 이고 있는 돛단배바위에는 배가 돌아서면 사자바위로 변신하는 모습이 재미있다. 이 바위는 가마우지의 놀이터였다. 연두색바위가 황토색과 어우러지며 소나무를 이고 있는 모습은 금강산이라 불러도 손색이 없을 것 같다.

빨간 털모자가 빛을 발하는 순간이다. 언제 봐도 긍정적인 모습이 좋아 보였는데 오늘따라 더 신바람을 낸다. 제수씨가 절벽과 틈새를 놓치지 않고 사진 찍기 바쁘다. 옆에서 해룡이 승천했다는 용굴이 모습을 드러냈다.

삼신산, 일명 약초섬은 진시황제가 동남동녀를 보내 불로초를 찾으러왔다는 전설이 깃든 곳이라고 한다. 그렇게 해금강의 선상관광은 끝이 났다. 좋긴 좋네.

거제 외도(보타니아)

섬에 내리자 자유롭게 데이트하라며 용호내외를 앞서 보내고 나니 아내는 화장실부터 찾는다. 그래야 맘이 편한 모양이다.

'나무이발사의 파도' 라 불리는 뾰죽머리 향나무의 이국적이면서도 기기묘묘한 형상이 사람들을 불러 모았다. 어찌 보면 용을 표현하려 한 것 같기도 하다. 동백꽃을 닮은 나의 여인이 붉은 동백꽃 한 송이를 쳐다보는 모습이 고왔다. 아내의 눈빛은 여전히 부드러웠다. 콩깍지 씌웠다고요. 아마 먼저 출발한 용호내외도 다르진 않았을 걸요.

아이스크림가게에서 붕어빵이 유혹하는데도 우린 뒤도 돌아보지 말자며 선인장 가든에 들어가선 감탄사를 연발한다. 비너스가든에서는 예쁜 가슴을 드러낸 다섯 여인을 당당하게 쳐다보고 있는 한 남정네가 부럽다며 투덜대고 있었다. 아직도 살아있단 얘기죠. 스낵코너에선 커피를 파는데 그보다는 그 옆 양탄자를 밟고 가서 사진 한 컷 찍는 것이 더 소중할 것 같은 예쁜 가게가 있다.

파노라마전망대는 남해바다의 시원한 바닷바람을 얼굴로 맞으며 서 있기 좋은 곳이라 자리뜨기가 쉽질 않았다. Cafe Oh! Beautiful에 들어가 커피 한 잔. 그런 건 잊은 지 꽤 오래되었다. 고놈의 화장실 때문이지만 아내 덕이 더 크다. 하행코스로 내려가면 배가 올 시간에 얼추 맞춰지겠는데요.

바람의 언덕

학동마을의 바다, 대한해협을 지나가는 배들이 쉬어가는 포구, 당시 중국이나 일본으로 가는 도자기 창고가 있어 도창 촌으로 불렸으나 지금은 바람의 언덕이다.

'이브의 화원', '종려나무숲' 의 영화촬영지로 인기를 끌었다지만, 탁 트인 바다와 불어오는 바닷바람이 한몫을 했을 것이다. 주민들이 '띠발늘' 이라는 지명을 '바람의 언덕' 으로 바꾸면서 입소문을 탔고, 의미가 덧붙여지니 젊은이들이 많이 찾게 된 곳이다.

여기 오면 언덕에 올라가 마음의 짐을 바다에 던져 버리거나 날려 보내라는 걸 보면 바람, 언덕, 석양이란 슬로건을 내세운 마을 성공사례로 손꼽을 만하다. 이 언덕을 오르려면 앞서 오르는 젊은이들처럼 입에 '바람의 핫도그' 를 물어야 제격이라는데 지나칠 우리가 아니다. 내 볼은 심술 한 덩이 물은 것 같았을 게다.

제수씨는 날개를 달았는지 펄펄 난다. "이것 봐 3m이상 떨어지면 나 안 올라간다." 용호는 토라지고 제수씨는 웃으며 보조를 맞춰준다. 그러다보니 자연히 걸음이 느려지고 덕분에 우리 부부도 여유가 생겼다. 바람이 너무 거칠고 날씨가 차서 그런가. 핫도그는 기대만큼의 맛은 아니다. 추억은 되었다.

멋진 풍광에 바람은 덤인 것 같고, 마시고, 먹고, 쉴 곳은 널려있다. 아직은 젊음이 넘쳐나는 이곳에서 그들과 어울리는 데도 이방인 같단 생각은 안 드니 다행이다.

우재봉과 몽돌해변

불로초의 전설이 있다. 영원불멸하고 싶었던 중국 시황제의 명을 받아 '서불' 이 동남동녀 삼천 명을 거느리고 제주 서귀포와 남해 금산을 거쳐 거제 해금강까지 왔다가 일본의 후쿠오카현 야메시로 건너갔다는 전설의 한 토막이 남아 있는 곳이다. '서불과차' 란 4글자가 새겨져 있었다는 해금강 우제봉으로 가는 길이다.

안타깝게도 태풍 사라오 때 글씨가 떨어져나가 더는 볼 수 없게 되었지만, 우린 전망대에서 글씨가 있었던 절벽을 바라보았으니 되었다. 사실 그런 건 관심이 별로다. 정답은 푸른 바다와 바람이 맞아 줄 것을 생각하며 올라왔다.

　용호가 오르는 내내 툴툴거리면서도 잘 걸어주었다. 이번에도 여지없이 그렇게 빨리 걸어가면 나 안 간다. 그 말 떨어지기 무섭게 제수씨가 움찔한다. 발걸음을 늦추어주니까 뒤 따라가는 우리 부부도 덕분에 숨차지 않게 걸어 수월하게 오를 수 있었다. 고맙지 뭐유. 형님 아우하며 챙겨주는 이 있으니 여행은 그래서 다니다보면 얻어가는 것이 더 많다.

　용호가 종종 말꼬리 잡고 꼬장부리는 것이 밉지가 않다. 말 받아치는 데는 숨 쉴 틈도 주지 않는다. 그렇게 나를 긴장시키는 재주를 가지고 있다.

　쉬엄쉬엄 오르면 걷기 좋은 산책길이 되지만, 종종걸음이면 멀게 느껴지는 트레킹길이 될 수도 있다. 800m거리를 힘들지 않게 걸었으니 산책하고 온 기분이다. 내려갈 때는 다른 이들이 올랐던 그 길을 택했다. 다행히 계단이 없어 수월하긴 하나 흙길에다 가파른 경사가 많아 미끄러질까 조심해야 했다.

　제수씨는 우리가 이 길로 올라왔더라면 중간에 돌아가자 고집 부렸을 거란다. 힐링 동백숲길은 어느새 꽃망울을 터트리고 있어 걸어볼만 하겠더구면. 돌아가는 길이라 선뜻 맘이 내키지 않는 모양이다. 제수씨가 누구 눈치 보고 있는 틈을 타 우리는 몰래 동백꽃에 취하기로 했다.

　몽돌해변은 그냥 지나치면 섭섭하고 오래 머물자니 겨울. 고심 끝에 내린 결정은 몽돌해변을 걸으며 발바닥에 닿는 감촉을 느껴보는 것으로 마무리하기로 했다.

호텔리베라 거제

거제 호텔리베라 거제

거 창

금원산 자연휴양림
황산 전통한옥마을과 송계사

금원산 자연휴양림

2018년 4월 2일(월)

어제 편의점의 김밥과 우유가 오늘의 아침식사. 11시까지 기다려야 하는 수고도 덜고, 식당을 찾아다니느라 지칠 필요도 없다. 가볍게 먹으면 몸도 가볍다. 일석삼조다.

거창에 도착해서 제일 먼저 한 일은 별궁식당에서 고등어정식을 시키는 거였다. 미역국하고 고등어구이 배추겉절이는 먹을 만 했으나 나머지는 젓가락이 한번씩 밖에 못 갔다.

여행하다보면 월요일은 어김없이 찾아온다. 그날의 대안이 공원 아니면 휴양림이다. 휴양림은 화요일이 휴무다. 금빛원숭이의 전설을 간직하고, 자연경관까지 아름답다는 금원산 휴양림 성인골이 오늘의 주 무대다. 입장하면서 휴양림 약도를 받은 데다 설명을 꼼꼼히 들은 탓에 길 찾는 건 그리 어렵지 않았다. 길눈이 밝지 못해 약간 버걱거리기는 했지만 이만하면 양호한 편이다.

문바위를 찾아가는 길인데 날씨가 장난이 아니다. 아닌 게 아니라 찐다. 말없이 앞장섰고 아무 말 없이 따라주었다. 아직 멀었어요? 그건 힘들다는 얘기다. 오늘은 거리와의 싸움이 아니라 더위와의 전쟁이다. 아침에 서늘해서 겉옷을 걸쳤는데 한여름 날씨라 벗었다. 나는 겉옷을 허리에 찰 수도 없으니 들고 다닐 밖에. 딱하게 보진 마소. 남의 눈 의식하는 버릇은 아직

못 버렸기 때문이다.

엄청 큰 바위가 앞을 가로막듯 서 있다. 우리나라에서 제일 큰 바위라는 데 정말 크다. 그 바위 뒤가 가섭암지 마애삼존불상으로 가는 입구다. 가파르고 좁은 계단을 조금 올라가면 자연석굴 안에 관음보살과 아미타여래, 지장보살이 또렷한 모습을 하고 있다. 물이 석불을 피해 흐르도록 조각한 덕이라니 당시 석공의 지혜다.

유안청은 한참이랄 것은 없지만 꽤 멀게 느꼈던 것 같다. 폭포 삼형제. 유안 제1폭포는 허연 속살을 드러내고 있는 얼음덩어리와 가파르게 떨어지는 폭포를 보며 탄성을 질렀다. 거대한 폭포가 물보라를 일으키며 산바람까지 불러들였다. 유안 제2폭포는 눈썰매 타고 미끄러지듯 내려오는 완만한 비탈의 물줄기와 산속 식구들을 불러 모으느라 애쓰는 모습이 보기 좋았다. 자운폭포는 규모가 작은 폭포다. 요란 떨지 않으면서도 제 몫은 하고 있었다. 더위에 지치긴 했지만 잘 놀다 간다.

황산 전통한옥마을과 송계사

이 마을에는 거창 신씨들이 살고 있다. 전통의 건축형식이 잘 보존되어 있는 데다 황토와 돌을 사용한 토석담장이 예스러운 마을이기도 하다. 굽어진 돌담길을 걷고 있으면 한옥마을의 정서를 흠뻑 느낄 수 있는 마을.

북상면 농산리에 있는 용암 임석형이 세웠다는 용암정은 큰 바위에 세운 누각이다. 단청이 없어 고결한 선비의 멋을 더 느낄 수 있다고 한다. 정자에 온돌을 놓은 건 산간지역의 기후를 고려한 곳이라 들렀다 갈 계획이었는데 송계사가 발목을 잡았다.

내비를 찍으니 전혀 다른 길로 안내하는 바람에. 송계사는 거창의 사계절에 겨울 사진 한 컷을 올린 것을 보곤 다녀오지 않고는 손해 볼 것 같다는 생각을 먼저 했다. 풍광이 끝내준다지 않는가. 대웅전과 극락보존 달랑 2채의 절집인데 일주문에 문패도 없는 절.

　개가 왕왕 짖어대자 우리 영님 씨는 사색이 되어 뒷걸음 치고, 난 걸음을 뗄 수가 없었다. 상주하는 보살이 개를 부르는 사이 잽싸게 일주문을 빠져나왔다. 나도 짖는 개는 엄청 무서워한다.

　푹 좀 쉬고 싶단 생각밖에 없다. 긴 여행을 무사히 마친 것에 감사할 뿐이다.

거창 호텔 RAON 306호

거창 거창호텔 RAON

고 성

당황포관광지

2017년 12월 8일(금)

당황포는 바람이 불어도 당당했다. 우리의 목적은 처음부터 끝까지 아이들의 웃는 모습을 보며 함께 걷는 것이었다. 입구에는 거대한 조형물들이 있다. 살아 움직일 것 같은 거대한 공룡 무리가 눈을 부라리고 있었다. 크기뿐만 아니라 람베우 사우루스, 민미 등 종류도 다양했다. 이것들을 보면 아이들이 무섭다 할까 좋다고 달려와 만져보며 신기하다고 탄성을 지를까. 난 그 생각만 했다.

동심을 자극하는 데는 성공할 진 몰라도 금방 싫증났다. 날씨 때문이다. 온 몸이 옥신거리는 것 같아 공룡의 숲을 가로질러 바다로 향했다. 심호흡 두어 번하고 바다와 연결된 실개천을 건넜다. 공룡발자국탐방로로 가는 길이다.

터널을 빠져나오면 탁 트인 바다가 눈앞에 펼쳐진다. 퇴역함인 수영함이 전시돼 있고 해양스포츠레저시설도 있다. 계절이 여름이 아니니 어찌겠는가. 우리가 알아서 회색건물의 고성 자연사박물관을 찾아갈 수 밖에.

입구에서부터 자연스럽게 먼 과거로의 타임머신을 타고 여행을 떠나려는 아이들처럼 순수해졌다. 약간 으스스한 건물의 공간배치가 그런 매력을 갖게 해주었는지도 모른다. 다양한 자연사자료를 전시해 볼 것은 풍부했으나 썰렁한 분위기를 감추지는 못했다.

계속 걸으면 수석전시관, 어린이 놀이터를 지나가게 되어있다. 모험심을 자극하는 줄타기에 미끄럼틀까지 다양한 시설을 갖춘 곳이다. 언덕을 낀 코스라 멋진 산책길로 이어진다. 한 바퀴 돌아 공룡의 문으로 들어서자 그때서야 아이를 데리고 온 부모들이 눈에 띄었다. 분위기가 확 달라지는 걸 느꼈다.

얼마나 반갑고 고마웠는지. 우리는 졸졸 따라다니면서 함께 또 따로. 영상관에도 들러 공룡나라 영상제작에도 해보고 공룡나라 식물원에서는 공룡시대부터 살아온 천연기념물 울레미소나무, 보리수나무와 함께 여름나라를 경험하기도 했다.

여행의 끝머리는 언제나 같은 소리. 많이 걸었더니 배고프네. 우리 어디가서 뭘 먹을까. 그러며 해안도로를 달려 고성군 회화면의 대복식당에서 쌈밥정식을 시켰다. 계란찜에 배추겉절이와 두부정구지 무침이 내 입맛에 맞았다. 고등어조림에 뽕 갔다.

삼천포해상관광호텔

연화산 옥천사

2018년 3월 27일(화)

여행은 TAK. 탁은 영어로 Take Travel Korea. 특별한 계획 없이도 언제든 떠날 수 있다는 뜻이다. 국내여행이 매력을 느끼게 하는 이유다.

연화산 군립공원이 그리 유명하다는 걸 하동에 와서야 알았다. 그냥 지나칠 수 없었던 것은 이 먼 곳까지 왔는데 계획에 없다고 그냥 가는 건 말이 안 된다며, 남해 고속도로와 시원스레 뚫린 국도를 달려 군립공원까지 잘 와서는 그만 옥천사까지 들어가고 말았다.

옥천사란 대웅전 왼편에 달고 맛난 샘이 솟는 다해서 붙여진 이름이다. 이 절이 조선시대에는 물레방아가 12개나 있었다는 애기와 340여명의 군인이 머물렀다는 이야기는 종교적 기능만 가진 절이 아니었다.

대웅전은 육도중생을 교화한다는 지장보살을 모신 명부전과 나한전을 거느렸다. 여덟 개의 불화가 있다는 팔상전근처에는 옥샘(玉泉)이 있는 옥천각이 있다. 그 옥샘에서 물을 4병이나 떴다. 종교적 의미를 부여할 필요도 없는 살아있는 물이다. 무언가 많이 녹아있을 것 같은 그런 물일 텐데 마다 할 리가 없지요.

부처님을 모신 적묵당과 의상대사의 제사를 모시는 탐진당에 자방루란 누각까지 보탰다. 특이한 것은 좁은 공간에 건물들이 다닥다닥 붙어 있다는 것이다. 절 마당은 손바닥만 했다. 건물은 높아 보이지만 공간이 좁다. 그러니 건물마다 올려다보아야 한다. 절이 커다란 성벽이 둘러싸고 있는 것 같았다. 군사적 기능을 가진 절이었기 때문인가 보다.

연화산도립공원을 가려면 옥천사로 갈 것이 아니라 공원주차장에 차를 세웠어야했다. 공룡발자국 화석지가 있는 곳을 가겠다며 태그 길을 따라 걸었으면 공룡발자국을 보며 맛있는 산책을 했을 텐데. 아쉽다.

상족암 군립공원

2021년 10월 16일(토)

새벽 6시. 온도가 1℃까지 내려갈 수 있다고 한다. 때 아닌 한파경보 속에 달려 멈춘 곳이 죽암 휴게소. 먹구름을 잔뜩 이고 왔는데 대통고속도로를 들어서면서부터 날씨는 급변했다. 파란 하늘이 하얀 거위털구름을 깔아 놓았다. 여행은 어찌 떠나느냐에 따라 달라진다. 어느 날 훌쩍 여행 다녀오겠다며 길을 나서는 것이 꿈이었던 시절이 있었다. 지금은 아내와 함께하는 여행이라 답사하듯 공부하고 가는 스타일이다.

상족암 군립공원을 내비에 찍고 갔는데, 캠핑 촌만 보인다면 누구도 당황할 수 있다. 캠핑 촌만 있는 것으로 착각하고 '볼 것 없네. 그냥 가지' 하고 돌아설 수가 있다. 우리가 그랬듯 주민이나 관광객에게 물으면, 공룡이 살던 쥐라기시대로 데려다 줄 것이다. 그곳은 시간여행을 떠나기 좋은 곳이다.

바다를 바라보며 기지개를 편다. 그리곤 당시 살았을 두 발, 네 발 공룡들이 해안가를 어슬렁거리고 있다고 생각해보는 것도 한 방법. 훨씬 여행이 재미있다. 우리도 그런 기분이기에 덕명리 마을에서 상족암까지 걸을 수 있었던 것 같다. 해안가 바위에 새겨진 심상치 않은 흔적들이 공룡발자국이라고 하니 설명판을 읽으면 도움이 된다. 그날은 갯국화가 일제히 노란 몽우리를 피울 기세여서 눈가에 주름잡은 기억이 난다.

오늘같이 후두둑 빗방울이 떨어지다 말다를 반복하는 날씨도 개의치 않는다. 그리 바닷가를 걷다보면 중간 중간 절벽과 나무가 바다보다 멋있을 때가 있다. 잘 왔다는 말이 입에서 저절로 나온다. 자연에 감사하게 되고, 그냥 서 있기만 해도 한 폭의 그림인데 자꾸 앞으로 가게 되는 것이 속상했다. 계단으로 올라가면 고성 공룡박물관까지 보고 올 수 있다는데 상족암까지가 한계였다.

늦은 점심은 금시루가든(옛 흙시루)에서 돌솥밥정식. 상족암에서 그리 멀지 않은 곳에 있으니 내비가 알려주는 데로 가면 된다. 전화로 예약하고 가는 것이 좋다. 하이면에서 1.5km 한적한 시골마을인데 맘이 편안해지는 길이다.

옆 테이블에 손님이 있는 데도 분위기 탓인지 코로나를 까맣게 잊을 수 있어 좋았다. 모처럼 여유 부려가며 맛나게 먹었다. 조기찜이 메인. 내 입엔 묵과 북어무침이 맛있었고, 순두부는 칼칼한 맛이 좋았다. 우리가 마지막 손님이었다. 여긴 공룡발자국에 관심이 가더란 말 보단 워밍업 하듯 걸으라. 권하고 싶은 길이다.

그레이스 정원

금년 6월 25일에 문을 열었다는 아주 따끈따끈한 정원이다. 15년 동안 30만 주가 넘는 나무들을 심어 가꾸면서 수행하듯 살아왔다고 한다. 이제 긴 세월의 노력들을 세상에 선보였다는 데 많은 사람들에게 사랑받는 정원이 되었으면 좋겠다.

수국이 아름다운 동산이라며 자화자찬하던데 더 늦기 전에 가봐야 한다. 오직 한마음은 늦둥이라도 얼굴을 내민 모습을 볼 수만 있다면 대박일 텐데.

처음엔 내비가 가르쳐준 입구가 너무 초라해서 들어갈 생각을 못하고 지나쳤었다. 차를 돌려 다시 오긴 했는데 정원은커녕 농갓집 마당 같아 포기하고 돌아갈 참이었다. 그때 아내의 기지가 살아나는 순간이다. 그레이스정원이라 쓴 팻말이 보인다며 이 길로 들어가자고 한다. 나는 왜 그 생각을 못했는지. 멍청이 바보. 안내판이 보이면서 신작로로 바뀌었다.

울창한 숲과 깔끔하게 단장한 화단을 보고 단숨에 반했다. 걷는 보람이 있을 것 같단 생각을 했다. 말 그대로 숲속은 수국천지였다. 숲속교회에도 길가에도 온통 수국의 나라였다. 우리의 기대는 저버리지 않았다. 눈썰미 좋은 아내가 먼저 숲속교회 담장 위에 숨어 핀 하얀 수국을 발견했다. "어머!" 놀라며 빨리 여길 보라고 손짓 한다. 소원 하나는 풀었다. 현실이었다. 숲을 찾기에 적합한 날은 아니었다.

계절이 바뀌면 숲 트레킹을 즐기며 가족나들이며 데이트하는 사람들로 붐빌 것이다. 가을이 깊어가는 계절인데도 이리 사람들이 찾는 걸 보면 데이트명소로 이미 소문이 난 모양이다. 우리도 국화꽃으로 화동을 삼은 숲속카페에서 차부터 한 잔씩 마시곤 걸을 수 있을 만큼 걷다갈 생각이다.

수국은 이미 졌지만 오늘은 쑥부쟁이의 수줍음이 고왔다. 숲이 있어 좋은 날, 좋은 시간. 와서 걷고, 오순도순 얘기나 하며 걸으면 좋은 곳이지만, 오늘은 말없이 걸어야 맛이 살 것 같은 분위기다. 반나절을 투자해서 이보다 좋은 산책코스는 쉽지 않을 것 같다.

수국은 정원에도, 길에도 있어 이 땅의 주인이긴 하나 받쳐주는 메타쉐콰이어, 종려나무숲 등 조연도 만만하지가 않다. 산책이나 트레킹을 하다보면 나타나는 신기루 같은 것이다. 가슴에 담아만 가기엔 벅차 보인다.

고성만 해지개 해안둘레길

데크 길이 호텔주차장과 연결돼 있다. 피곤할 줄 알면서도 해지개 해안 둘레길은 꼭 걸어야 한다며 꼬드겼다.

호수 같은 바다 절경에 석양이 아름다운 곳. 그리운 사람이 생각날 것 같은 곳. 어두워지면 숙소에서 한 발자국도 나가지 않는 것이 통념이었으나 오늘은 그걸 깨기로 했다. 먼저 저녁을 해결해야 한다. 그냥 굶고 자기엔 오늘 일정이 강행군이었고, 내일이 또 기다리고 있어서다.

오늘밤은 이 꿈의 다리를 밤거리를 산책하듯 걸어보지 않는다면 어찌 고성에 왔다 갔다 할 수 있겠는가. 그랬다. 꿈을 꾸는 것 같았다. 솔직히 2~3시간 푹 잔 덕이다. 덕분에 야경에 놀랄 수 있었고, 따스해진 밤공기를 즐길 수 있었다. 이보다 더 행복했던 날이 과연 얼마나 될까.

칼국수 집을 목표로 삼았는데 밤길인데다 너무 멀 것 같아 중간에 포기했다. 결국 해안도로를 따라 호텔방향에서 돼지갈비에 냉면까지 먹었으니 멋진 밤인 건 맞다. 호텔에 들어오니 8시.

좀 더 일찍 걸었으면 더 좋았을 거라는 건 후일담. 계란찜과 순두부찌개가 맛있었다. 아내도 배가 고프긴 했던 모양이다. 10,105보.

오션 스파호텔 306호

장산숲

2021년 10월 17일(일)

호텔에서의 조식 서비스. 메뉴가 너무 간단할 거란 생각은 통 편집했다. 한식, 양식을 고루 갖춘 기본에 충실한 뷔페였다. 해가 추위 타는 건 오늘 처음 보았다. 떨고 있는 것처럼 보였다. 볕이 안 드는 곳은 영락없는 초겨울 날씨였다. 우리 부부는 길을 나서지 못하고 미적대고 있었다. 해안둘레 길을 걷고 있는 사람들처럼 우리도 싸맨다곤 했는데 초가을 늦여름 바람막이 밖에 안 되는 옷들이라 걱정된다.

장산숲이 젊은이들을 끌어 모으고 있는 것은 2004년부터 이곳 장산마을에서 디카시 문예활동이 시작되었기 때문이라고 한다. 그런 말까지 나올 정도라면 뭔가가 있지 않을까. 오늘의 첫 목적지로 삼은 이유였다. 7℃. 장산마을 장산숲에 도착해보니, 시베리아 찬 공기의 위력에 웅크리든 건 우리만이 아니었다. 방문객도 녹음도 마찬가지였다.

MZ세대의 새로운 문학 장르로 떠오르고 있다는 디카시. 즉 언어예술을 벗어나 영상과 간단한 문자를 실시간으로 보낸다. 즉 디지털카메라로 예쁜 자연을 담아 짧은 글로 옷을 입히는 것이다.

조선 태조 때 허기 선생이 이 마을의 풍수지리의 결함을 보충하기 위해 조성한 비보숲이라고 한다. '구르미 그린 달빛'에서 배우들의 달달한 흙구덩이 로맨스가 화제가 된 곳이기도 하다. 작은 저수지를 품은 아담한 숲이지만 들어가면 너른 주차장에 황금들녘을 곁에서 볼 수 있어 농촌 분위기를 느끼며 자연을 탐하기가 이곳만한 곳이 있을까 싶은 곳이다.

우린 종종걸음으로 걸으면서 숙제하듯 한 것도 부끄럽다 했는데, 저들은 몇 컷 후딱 찍곤 재빠르게 자리를 뜬다. 카메라에 담은 모습에 어떤 문자를 입혀 블로크에 담을까. 난 그게 더 부럽고 궁금했다.

MZ세대를 이렇게 표현한다고 한다. 디지털 환경에 익숙한 세대, 이색적인 경험을 좋아하는 세대, SNS활동에 능숙한 세대. 그래서일까. 장산숲을 찾는 젊은이들이 셔터를 누르는 모습을 심심찮게 볼 수 있었다.

허긴 나도 그들의 글과 사진을 보며 여행지를 결정하곤 했으니 MZ세대의 디카시의 영향력이 대단하달 밖에.

고성 대흥초등학교

누구나 한 번은 거치면서 노년이 되어서도 놓을 수 없는 철부지 시절의 추억이 있다. 그 때는 느끼지 못했던 화단에 있던 나무들이 조곤조곤 말을 걸어온다. 무슨 말을 하고 있는지 궁금하면 여기 대흥초등학교를 찾아오라 권하고 싶다.

그동안 잊고 살았던 우리의 고향이었다. 해가 바뀌면 후배들이 그렇게 가꿔온 화단에 추억들이 새록새록 열린 곳이라니 아니 가 볼 수가 없었다. 블로그를 읽어보면 대흥은 새로운 추억을 만들어내는 곳이다. '구름이 그린 달빛'과 '녹두전'을 이 교정에서 촬영할 정도로 이미 유명세가 붙은 곳이다.

1939년 당시 개교기념식수로 심은 반송이라는 소나무가 아직도 급식 실 앞에서 건강하게 자라고 있다는 교정에 발을 들여 놓았다. 학교 정문엔 장 승처럼 버티고 선 은행나무와 운동장에 빙 둘러 심은 벗나무가 역사를 말해준다. 화단에는 키가 4m는 더 되어 보이는 종려나무가 이색적이었다.

벗나무는 봄의 전령사라며 아끼고 보호하다 보니 지금까지 남아 있는 것이다. 오늘은 앙상한 모습으로 우리를 만나고 있었다.

우린 식물원을 둘러보는 기분이었다. 오랜 세월을 화단에서 함께 살다보니 서로는 친구들이다. 모교를 찾는다면 고사리 손으로 물을 주고 풀을 뽑던 그 시절이 그리움이 아니라 대견스러운 기분일 것이다.

우린 잘 가꿔진 향나무의 색다른 모습을 찾느라 눈이 바쁘더니, 어느 순간부턴 이름표들을 들여다보고 있었다. 줄기가 붉다 하여 주목, 잎이 납작하고 뒷면에 나비모양의 흰색이 특징인 화백, 잎이 두껍고 잎 가장자리에 톱니가 있는 구골목서, 닥나무보다 더 좋은 나무를 만든다는 삼지닥나무, 나무가 탈 때 부글부글 끓는다하여 거품나루라 불렀다는 '아오서나무'도 있네.

우리 부부는 '태흥 꿈길'을 걸어 조용히 빠져나왔다. 이곳은 작은 식물원이 아니었다. 가꾸고 보살피느라 한그루 한그루에 전 교직원과 학생들의 정성과 사랑이 담긴 수목원이었다. 오래오래 기억에 남을 것 같다.

송학동 고분군

송학동 고분군은 소가야의 면모를 여실히 보여주고 있는 곳이다. 내산리 고분군 65기와 함께 옛 삼국시대 소가야의 최상위 계층의 무덤이다. 고분에서는 신라, 대가야, 왜의 다양한 유물들이 쏟아져 나온 것으로 봐선 당시 해상관문의 역할을 톡톡히 하지 않았을까 짐작할 수 있는 곳이기도 하다.

일기 예보에는 오후 들어 제법 따뜻할 거라는데 바람이 찬 건 여전했다. 겉옷을 걸치긴 했지만 찬바람을 막기엔 역부족이었다. 오늘은 순간순간 따뜻한 바람으로 바뀌는 것이 좋아 종종걸음을 하면서도 온전히 다 걸었다. 사실 고분군이라야 몇 개 남지 않았다. 많은 시간이 소요되는 거리도 아니다. 이유는 쌍쌍이 걷는 모습이 지루하지 않았다는 것이다.

고성동 고분군은 걷다보면 빠지게 되어있다. 탁 트인 공간보단 옹기종기 모여 사는 마을을 곁에 두고 있어 정겹다고나 할까. 비우고 걸으면 얻는 것이 있는 곳. 우린 제일 큰 고분 둘을 둘러보기로 했다.

고분군을 걷느라 끼니때를 놓친 게 화근이었다. 현기증이 날 정도로 배가 고팠다. 시장에 가면 먹을 곳이 있겠단 생각에 시장 공영주차장에 차를 대었다. 그것도 입차 기계가 고장이라 오늘은 공짜란다.

주차장 옆 '오가리수제비전문점'. 우린 매생이 수제비 한 그릇씩을 게 눈 감추듯 해치웠다.

수제비는 누구도 흉내 낼 수 없는 작품이었다. 얇고, 부드럽고, 쫄깃한 맛에 국물이 시원하기까지 하다. 홀딱 반했다. 난 매생이 철이라며 끓이기도 쉬운데 올 겨울은 하며 아내 얼굴을 살폈다오.

고성 박물관

고성 박물관은 송학동과 내산리 고분군에서 출토된 유물들을 전시 중이다. 굽다리접시와 긴 목 항아리로 대표되는 토기류와 다양한 모양과 색의 옥 목걸이 등 장신구, 철기류 등이 많이 출토되었다고 한다. 이는 청동기 이후 가야왕국이 생겼을 것으로 보는 이유다.

구, 신석기유적이 확인된 것이 없는 것이 그 첫 번째 이유요, 두 번째는 철기 장신구로 뛰어난 손재주를 선보였던 부족국가였다는 것이다. 3세기경에는 '고자미동국' 이라 불리기도 했다는 소가야는 말이 신분을 가름하던 시대로 말 장식품들이 많이 발달했다.

고려시대와 조선시대의 지방군사제도 뿐만 아니라 기획전시를 통해 고성의 역사를 알리는 역할도 하고 있었다.

오늘은 어제 못다 걸은 호텔에서 오곡마을 전망대까지의 해안 둘레길을 걷기로 했다. 호텔에서 전망대까지가 0.6km. 왕복 1.2km 되는 거리를 산책하면 된다.

해와 바다가 맞닿은 곳에 지었다는 호텔. 그 호텔에서 푹 자고나면 새로운 기운이 솟는다고 한다.

호텔에서 보면 바다풍경이 죽여준다는데 군이 고성 일몰의 아름다움을 한눈에 담을 수 있다는 해지개다리와 정자까지 갈 필요를 느끼지 못했다.

오션 스파호텔 306호

고성 오션스파 호텔

김 해

어린이박물관과 김수로 왕릉

2014년 2월 4일(화)

　성의 없는 공무원이 컴퓨터에 정신이 팔려 안내가 건성이었다. 국립김해박물관은 가는 날이 장날이라고 신라와 가야의 문화를 볼 수 있는 기회를 놓친 것은 아쉬운 일이나 다행히 '가야의 아름다움을 탐하다' 란 주제로 열리고 있는 가야누리 3층을 둘러볼 수 있었던 것은 행운이었다.

　가야인의 수렵과 어업, 채집 도구를 통해 선사문화를 한눈에 볼 수 있게 꾸며놓은 1실. 2실은 그들이 사용했던 단출한 금장신구와 투명한 수정 목걸이가 있어 그 속에 담겨진 당시 여인네들의 삶을 들여다 볼 수 있어 좋았다. 수로왕비 허황옥이 '아유타국' 에서 왔다는 삼국유사의 기록을 되새겨보는 공간이기도 하다. 내친김에 김수로 왕릉까지 둘러보고 나니 배가 등가죽에 붙었다.

　작은 건물들이 오순도순 자리잡고 사는 김해와 병풍을 두른 듯 서 있는 초고층 아파트인 부산의 풍경이 강을 사이에 두고 전혀 다른 세상을 열고 닫는 모습이 재미있다.

　부산 화명수목원을 지나 금정사를 굽이돌며 달렸는데도 산성은 보이지 않았다. 산을 내려오니 동래다. 동래파전은 포장해서 바로 해운대행, 저녁을 먹으러 나가자는데도 대꾸를 안 한다. 그냥 쉬었으면 좋겠다는 뜻이다. 430km를 달려왔으니 피곤할 만도 하겠다.

　김수로 왕릉 앞 해장국은 우연히 가져다준 횡재였으며, 필연이 맺어준 인연이었다. 입맛을 되살려내는 건 물론 보양식으로도 손색이 없었다. 부산 해운대로 달려가는 길이다.

웨스턴 조선호텔 해운대점

대성동 고분군

2021년 10월 18일(월)

　고성의 바다는 어제와 달리 오늘은 호텔에서 바라본 풍경이 끝내준다. 바닷물은 잔잔하고 하늘은 구름 한 점 없이 싹 걷혔다. 바람까지 잦아들었으니 살맛난다. 아침은 호텔뷔페. 미역국에 빵 하나. 햄 한 조각에 나물 한 젓가락밖에 안 먹었는데도 배가 부르다.

　가을들녘은 밥 안 먹어도 배가 부르는 것 같다. 황금들녘을 바라보며 두 밤 자러 김해로 달리는 중이다.

　오늘의 첫 일정은 김해 대성동 고분군. 우리는 옛 가야인의 무덤이 있는 고분군을 걸었다. 대성동 고분군이 귀족들의 무덤이라면 대동면 예안리 고분군은 서민들의 집단주거지터다. 귀족들의 무덤이 있는 곳은 뒷동산 같아 이웃 주민들도 많이 와서 쉬어가는 곳이다. 죽어서도 살아서처럼 영화를 누려보겠다는 금관가야 인들의 기원이 담겨 있는 곳이 아닌가. 그들이 묻혀 새 세상을 준비한 덕에 현대인들은 자신의 몸을 돌보는 데는 이만한 곳이 없다고 믿는 것 같았다.

　오늘은 월요일. 입장료가 있는 곳은 모두 휴관이다. 여행객들은 가볍게 산책을 즐기거나 푹 쉬어야 하는 날이다. 호텔 침대에 벌렁 드런 눕는 건 피곤하다는 증거이기도 하지만 기분이 짱이라는 얘기도 하다. 4,838보.

김해 아이스퀘어 호텔 610호

김해 연지공원

2021년 10월 19일(화)

지루한 일상에 특별함이 필요할 때 김해를 찾으란 말이 있다. 김해에 왔으면 길 따라 걸으며 신, 구의 다양한 매력에 심취하느냐, 아니면 낙동강 물길 따라 걸으며 느긋하게 강변 여행을 즐길 것인가. 그도 아니면 오래됨과 새로움 사이에서 줄타기라도 해보라 권하고 싶은 곳이다.

김해의 멋을 제대로 알고 싶다면 금관가야의 역사를 조금은 알아야 한다. 그것이 일정을 짜는데 결정적 역할을 했다. 호텔에서 택시를 불러 타고 연지공원부터 시작하기로 했다. 가야의 거리를 걸으며 김해를 탐할 생각이었다.

연지공원을 조성한 목적은 여가선용은 물론 애향심과 시민들의 자긍심을 고취시키고, 독립정신과 김해의 역사를 잊지 말자는 취지로 세워졌다고 한다. 이곳에 조국의 독립을 열망하는 선열들의 얼과 넋을 기리는 김해 독립기념광장까지 만든 이유다.

도심 속 작은 호수, 공원 연못은 아리연꽃을 비롯 다양한 연꽃들이 자라는 곳이라 연지. 물 억새, 부들, 물 양귀비도 함께 자라고 있어 도심 속의 호수로서의 역할을 충실히 하면서도 시민들이 편안하게 와서 쉬어 갈 수 있게 하였다.

가야 문화의 발상지라 할 수 있는 구지봉이 바라보인다고 하니, 공원을 산책하는 시민들은 자긍심도 크겠지만 휴식과 함께 마음을 올곧게 취하는 법을 배워가지 않을까. 공원은 겨울옷으로 갈아입느라 바빴다. 우린 감각이 충분히 예열되었다 싶을 때 연지공원을 떠날 생각이다.

수로왕비 능과 구지봉

연지공원에서 건널목을 지나 해반천을 건너면 관심을 덜 가져 소원했을 가야가 보인다. 수로왕비 능으로 가는 길목에 그늘이 되어주는 작은 공원, 0.6km 더 걸으면 왕비능이 나온다는데 가까운 거리가 아니다. 김해 구산동은 손님맞이 준비로 문을 활짝 열어 놓았다.

홍살문과 외삼문을 지나면 양지바른 언덕에 허 황후의 원형봉토분이 있고, 그 앞에는 인도에서 건너올 때 파도를 잠재우기 위해 싣고 왔다는 파사석탑이 있다.

인도 아유타국의 공주로 태어나 16세에 배를 타고 가락국에 도착하여 왕비가 되었다고 비문에 적혀있다. 김수로왕의 아내로 살다 간 분이다. 10월 20일 '허 황후 헌공사례' 준비 관계로 몹시 바쁜 날이었다.

소나무 숲으로 둘러싸여 그런가. 분위기는 차분했다. 다행히 구지봉과 연결되는 쪽문이 열려있어 행운이었다. 사실은 직원들이 일러주어 편하게 이 길로 구지봉에 갈 수 있었다. 기원 42년, 하늘에서 붉은 보자기에 싸인 황금상자가 내려왔는데 그 속에 6개의 알이 들어있었다. 그중 제일 먼저 알에서 깨어난 분이 수로왕이라 전해오고 있는 곳이다.

구지봉은 가락국의 태조 김수로왕의 탄생지다. 숲을 오르다니요. 걷기만 해도 되는 야산의 정상에는 여섯 개의 알 재현지가 있었다. 구지봉. 그 위엔 고인돌이 하나 있다. 청동기시대 사람의 무덤으로 추정되며 마을 유적의 사례로 볼 때 기원전 4~5세기 경 이곳에 살던 추장의 무덤으로 추정하고 있는 전형적인 남방식 고인돌이다. 그 고인돌 위에 한석봉이 썼다는 구지봉석(龜旨峰石)이란 네 글자가 뚜렷했다.

국립김해박물관

구지봉을 기점으로 여러 갈래의 산책로가 있다. 그 길을 따라 하산하다 보면 가야의 건국신화가 깃든 구지봉 기슭에 자리잡은 건물로 갈 수 있다. 가야의 유물을 전시한 국립김해박물관이다. 가야의 문화유산을 집대성하기 위해 1998년에 개관하였으며, 철광석과 숯을 이미지화한 검은색 벽돌을 사용하여 박물관을 지었는데, 이는 가야가 철의 왕국임을 상징적으로 표현했다고 한다.

6가야의 역사와 문화는 물론 경남 지역의 선사시대 문화와 변한의 문화유산까지 두루 전시한 것이 특징이었다. 고고학 중심 박물관이다 보니 혹 지루하거나 재미없을 수도 있겠으나 그건 기우였다.

전시실은 '가야로 가는 길'이라 하여 낙동강 하류의 후기 구석기시대와 신석기시대의 토기류와 초보적인 농사 흔적, 봉황동의 조개더미유적에서 발견된 먹거리를 참조하여 당시의 생활모습을 볼 수 있었다. 민무늬토기와 거대한 고인돌이 등장하게 되는 청동기시대에는 변한 지역에 있던 여러 세력의 집단이 가야로 성장하는 과정을 보여주었다.

마을 규모가 커지면서 마을의 최고 어른인 추장이 대소사를 맡은 청동기시대. 당시 추장의 사후를 위해 고인돌이 등장했을 것이다. 부족 간 합종연횡이 이때부터 시작되었으며 강력한 군사력을 가진 금관가야(김해), 대가야(고령), 아라가야(함안), 소가야(경남 고성), 비화가야(창녕), 성산가야(성산)의 6가야가 나타나게 된다.

당시 가야의 왕은 궁성에서 생활하였으며, 서민들은 주로 움집이나 초가에서 토기를 빚고 살았으며 나락은 2층 다락집을 만들어 보관하였다고 한다. 철기문화를 발달시켰고 쌀, 보리, 콩, 조, 기장의 오곡을 재배하여 먹고 살았다.

철을 다루고 철을 뽑아내는 기술이 으뜸이었을 만큼 가야의 성장 기반은 철의 생산과 보급이었다. 무거운 갑옷과 투구를 쓰고 싸웠으며, 봉황동

유적에선 가야의 배 일부분이 출토됨으로써 바다로 나아간 민족이었음도
보여주었다.

해반천을 따라 가야의 길을 걷다

 길을 따라 걸으며 가야를 느껴보겠단 생각이었지, 처음부터 가야누리 길
을 섭렵해보겠단 욕심은 없었다. 연지공원에서 해반천에 놓인 다리를 건너
면 수로왕비 능과 구지봉. 산책로를 따라 내려오면 국립가야 박물관. 해반
천을 끼고 걷는 길은 가야누리길이었다.
 우린 해반천을 따라 걸었다. 천변의 윗길은 가야누리 길이고, '유하리마애
불' 등 가야인의 민속생활 도구들을 전시한 작은 야외박물관이기도 하다.
더 걸어가면 가야토기를 현대적으로 형상화하였다는 김해시민의종이 나온
다. 종각의 6개의 기둥은 6가야를 의미한다고 한다.
 우린 가야왕도를 지나 고분박물관이 있는 대성동고분군까지 걸어갔다.
입구에는 가야 민족의 상징인 조형물들이 볼거리였다. 우수한 철기 문화와
강력한 군사력. 가야인의 용맹함을 형상화하여 김해의 자긍심을 고취하고
자 한 것 같다. 가야시대 고분에서 출토된 기마인형 토기유물들을 참고로
제작했다는 최고무사, 일반무사, 판갑무사, 피갑무사 등 기마 민족의 강력
한 군사편제를 보여주었다.
 '가야숯불' 에서 곤드레돌솥밥 정식. 그곳도 박물관 직원에게 물어 찾아
간 곳이다. 시장이 반찬이었다.

김해 민속박물관

 가야숯불식당에서 아주 가깝다. 근, 현대에 사용했던 물건들을 전시함

으로써 어른들에겐 잊혀져가는 향수를, 어린이와 청소년들에겐 지나간 역사에 대한 호기심을 불러일으키도록 한 곳이 있다. 김해 민속박물관이다.

전시장 입구에 우마차를 전시하여 우리 세대의 호기심을 유발시키는 덴 성공한 것 같다. 전시물에는 바퀴를 밟아 물을 퍼 올려 논에 물을 대는 역할을 하는 농기구인 무자위(수차)까지 앞세웠다.

우리 세대는 자라면서 흔하게 보며 살던 물건들이다. 요강, 담배통, 재떨이, 도시락, 빵틀, 수통, 반합, 떡살, 사기그릇까지 가져다 놓았지만 전시물이 많이 부족해 보였다.

너와집이나 굴피집을 짓기 위해 필요한 나무껍질을 벗기는 도구들을 모아 전시한 것에 눈길이 많이 갔다. 아마도 자주 접한 것이 아니라 생소했던 물건이어서 그랬을 것이다.

김해의 민속놀이 중 하나인 오광대, 풍물굿, 삼정동걸립치기를 소개하였고, 윷놀이, 널뛰기, 그네뛰기, 제기차기, 쥐불놀이, 썰매타기, 팽이치기, 연날리기 등 전통놀이도 전시하여 호기심을 자극하려는 노력한 흔적을 엿볼 수 있었다.

비올 때 갓 위에 덮어 비를 피했다는 선비들의 '갈모'를 여기서 처음 본 것 같다.

수로왕릉과 수릉원 공원

수로왕릉도 내일 숭선전 추향대제(음력 9월 15일)로 어수선하긴 매한가지였다. 청사초롱이 아닌 노란 등을 달아 분위기를 살렸다. 걷다보면 미래 하우스라는 한옥체험관도 만날 수 있다. 우린 헛간채와 행랑채만 휘둘러보고는 나갔다. 숙박하는 사람들에게 피해가 가지 않도록 내당은 곁눈질도 안 했지만 속사정은 많이 지쳤다.

연결 공간인 수릉원공원은 수로왕을 기념하는 숲이었다. 가락국의 시조인 수로왕과 허 황후의 만남을 테마로 두 분이 거닐었던 동선을 구상하여 조성하였다고 한다. 낮은 나무계단을 밟고 걷게 한 것도 나름대로 의미가 있다. 오르는 것이 아니라 걷는 기분이 들게 한 것이다.

동쪽 구릉은 수로왕을 기념하여 남성적인 느낌을 주었고, 서쪽 연못은 해상왕국이었던 가락국을, 유실수를 심은 것은 여성의 다산을 표현했다고 한다. 능 뒤편에 청동기시대의 고인돌 2기가 남아 있다는데 찾아 볼 생각은 안했다.

대성동 고분박물관

수로왕 이전의 무덤은 고인돌이었을 것임은 구지봉에서 본 고인돌이 말해주었고, 그 이후는 대성동고분군이다. 대형덧널무덤에서 당시 최고의 지배계층이 순장을 했음을 보여주는 것이 한 예다.

대성동고분군이 바로 그 '애구지'로 금관가야 왕들의 마지막 안식처였다고 한다. 김해만을 중심으로 대성동유적지 구지봉에서 600m거리 밖에 안되는 데다, 가야의 숲 수릉원등 총 304기의 이런 고분군이 발견된 것으로 보아 당시 '애구지'를 신성한 장소로 여겼다. 가야 고분군은 1~6세기에 한반도 남부에 존재했던 전기 가야의 중심 고분군이라 볼 수 있다.

고분박물관에는 주로 금관가야의 최고 지배 계층의 무덤인 대성동고분군에서 출토한 전시물로 구성한 것이 특징이다. 출토품들은 가야의 성립과 성격, 정치, 사회 구조를 규명하는데 절대적인 가치가 있는 곳으로 알려져 있다. 당시 지배계층과 피지배층의 묘역이 별도로 조성되었음도 밝혀졌다고 한다.

특히 가야의 숲 3호 널무덤이 주목받는 것은 순장무덤이기 때문이다. 주인공을 모시던 신하들을 죽이거나 산채로 함께 묻는 방식으로 통치자가 행사하는 강력한 권력을 표현한 것으로 보인다. 1세기 최고 지배자의 무덤이 아니었을까 추정하는 이유도 거기에 있었다.

김해 아이스퀘어 호텔 610호

김해 봉황대유적

2021년 10월 20일(수)

9시 20분이면 서두른 감이 없진 않다. 어제 힘에 부쳐 들르지 못한 봉황대유적마저 보고 양산으로 가기로 했다. 무덤과 집 자리, 조개더미 등 유적이 산재한 곳이다. 마을에 조성한 작은 주차장을 이용했다. 입구에 여의낭자와 황세 장군의 청동상이 매력적인 포즈를 하고 있다. 현대인의 감각에 맞게 조성한 것이 볼 거리였다.

지역 분들이 산책로로 십분 이용하고 있었다. 시에서는 이곳을 공원화하여 일반인들이 쉽게 다가갈 수 있도록 경관을 꾸몄다. 주민들의 사랑을 그만큼 받고 있다는 얘기다.

황세바위가 있는 정상을 밟으려면 산허리를 빙 돌아서 올라가는 순환 산책로를 택하는 것이 순리다. 그런데 우린 힘들긴 해도 시간을 단축할 수 있다며 가로질러 올라가는 방법을 택했다. 내려오면서는 봉황동유적에서 발굴한 가야유물을 참고로 복원했다는 주거지를 보고 왔다. 유적 제46호를 추정 복원한 것이라고 한다.

가야인의 일반적인 주거 형태를 짐작할 수 있는 곳이다. 일반인들은 땅을 깊게 파고 그 위에 벽을 치고 갈대 등으로 지붕을 올리는 방법을 사용했다. 고상가옥은 바닥을 높게 하여 곡식 등을 저장하고 짐승과 습지, 침수로부터 창고를 보호하는 역할을 했을 것이다.

如意閣 (여의각)은 가락국의 전설의 여인을 모신 곳이다.

가야인 여의낭자는 출정승의 딸로 태어나 황정승의 아들인 황세와 약혼하였다. 신라군이 침입하자 가야군의 선봉에 서서 싸운 황세는 승리를 거

두고 돌아오자 왕의 딸인 유민공주와 결혼을 하게 되었다. 이에 여의낭자는 결혼을 거부하고 시름시름 앓다 세상을 떠났으며 황세 또한 그녀를 그리워하다 병을 얻어 죽었다고 한다.

봉황대공원은 이렇듯 고대 가야인의 생활상이 묻혀 있는 소중한 곳이다. 크게 산책길을 걷지는 못했지만 그래도 황세바위를 보고 내려와 그들의 생활상의 단편이나마 볼 수 있었던 것으로 만족하기로 했다.

코로나 때문에 임시휴관이라 패총전시관을 들르지 못한 것은 아쉽긴 하나 먼발치로나마 조개무지의 흔적을 보았으니 되었다. 이젠 홀가분하게 김해를 떠날 수 있을 것 같다.

김해 아이스퀘어 호텔(신도시)

남 해

남해 편백자연 휴양림　　　　　남해 원예예술 촌
상주 은모래비치와 보리암　　　금산 전망대
가천 다랑이 마을과 암수바위　　가천 다랑이 마을
남해 곰치국과 유배문학관

남해 편백자연 휴양림

2014년 1월 9일(목)

　어제는 남해 원더스 호텔에서 잤으니 굿모닝이다. 잉크색의 하늘빛을 밤새 초록의 바다에 물들인 모양이다. 날씨는 차다하나 오늘은 결코 버릴 수 없는 날이다. 하늘을 닮은 바다를 보며 서둘렀다.

　휴양림의 편백나무는 아직은 수령이 낮아 울창한 숲의 느낌이 부족하긴 해도 큰 흠이 되지는 않았다. 우리 영님 씨는 숲에만 들어가면 그냥 좋아 죽는다. 산 정상까지도 올라갈 기세다. 우린 그 기세를 몰아 휴양림 깊숙이까지 산책길을 찾아다니며 걸었다. 2시간 정도 걷고는 자리를 뜨기로 했다. 전망대까지 1.3km라면 가족이 함께 가볍게 올라갔다 올 수 있는 거리다. 평일인 데도 숙박시설에 차들이 있는 걸 보면 좋은 쉼터로 성공한 사례가 틀림없다.

　부산에서 왔다는 할머니 한 분을 면소재지까지 모셔다드렸다. 고맙다며 복 많이 받으시라는 말을 우리 귀에 걸어주었다. 며느리 때문에 아들이 걱정이라며 한탄하시는 할머니. 세상사 다 새옹지마임을 얼른 깨달으시고 잊을 건 잊고 건강하게 사셨으면 좋겠다. 그게 어디 남의 일이었어야지요.

　남해 상주면의 어느 '대중식당'에서 졸복매운탕을 먹었다. 구멍가게만 한

식당에서 맛집 맛을 낸다. 놀랍지 않아요. 입에 착착 감겨 땀을 뻘뻘 흘려가며 국물 한 방울 남기지 않았다. 맛이나 보라며 건네준 물메기탕의 국물 맛은 또 어떻고. 시원하고 담백한데 어떻게 이런 맛을 낼까. 경상도로 여행 가선 음식 기대하지 말라고 하던데 말짱 거짓말이었나.

상주 은모래비치와 보리암

상주은모래비치는 말이 필요 없는 곳이다. 백사장을 감싸듯 병풍처럼 둘러선 소나무 숲이며, 은가루처럼 반짝이는 하얀 모래가 설탕가루처럼 부드러워 너무 좋았다. 밟으면 밟을수록 발가락 사이에 끼던 은모래를 하늘에 휙 던져 흩뿌려 놓았는데 하얀 초생달까지 걸어두었다.

여름철에 이곳을 찾는 피서객들의 해맑은 웃음소리가 얼마나 싱그러울지, 그 분위기를 느끼는데도 충분했다. 모래사장을 맨발로 걷기만 했는데도 피로가 풀리는 것 같았다. 잠시 말간 하늘을 올려다보고 서 있으면 은모래를 뒤집어쓴 초생달이 금산에 걸렸다.

금산의 암벽 사이로 모습을 들어 낸 보리암과 어우러져 한 폭의 풍경화를 보여주고픈 부처님의 마음이 있었나 보다. 보리암을 가려면 제2주차장에 내려서도 한참은 걸어야 한다. 북향을 지고 오르는 길이다보니 녹지 않은 눈이 빙판길을 만들어 조심해야 한다. 눈치 빠른 아내의 잔소리는 이럴 때 빛을 발한다.

"조심해서 걸어요. 미끄러질라. 내가 항상 걱정이라니깐. 나 없으면 안돼. 미끄러운 데선 알았죠? 여기 얼음 얼었어요. 어깨 쭉 펴고. 그래요. 그렇게. 또 구부린다."

나무들도 누구 잔소리를 들은 모양이다. 바람 따라 어깨 펴는 경쟁이 붙었다. 어제 내린 비가 여기선 눈이었나 보다. 남해 보리암은 강화 보문사, 여수 항일암, 양양 낙산사와 함께 우리나라의 4대 관음성지 중 하나라고 하지 않는가. 관세음보살님이 상주하는 성스러운 곳이란 뜻이다.

이곳에서 발원하면 관세음보살님의 가피를 받는 것으로 널리 알려져 있
다. 그러니 보살이 아니더라도 소원 하나쯤은 빌고 싶은 곳이다. 어찌 소원
이 없겠는가. 한 가지 소원은 꼭 들어준다지 않는가. 복전함을 그냥 지나치
지 않는 마음 씀에 보살님도 감복했을 터이니 아내의 소원이 이루어질 것만
같은 기분이 든다. 합장 세 번에 고마운 마음을 담아간다. 그러나 보리암까
지 오기가 쉽지 않은 걸음일 텐데 아내는 빌 소원이 없나보다.

"여봐요! 날씨도 쌀쌀한데 우리 내려가는 길이니 태워다 드릴 게 타시려
면 타세요. 차 안은 좀 지저분해요. 여행이 길다보니 그리 됐어요."

내려오는 길에 젊은이 한 쌍과 동행했다. 숙소까지 태워다 주었다. 고맙
다는 말과 새해 복 많이 받으세요. 라는 말을 아낌없이 보내주었다. 그들이
고마워하고 행복해하는 마음에 내가 복을 받는 기분이었다.

이런 작은 배려가 이웃을 감동하게 하고 행복해하는 것을. 식사를 제 때
에 못해 쫄쫄 굶은 날이긴 하지만. 시골 여행은 이런 재미도 한몫을 거들
어 배고픈 걸 잊게 하네요.

마린원더스호텔

가천 다랑이 마을과 암수바위

2014년 1월 10일(금)

내일 아침은 좀 더 일찍 일어나보자고 약속은 했지만 누구 탓이랄 것도
없다. 눈을 떴는데 9시다. 난 30분을 더 뒤척이고서야 주섬주섬 옷을 챙겨
입을 정도니 여행의 피곤을 온몸으로 느낀 아침이었다.

어제 읍내에 가서 사온 떡 한 팩이 이럴 땐 효자다. 아침 요기가 된다며
후식으로 사과가 전부인데, 누군가는 김이 모락모락 나는 흰 쌀밥에 된장찌
개 보글보글 끓여 내온 따끈한 밥상에 앉아 맛나게 먹으며 환하게 웃고 있

겠지. 행복은 이런 아침에도 있을 것이다.

　다랑이 마을은 바로 그 아래였다. 바다를 보며 설흔산, 응봉산을 좌우에 거느리고 터 잡은 마을. 알록달록한 지붕들이 어깨를 맞대고 앉아 있는 모습이 정겨운 마을이다. 우린 서두르지 않고 두어 발 뒤쳐져서 앞선 가족을 따라가기로 했다.

　겨울 햇살이 이리 눈부실 줄은 생각도 못했다. 조상들은 한 떼기씩 언덕의 틈새를 놓치지 않고 45도 경사의 비탈에 108층이나 되는 계단식 논을 일구어 놓았다. 한 줌 크기의 삿갓배미에서 300평도 넘는 큰 논까지 다양한 계단식 논을 일구었다. 당시는 밭떼기가 이 마을의 유일한 생활수단이었을 것이다.

　'다랑이 지게길'이 말해주듯 가파른 언덕을 지게를 지고 다랑이 마을 사람들은 땔감과 곡식을 지고 날랐을 것이다. 이곳 사람들의 강인한 생활력을 직접 눈으로 볼 수 있다. 엄마 아빠들은 이를 어떻게 설명해 줄까. 난 그게 더 궁금했다.

　"어머 얘들아! 이것 좀 보렴. 이 풀이 뭘까? 배추. 이건 쑥갓. 하루나. 예쁘지. 어머! 저 파도 좀 봐라 얘들아. 멋지지 않니. 우리 저리로 내려가 볼까?"

　다랑이 논은 저들에겐 손바닥만한 모양의 특이한 밭 그 이상도 아니었다. 우리도 그랬다. 바다가 보여주는 거칠면서도 평화로운 풍경에 탄성을 지르는 것이 먼저였다. 그 끌림은 이곳에 와보지 않은 사람은 모른다. 감탄사를 입에 달아야한다.

　햇살의 포근함까지 더해지면 무슨 말이 필요하겠는가! 암수바위는 수 바위에 비해 임신한 암 바위가 더 힘들어 보였다. 영조 때 남해 현령의 꿈에 한 노인이 나타나서 내가 가천에 묻혀있는데 내 위로 우마가 지나다녀 몸이 불편하니 꺼내어 주면 필히 좋은 일이 있을 것이라고 했단다. 땅을 파보니 과연 암수바위가 있어 이를 꺼내어 미륵불로 봉안하였다고 한다.

　옛날엔 뱃길의 안전과 풍어, 마을의 안녕과 다산을 기원하던 암수바위가 오늘날엔 아들을 갖게 해달라고 비는 장소로 남아있다고 하니 아무래도 무언가를 빌지 않고는 자리를 뜨기 쉽지 않은 모양이다. 좀 더 걸을 생각에 마을의 외곽 길을 걸었는 데도 힘든 줄 몰랐다.

막걸리 한 잔 걸치고 쉬엄쉬엄 걷다보면 3시간은 잡아야 이 마을의 멋까지 조금은 가슴에 담아 갈 수 있지 않을까. 그냥 떠났다면 이만큼 가슴 설레게 하는 곳을 만나지 못했을 것이다. 패키지관광 버스로 오면 고작 한 시간을 준 단다. 그 시간에 뭘 보고 갈 수 있을까?

남해 곰치국과 유배문학관

서울서 왔는데 뭘 먹으면 좋겠느냐고 물으니 요즘이 제철이라며 물메기탕을 권한다. 우리는 맑은 물메기탕에 퐁당 빠지다 왔다.

강원도에선 곰치 국이라고 잘 익은 김장김치를 넣고 끓여 칼칼하고 시원한 맛이었는데, 남해에선 파와 무만 넣고 끓였는데도 더 맛나다. 그 맛이 강원도 곰치 국과는 달랐다. 주인이 거든다. 이곳 물메기가 지금이 실하고 맛이 가장 좋을 때라며 강원도 곰치와의 차별화를 강조하고 있었다. 그런 자부심은 가져도 될 것 같다.

남해유배문학관은 우리가 한자를 읽고 이해할 수 있는 수준도 아닌 데다, 볼거리라는 것이 고서 몇 권에 전지에 써놓은 글귀뿐이다. 지루할 수밖에 없다. 전시실 크기보다 화장실이 더 커 보였다면 누가 믿을까.

구운몽 사씨남정기라는 소설을 쓴 서포 김만중이 이곳에서 유배생활을 했고, 정철 정약용, 윤선도 등 많은 사람들이 다녀간 유배지였음도 알았다. 난 세계에서 가장 오래 유배생활을 한 사람이 광해군(16년)이라는 사실을 여기 와서 처음 알았으니 소득이 전혀 없다고는 않겠다.

우리도 여기까지 찾아오느라 길에 버린 시간이 아까웠는데, 이곳을 찾은 내, 외국인들이 보고 나와선 어떤 말들을 할까. 외국 관광객들은 우리나라에는 보고, 놀며 즐길 곳이 없는 것이 불만이라고 하던데 우린 볼 것 없는 박물관, 전시관, 기념관을 그나마 흩어짓느라 나랏돈을 낭비하고 있다. 충렬사에 이순신 영상관이 지적인데 이순신기념관을 또 짓고 있다.

마린원더스호텔

남해 원예예술 촌

2014년 6월3일(화)

원예예술 촌과 독일마을은 경로 입장료가 4,000원이다. 해설사는 남해가 예로부터 보물섬인 이유는 거지가 없고, 도둑이 없고, 문맹이 없는 3무의 고장이기 때문이라고 한다. 유자 때문이라는 말도 덧붙였다. 유자나무 한 그루가 자식 하나를 거뜬히 키웠다고 한다. 그래서 남해 사람들은 집 식구 데로 유자나무를 심었고, 지금도 남해는 유자가 남해군화(花)일 정도로 유자와 뗄 수 없는 고장이라며 고장 자랑에 침이 튕겼다.

예술촌은 20여명의 원예애호가들이 귀촌을 위해 힘을 모아, 오랜 기간 동안 집과 정원을 작품으로 만들어 이룬 마을이라고 한다. 길 따라 걷다보면 꽃과 나무, 그리고 향기로운 바람이 아름다운 사람들의 사는 이야기를 들을 수 있을 거라는 기대를 갖게 한다. 예술촌 입구서부터 우리 부부는 꽃들에 흠뻑 빠졌다.

낮에도 꽃이 핀다는 노란달맞이꽃. 자주색꽃잎이 너무 예쁜데 줄기에 작은 가시가 흠인 엉겅퀴, 콩과식물로 자스민향을 풍기는 백등화는 큰 소나무 줄기를 타고 올라가는 걸 보니 넝쿨식물인 것 같다. 마주보고 있는 네 개의 하얀 꽃잎이 눈이 부시도록 곱다. 선조들은 뱀이 집 안으로 들어오는 것을 막기 위해 울타리에 심었다는 봉선화, 우물물을 정화정수하기 위해 심었다는 앵두나무, 제주에선 쑥갓나무라고도 한다는 들국화처럼 보이는 마가렛.

산과 바다를 연상케 하는 일본정원, 뉴질랜드의 마오리정원. 계단과 옥상이 온통 꽃으로 뒤덮인 꽃집에선 사진 찍는 사람들로 북적거렸다. 해설사가 많이 힘들어 한다. 본인 왈. "살 좀 더 빼야겠지요?"

남해 힐튼 리조트

금산 전망대

2018년 6월 15일(금)

　한려해상공원에서 유일한 산악공원이 바로 금산이다. 온갖 전설과 38경의 기암괴석으로 남해의 금강이라 부를 만큼 빼어난 경치를 자랑하는 곳, 금산엔 원효대사가 세운 우리나라 3대 관음기도처 중 하나인 보리암이 있다.

　이성계가 금산에서 백일기도 후 조선을 건국하게 되어 보은한다는 의미에서 금산(錦)이라 했다고 한다. 사시사철 방문객이 끊이질 않는다. 예상은 했지만 오늘도 찾는 이가 많았다. 금산으로 가는 산행길은 조금 가파르긴 해도 어렵지 않은 길이다. 보리암에서 정상까지가 0.9km. 산등선 주차장에서 요기까지 가쁜하게 걸어온 걸 보면 오늘 컨디션이 나쁘지 않았다.

　오늘은 금산 정상을 밟기로 한 날이다. 어렵지 않은 코스인데도 의외로 찾는 이가 적은 것은 보리암이란 걸물이 버티고 있어서 일 것이다. 계단을 오르는 것으로 걷기는 시작되었다만 한동안 바위에 주저앉아 있어야 했다. 먼 거리를 운전하고 온 걸 깜빡했다. 정강이 근육을 풀고 올라간다는 걸 잊은 바람에 그 값을 톡톡히 치렀다. 종아리의 쥐가 동행하자고 떼쓰는 바람에 그만. 험하고 길게 왔다가 슬그머니 사그라졌다. 우리 마나님 말곤 눈치채는 사람은 없었다. 글리백 부작용 때문이다.

　금산 정상(705m)인 망대에 올라서니 보이는 건. 점, 점, 점으로 흩어진 섬과 아름다운 남해바다. 거기다 운 좋게 말간 하늘에 초승달까지 걸어 놓았으니 한 폭의 그림이다. 밤에는 횃불, 낮에는 연기로 한양으로 급한 소식을 알렸다는 봉수대가 전망대로 변신했다.

단군성전을 들르고, 원효대사가 화엄경을 읽었다 해서 붙여졌다는 화엄봉. 제발 조금만 더 안 될까. 그거 안 통하더라고요. 그래도 금산과 섬들에 매료되다 내려왔으면 되었다. 멀리 오래 걷진 못했어도 정상을 밟았다는 것으로 위안 삼기로 했다.

가천 다랑이 마을

똥구멍이 찢어지도록 가난했던 부모 세대가 일구어놓은 다랑이 논이 후손들을 먹여 살리고 있는 마을이다. 오늘 점심은 '다랭이 팜 농부맛집'. 화덕에 피자를 구워주고 수제막걸리로 가업을 이룬 식당이다. 우린 주문이 들어오면 멍게랑 쌀을 넣고 밥을 해서 내오는 방식이라 30분 이상 기다려야 하는 멍게비빔밥을 시켰다.

맛있다는 표현을 어떻게 해요. 먹다보면 그릇바닥이 보이는데. 건강을 먹고 왔다. 두 땅의 경계선에 돌담을 쌓아 표식을 했다는 '소몰이살피길'은 남해 어머니들이 바다가 열리는 물때에 맞춰 갯벌로 다니던 길이다. 그 길 이름이 남해바래길. 그 길 중에 다랭이지갯길 100m를 걷기로 했다.

"이 마을 농부가 일을 마치고는 집으로 가기 전에 논의 숫자를 세어보곤 했는데 한 베미가 모자라드란다. 포기하고 집에 가려고 벗어둔 삿갓을 들어보았더니 그 밑에 한 배미가 있었다는 일화로 삿갓배미라고 한다."

손바닥만 한 땅도 논으로 만들어야 했던 할아버지, 그 할아버지의 부모 세대의 고단한 삶이 해학적으로 녹아있는 말이다. 그런데 요즘은 배미가 자고 나면 없어지는 것을 관광객들이 안타까워하고 있다. 다랑이 논은 안 보이고, 콩, 메밀을 심은 다랑이 밭만 보이니 그럴 밖에.

때 묻지 않은 자연 그대로의 모습을 간직한 다랑이 논, 바다 풍경에 어울릴 것 같은 다랭이 마을을 기대하고 왔는데 약삭빠른 상술만 번창하는 모습만 보고 간다. 되살리지는 못하더라도 더 이상은 없었으면 바라는 것이 욕심입니까?

남해

남송가족호텔, 남해 힐턴리조트, 남해 마린 원더스호텔, 남해 독일마을 노이 하우스

밀 양

밀양 영남루와 아랑각   밀양 표충사
무봉사와 박시춘 생가   밀양 시립박물관
밀양 위양 못

밀양 영남루와 아랑각

2014년 2월 4일(화)

  밀양은 첫 느낌부터가 달랐다. 도심 곳곳에 세월이 묻어나고, 문명의 때가 그다지 물들지 않은 향수가 있었다. 골목이며 거리가 비좁은 듯 좁아 보이지 않는 마술을 보여주고 있었다.

  키 작은 지붕들이 이마를 맞대고 있는 것도 정겨운 모습이었다. 나는 세월의 타임머신을 타고 온 착각을 하고 있었다. 그때마다 입이 자꾸 귀에 걸린다. 언덕으로 차를 끌고 올라가서는 한 치의 망설임도 없이 갓길에 차를 세웠다. 놀라울 정도로 태연하고 뻔뻔한 행동이었다. 등을 보이고 서있는 영남루는 다행히 수줍은 듯 밀양아리랑의 가락에 젖어 있었다.

  "날 좀 보소 날 좀 보소 날~ 좀 보소 동지섣달 꽃 본 듯이 날 좀 보소"

  저절로 흥이 난다. 발은 사뿐사뿐 들리고 어깨가 들썩거린다. 입은 어느새 흥얼흥얼 따라 부르고 있었다. 밀양강의 영남루. 세월의 흔적은 지울 수 없는 모습이었다. 단청은 벗겨지고 많이 낡아 초라해 보이긴 해도 진주 촉석루와 겨뤄볼 만하다는 위용은 변함없이 보였다. 멋으로 보나 주변경관으로 보나. 좌측에 능파각 우측에 침류각을 끼고 앉은 모양새가 촉석루와는 달랐다.

  재미있는 것은 누각부터 둘러보자며 앞서는데 아내는 밀양아리랑의 흥에 취하고, 누각의 처마 끝에는 풍류를 즐겼을 선비들의 시가 한 구절씩은 걸려있을 것 같은 분위기였다.

영남루로 달구경 나왔다가 밀양강에 몸을 던져 순결을 지킨 아랑낭자의 혼백을 위로 하고자 그 아름다운 모습을 화백 '이당'이 되살려 주었으니 무슨 한이 남았을까. 머슴아들은 아랑각을 둘러보다 보면 발길돌리기가 쉽지 않을 것이다.

무봉사와 박시춘 생가

'신라 말, 음력 2월에 갑자기 한 무리의 나비가 떼를 지어 무봉산을 뒤덮으며 날아다니다 갑자기 흔적도 없이 사라진 기이한 일이 있은 후 고려가 삼국을 통일하여 태평성대를 맞았다. 1945년 8월 15일 3시경에는 태극나비가 무봉사 법당에 날아들기까지 했다는 전설과 실화를 가지고 있는 사찰이다.'

그런 후로 무봉사를 참배하고 나면 집안에 경사스러운 일이 생긴다고 하는데 운치까지 있다. 무봉사로 가려면 영남루에서 밀양아리랑 길로 들어서면 얼마 안 걸린다. 아랑이가 봉변을 당하던 그날 밤 걸었을지도 모를 길이다.

'내 인생에서 가장 행복한 날도 정점인 날도, 가장 귀중한 날도 오늘이요, 지금이다. 그러므로 오늘 하루하루를 이 삶의 전부로 느끼며 살아야 한다'

이 글을 읽고 있으면, 풍광이 그림이요 따스한 햇살이 부처님 마음인데 무슨 말이 더 필요할까.

영남루 입구 작은 언덕에는 초가집이 한 채 있다. '신라의 달밤, 굳세어라 금순아' 등 많은 곡을 남긴 작곡가 박시춘이 살던 집이라고 한다. 그의 어릴 적 살던 모습을 그려보면 영남루가 서재요, 아랑각을 동무 삼았다. 무봉사

뒷산에서 뛰놀다 밀양강에 발 씻고 누워 마을을 내려다보며 어린 시절을 보냈을 것이다. 예술의 혼이 거저 이루어진 것은 아님을 알 수 있다.

단칸방에서 꿈을 이룬 소년은 오늘밤에는 어떤 별 꿈을 꾸며 잠들어있을꼬.

밀양 위양 못

'위양 못'은 신라시대부터 있었던 것을 임진왜란 이후 이유달이란 사람이 다시 쌓은 것이란 기록이 남아있다고 한다. 위양 못은 양민을 위하는 마음으로 만든 연못이란 뜻이라고 한다.

다섯 개의 작은 섬을 품은 저수지다. 이른 봄 못가에 피는 이팝나무로 유명세를 타는 곳이기도 하다. 나무 전체가 하얀 꽃으로 뒤덮여 그 모습이 마치 쌀밥 같아 그 경치가 대단하다고 한다. 이팝나무 거목들이 하나같이 연못을 향해 비스듬히 서 있는 것도 예사로워 보이지는 않는다.

완재정으로 들어가는 다리가 물위에 아슬아슬하게 떠있는 듯 보인다. 정말 멋지단 말 외엔 할 말을 잃었다. 정자에 이팝나무라. 하얀 이팝 꽃이 가지마다 걸리고 봄비라도 내리는 날이면 걷고 싶을 만큼 아름다울 텐데 우리가 먼저 걸으면 안 될까?

"미리 걸어보지 뭐. 바로 그날이라 생각하고 걸읍시다."

걷지 않고는 못 배길 것 같은 충동이 이는 못의 매력은 또 하나 있다. 쪼그려 앉기만 해도 물이 손끝에 살랑살랑 닿을 듯 가깝다는 것이다. 온전히 마을 사람을 위해 만든 못이라고 하니 더 귀해 보인다.

남도밀양관광호텔

밀양 표충사

2017년 12월6일(수)

날씨가 어제처럼 몸이 움츠러들 정도로 쌀쌀하면 안 되는데. 날씨가 안 좋으면 박물관이나 찾아보자며 나서는 길이다. 웬일이레. 바람 한 점 없다. 구름도 적당히 흩어진 푸른 하늘에 아침 햇살까지. 26km니까 표충사까지 내뺍시다. 그랬을까 목에 힘이 실렸다.

표충사 가는 길에는 나목들이 시립해 있는데 붉은 기운이 보기 드문 광경이었다. 절에 도착하니 크고 작은 참나무들이 알맞게 섞여 키 재기 하듯 자신의 영역을 차지하고 있다.

그 귀퉁이에 주차장을 마련했는데 좁아 보이질 않았다. 나무들이 각자 제자리에서 제 역할을 다하고 있었다.

사각사각 낙엽 밟히는 소리는 입적에 들어가는 스님의 울림이요, 귀를 쫑긋 세우면 발밑에서 나는 또 다른 소리는 돌아올 봄을 기다리는 자연의 소리였다. 주차장은 표충사의 매력일 뿐 아니라 잊혀져가는 삶의 매듭을 푸는 실타래였다.

불이문을 들어서면 표충서원, 표충사(祠), 구국박물관이 있다. 서산대사, 사명대사, 기허당. 이 세 분 대사의 충절을 기리기 위한 곳이다. 중산리 삼강동에서 옮겨온 후 '표충서원'이란 편액을 걸면서 절 이름도 표충사로 고쳤다고는 하나 여길 부처의 세계라 보지는 않는다고 한다. 그건 임진왜란 때 사용했던 병장기며 수기, 징, 소북, 꽹가리는 물론 사명대사가 입고 있었다는 옷이며 친필 글씨들이 보관돼있기 때문이다.

계단을 올라 사천왕문을 들어서야 만이 부처의 세계다. 우리에겐 영정(靈井)약수 한 사발이 먼저다. 표충사의 역사는 어느 날 '재약산' 기슭 대밭 속에서 오색의 상서로운 구름이 떠올랐다 해서 죽림사(竹林寺). 신라 흥덕왕 때는 셋째 왕자가 풍으로 고생할 때 이곳 영정약수를 마시고 병이 나았다 하여 영정사(靈井寺). 세 분 스님을 이곳에 모시면서 얻은 지금의 절 이름은 표충사다.

　표충사의 중심 본존인 대광전 뒤뜰에 노란 소원리본들이 펄럭이는 정경은 나에게도 새로운 볼거리였다. 어떤 소원을 리본에 담아 부처님께 소원을 빌었을까. 그 정성이 너무너무 곱지 않은가. 거기에 마음이 팔려 나머지는 곁눈질도 못했다.

밀양 시립박물관

　지방박물관을 여럿 다녀보았지만 특별한 전시물 한두 점을 빼곤 전문가가 아닌 평범한 우리의 눈에도 그게 그것이 대부분이었다. 이곳은 밀양구석기유적과 금천리 신석기시대의 농경유적. 3세기경 '미리미동국' 시대의 유적에서 제철유적까지 밀양이 우리 역사의 변방이 아니었음을 강조하려 한 흔적이 곳곳에서 볼 수 있었다.

　삼한시대의 역사와 문화, 선조들의 생활상도 보여주었다. 특히 밀양의 민속놀이와 일제하에 독립운동을 했던 분들의 자료가 전시된 것도 눈길을 끌었다. 최수봉 열사의 밀양경찰서 폭탄투척을 밀랍인형으로 재조명한 것이며 조선의용대의 활동을 알기 쉽게 표현한 것이 특별했다. 솔직히 경남에서 가장 오래된 공립박물관이라기에 기대를 가졌는데 그 기대를 채워주진 못했다.

　박물관을 나오면서 와 이리 좋누. 날씨가 많이 누그러진 데다 따스한 햇살까지 공원에 내려앉았기 때문이다. 구름이 걷히니 바람도 잦아들더라는 얘기다. 이런 날씨엔 걷고 싶다. 밀양 시내를 조망하며 마음은 뛰어다녔지만 실은 산책했다. 아리랑공원에 박물관 그리고 아트센터까지. 이 셋 중 하나는 중심이 되어야 하는데　모두가 조연 같았다.

　밀양아리랑은 활발하고 경쾌한 가락이 특징이라고 한다. 삼색팔랑개비에 눈(雪)을 형상화한 상징탑에 특징을 살리면서 확실하게 각인시켜 놓은 것이 색달랐다.

창원 호텔에비뉴

밀양 남도밀양 관광호텔

사 천

사천 선지리 성　　　　　　별주부전의 고향
항공우주박물관　　　　　　사천 봉명산 다솔사
비토 해양낚시공원　　　　　삼천포 용궁시장

사천 선지리 성

<u>2014년 1월 11일(토)</u>

　서울에선 노로 바이러스와 세균성감염이 철 아닌 지금 극성을 부리고 있다고 한다. 장광용이 날 것을 먹지 말라며 메시지를 보내왔다. 며칠 전 충무에서 회 먹고 심한 설사로 한바탕 곤욕을 치룬 뒤였다. 그럼 그것이…. 오늘부터라도 조심해야겠네.

　떠나보내기 아쉬워서 그랬을 거다. 일출이 바다에 길을 만들고 있었다. 이런 기적 같은 풍경에 환호성을 질렀다.

　오늘 아침은 김치찌개. 고성에서 공룡을 보고 진주로 갈 생각이었다. 그런데 미국마을을 지나면서 내비에 손이 간 이유를 지금도 모르고 있다. 삼천포대교가 아니라 엉뚱하게 여수산업단지굴뚝의 연기가 보이는 것이 아닌가. 아뿔사.

　이 멍청한 짓에 남해대교를 건너게 되었고 40여km나 되는 하동의 드라이브코스를 달려야만 했다. 고성의 공룡박물관은 자동 포기. 대신 사천의 선지리 성과 우주박물관이 대안으로 떠올랐다.

　선지리 성은 임진왜란 당시 왜군이 축조한 성을 이순신장군이 그들을 물리치고 초병을 주둔시켜 전진기지로 사용할 만큼 전략상 중요한 성으로 규모는 작았다. 성문은 어색한 왜색 풍이었고 성곽은 좁았다. 봄이면 흐드러지게 피는 벚꽃이 장관이라는데 글쎄다. 사천의 젊은이들이 데이트 장소로 한두 번 이용하긴 좋겠으나 멋모르고 찾은 관광객은 크게 실망할 것 같다.

항공우주박물관

항공우주박물관은 볼 것이 널려있었다. 많이 보고 느끼면서 조국에 대한 자부심도 키우고 있는 아이들의 환한 모습을 보면 화가 더 난다. 여기엔 우리의 미래가 있는데 찾는 사람들에 비해 주차장이 선지리 성에 비해 너무 협소해서다.

한국전쟁 당시 유엔 참전국과 중공군, 북한군의 무기를 비교 전시한 자유수호관은 인기가 좋았다. 비행기의 원리를 배우고 체험할 수 있는 항공우주관을 둘러보는 재미는 흥미를 넘어 호기심을 유발하는 좋은 학습장이었다. 우리의 미래를 책임질 젊은이들이 많이 찾았다. 우리 공군의 현주소와 과학자, 기술자들의 꿈과 열정이 배어있는 현장을 보면서 이곳이 우리 청소년들에겐 유익한 박물관이란 생각을 했다.

미국의 라이트형제보다 300년 앞서 우리가 만들었다는 세계 최초의 비행기 '비차' 1953년 사천에서 만들었다는 대한민국 최초의 국산 경비행기 '부활호'. 우주시대를 열어야 할 다음 세대에게 주는 메시지로 가슴 뭉클하게 하면서 애국심을 불러일으키는 매력이 있었다. 난 관람객들의 발소리만 들어도 엔도르핀이 솟았다.

비토 해양낚시공원

2017년 12월 9일(토)

어제 저녁은 삼천포대교의 현들이 석양을 받아들여 붉은 기운을 품고 은

빛으로 반사되는 모습이 너무 눈부셔 한동안 넋을 놓고 보고 있었다. 어둠이 깔리면서 작은 물방울이 별빛과 함께 빛의 축제를 열고 있었다. 아침은 아메리칸 스타일에 빵이 너무 잘 구워져서 행복했는데 수프와 샐러드가 없어 조금 실망했다.

비토섬은 주차장이 가까워서 편리했다. 낚시는 계절의 성수기가 따로 없는 것으로 알고 있다. 게다가 주말이고 날씨까지 받쳐주는데 차량이 몇 대 안 보인다. 보이는 사람이라곤 길거리에 앉아 굴 까는 아줌마 서넛뿐이다.

다리를 건너겠다니까 매표소가 잠깐 들렀다 가란다. 경로는 천원, 낚시꾼은 이만 원. 섬으로 들어가는 228m의 보행교는 예쁘고 섬과 바다가 그림이다. 걸음이 느려지는 것은 어쩔 수가 없다. 공원을 몽땅 접수할 기세로 호기부리며 걸어보려 했지만 마음뿐. 두리번거리며 눈 따라 가며 느릿느릿 걸었다.

바다 속은 용궁이었다. 들여다보면 볼수록 알 수 없는 신비로움에 탄성이 절로 나왔다. 바다풀이 숲을 이루며 그 숲이 깊은 바다로 이어지는 모습이다. 한 뼘 뒤로는 띠를 두르듯 갈색 풀들이 머리를 내밀고 고만고만한 키를 자랑하고 있다.

더 흥미로운 건 바위에 다닥다닥 붙어 있는 흔한 굴들이다. 저 녀석을 한 개 까서 입에 넣는 상상만으로도 행복했다. 낚시꾼이나 주민들은 일이 있어 관심이 없듯이 우리도 여행을 즐기느라 그랬다.

섬 둘레를 머리띠 두르듯 보행 둘레길이 316m. 그러니 휘 둘러보고 가는 사람들은 여유부리는 것이 사치라고 생각할 수도 있겠다. 낚시꾼들이 낚시에 열중하는 모습이며 그들의 입담도 듣고 싶다. 바다에 떠 있는 낚시다리 두 개에 반구형 해양펜션 4동이 바다에 떠있다. 낚시를 즐기는 사람들의 넉넉함과 호방함을 이것만으로도 충분히 알 수 있지 않을까. 용궁, 바다, 토끼, 거북이란 펜션이름이 별주부전의 고향답다.

별주부전의 고향

여기까지 온 김에 월릉도로 토끼와 거북이전설을 만나러 갈 계획이다. 꾀주머니 토끼의 성급함을 비웃으러 간다. 어찌되었든 우린 용궁마을 갓길에 차를 세우고 월릉도가 훤히 드러난 갯벌을 보며 걷는 중이다. 여기서는 스피드여행이다. 눈에 보이는 것만 담아가면 되는 여행.

별주부전의 전설을 만나러 가기에는 좋은 시간대다. 물때가 맞으니 토끼와 거북이 길을 걸어 갯벌을 가로지르는 건 어렵지 않겠다. 그러나 우리는 가로막아 선 나루터의 뜻을 따르기로 했다. 갯벌이 드러나 배가 옴짝달싹 못하고 있었다.

월릉도에 당도한 토끼가 달빛에 반사된 육지를 보고 성급히 뛰어들다 바다에 빠져죽어 토끼섬이 되었고, 그 토끼를 놓친 별주부는 벌 받을까 용궁으로 돌아가지 못하고 그 자리에서 섬이 되었다고 한다. 한편 부인토끼는 남편을 애타게 기다리다 바위에서 떨어져 죽어 목섬이 되었다는 별주부전을 나루터에서 되새겨보고 있다.

썰렁한 계절이다 보니, 별주부전테마파크까지 다녀올 용기는 없었다. 호기심은 이것으로 만족해야 한다. 떠나야 할 때는 깔끔해야하는 것도 마찬가지. 별주부전의 이야기 속에서 빠져나오는 길은 단 하나. 거북교를 건너는 것뿐이다.

사천 봉명산 다솔사

60년대에 절에서 식겁했던 것 중 하나가 변소다. 지금은 화장실이란 단어로 포장했지만 절에선 여전히 해우소다. 그 해우소에 들어가 일보는 경험을 할 수 있는 곳이 다솔사다. 걱정을 덜고 근심을 풀어버린다는 해우소. 젊은이들은 불결보다는 불편을 먼저 꼽을지 모른다. 그러나 그 시절을 기억

하는 사람들이 있다면 기억 속에 숨은 추억 하나는 주워 담아 올수 있다.

모든 중생을 제도하려는 부처를 모시고 있는 극락전과 나한(아리한)을 모셨다는 응진전. 그들은 부처를 따르던 수행자들로 최고경지에 오른 스승들이라고 한다. 이 두 전각을 곁에 두고 극락보존이 본전으로 가는 길이다. 법당에서는 목탁과 스님의 독경소리가 함께 흘러나온다.

사리탑에 가서 연화대찻물에 손을 3번 담가 몸을 깨끗이 한 후 탑전에 올라 시계방향으로 세 번 돌며 소원을 기원해 보란다. 신도들이 경건한 마음으로 계단을 오르는 모습을 심심찮게 볼 수 있는 곳이기도 하다. 수많은 황금색 소원리본이 바람에 팔락이는 것조차 내 눈을 평안하게 해 준다. 기운이 예사롭지 않아 보인다.

안심도는 방 2개가 전부인데, 말하자면 절의 행랑채 같은 곳이다. 만해 한용운을 중심으로 결성된 한일비밀결사 만당(卍黨)의 근거지였다고 한다. 일제강점기 때, 이들은 다솔사를 근거로 불교혁신과 항일운동을 함께 한 곳이다. 김동리가 단편소설 등신불을 집필한 곳이요, 한용운이 독립선언문 초안을 작성했다 해서 문학의 상징이요 등신불의 산실이라고도 한다.

아차 하는 순간에 절에서 내려오다 벌어진 일이었다. 앞바퀴 하나가 아슬아슬하게 도랑 끝을 잡고 버티고 있었다. 어처구니없는 운전 실수로 일어난 사건이었다. 문제는 용기 있게 차를 후진해서 바퀴를 안전하게 되돌려 놓을 수 있을 것인가. 서툴러서 도랑에 차를 박는 날엔 남은 여행을 망칠지도 모르는 선택의 기로였다. 난 안전을 택했다.

자신감과 조심성이 반비례한 사건이었다. 아내와 내가 할 수 있는 일은 차들을 입구 방향으로 나가도록 조치하는 것뿐이다. 한 30여분. 부지런히 달려온 레커는 예상대로 액셀레이터와 핸들 조작 한번만으로 차를 원상태로 돌려놓았다.

삼천포 용궁시장

삼천포 용궁수산시장으로 직행했다. 요즘이 제철이라는 '참 농어' 한 마리를 2만원에 회 뜨고 주인 보고는 상추는 필요 없으니 된장만 주시면 된다고 했는데 고추와 마늘이 딸려 나왔다. 고소한 맛에 씹히는 질감이 끝내준다.

수산시장 뒷골목에 가면 유리창에 큼지막하게 대구탕, 물메기탕이라 쓰여 있는 허름한 식당이 보인다. 횟집에서 일러준 그 집이다.

이곳에 가면 겨울철 별미 물메기 맑은 탕을 맛볼 수 있다고 한다. 무와 물메기 몇 토막이 전부인데 맛나다. 희안한 일이다. 남해바다의 물메기가 강원도의 것보다 시원하면서도 부드러워 씹을 것이 있다는 말을 실감하고 왔다. 내가 할 수 있는 일이라곤 혀를 돌려가며 가시를 발라내는 일 뿐이었다.

호텔방은 산 전망. 부인은 간병인에 동행인까지 두 몫을 하다 보니 피곤했던 모양이다. 침대에 눕자마자 코를 곤다. 마음이 짠해지더니 콧등이 시큰거린다. 남은 시간 잘해줘야 할 텐데 내 재주가 이 짓거리밖에 할 줄 아는 게 없으니.

삼천포해상관광호텔

사천 삼천포 해상관광호텔

산 청

산청 구형왕릉   대원사 계곡
산청 남사 예당 촌   남명조식 선생유적지

산청 구형왕릉

산청휴게소의 매력은 '경호강전망대' 즉 소망과 기원을 담으면 그 소원이 이루어진다는 산청거북바위가 잘 보이는 곳이었다.

구형왕릉 주차장에 차를 세웠으면 김유신의 사대비는 보고 가야 한다. 문제는 화장실이 열악하다는데 있다. 허긴 내방객도 달랑 우리뿐이니 그럴 수도 있다.

아줌마들이 뒤따라오기에 좋아라했는데 유의태 약수터 방향으로 길 잡은 걸 보니 제대로 트레킹 할 모양이다. 그 바람에 김수로왕의 태왕궁터였다는 왕산의 등산로 귀퉁이에서 응가하고, 나는 멧돼지가 나타나면 묘안이 있는 것도 아니면서 김유신 사대로 가는 계단에 앉아 망보았다.

천연 돌을 쌓아 올린 특이한 형태의 돌무덤이다. 문인석과 무인석도 세웠고 위패도 모셨다. 덕망전도 있다. 그래 주변이 깔끔해지긴 했다. 이곳은 가락국 마지막 임금인 양왕의 무덤이다. 김유신이 이곳에서 7년간 능을 돌보며 무예를 닦았다는 할아버지 묘가 있는 곳이다.

유의태의 약수가 여름에는 차고 겨울에는 따뜻한 '한천수' 에 맛도 기막히다고 들었다. 혹 왕산의 약수가 반위라도 고친다면 모를까. 이 더위에 그늘 하나 없는 산로를 따라갈 생각은 없다. 다만 왕산에서 출발해서 팔봉산을 거쳐 동의보감 촌으로 내려가는 길은 누구나 너끈히 걸을 수 있는 산행

코스라는 것쯤은 알고 왔다.

우린 스케줄에 따라 동의보감 촌에 들렀다. '다담' 이란 찻집에서 십전대보탕 한 잔 마시고 氣바위빵을 사들고는 편의점으로 갔다. 시골 여행 중 유념할 것은 식사할 마땅한 곳을 찾기 어려울 때를 위해 한 끼 정도는 대비할 필요가 있다.

산청 남사 예당 촌

우리나라에서 가장 아름다운 마을 1호가 참새들이 떼로 몰려다니며 반갑다고 인사하는 남사 예당 촌이다. 황토돌담은 기와를 얹어 비에 씻기는 것을 방지한 탓에 품위를 잃지 않았다. 고풍스런 옛 담장이 여기선 우리 한옥의 아름다움과 너무 잘 어울렸다. 걷다보면 막다른 골목과 마주쳐 동선이 자주 끊어지는 것이 흠이긴 하다. 골목에서 마주치는 관광객들도 미소가 떠나질 않는다.

20세기 초, 40여 채의 한옥들은 남사천에 널려있는 강돌을 사용하여 담을 쌓았다고 한다. 밑돌은 큰 막돌로 쓰고 그 위에 황토와 잔돌을 섞어 담을 쌓다보니 2m를 훌쩍 넘기는 건 어렵지 않았을 것이다. 담장의 높이는 양반의 격을 높이려는 유교사상과 상것들과의 차별화를 위한 수단이었을 것이다. 누구도 흠집 낼 수 없는 양반고을의 위엄이 있었다.

'월강고택' 은 전통적인 남부지방의 사대부한옥이라고 한다. ㅁ자형 저택으로 안타깝게도 400년 되었을 '최씨 매' 가 고사하고, 후계목이 대를 이을 모양이다.

부부회화나무는 '이씨 고가' 가는 길목에 있다. 아름드리면서 이리 예쁜 수형은 본적이 있냐고 한들 누가 뭐랄까. 정말 멋진 나무였다. 부부가 손잡고 걸으면 금실 좋게 백년해로 한 데서 그런가. 사람들은 골목을 빠져나갈 생각을 않는다. 타이밍을 잘 잡아야 한 컷 찍을 수 있을 정도로 붐빈다. 회화나무는 수령이 450년이 넘었다는데 마을에서는 가장 키가 큰 나무라고 한다. 줄기에 주먹만 한 구멍이 하나 있는데 배꼽을 닮았다하여 삼신할머니 나무라 부른다고 한다. 아기를 갖길 원하는 여인은 구멍에 손을 넣고 빌면 애기를 갖는 전설이 있다.

매화 대신 목련향이 풍기는 골목을 걸어 상춘당 예담원에서 식사나 하고 가려고 했는데 돌아온 대답은 "5시까지예요. 네 끝났습니다. 죄송합니다."

'하씨 고택'에 가면 산청에서 700년 세월을 견뎌온 고매인 '원정매'를 볼 수 있을 거라 기대했는데 그만 잊어 먹었다. 달님은 원정매를 잊지 않고 찾아와 조각구름을 불러냈으니 오늘밤은 남사예당 촌에서 묵어가려나보다. 하얀 달님 마음씨는 곱기도 하다.

지리산 뷰캐슬 펜션 203호

대원사 계곡

2018년 3월 28일(수)

경남의 산들도 조릿대의 침공에서 자유롭지 못하다. 지리산도 제주 한라산만큼이나 조릿대의 침공이 심상치 않음을 보았다. 빨리 손쓰지 않는다면 진달래와 산꽃들을 더는 볼 수 없을지 모른다. 다행히 지리산이 품은 삼장면만은 진달래의 붉은 기운이 곳곳에 숨어 웃어주니 얼마나 다행인지 모른다.

대원사 계곡이 아름답다기에 찾아가는 길이다. 가슴은 두 근반 서 근반. 금강송의 울창한 숲과 여승이 있어 색다른 분위기일 거란 기대감 때문이었다. 얼마 들어가지 않아서 되돌아 나올 수밖에 없었다. 도로가 좁아 서로 비켜주는 배려가 없으면 애먹을까 지레 겁을 먹었던 모양이다. 산길에서 뭔일 치르면 어떠케요. 남 탓하기 전에 내가 포기하는 게 안전하고 빠르다 생각한 거지요.

계곡물이 우렁찬 대원사 계곡까지 와서 가지마다 경쟁하듯 새순을 틔우는 모습을 못 본 척 지나칠 수는 없었다. 거기다 따스한 햇살이 있는 나른한 봄이다. 그러니 상류로 올라가지 않으면 어떤가. 물 따라 변해가는 자연을 숨죽이고 지켜보는 것만으로도 축복받은 날이 아닌가. 침엽수와 활엽수가 경계를 이루며 독특한 색깔을 입히며 자신을 나타내는 풍경. 색의 변신은 봄에만 볼 수 있는 그림이다. 침범해 들어가려는 자와 막아내려 안간힘을 쓰는 자와의 아름다운 경쟁이 치열하게 벌어지는 현장에서 봄을 맞는 생명들에 넋을 잃었다.

경치야 더 말하면 잔소리지요. 송정 숲은 솔 향이 스멀스멀 코끝으로 스며드는 곳이라 할 말이 없다. 피서 철이면 가족들이 텐트치고 찌개 끓여놓고 동글동글한 돌들을 모아 엉덩이 붙이고 둘러앉으면 더 이상 무얼 바랄까. 출렁다리만 건너면 큰길이요, 마을도 있으니 물놀이 행락객엔 보물 같은 곳일 것이다.

계림정은 여름이면 활엽수의 그늘이 끝내줄 것 같은 숲이다. 한여름 청개구리가 졸고 잠자리도 쉬어가기 좋은 곳. 누군가와 하루 이틀 놀다 갈 곳을 추천하라면 바로 여기.

송정숲이나 계림정은 대원사 계곡이 만들어낸 명승지다. 지금은 어수선해도 피서 철에는 또 다른 모습으로 나그네를 놀라게 할 것 같다. 계곡을 찾는 아이들이 환하게 웃는 얼굴이 그려진다. 자글자글 왁자지껄.

남명조식 선생유적지

남명선생이 1562년 61세에 귀향해 지은 집이 산천재였다. 그 툇마루에 앉아 지리산을 바라보면 천왕봉이 보인다 하여 명당자리로 꼽는다고 한다. 학문과 선비정신을 제자들에게 전수하며 노후를 보낸 곳이라기에 툇마루에 앉긴 했는데 적당히 걸터앉아 그런가. 아니면 너무 몰라서인가. 어느 봉우리가 천왕봉인지 알 수가 있어야지요. 시야가 탁 트였는데도 내 눈엔 그 봉우리가 그 봉우리였다. 산, 산, 산 앞산은 산봉우리뿐이다.

이 집을 지으면서 마당에 매화나무 한 그루를 심었다고 전해지고 있다. 후손들이 '남명매' 라 이름만 지었지, 가꾸고 돌보질 않아 기품 있는 모습은 어느 방향에서도 찾아볼 수 없었다. 문득 가난하고 게으른 선비의 낡고 색바랜 무명옷을 보는 것 같았다.

기념관에는 그의 유품으로 '경의검' 과 소리를 듣고 정신을 깨우친다는 '성선자', 임금님이 하사했다는 '교지' 가 전부다. 허긴 유학자기념관에 가 보면 대동소이하다. 업적을 내세우는 것이 아니라 누구누구와 교분이 있었으며 누구누구는 제자였으며 누구누구와 견줄 만큼 학문이 뛰어나다는 게 전부다. 그리고 책 몇 권. 이 분의 학문이 퇴계 이황과 견줄 만 하다고 한다.

'나는 비록 착하지 못하지만 남이 착하도록 도와주려는 생각은 진실로 얕지 않다.'

남명 조식의 이글은 해석하기에 따라 다른 느낌일 수도 있다. 글줄이나 읽는다는 양반과 백성. 지배자는 군림해야 하고, 백성에겐 착함을 강요하는 사회. 이런 엉뚱한 생각을 하고 있는 내도 날 모르니 까깝해서 잠도 안 올라 그런다.

지리산 뷰캐슬 펜션 203호

산청 지리산 케슬펜션

양 산

양산 통도사
내원사와 내원사계곡

양산 통도사

2014년 6월 5일(목)

한 시간 정도를 달려 도착한 마지막 행선지는 통도사. 인도의 영축산과 통한다 해서 붙였다는 설과 이 절을 통해야만 스님이 될 수 있다는 설이 함께 하는 절이다. 일주문, 천왕문을 지나 극락전 앞에서 가이드가 입을 연다.

"통도사는 신라 선덕여왕 시절 지장율사가 인도에 건너가 부처님의 머리 비녀, 밥그릇, 옷을 가져와 모신 사찰입니다. 순천 송광사와 합천 해인사와 함께 우리나라 3대 사찰이에요. 영축산 통도사란 현판은 조선 말 흥선대원군이 쓴 글씨입니다.

아미타불을 모시는 극락보전은 하로전. 부처님이 영산에서 설법하신 내용을 그려 놓은 영신전. 그리고 약사여래보살님을 모시는 약사전이 있는 공간입니다. 극락보전의 기둥 위에 꿀단지 모양이 보이시지요? 이절이 불에 타는 것을 막기 위해 스님들이 매년 소금을 넣는 나무단지랍니다.

불이문(不二門)을 들어서면 중로전. 부처님의 세계로 들어가는 문이라 해서 스님들이 수도를 하는 공간과 관음전, 용화전, 대광명전이 들어서 있습니다. 상로전은 금강계단과 대웅전을 중심으로 한 공간이구요. 조선시대에 천민 대접을 받던 스님들이 토속신앙뿐 아니라 유교까지도 아우르려는 노력을 엿볼 수 있는 곳이 바로 이곳이랍니다.

지장율사를 모신 사당으로 통하는 문으로 유교식 산문인 데다 제를 올릴 때도 유교식으로 제주는 가운데 문으로 들어가고 다른 사람들은 오른쪽 문으로 들어가 왼쪽 문으로 나오는 행사의식을 치른다고 합니다.”

웅진전 옆에 우리를 세우더니 가이드가 호랑이 이야기를 들려준다. 바로 그 호랑이의 기를 누르기 위해 절 마당에 큰 돌을 박았다는 것이다. 진갈색의 돌에 붉은 색이 흩어져 있는 것이 꼭 피 같다 해서 호혈석(虎血石). 우린 개구쟁이마냥 가이드가 시키는 대로 돌을 밟아도 보고 만져도 보았다. 참 신기하단 말 밖에. 어디서 저런 멋있는 돌을 구해왔을까. 나는 그것이 더 궁금했다.

대웅전에는 불자들로 가득하다. 법당 밖도 보살님들의 발길이 바쁘다. 어떤 보살님의 보자기에는 시루떡도 들려있다. 보살님의 발길을 세우고 알아보니 오늘이 약사재일. 즉 약사여래보살에 재를 지내는 날이란다. 모든 중생의 마음과 육신의 병을 치유해달라고 기원하는 날이다.

베니키아 양산호텔

내원사와 내원사계곡

<u>2021년 10월 20일(수)</u>

김해에선 그 좋던 날씨가 양산의 하늘은 구름이 잔뜩 끼더니 바람까지 동반했다. 주차장서부터 무조건 걸을 생각이었다. 꿈의 계곡이라 불리는 이유를 직접 걸으며 보고 느끼고 싶었다. 2km거리면 왕복 4km. 먹구름이긴 해도 비만 안 온다면 이 정도의 바람은 충분히 걸을 수 있을 것이라 자신했다. 콧노래까지 부르며 걷는다면 얼마나 멋있을까.

그렇게 제법 걸었다 했는데 아직도 내원사가 3km다. 시간 반이면 다녀올 수 있을 거란 계획이 와르르 무너지는 순간이었다. 그뿐이었겠습니까. 실은 바람도 만만치 않았다. 결국 나는 주차장으로 돌아와 차를 가지고 갔고 아내는 고마운 눈길을 보내주었다. 차는 절까지 들어갔다.

　내원사는 천성산 기슭, 깊은 산골에 있다. 원효대사가 창건하였으나 6.25 때 다 불타버린 것을 '수옥' 비구니가 1958년부터 재건을 시작하여 지금은 70여명의 비구니가 상주 수도하는 사찰이 되었다고 한다.

　내원사는 계곡이 더 유명하다. 내원사 계곡. 천성산의 울창한 숲 사이로 흐르는 계곡은 여름엔 피서객, 봄, 가을엔 등산객이 많이 찾는다고 한다. 그런 계곡을 걷는 속도로 차를 몰면서 아름다운 숲에 드러낸 속살 같은 계곡 물소리를 듣는 것만으로도 놀라고 감탄하기에 충분했다. 차에서 내려 계곡에 손 담글 만큼 여유가 있진 않았다. 구경 잘 하고 갑니다.

　나오는 길에 두부전문점 '천성산 가는길' 에 들러 두부조림을 시켰다. 내원사에서 식당까지 오는 길도 내원사 계곡만큼이나 계곡이 아름다운 길이다. 꿈의 도로. 탄성과 감탄을 번갈아 가며 질러야 올 수 있는 곳. 그 내원사에 가려고 이 마을을 지날 때 보아두었던 식당이다. 병아리 콩 조림이 맛이 괜찮았다. 저녁은 호텔에서 룸서비스로 피자 한 판 때렸다.

베니키아 양산호텔 712호

양산 베니키아 양산호텔

의 령

의병 박물관과 충의사   호암 이 병철 선생생가
의령의 3味 소바, 망개떡, 소고기국밥   봉황산 일봉사
남천 의령구름다리   자굴산 쇠굴재
의령 정암루와 솔바위의 전설

의병 박물관과 충의사

2018년 3월 30일(금)

　의병박물관에는 이런 설명이 붙어 있다.

　'임진왜란이란 일본이 조선을 침범하여 7년간에 걸쳐 벌인 전쟁이다. 명으로 가려고 하니 길을 빌려달라는 것이 그 이유요, 대륙침범야심 속에 15만 8천명의 군사로 도요토미 히데요시가 전쟁을 일으킨 것이 그 발단이다. 결국 선조는 한양을 버리고 의주까지 피난을 가지만 의병과 수군에 의해 반전의 기회를 잡는다. 결국 명분도 승산도 없는 전쟁에서 일본이 철수하게 된 전쟁이었다.'

　이 전쟁에서 수군만큼 중요한 것은 의병의 활동이었다고 적고 있다. 스스로 자기 고장을 지키고 나라를 구해야한다는 사명감에서 죽음을 결심한 의병들이기에 그 충성심과 의리가 남달랐을 것이다. 홍의장군 곽재우가 경상우도에서 최초로 의병을 일으켰다는 것을 강조하고 있었다.

　의병유물전시실에 들어서면 의병 관련 기록물과 당시의 조선과 왜의 군복식과 무기류를 비교 전시하고 있었다. 그가 평소에 사용했다는 장검과 말안장은 보물. 정암진 전투를 재현한 모형과 당시의 전투장면을 3D로 볼 수 있게끔 한 것이 아이들의 흥미를 끌만 하다.

역사실은 의령 지역의 가야 역사와 문화를 재조명하려 한 점이다. 의령 '경산리 2호분'에서 출토했다는 말갖춤으로 말을 탄 가야인의 당당한 모습을 복원한 것은 정말 압권이었다. 의령지역 출토 국보인 연가 칠년이라 새겨진 부처와 보물로 지정된 수레바퀴 모양의 토기가 관심을 끌었다.

우륵선생의 출생지도 의령이요, 한지의 고장이라는 주장도 빼놓지 않았다. '설씨 성을 가진 주자승이 절 주변에서 자라는 닥나무껍질을 돌로 짓이겨 종이를 만드는 법을 터득했다고 한다.

박물관 담장의 문이 빼꼼이 열려있었다. 그 길은 '충의각'으로 이어지는 길이다. 의병부대 18장군의 위패를 모신 곳이기도 하다. 화려한 단청과 세밀한 조각이 범상치 않은 목조건축물이 있다. 1910년에 지어졌지만 건축기술은 보존가치가 충분하다고 한다. 붉은 옷을 입고 스스로를 홍의장군이라고 불렀다는 곽재우선생기념관도 있다.

널찍한 정원은 모과와 배롱나무가 주인 행세를 하고 있었다. 더구나 수령이 500년으로 추정되는 모과나무 한 그루에 필이 꽂히면 발길 돌리기가 쉽지 않다. 우리나라에서는 가장 오래된 모과나무라고 하니 그 위엄이야 말하면 무엇 할까.

고목도 봄볕을 맞으면 새순이 돋는다지 않는가. 국민이 바라는 세상이 봄볕처럼 우리 곁으로 소리 없이 다가와 주었으면 좋겠다.

의령 하얏트 모텔602호

의령의 3味 소바, 망개떡, 소고기국밥

2018년 3월 31일(토)

대구하면 누른국수가 떠오른다. 밀가루에 콩가루를 아주 조금 섞어 반죽하고 멸치국물에 김 가루나 지단을 고명으로 올린다. 제주에 가면 돼지고기를 고명으로 올리는 고기국수가 있다. 강원도의 막국수, 전남에는 팥칼국수, 부산하면 밀면 아이가. 정선이 콧등치기국수를 내세우면 창녕사람들은 수구레국수로 고향자랑을 시작할 걸. 다 먹어본 것들이다. 의령에는 '의령소바'가 있다.

메밀로 빚은 국수를 얼큰한 멸치육수에 잘게 찢은 쇠고기장조림과 시금치를 고명으로 올린 것이 특징이다. 의령에선 고민하지 말고 누구에게든 의령소바 잘하는 집을 물으면 친절하게 가르쳐준다고 한다.

어제 저녁 모텔 주인이 일러준 대로 걸어가니 한솔약국이 있습디다. 나이 지긋한 주민의 말. "시장 안에 의령소바라고 있는데 그 집보단 요 골목으로 들어가면 '다시식당'이라고 있소. 의령에서 가장 오래된 집이요. 데루비에도 나왔다 그라던데 그 집이 원조라."

"그래요. 이 골목으로 들어가면 됩니까?"

그리 찾아간 집이다. 70년 전통이 말해주듯 가게 안은 허름해도 손님은 홀에 꽉 찼다. 주인은 되게 무뚝뚝하다. 마님은 온소바, 난 비빔소바. 마님은 특별한 맛을 모르겠다면서도 내일 또 오면 되지. 입에 맞는다는 얘긴지, 온소바 못 먹은 나에 대한 배려였는지 알 순 없으나 기분은 좋았다. 수저를 놓자마자 달려간 곳은 떡 방앗간. 빈손이었지만 오전 6시부터 오픈 한다는 정보는 건졌다.

망개떡은 백제와 혼인한 가야 측 신부가 이바지음식으로 망개잎에 떡을 싸서 백제로 보낸 것이 유례가 되었다한다. 떡이 마르거나 달라붙지 않아 보관이 쉬운 것이 장점이다. 멥쌀로 만들었는데 매끄럽고 쫄깃쫄깃하여 입에 착착 감긴다. 진주알이라 불릴 정도로 살결이 뽀얗다. 팥은 조연. 구수하면서 부드러운 것이 젊은이들 말로 엄지다. '찹쌀떡이나 메밀묵' 골목으로 사라지는 어느 추운 겨울밤이 생각난다.

'오서방 소고기 국밥'은 어젯밤에 읍내를 걷다 점찍어 둔 식당이다. 소고기국밥은 아내가 좋아하는 데다 살코기 달인 국물이라 느끼하지 않고 시원하다는데. 아예 코 빠뜨리는 거 아니여. 뚝배기에 콩나물, 무, 파, 고춧가루, 양념 등을 넣은 얼큰한 국물에 소고기와 선지다. 아내는 맛이 괜찮다며 함안의 국밥까지 떠올리며 얼굴에 화색이 돈다. 아내가 식탁 앞에서 웃는다면 나는 언제나 행복할 준비가 되어 있는 사람이다. 냄비 밥에 망개떡 한 개, 누룽지숭늉까지 내왔다.

의령엔 '가례불고기'가 있다. 의령군 가례마을에서 상하기 쉬운 돼지고기를 숯불에 살짝 익혀 저장해두었다가 먹을 때 양념하여 다시 구워먹는다고 한다. 의령에선 돼지국밥 메뉴가 보이지 않는다.

남천 의령구름다리

오늘의 첫 일정은 소바 먹고 수변공원 위로 우뚝 솟은 구름다리를 건너는 것. 다리가 예쁘기도 하지만 주탑까지 걸으면서 사방을 둘러보는 기분은 한마디로 끝내준다. 파노라마처럼 펼쳐지는 주변의 풍경이 한눈에 들어온다. 눈에 익은 친근한 모습들이다. 자굴산에서 흘러온 '의령천'과 백화산이 발원지인 '남천'이 합류하는 지점이 이곳이라고 한다.

동쪽은 남강, 정암진, 솥바위가 있다. 전설에 의하면 솥바위의 기운이 이곳 사방 20리 안에서 큰 거상이 나올 거란 예언이 있으니 솥바위에서 기도를 올리고 치성을 드리면 그 소원이 이루어진다고 한다. 재미삼아 한번 기원해 보시던가. 우린 욕심 부리지 않는 것이 복이 되는 나이다.

높은 전망대에 올라간 듯 상쾌함과 가슴이 탁 트이는 걸 느꼈다. 장애인들도 주탑까지 갈 수 있도록 보행 길을 만든 것이 돋보였다. 읍내 어디에서건 걸어서 올 수 있는 거리에 만들었으니 주민의 사랑은 말해 뭐할까.

중앙에 폴을 세워 3갈래가 된 구름다리는 읍내, 의령공원과 의병박물관, 남산산림욕장. 이렇게 세 방향으로 연결되었다. 걷다 쉬다하면서 어디로 방향을 잡든 누구나 두어 시간 품을 팔면 둘러볼 수 있는 코스다. 이 길은 꼭 걷고 싶은 길로 메모해 두어야겠다. 갈 곳이 많으니 오늘은 아니다.

의령 정암루와 솥바위의 전설

임진왜란 당시 곽재우장군과 의병들이 남강을 따라 쳐들어오는 왜적을 물리친 첫 전투지다. 그 승전을 기념하기 위해 승첩비와 정암진 언덕 위에 정자를 세웠는데 그 이름이 정암루다.

그곳에 올라와 있다. 남강을 따라 펼쳐지는 그림 같은 농촌풍경과 말 위에 앉아있는 장군의 기마상이 잘 보이는 곳이다. 전투 당시에는 남강에는 솥을 닮은 솥바위가 있었고 정암진이라는 나루터가 있었다고 한다. 오늘은 버스 여러 대를 나눠 타고 온 불교신자들이 솥바위 앞에서 방사불사법회를 열고 있었다.

의령은 전설이 현실이 된 곳으로도 유명하다. 삼성, LG, 효성의 창시자가 모두 의령에서 태어났다고 하니 어찌 믿지 않겠는가. 이 고장에 알부자가 많은 이유는 바로 남강 솥바위와 정암이 있기 때문이라 굳게 믿는 한 또 다른 부자가 나오지 말란 법은 없을 것이다.

전설도 그렇게 부풀려지고 만들어지면 현실이 되는 것이다. 나는 부를 쌓은 전설의 주인공이 태어났다는 집에 찾아가 진심의 박수라도 쳐주고 와야 할까보다. 그들의 삶의 흔적이 바로 우리 근대사의 자랑이 아닌가.

호암 이 병철 선생생가

이 마을은 경주 이씨 집성촌에다 솥바위의 기운이 머물다 간 곳이라고 한다. 1851년 조부가 전통 한옥양식으로 짓고, 고인이 된 이병철 삼성회장이 태어난 곳이다. 해설사의 말을 빌리면.

"이집은 풍수지상상 남강의 물이 빨리 흐르지 않고 생가를 돌아 흐르는 역수요, 곡식을 쌓아놓은 모양의 노적봉 형상을 한 뒷산이 기가 모인 곳이다. 집 안채에서 산 쪽을 보면 큰 바위가 보이죠. 그 바위를 부자바위(일명 소원바위)라 불러요. 부자는 하늘이 낸다잖아요. 오시는 길에 이집 바로 앞에 깨끗한 한옥 보셨어요? 그 집은 이병철이 신접살림 하던 집이라는데 한 번도 개방한 적이 없는 비밀스런 곳이라고 한다. 저쪽 골목길에서는 담장 안이 다 들여다보인다고 한다. 안마당을 대청마루에 앉아 보는 것처럼 훤히 들여다 볼 수 있어요. 있다 가보세요. 정원수가 웬만한 고택의 것만 못지않을 걸요. 이렇게 두 분이 다니시면 얼마나 좋을까. 부러워요. 구경 잘 하시고 몸 건강 하세요."

한적한 곳을 찾아다니시는 분이 아니라면 기를 받는다 생각하시고 아이들 손잡고 들러보면 나쁘지 않을 것 같다.

봉황산 일붕사

분명 봉황대를 내비에 걸고 달려왔는데 절집에서 약사여래보살이 맞는다. 절 구경 하다보면 어딘가 봉황대 가는 길이 나오겠지 했다. 봉황이란 태종무열왕 김춘추장군의 첫 근무지였던 신라의 요새지였다. 당시 최고의 군으로 이름을 날렸던 부대명이 '봉황대' 였다는데 그 부대이름을 따서 봉황산이라 불렀다고 한다.

신라의 혜초 스님이 처음 여기에 절을 지었고, 태종 무열왕은 이 절에 비로자나불을 안치하면서 성덕사라 이름 지었다고 한다. 조선 성종임금 당시에는 승려를 학대하고 사찰을 파괴하자 절을 운계리 자사산으로 옮겨 정수암이라 부르며 명맥을 유지했다고 한다.

1986년, 일붕스님이 다시 불사를 일으켰다. 봉황산이 기가 너무 세어 사찰이 부지 못한다고 생각하고 그 기를 누르기 위해 동굴법당을 짓고 일붕사라 이름 지었다한다.

가장 큰 동굴법당이 있는 사찰로 기네스북에 등재된 절이다. 제1동굴법당인 석굴대웅전의 법당 규모가 자그마치 138평, 제2동굴법당 석굴무량수전은 90평이다. 그 옆에 봉황폭포가 있고, 소원을 이루려면 복을 지어야 한다는 용왕당, 그 위에 약사정.

일봉사를 둘러보기 전에 봉황대부터 다녀왔어야 했다. 입구계단으로 한 30여분이면 봉황대까지 갔다 올 수 있는 거리다. 진달래, 개나리가 수줍은 듯 피어있는 암벽을 보며 계단을 오르는 멋을 한껏 누릴 수 있었으련만 까맣게 몰랐다.

이제는 아내의 완강한 반대에 부딪혔다.

"봉황대는 이렇게 쳐다보았으면 되었지 뭘 또 올라가요. 올라가면 밥 준데요. 어디 가서 밥이나 먹여줘요. 배고파요. 이제 그만 가요."

자굴산 쇠굴재

쇠굴재는 황태령을 지나야 한다. 주차장 주변에 차를 세우는 건 일찌감치 포기해야 했다. 주말인 데다 너무 늦은 것이 그 이유다. 쇠굴재는 자굴산을 산행한다기보다는 능선을 타는 트레킹을 하는 사람들에게 어울리는 곳이다.

눈으로 들어오는 경치만으로도 능선을 따라 걸으면 멋질 것 같은데 차 세울 데가 없다. 주차 안내원은 빨리 앞으로 가라고 재촉만 한다. 한참을 내려가서라도 갓길에 차를 세우고 다시 걸어 올라가는 방법이 있어 망설이고 있는데 명쾌한 해답을 준다.

"차를 어디다 세울까 그거 궁리하는 거 아니신 가요? 그걸 뭘 걱정을 해요. 그냥 가면 되지."

더운 날씨에 다니느라 지쳤나보다. 봉황산은 못 올라갔더라도 바람도 쏘일 겸 자굴산 능선은 타야지 하며 달려왔는데 그것도 빤히 보면서 헛걸음 했다. 핑계는 주차할 공간이 없다는 것이지만, 벚꽃 길을 드라이브하는 것으로 만족하기로 했다. 기회가 주어진다면 쇠굴재에 와서 자굴산 능선은 꼭 타고 갈 것이구먼.

의령 하얏트 모텔602호

의령 하얏트 모텔

진 주

진주성 나들이

2017년 12월 10일(일)

　출발하기 전부터 꼼꼼하게 챙긴 곳이다. 진주성을 차근차근 둘러보고 성 안을 걸으면서 성벽 넘어 남강을 기웃거려볼 생각이다. 그리 걷다 국립진주박물관도 둘러보고 나오면 11시쯤 되겠지. 택시타면 되겠네. 그럼 남들보다 앞서 그 집에 도착해서 점심은 먹을 수 있을 거 같은데. 점심메뉴는 진주비빔밥을 먹을까 진주냉면 할까.

　그리곤 진주 '에너길' 을 걷는다. 진주성에서 출발해서 진주 중앙시장을 거친다니 아이쇼핑만 하는 거야. 그래야 손 가볍게 봉산사까지 갈 수 있지. 그 다음부터는 절 뒤로 나있을 산책길(에너길)로 들어서면 비봉산은 어렵지 않겠네. 136m 높이밖에 안된다니까. 비봉산 정상까지는 거저먹기네. 소화도 시킬 겸 걷는 거니까. 우린 선학산 전망대까지만 가자. 그리고 진주시청으로 내려와서 이른 저녁으로는 점심에 놓친 것을 먹고 다시 제자리로 온다. 굿.

　그랬는데. 진주성에서 식당 몇 군데 전화 걸어보곤 그게 다 헛꿈이란 걸 알았다. 점심을 어떻게 한다. 그거부터 걱정하고 있었다. 일요일이란 걸 깜빡한 것이 원인이었다. 꼴이 우습게 되었다.

　오늘 같은 날씨면 진주성은 연인들의 데이트 장소로 그만이다. 남의 눈에 잘 안 띠는 장소가 여기저기 제법 많이 숨어있다. 우리요? 솔직히 경치 좋네. 잘 돼 있는데. 그럼 되는 거 아닌가요. 문화재 공부는 다니다보면 한두 가지 얻어 가면 되는 거고. 그걸로 고마워할래요. 어차피 읽어도 조만큼 가면 가물거리는 데 이젠 부끄러워 할 나이도 아닌데요. 뭐.

우산 하나에 우린 분위기를 먹고사는 사이다. 서로의 추억을 끄집어내는 일은 각자의 몫이니까. 입 꼭 다물고 걸으면 된다. 상큼한 비 냄새를 맡으며 쿵쿵거리는 건 덤이라고 치자. 근데 남강을 바라보며 그리움에 젖는 것도 각자의 몫으로 해야 할 것 같다. 추억과 그리움이 다르니 어쩌겠는가. 한동안 말없이 걷는데 재잘거리는 새소리가 들린다.

"저기요. 새소리가 맑고 밝지요. 아기들 웃음소리처럼요. 저기 나뭇가지 사이를 날아다니며 우는 새 이름이 가시나무새래요. 나무 아래에 한번 가볼래요?"

가보긴 뭘. 이렇게 서서 들으면 되지. 그러면서도 앞서는 건 나였다. 새소리가 너무 맑아 귀가 호강한단 생각에 문득 내 귀를 맡기고 싶었을 뿐이다.

국립 진주박물관

들어가지 않으면 후회하고, 들어갔다 나오면 아쉬움이 남을 것 같은 곳이 박물관이다. 나는 아직도 왜성에 관심이 있다. 순천왜성을 주변에서 뱅뱅 돌기만 했던 기억이 있다. 임진왜란 당시 일본이 수성으로 쌓은 왜성에 대해 읽고 있다.

'왜성은 방어를 목적으로 만들었기 때문에 지형을 교묘히 이용하여 복잡한 모양과 배치를 이루고 있다.'

언뜻 조총과 화살싸움이니 애와 어른싸움이었다고 하는 사람도 있다. 그러나 사실과는 다르다. 그 전쟁은 공용화기와 개인화기의 싸움이었다. 저들은 백성이 만든 무기지만 우린 천민이 만들었다. 저들은 개인화기의 사용법과 작전에 익숙하고 우린 공영화기의 사용법조차 서툴거나 무지했다.

무기는 성능보다는 어찌 적절하게 배치하고 활용하느냐에 달렸다. 전쟁의 승패는 거기서 갈리는 법이다. 역사는 그 얘기를 쏙 빼고 있다. 우리에겐 저들이 없는 지자총통, 천자총통, 황자총통에 격파용 무기인 대장군전과 살상용 비격진천뢰까지 가지고 있으면서 지는 전쟁을 하고 있었다는 것이 이상하지 않은가. 그것을 더듬어보는 공간이 임진왜란 실이다. 선사시대에서부터 삼국시대까지 이 지역을 대표하는 역사문화 실을 둘러보고 나오면서 그랬네요. 아쉽긴 하지만 그런대로.

촉석루를 지나치면서는 이렇게 멀리서 보는 게 더 멋있어 보인다니까. 들어갈 생각은 안했다. 서문으로 들어와서 동문으로 나왔다. 동문주차장을 폐쇄하고 세운 십이지상들은 조잡해보이기도 했지만 중국관광객을 유치한답시고 저것들을 성안으로 불러들인 것 같아 씁쓸했다.

임진왜란 당시 사용했던 병장기를 다루는 양국 군졸들을 형상화 했더라면 어땠을까? 적절한지 아닌지는 모르겠으나. 그건 내 생각이 그렇다는 것이다.

진주비빔밥과 육전

무심히 던진 한마디로 제비가 박씨를 물어다 줄 줄은 꿈에도 몰랐네요.

"진주냉면 맛보러 멀리서 왔는데 굶고 가게 생겼어요. 우리 서울서 집 떠난 지 꽤 여러 날 걸려 찾아 왔는데 음식점들이 휴일이라 쉰다잖우."

"하연옥에 가보세요. 거긴 일요일에도 장사해요. 내비에 상호 찍으면 나와요. 안 멀어요. 요기서 가까워요. 차 가져오셨지요. 이리 가면 되요. 금방가요."

가면서도 한 걱정을 했다. 차 세울 곳은 있을라나, 골목으로 들어가면 차를 어디다 세운다. 그 걱정은 한방에 날아갔다. 주차요원이 주차서비스에 안내까지 해주는 대형식당이었다. 줄서진 않아도 빈자리 찾긴 쉽지 않았다. 아내가 비빔밥. 그럼 나도. 그게 서운했나보다. 진주냉면에 잘 어울린다는 진주육전까지. 찬이 놋그릇에 담아 대접받는 기분이었다.

비빔밥에 오른 나물은 데치고 무침이다. 거기에 한우육회를 듬뿍 올리고 방망이만 한 청포묵 한 조각을 올렸다. 한손에 젓가락, 또 한손엔 숟가락을 들고 비비는 모습이 행복해 보였다.

흠이라면 육전이 계란말이 맛이 강했다. 달걀옷을 입힌 것이 아니라 달걀 물을 부었다. 우리 저녁엔 냉면 먹으로 오자고 해놓고는 말 뿐이었다.

진양호공원 전망대

비빔밥 먹고 나오니까 하늘은 비 뿌린 적 있었느냐며 시치미 떼고 있다. 어느새 바람이란 녀석이 구름과 먼지를 한방에 날려버렸으니 입 씻을 만도 하다. 공기 맑고 하늘길이 시원하게 뚫렸으니 어디는 안 보일까.

호텔에 체크인하며 물으니 진양호공원전망대가 멀지 않단다. 사람들 뒤를 따라가면 된다니 마음이 바쁘다. 호텔이 산봉우리의 능선에 있어 맑고 시원한 공기가 스멀스멀 콧속으로 기어들어오는 것을 느꼈다.

오늘 같은 날 인심 쓴 김에 팍팍 쓰실 것이지. 바람이 좀 적게 불라고 하면 안 될까. 그런 욕심까지 부려본다. 바람이 좀 그래서다. 진양호의 맑은 물과 병풍 친 듯 둘러선 산들은 어디에 눈을 돌려도 그림이요, 산수화였다.

전망대에서 바라본 산들 중에 찾아낸 이름만 들어도 대단한 것들이 시립하듯 서 있지 않은가. 지리산, 천왕봉, 운석봉이 뚜렷이 보일 만큼 공기가 맑다. 왼쪽으로 금산도 지척이다. 그런데 전망대 옆으로 내려가는 일년계단 (소원계단)에서 잠시 망설였다. 이 계단을 걸어 올라오면 한 가지 소원은 반드시 이루어진다지 않는가. 그런데 내려갔다 다시 올라온다. 안 걷고 말지. 핑계는 바람이었다.

양마산은 간만 보고, 동물원

전망대휴게실에서 커피 한 잔 나눠 마시다보니 몸이 녹자 바람을 까맣게 잊고 있었다. 맛있게 먹은 점심 소화시키고 싶어 그랬겠지요. '양마산 가는 길' 이란 곳으로 한 가족이 들어서는 것을 보고 따라갈 마음이 생겼다. 앞 세우고 따라가는 것이 자연스럽고 안전하다 생각했다.

아이들이 가는 길이라면 너끈히 다녀올 수 있을 거라 자신했다. 우리도 가파른 계단과 자갈흙길이 공존하는 긴 내리막길을 조심스럽게 내려갔다. 반면에 엄마는 잔걸음으로 바쁘게 걷고 얘들은 성큼성큼 걷는 것이 아니라 아예 달음박질하듯 뛰어 내려간다. 위에서 보면 까마득하게 보일 정도로 거리가 꽤 된다. 계단 턱도 산책용보다는 높다. 다 내려갔나 했는데 이번엔 그만큼의 오르막길이 기다리고 있다. 가파른 시멘트길이다. 쉬운 코스는 아니었다.

봉우리에 도착해서는 벤치에 앉아 한숨 돌릴 겸 시원한 바람을 쏘이곤 돌아왔다. 양마산 정상은 한참을 더 가야한단다.

그리 얻어 걸린 곳이 동물원이다. 유난히 아이들과 젊은 부부들이 많이 전망대를 찾는 것이 수상했다. 우리가 묵을 호텔이 자모행사를 할 만큼 규모가 큰 호텔도 아니다. 어린아이와 함께 온 부부를 따라가 보니 알겠다. 웃음소리가 들린다. 행복초대장을 받은 기분이니 어찌 마다할까. 능선을 계단식으로 내려가도록 동선의 효율성을 높인 것이 특징이었다. 공간이 너르면 아이들은 집중하기가 어렵다. 여긴 동선을 따라 걷기만하면 귀여운 동물들을 만날 수 있게 꾸몄다.

마스코트 다람쥐 가족이 첫 만남이다. 관심을 끌 수 있는지를 아는 녀석들이다. 투명산책통로를 따라 이쪽에서 저쪽으로 쫓기듯 쫓아가듯 뛰어다닌다. 우리도 자릴 뜨기 쉽지 않았다. 요놈들은 그런 우리 마음을 읽고 있는 눈치였다. 두 발로 서서 주위를 살핀다고 사막의 파수꾼이라는 미어켓. 키가 작아 과일나무 밑으로 다닐 수 있어 '과하마' 라고도 불리는 제주 조랑말도 인기가 있다. 장난꾸러기 당나귀. 숲속으로 들어가면 호랑이, 곰 같은 포유동물도 볼 수 있다. 싫증나면 잠시 쉬었다 걸으면 반나절은 잡아야 할지도 모른다. 우리가 딱 그들 눈높이인 걸보면 노인은 아이가 된다는 말. 실감했다.

진주 아시아레이크호텔

진양호 나들길

2019년 1월9일(화)

오늘은 어제와 달리 일기예보가 빗나간 아주 기분 좋은 날이다. 새벽에는 진양호의 물빛을 닮은 하늘이 흩어진 구름들을 끌어 모으더니 아침이 되자 햇살이 구름들을 입으로 후– 불어버렸다.

새털구름과 뭉게구름이 어우러져 햇살이 지루하지 않을 정도로 숨었다 나타나기를 반복하는 하루였다. 아침은 식탁에 앉아 서비스를 받는 호사를 누렸다. 시리얼을 우유에 퐁당 담가 숟가락으로 뜨는 재미는 덤이었다. 이렇게 고급스럽게 좋은 아침을 맞았으면 호텔 여행의 진수를 맛보기 위해서라도 여유를 부려보는 것이 나쁘지는 않을 것 같다.

타박타박. 마루나 의자가 없어 선채로 사방을 둘러봐야 하는 우약정을 지나자 어디든 길 따라 가면 된다는 진리에 익숙한 제수씨가 산비탈산책로로 들어섰다. 우리 부부는 묵언 수행하는 이들처럼 말없이 졸졸 따라다녔다.

어느새 조금씩 낯선 길을 찾아 걷는 것에 맛들이고 있었다. 언덕을 내려가면 가족들이 불편하지 않도록 마련한 가족쉼터와 나룻터에 정박한 3척의 보트가 한가롭다.

진양호의 정문에 15분마다 들어온다는 진주시내버스 120번의 종착역이 있어 진양호의 접근성을 용이하게 한 것도 배려다. 노선이 중앙시장을 거친다니 시내투어도 해볼 만하겠다.

소원계단과 전망대

'남인수 동상' 까지는 이야기와 시가 있을 법한 길이었다. 둘이 손만 꼭 잡고 걸으면 말이 필요 없는 길이다. 호반산책로를 드는 순간 자연과 하나 되는데 오래 걸리지 않았다. 숨죽이고 사는 자연에 쉽게 동화 되었다. 자연의 변신에 말문을 잃었다는 표현이 적절한 진 모르겠다. 햇살까지 동무삼아 주어 쓸쓸함을 덜어주었다. '운다고 옛사랑이 오리-요 만은' 남인수의 소야곡 첫 소절이다. 나는 입술에서 굴러다니기는 하는데 흥얼거릴 정도는 아니다. 다들 모르는 눈치라 다행이라 생각했다. 한 곡 불러보자면 어쩌나. 한 근심 내려놓을 수 있어 좋았다.

달팽이계단으로 올라가면 피아노 레스토랑. 샌드위치 2개에 생강차를 시켜놓고 테라스에서 호수를 내려다보는 호사를 누리고 있었다. 또 다른 그림이다. 말없이 바라보고 있는 모습들은 선남선녀를 불러들일 필요를 없었다. 우리가 그들이었다.

현실은 샌드위치와 음료가 나오자 어제 Take Out 한 충무김밥을 식탁에 올려놓았다. 식탁을 깔끔하게 비울 때까지 입을 여는 사람이 아무도 없었다. 김밥 아직도 맛있는데. 그러는 내 입술은 그냥 앵무새였다.

일년계단 앞에 섰다. 이 365계단을 오르면 한 가지 소원은 들어준다는 소원계단이라는데 주저할 이유가 없었다. 간절한 소원이 무엇이었을까 궁금했지만 서로 묻진 않았다.

3층 전망대에선 호수의 물빛과 지리산을 번갈아 보며 흠뻑 취했다. 묵언 수행하듯 말을 잃었고, 누구 하나 자리 뜰 생각을 하지 않는 것 같다. 한눈에 들어오는 조망에 취했으면 어떤가. 우리는 하늘, 산, 호수가 어우러진 수채화에 감탄사라는 물감을 휙 뿌리는 것 밖에 할 일이 없었는걸.

아시아레이크호텔

진주 육회비빔밥 천황식당

2019년 1월 14일(월)

임진왜란 당시 왜놈들의 공격에 성 안의 사람들은 소를 잡고, 있는 음식을 모두 꺼내 최후의 만찬을 가졌다고 한다. 이때 그릇이 부족하자 밥, 나물, 육회를 한 그릇에 담아 비벼 먹은 것이 진주비빔밥의 시초라고 한다.

육회비빔밥이라 불리는 진주비빔밥은 밥 위에 계절에 맞는 나물과 신선한 육회를 올리는 것이다. 맛을 살리는 포인트는 장이 나물에 배어들게 하기 위해 재래식 메주로 빚은 된장과 비법고추장으로 나물을 무친다. 천황식당은 100년 전, 새벽마다 진주도성으로 땔감을 지고 오는 나무꾼들을 위해 식당을 열었다고 했다.

중앙시장 골목에 있었으니 번화한 거리라고는 볼 수 없는 곳이다. 겉모습부터 고풍스럽다는 표현보단 빈티가 난다는 표현이 어울린다. 오래된 목조 기와집은 허름하면서도 튼튼하게 지은 집이었다. 더 정겹게 하는 건 홀 안의 나무탁자 7개가 어찌나 투박하고 무거운지 그게 묘하게 추억을 불러왔다. 손님들이 줄 서서 한 그릇 먹고 가는 이유는 추억도 먹을 수 있는 곳이다. 그걸 아는 사람들이 많아졌다.

육회비빔밥에는 육회, 무, 고사리, 호박, 숙주나물에 김 가루 솔솔. 소박하지만 질리지 않고 끌리는 맛이 있었다. 곁들여 나온 선지와 대창을 넣은 쇠고기국은 허연 것이 둥둥 떠다녀 애매한 비주얼이긴 해도 먹고 나면 생각이 달라진다. 멋 부리지 않은 것이 장점이다. 어릴 적 있는 반찬 때려 넣고 참기름 한 방울 떨어뜨리고 고추장에 쓱쓱 젓가락으로 비벼 먹던 그 맛이다.

먹고 나면 배고픈 건 모르겠지만 먹을 때는 약간 부족하고. 먹고 나와도 속이 허전한 건 사실이다. 호텔까지 걷기로 했다.

버릇이 되어가는 것 같아 속상해 하면서도 뒷짐 지는 나, 주머니에 손 꾹 질러 넣고 걷는 아내. 오늘은 포근한 날씨까지 받쳐주었다. 서로 몸을 부딪혀가며 사는 것이 사람 사는 맛이라며 시장골목으로 들어섰다. 겨울에 외투가 거추장스러운 날은 여행하는 사람에겐 축복이다. 오늘이 그랬다. 진주 남강이 쉽게 잠을 청하게 놔 둘 것 같질 않다.

진주 동방호텔 807호

진주 아시아레이크호텔, 진주 동방호텔, 진주 남강호텔

창 녕

창녕 우포늪
우포늪 생태관

창녕 우포늪

2014년 1월 13일에 우포늪의 겨울철새 보러갔다가 얼어 죽는 줄 알았던 기억이 떠올랐다. 너무 추워 겨울철새와 우린 궁합이 안 맞는다며 덜덜 떨다 돌아간 경험이다. 그 당시 다음 꽃 필 때 꼭 옵시다. 그리 약속했는데 그 날이 오늘이다.

주말이지만 바다와 달리 여기는 생각보다 차분하다. 올 사람만 왔다. 총평을 하자면, 오늘도 탐방의 시작은 창대했으나 마무리는 깔끔하지 못했다. 걷는다는 건 마음을 비운다는 말이다. 생각이 많으면 좋은 산책은 어렵다. 오늘 동생이 그랬다. 참 몸 많이 사린다. 미리미리 세밀한 부분까지 못 챙긴 내 책임이 크긴 하다.

사지포, 우포 등 습지 세 곳을 둘러보기로 했다. 새소리도 듣고, 들꽃도 보며 차분히 걷기만 하면 된다. 날씨가 덥다보니 탐방이라기 보단 행군에 가까운 일정이었다. 관찰대에서 보니 여름 우포는 노랑어리연꽃과 생이 가래, 창포가 주인 행세를 하고, 버들아기가 있는 늪가에는 용왕의 아들이 죽어 되었다는 왕버들이 터줏대감이다. '우포늪에 발을 담근 왕 버들을 보셨나요'라는 글을 읽으며 우포늪여행을 시작했다.

부엉덤에 가면 '쉿 누군가 잠자고 있어요' 조용히 걸으란 표현이다. 꼭 가시고 싶으면 조심해서 다녀오시랍니다. 그 말을 전해 듣고서야 들어섰다. 키보다 큰 갈대숲과 버들 군락이 기다리고 있었다. 왕 버들 군락과 작은 호수가 숲속쉼터를 만들어주었고 징검다리를 건너자 갈등하기 시작했다.

'세잔리' 마을은 멀리서 보면 소금을 뿌려놓은 듯 곱기만 한 개망초꽃이 아름다운 고장. 예쁘고 작은 들꽃들이 지천으로 널려 있었다. 마을 주인들은 땅을 자연으로 돌려보내기로 새끼손가락까지 걸었다고 한다. 다양한 생물이 함께 살아가는 공간으로 만들겠다는 사업에 동참하기로 했다. 멸종된 따오기 복원사업도 한창이라니 따오기가 늪을 날아다닐 날도 멀지 않은 것 같네요.

우포늪 생태관

우포늪 생태관에선 '창녕 비봉리 유적 나무배' 가 동북아시아에서는 가장 오래된 배라는 것을 상기시켜주었고, 자연환경에 적응력이 뛰어난 곤충에서 꽃에 얽힌 이야기보따리를 풀어놓았다.

살아있는 두 여인과 세상을 떠난 한 남자의 이야기가 있는 벚꽃, 그리움의 대명사가 된 해바라기, 성실 순결 사랑의 제비꽃, 산지의 돌무덤이나 계곡에서 볼 수 있는 금낭화.

물가에 사는 갈대와 애기부들은 물을 깨끗하게 해주는 역할이며 우포늪에서 조차 더 이상 볼 수 없게 됐다는 각시붕어, 칼납자루, 중고기, 버들붕어이야기도 들려주었다. 부유식물인 개구리밥, 생이가래, 자라풀, 부레옥잠. 물속에 잠겨 사는 붕어마름, 대가래, 검정말, 물수세미의 생태까지 보고 왔다. 우포늪을 걷기 전 여길 먼저 들렀어야 했는데.

우포늪은 아녀자들이 허리춤에 묶은 바구니를 끌고 다니며 논우렁를 줍는데 아무리 주워도 줄지 않는다고 한다. 고기잡이에는 옛 방식 그대로 '가래' 라는 소쿠리를 엎어 손으로 잡는 방식을 사용한다고 한다. 이 모두가 생태계를 살리려는 노력이라고 한다.

가을 추수가 끝나면 논바닥에서 마름과 논우렁이를 줍던 어릴 적 추억까지 새록새록 떠올리며 '우포와 갯우렁이랑' 이란 음식점에서 우포늪의 별미로 꼽는다는 갯우렁 비빔밥으로 가볍게 추억을 먹었다. 굿.

부곡 로얄호텔

창녕 부곡로얄호텔

창 원

창원 방어산 약사여래마애불   저도 비치로드와 콰이강의 다리
창원 주남저수지   창원의 연지연못
해양드라마세트장

창원 방어산 약사여래마애불

2014년 1월12일(일)

　몸이 가볍다. 아침은 아메리칸 스타일. 토스트 하나, 잼, 버터에 계란 프라이, 소시지에 커피 한 잔을 곁들이니 아침이 여유로웠다.

　약사여래 마애불이란 중생의 병을 치유해주는 보살이라고 한다. 무병일생의 아내를 위해 기도하고 싶은 마음으로 힘든 산행 길에 올랐다.

　오르고 또 오르고 정말 지쳐 다시 내려가고 싶을 때쯤 젊은 부부가 소원탑을 올리는 모습을 보니 젖 먹던 힘까지 내야 할 것 같다. 방송에서 보긴 했지만 진심을 다하고 정성을 모아 완성된 탑, 완성되어가고 있는 탑에 돌을 쌓고 있는 남자와 또 탑 하나를 쌓기 위해 터를 닦고 있는 여인의 모습이 나의 눈엔 성자처럼 보였다.

　두 부부가 소원하는 것이 무엇인지는 모르겠으나, 그 정성만으로도 이루어지지 않을 것이 없을 것 같았다. 길고 긴 세월을 인내와의 싸움을 이겨내야 하는 발원이기에 그렇다. 자신을 위해 소원 탑을 쌓지는 않았을 것이다. 부모님의 건강봉양, 자식들의 소원성취 자신의 꿈을 담아 한 단 한 단 쌓아올리는 모습에 존경스럽다는 표현을 쓰고 싶다.

　오르고 또 올라 정상을 손가락 한 매듭 쯤 남겨두고 절벽의 바위를 다듬어 선으로 새긴 약사삼존불 입상이 눈에 들어온다. 왼손에 약사발을 들었

으니 약사여래임은 알겠고 그 왼편에 강한 인상을 주는 '일광보살', 오른편
엔 눈썹사이에 달무늬가 있어 여성스러운 모습의 '월광보살'이다.

　아내와 나는 몸과 마음의 병에 영험하다는 물을 뜨고. 내려오는 길은 귀
가 간지럽도록 들리는 아내의 '조심'이다. 이것을 복이라 생각하며 산을 내
려가고 있는데 이를 어쩐다. 나보고 내려갈 때 조심해야 한다며 한발 한발
하며 무척 기분이 좋았었는데, 신바람이 났는지 야-호 야-호 하며 좋아하
더니 도중에 그만 벌러덩 엉덩방아를 찧고 말았다. 누가? 색시가.

　어머! 소리에 뒤돌아보니 아내의 멋쩍은 듯 웃는 모습이 웃는 게 아니라
이를 악물고 있었다. 얼마나 아플까. 괜찮다며 툭툭 털고 일어나기에 모른
척 했다. 자존심은 살려드려야지요. 암튼 고생했어요.

창원 주남저수지

　주남저수지를 3km 남겨두고 '수타 자장'이라는 간판에 필이 꽂혔다. 후
회하고 나왔다. 늘 반복되는 일이다. 그냥 자장을 시켜야 하는데 마음먹고
들어가선 삼선자장을 시키는 일이 벌어졌다. 그리곤 겨울철새와의 만남에
앞서 차량과 사람의 바다에 엄청 놀랐다.

　'조용히. 새들은 소리를 듣고 위치를 파악합니다. 자동차는 싫어요!'

　이런 문구가 무슨 소용이 있습니까. 관광객은 물론, 관리인도 지킬 생각
이 없는데. 둑에 올라가니 철새들이 사람들의 소음을 피해 저수지 건너편
으로 이사 간 뒤였다. 내가 봐도 여긴 탐조의 명소가 아니라 이름난 유원지
에 와서 자리 펴고 노는 장소 같았다. 새들과 교감하며 자연의 경이로움에
겸손하고 싶어 찾을 곳은 아니었다.

　이 지경까지 왔다면 철새들은 시끄러운 인간들 때문에 편히 쉴 수도 없겠
다며 보금자리를 버리고 더 멀리 날아가 버릴지도 모른다. 어느 유치원 교사
는 확성기까지 들고 아이들을 인솔하더라고요. 말리는 관리인도 난처한 기

색을 보이는 관광객도 보질 못했다. 답답한 나머지 내가 나섰다.

"저기요. 어린아이들 교육시키러 온 것 좋은 데요 확성기 사용은 좀 그렇지 않나. 철새가 다 날아가고 없는 것 보셨잖아요. 아이들이 뭘 배우겠어요."

"아! 미안합니다." 그 한마디에서 미래를 보았다. 순순히 인정하고 가는 뒷모습이 대단해보였다.

둑이나 전망대 망원경에 사람이 없는 건 놀라운 일도 아니다. 망원경은 우리까지 철새를 보겠다고 얼굴을 들이 밀 수 있을 정도로 한산하니까. 솔직히 들여다본들 보이는 게 있겠어요. 그냥 폼만 잡는 거지.

부곡로얄호텔

해양드라마세트장

2017년 12월7일(목)

화장실은 얼굴이다. 해양드라마세트장 공중화장실은 원통형의 예쁘고 매력 있는 건물에 안심비상벨까지 갖췄다. 출발부터 기분이 상쾌한 이유다. Misil 카페에서 들려주는 동요도 화장실에서 흘러나오는 걸로 착각하게 한다. 화장실이 카페에 들어가는 기분이었다면 믿겠소.

세트장에 오는 길이 헷갈려 길을 잘못 들어 마음고생 좀 했다. 동전마을에 토끼굴이 있어 제 길을 찾는데 어렵진 않았지만 멀 땐 10km이상 돌아갈 때도 있다. 운전 중에 공사 중이거나 복잡한 길에서 아주 가끔 겪는 일이다. 횟수를 보면 집중력이 전만 못하다는 증거일 수도 있겠다.

근초고왕, 계백, 공주의 남자, 무신, 기황후 등 사극드라마를 촬영한 곳이다. 가야시대의 저잣거리, 철광석을 제련했다는 야철장, 선착장은 옛 모습을 살리려고 노력한 흔적을 보았다. 당시의 생활상을 보여주는 세트장으로는 손색이 없는 곳이었다. 통나무 건물에 나뭇조각과 껍질로 얼기설기 지붕을 올린 굴피집, 관청, 대장간, 포목점, 주막, 색주가, 그릇가게며 국밥집에 철광석제련소까지 갖추었다.

잔잔한 바다를 바라보고 있으면 1.7km라는 파도소리 길은 관심 밖으로 밀려나게 되어있다. 흔들거리는 배를 응시하며 선착장에 서 있으면 정신 줄 놓기 십상이다. 찰–싹. 들릴 듯 말듯 파도소리에 귀가 호강하는데 뭘 더 바라겠소. 난 귀와 눈을 바다에 빌려주고 왔다오.

당시 배를 타고 떠나는 상인들의 애환을 담았을 나루터의 풍경을 잘 묘사한 데다 주위 경치까지 받쳐주니 자리뜨기가 쉽지 않았다. 멀찌감치 떨어진 목선 두 척이 무심하게 흔들거리는 모습마저 치밀한 계산에 의한 연출처럼 보였다.

저도 비치로드와 콰이강의 다리

드라마세트장에서 명주포구를 지나 삼리마을까지가 24km. 이 해안도로는 정말 바다와 산이 잘 어우러져 드라이브 명소로 불릴 만한 곳이다. 경치가 끝내주었다. 창원에서 한가롭게 여유부리며 달릴 수 있는 몇 안 되는 드라이브코스 중 하나라는 말을 실감하며 달리고 있다.

창구선착장을 지나 과감하게 다리를 건너야 도착하는 고복리, 시내버스 61번이 창원 마산역에서 오가는 종점이기도 하다. 계절이 계절인 만큼 붐비지는 않아도 걷는 사람들이 제법 있다.

우리는 비치로드1코스(단거리)6.6km에서 제2전망대까지 2.3km면 왕복 4.6km. 해안가에 바짝 붙여서 산책길을 만들어 그런가. 만족감이 컸다. 산책로를 걷는 것이 오늘의 즐길 거리라면 녹색 풀과 소나무가 적당히 섞여서 긴장을 풀어 준다면 푸른 바다는 오늘의 무대다. 보나마나 낚시꾼들에겐 놀 거리까지 삼박자를 갖춘 여행지였다. 쉼표가 있는 여행지. 벗이나 연인과 함께 바라보고 느끼며 몸 풀 듯 걷다 오면 된다. 걷는 걸 좋아하지 않는 여행객들은 도시락 싸들고 와도 나쁘지 않다.

　나오는 길에 콰이강의 다리에 들러 덧신 신고 붉은 콰이강의 다리를 건너 보는 것도 재미 중 하나다. 다리 밑 바다를 보라며 유리를 깔았다. 우린 발 아래 넘실대는 바다가 아찔하고 짜릿해야 하는데 덤덤하게 걸어갔다 왔다.

　이럴 때 아내가 무섭다며 뒷걸음치거나 내 팔을 꼭 잡고 안가겠다고 떼를 써야 재미가 더 있는데 무반응이라 어째 좀 그렇다. 바다는 저도에서 오가며 눈이 시리도록 보았으니 별 감흥이 있을 리 없다. 우린 그냥 재미삼아 걸었다.

창원의 연지연못

　호텔 앞 연지연못은 자연과 연못이 어우러진 산수화다. 그 그림 속에서 사람들이 걷고 있다. 아직은 미완성의 그림이긴 하나 사람의 마음을 잡기엔 부족함이 없는 공원이다.

　지역 주민들과 함께 하는 것도 여행 중 즐거움의 하나다. 호텔에서 뛰쳐나가는 건 당연하다. 그들 속에 자연스럽게 섞였다. 편하게 걸을수록 여유로워진다. 아내가 한 바퀴 더 돌 수 있는데 한다. 어디 오늘만 날인가요.

　창원 조각비엔날레까지 연지연못 주변에 조성된다면 힐링에 예술까지 갖춘 멋진 공원이 될 것이다. 자연에 예술을 접목한 산책로는 강릉 경포대가 으뜸으로 친다. 그와 비교하는 건 무리일지 모르나 산뜻한 발상만은 높이 평가해도 무리는 없을 것 같다. 문학을 사랑하는 이들까지 아우르는 공원을 만들어 '예술인과 함께 사색하는 길' 이란 이름을 붙인다면 그럴듯하겠는데. 잠시 그런 생각을 해 보았다. 저녁은 에비뉴호텔 구내식당에서 피자 딱 한 판 시켰다.

창원 호텔에비뉴

창원 호텔에비뉴

통 영

통영 중앙광장

2014년 1월 3일(금)

　호텔에 여장을 풀자마자 바쁘게 택시를 불러 달려간 곳이 중앙시장이다. 통영을 찾는 관광객들이 오아시스처럼 찾는 곳이라지 않는가. 호객하고 흥정하는 소리로 시장 안은 시끌벅적한 것이 이게 사람 사는 냄새지. 그랬다. 관광객과 상인들의 웃음소리까지 더해지니 우리 부부는 절로 흥에 들떠있었다. 잃어버릴까 봐 손을 꼭 잡고 돌아다니며 한 소쿠리 웃음을 흘리며 돌아다녔던 것 같다. 생선이 담긴 함지박들을 죽 늘어놓고 호객하는 장터아줌마의 생활모습이 우리에겐 볼거리였다. 시장이 잔치마당이었다.

　시동을 걸었다. 눈과 귀가 분위기를 탔으니 이젠 입과 배가 즐거울 차례다. 분위기는 충분히 즐겼으니 입적선 할 차례만 기다리면 된다. 우리도 어디 슬슬 흥정해 볼까. 솔직히 흥정이랄 것도 없다. 이거 주세요 그럼 끝이다. 우럭과 도미를 사고 지정한 식당에 가서 쌈 재료비를 지불하고 기다리면 된다. 우린 회만 먹었다.

　광장에는 또 다른 먹-거리가 많다. 지갑을 열어야만 심이 풀린다. 통영의 명물이라는 꿀빵과 충무 김밥. 왼쪽에는 한집 건너 통영 꿀빵가게가 있다.

오른쪽에는 충무김밥이다.

　관광객들은 골라먹는 재미에 흠뻑 빠져 좋고, 골라먹는 재미도 쏠쏠한 곳이다. 우리도 거리 구경하면서 뭘 먹지 배부른데 가 주제다. 싸가지고 갈까? 결국 호떡 한 개씩 입에 물고 손에는 꿀빵 한 봉지와 충무김밥이 들려 있었다.

　"들어갈 데가 어디 있다 구."

　"두고 보세요. 다 들어가게 돼 있어요."

통영갤러리호텔

한산도 제승당

2014년 1월 4일(토)

　누굴 탓할까. 다 내 탓이다. 밤새 화장실을 들락거렸으니 늦잠은 피할 수가 없었다. 9시를 넘기고서야 겨우 눈을 떴다.

　여행은 운도 따라주어야 필이 꽂히는 재미가 있다. 오늘은 어딜 가나 큰 걱정을 하며 내려오는데 호텔에서 5분 거리에 '통영유람선터미널'이 있다. 게다가 10시엔 한산도 제승당으로 송악산 1호가 출항한다고 한다. 이런 빅뉴스가.

　터미널에는 관광객들로 어수선했다. 여행분위기에 들떠 있었고, 늘어나는 승객들로 점점 줄이 길어졌다. 활기가 넘치는 모습이었다. 죄다 젊은 사람들이고 우리 같은 꼰대는 눈을 씻고 봐도 없다.

　결국 우린 자식, 손자뻘하고 뱃놀이 가는 거네. 혼잣말로 중얼거렸는데 귀 밝은 마님. 금방 알아채곤 어깨를 으쓱하는 건 동감이란 의사 표시. 얼굴이 살짝 상기된 건 들켰다. 분위기를 타려면 머리가 아니라 몸이 먼저 반응해야 한다.

　줄 서서 기다리고, 배표는 행복과 맞바꾸는 교환권이다. 저들과 한배를 타고 간다. 바람 한 점 없는 바다와 청명한 하늘. 거기다 눈부시게 쏟아지는 햇살까지 보탤 텐데. 배는 연필등대를 지나자 구성진 뱃사람의 입담이 시작된다.

'한산도 사량 앞바다에 있는 큰 바위는 아버지바위, 작은 바위는 아들바위인데 이 복 바위 덕에 사량도는 부자마을이 되었다고 한다. 파도에 씻겨 섬에 구멍이 뻥 뚫렸다는 소혈도도 보여주었다. 6.25당시 악질 인민군포로들 중 사병은 추봉도, 장교는 용초도에 격리수용하였는데 섬에는 아직도 당시의 흔적이 많이 남아있다고 한다. 지금도 추봉도와 용초도에선 매년 죽은 자의 영혼을 달래주고 마을의 번영을 기원하는 별신굿을 벌인다고 한다. 월남여인의 누운 모습 같다하여 붙인 이름이 누운도.'

이순신 장군이 화살과 죽창을 만들게 했다는 하적도와 삼적도는 여전히 섬 가득 대나무 밭이다. 포구에선 윤기가 자르르 흐르는 진한 녹색의 동백이 반기는데, 팔손이나무는 하얀 꽃잎을 열고도 수줍어한다. 아내는 활짝 핀 붉은 동백꽃 한 송이만 보면 소원이 없겠다며 눈을 크게 뜨고 다닌다.

관광객들은 제승당의 수루에 올라가서는 경치보다 인증사진 찍느라 더 바쁘다. 수루는 충무공이 자주 올라 왜적의 동태를 살피고, 구국기도를 했다는 당시는 망루다. 그 앞바다에는 흰옷을 걸친 거북선등대가 서 있다.

배 타러 나오다가 활짝 핀 붉은 동백꽃 한 송이를 발견하곤 좋아 죽는다. 금년엔 무슨 좋은 일이라도 생기려나. 파도가 잔잔한 날에 바다가 시리도록 푸른 것은 하늘이 내려왔기 때문일 것이다. 하늘 한 번 올려다보고 바다 한 번 바라보고. 어쩜 저리 바다가 하늘빛을 꼭 닮았을까.

통영 장사도

터미널에 도착하니까 이번엔 한 시간 후면 장사도 가는 배가 뜬단다. 서두를 건 없는데 마음은 바쁘다. 터미널식당에서 멍게비빔밥 한 그릇 먹고 기다렸다. 누에를 닮아 잠사도(누에섬), 뱀을 닮아 진뱀이 섬이라고도 불린다고 한다. 배로 50분 거리다.

잠자리날개를 걸친 인어아가씨가 마중 나왔다. 우르르 배에서 내리더니 사람들은 초행이 아닌 것처럼 익숙한 걸음으로 언덕을 올라간다. 우리도 뒤처지지 않으려고 애썼다. 장사도는 동백이 꽃잎을 활짝 터트린 모습에 탄성이 절로 나왔다. 군락을 이룬 후박나무도 멋져 보이니 겨울의 꽃동산이다. 좀 전 한산도에서는 그 귀하디귀한 동백꽃이 여기는 널려있었다. 그러니 걸을수록 새로운 세계로 들어가는 느낌이다.

하늘 한번 보고 야생화와 동백꽃 보고, 그리 걷다보니 어느새 다리에 도착했다. 그 기억밖엔 없다. 여행은 그런 것이다. 한겨울에 섬이 온통 꽃으로 덮여 있으니 얼마나 좋은가. 붉은 꽃, 흰 꽃을 피운 동백나무에 활짝 웃음을 머금은 팔손이나무까지. 뿐인가 여기저기 철 잃은 가을꽃들이 맘껏 뽐내고 있는 것을 보니 계절을 잊은 것이 분명하다. 꽃을 사랑하는 요술공주의 손이 미치지 않고서야 이런 일이.

섬의 정상에 올라서자. 우린 뱃사람들이 만선의 기쁨을 안고 돌아오기를 기원하며 한바탕 잔치를 벌이는 '만선의 기쁨'을 표현한 조각 작품과 '옥 미조' 교사가 이곳 학교에 부임해와 지었다는 딱 두 평의 '십자가교회', 그리고 김 종명 조각가의 '열두 머리 조각상'에서 눈을 떼지 못했다. 나의 모든 것을 알고 있을 것 같은 모습을 하고 있는 '반가사유상'도 있다.

이렇듯 야외갤러리는 자연과 어우러져 수준 높은 문화공간이었다. 또 있다. 섬 곳곳의 숨은 이야기를 들려줄 것만 같은 '섬아기 집'. 비우고 걷기만 하면 된다고 했는데 시간 반으론 부족했다. 두 시간은 주지. 그랬다.

행복을 충전하며 돌아다니다 와 보니 터미널이 휭 하다. 시간 짜깁기에 서투른 게 표 난다. 일찍 도착하는 바람에 득-템 한 것도 있다. 눈이 행복하면 배가 부르다는 걸 느꼈다.

통영갤러리호텔

충무 남방산

2014년 1월 5일(일)

조각공원을 둘러본다고 했는데 초입에서 남방산 아랫마을에 산다는 친절한 노부부를 만난 것이 마음을 바꾸게 되었다. 덕분에 생각지도 않은 정상의 풍경을 맛 볼 수 있었다. 가볍게 올라 한 아름 담아가고도 남을 휴식 공간이었다. 주위의 경치를 찬찬히 둘러보며 즐길 수 있었던 것도 그 분들 덕분이다.

우리는 정상에서 그 품속에 안겨있다는 것에 만족했다. 먼 바다와 점점이 이어진 섬들과 포구를 물들이는 발간 낙조를 보면서 하루의 피로를 풀었다.

'최고의 순간을 위해 멈춰서 있는 기계' 란 작품과 '미지의 세계를 지향하는 인간의 열정' 을 표현한 작품을 보고 내려왔더니 산자락에 있는 남방산 조각공원의 조각들은 한식의 밑반찬이었다.

조각품을 보면 뭐 아는 게 있어야지. 멋있네. 돈 좀 들었겠는데. 엄청 크다. 그 정도였던 우릴 확 바꿔놓았다. 그리 설사를 하면서도 이번에는 참돔과 해삼을 먹었다는 거 아닙니까. 빈손이면 서운하다며 충무김밥과 꿀빵까지 사들고 간 걸요.

통영갤러리호텔

달아 공원

2014년 1월 6일(월)

오늘은 달아공원. 24km쯤 떨어진 곳. 바다를 끼고 달리다 둘이 손잡고 바라보고 있으면 바다와 어울릴 것 같은 정자가 달아공원이다. 우린 아무 생각 없이 차에서 내렸다.

"야! 바다다." 요즘 매일 바다를 보는데 볼 적마다 다른 모습이었다. 오늘은 가슴이 벌렁거리기까지 한다. 골목이나 마을 어귀에서 그 사람과 맞다 드렸을 때가 이런 기분이었나. 영님인 토끼처럼 뛰었고, 난 거북이처럼 걸었다. 한려수도는 하늘과 바다가 쌍둥이였다.

"우리 저 아래까지 갔다 오고 싶은데 그럴 수 있겠어요?"

그 말은 내 자신에게 던지는 말이다. 어디 걸을 때 없냐며 먼저 보채는 편이다. 오늘은 내가 걷다 쉬고 바다 한번 보고 그러니까 성이 안 차는 모양이다. 빨리 좀 걷자며 채근까지 했다. 그래도 둘은 언제나 함께 걷기만 해도 글로는 표현할 수없는 그런 뭉클함이 있다.

"조금만 더 걷지. 날씨도 좋은데. 조금만 더 내려갈 수 있으면 좋을 텐데."

주객이 바뀌었다. 아내가 앞서고 나는 뒤따르고 있었다. 그림이 구경하듯 그렇게 10여분은 더 걸었다. 발길을 멈추게 한 건 바다를 향한 군 시설물 때문이었다. 나는 열심히 설명한다고 했는데 반응은 싸늘했다. 이 분위기를 즐기고 있는데 방해하지 말아달란 무언의 표현이었다. 우린 이 외진 바닷가 절벽에 한동안 서 있었다.

통영 사량도의 악몽

가던 길로 쭉 그리 달리다보면 사량도 가는 도선장이 나오지 않겠느냐며 가는 중이다. 사량도가 지도상 어디쯤 있다는 것 외엔 아는 게 없다. 지식이라곤 옥녀봉 구름다리가 산악회원들 사이에선 핫한 먹잇감이라는 것뿐이다. 삼덕항에 들르니 욕지도 가는 도선장, 사량도 가려면 '가오치 도선장'으로 가보란다.

40여분 배를 타고 내려서는 차를 몰고 찻길이 끝나는 지점까지 드라이브하며 경치 구경은 잘했는데 좀 이상하다. 숙박시설이 보이지 않는다. 당연히 도선장으로 돌아와 물을 밖에요. 이 섬은 아랫섬(하도), 가야할 섬은 윗

섬(상도)이니 시간 반 기다리란다.

꿀빵 2개와 귤 3개가 전부인 배낭을 메고 상도와 하도의 연결다리공사장을 찾았다. 당연히 배가 고프지요. 눈치가 보이니 어쩌겠어요. 말도 못 걸었다. 산허리에서 숨쉬기 운동하자고 하기에 그때 꿀빵과 귤은 꺼냈는걸요. 춘향전의 이몽룡이 마파람에 개 눈 감추듯 허겁지겁 먹었다는 말. 그게 무슨 뜻인지 이제 조금 알 것 같다. 아유, 창피해.

문제는 상도에 도착해서다. 어둠은 깔리기 시작하는데 숙박할 곳을 찾지 못해 애먹었다. 전화를 걸면 아예 안 받거나, 주인이 외지에 나가 있어 어렵다는 답변뿐이다. 결국 면사무소를 찾아가 도움을 청했다.

그렇게 해서 하룻밤 묵게 된 집이 '그림 같은 집'. 비철이라지만 방에선 걸레 냄새나고, 춥고, 어설프고, 웃풍까지. 난로 하나로 이 모든 것을 버텨야 한다. 이건 악몽일거야. 아니 현실이었다. 덜덜 떨며 몸을 잔뜩 웅크리고 잠을 청해야 했다.

그림 같은 집(펜션)

옥녀봉의 미련

2014년 1월 7일(화)

긴긴 밤의 아침. 하루가 쉽지 않을 것 같다. 늦게 잠이 든 모양이다. 고양이 세수에 칫솔질도 대충, 컵라면마저 먹다 남기곤 빨리 방에서 나가야겠다는 생각밖에 안 했다. 몸의 이곳저곳 욱신욱신 거리고 으슬으슬 춥기까지 했다. 몸살기다. 이런 어쩐다. 하긴 아침밥도 아직 못 먹었다.

"색시야! 오늘 어떡하지. 우리 저 옥녀봉 올라가는 건 포기해야 할 것 같은데. 섬이나 자동차로 한 바퀴 달려보는 것으로 대신하면 안 될까."

"객지에서 병나면 개고생이라 그랬잖아요. 미쳤어 오르긴. 그냥 가요."

어젯밤 우린 같은 조건인 탓에 설득은 쉬웠다. 어찌 아쉬움이 없을까. 돈

지리를 기점으로 지리산 볼모산을 거쳐 옥녀봉으로 이어지는 코스에서 보는 암릉과 푸른 바다위의 섬들을 보기위해서라도 사량도의 옥녀봉구름다리는 꼭 올라갔어야한다. 섬까지 와서, 그것도 하룻밤 자기까지 하면서 접었다면 누가 믿을까. 믿어지지 않는 현실에 망연자실 할 수밖에 없었다.

 '작은 식당'에서 된장찌개. 시장이 반찬이란 말을 누가 지어냈는지는 몰라도 오늘 아침은 아닌 것 같다. 소태맛이었다.

 "비도 오고 그러니 남해 가서 푹 쉬며 잠이나 실컷 잡시다. 따끈따끈한 온돌방이면 더 좋겠다. 그지."

 비는 내리고 서서히 어둠이 깔리는 호텔의 바다풍경. 또 다른 설렘이었다. 긴 여행의 피로가 누적된 탓일 것이다. 그냥 우리 둘이는 바다를 바라보다간 마주보며 웃고 그렇게 그냥 웃다 쉬다 잠이 들었던 것 같다.

남해남송가족호텔

통영의 향남뚝배기만 먹고 갈 순 없지

2018년 1월 8일(월)

 "뭘 모이고 그래요. 내일 아침요기는 알아서 들 해결해요. 아셨죠?"

 귤 2개씩 먹고 통영으로 가는 길이다. 통영중학교를 초등학교로 잘못 알아 잠깐 옆길로 샌 것 말고는 쉽게 찾았고 이른 시간이라 주차도 깔끔했으니 되었다.

 '향남뚝배기'는 무전동에 있다. 이 집의 뚝배기는 크고 작은 조개에 키조개, 가리비, 게, 전복 등을 넣은 된장베이스의 육수가 입에 착 착 감긴다. 우린 냄비 바닥을 보이고 나왔다. 해물탕은 바닥보이기가 쉽지 않은 음식이다. 건더기 건져 먹고 국물은 남기게 되어있다.

 동진 충무김밥은 향남동 1-55. 일요일은 휴무. 여긴 고구마 뻬떼기죽이 별미인 곳이다. 말린 고구마, 조, 돈부, 팥을 넣고 끓였다는데 옛날에는 고구마를 저장하기 위해 얇게 썰어 햇볕에 말렸다가 끓여 먹었던 죽으로 배고픈 시절의 우리네 구황식품이었으나 지금은 건강식이다. 달달한 맛에 목구멍으로 넘어가는 식감이며 고구마의 씹는 질감이 참 좋다.

엄마손 충무김밥은 향남동 79-4. 24시간 영업. 아삭한 무김치와 오징어, 어묵무침과 함께 내놓는 특미김밥이다. 충무김밥 1인분을 먹어보고 따로 포장도 해달라 했다. 아삭한 무김치와, 오징어, 어묵무침. 홍합, 호래기(작은 꼴뚜기)가 들어간 특미 김밥을 먹어봐야 이 집의 김밥 맛을 음미 할 수 있단다. 우린 기본에 충실했다. 충무김밥.

중앙문화광장과 거북선

문화광장은 통영의 명동이라 불릴 만큼 번화했었다는 강구안 골목 건너편이다. 통영의 근현대문화와 역사, 그리고 수많은 이야기와 추억거리에 웃음소리가 끊이지 않았던 곳. 통영김밥거리로 더 알려져 있다. 삐떼기죽, 충무김밥이 탄생한 거리라면 알 만한 사람은 다 안다는 거리다.

임진왜란이 일어났던 당시, 우리는 북방민족과의 잦은 전쟁으로 기병전술에 대응하는 긴 창을 사용하는 창병전술에 치중한 반면 일본은 단병접전에 강한 검술에 치중했다고 한다.

이는 전법의 다양화로 승리를 일궈낸 수군의 이야기다. 바로 이순신의 한산대첩이다. 유인, 매복, 학익진, 집중포격, 아사(굶어죽음)의 단계를 밟는 전법을 구사했다. 그리스의 황금기를 이끈 살마미스 해전, 스페인의 무적함대를 무찌른 영국의 칼라 해전, 나폴레옹의 몰락을 가져온 넬슨제독의 트라팔카 해전과 함께 세계 4대 해전으로 꼽히는 이유다.

우리 수군의 주력무기는 대형화포를 장착할 수 있는 전투함 판옥선이었다. 두꺼운 소나무배로 밑바닥이 평평한 평저선이라 속도가 느린 것이 단점이다. 장점은 수심이 얕은 곳에서도 이동이 용이하고 전투중 방향을 바꾸는데 탁월했다.

일본수군은 돌격용으로 개발한 전투함 세끼. 얇은 삼나무판자로 만들고 밑바닥이 칼날처럼 되어있어 속도가 빠른 것이 장점이다. 적의 배에 올라가 싸우는 단병작전에는 유리하나 화포를 장착하는 데 결점이 많은 것이 흠이었다.

우리 수군은 창과 검의 싸움을 버리고 무기와 전법에 따라 승패가 판가름나는 전술을 택했다. 부끄러운 역사에 자랑이란 점 하나를 찍은 이순신의 전라좌수영이 있었음에 우리 민족은 자부심을 가져도 될 것 같다.

동피랑 벽화마을

예술과 공존하는 시장은 전국을 통틀어 이곳 동피랑벽화마을 단 한 곳뿐이라고 한다. 수산시장을 기웃거리는 것조차 부담스러울 정도로 배가 부르면 걷는다는 핑계로 골목을 기웃거려도 되는 곳이다.

시장에서 벽화마을로 들어가는 기회를 제공하는 일은 내 몫이다. 나폴리모텔을 찾아가면 된다. 마음은 각자나, 거는 기대는 다르지 않다.

"조기 찻집 있네요. 들어가서 차 한잔 하지요." 그렇게 앞장섰다. '언니는 동 피랑 스타일'이란 카페에서 커피라떼, 고구마라떼, 유자차까지 앞에 놓고 분위기 잡고 있는데 '동피랑을 보려면' 하고 지나는 말로 한마디 한 것이 발단이 되었다고 봐야 한다. 주인언니는 이 마을 노인들의 말을 빌려주기까지 한다.

'동피랑은 강구안 동쪽에 있는 자그마한 항구, 배들이 태풍을 피해 정박하는 항구로 동피항. 동피랑으로 불린다고 한다. 일설은 동쪽벼랑'

우린 '깡망길'을 따라 골목길을 말없이 걸었다. '빠담 빠담' 드라마 촬영지를 지나고 거기서 직선코스로 올라가면 전망대. 우리가 걷던 길이다. 마음먹고 느긋하게 걸으려 했는데 갑자기 비가 내리는 바람에 뛰었다.

전망대에 올라서자 여름소나기로 바뀌었다. 내리는 것이 아니라 퍼부었다. 여유부리며 올라갔다가 전망대처마 밑에서 오도 가도 못하고 발이 묶인 셈이다. 비가 잦아들기만을 기다렸다가 정신없이 뛰다시피 내려왔다. 내려오니까 비가 뚝. 오늘 우리는 비와는 인연이 아닌 가보다.

골목길을 찬찬히 둘러보면 볼 게 많을 것 같다. '벽에 온통 기림을 베르빡에 기리노이 볼끼 새 빗네! 마.'

진주 아시아레이크호텔

통영 갤러리호텔, 사랑도 그림 같은 집

하 동

하동 칠불사	三神山 쌍계사
야생차박물관	쌍계사 불일폭포
화개 장터국밥	쌍계석문
최 참판 댁	하동 백사청송

하동 칠불사

2018년 3월 25일(일)

난 선물로 받은 아내밖에 모른다. 여행할 때면 늘 그림자처럼 곁을 지키는 사람, 동반자요, 조력자로 함께 생각하고 움직인다. 남들은 바다 건너로 날아갈 때도 시간만 나면 차에 짐을 싣고 시골길을 달리고, 걷기를 마다 않는다. 그런 멋진 아내가 곁에 있어 가능한 여행이다.

'네가 있어 나는 참 행복하단다.' 그런 친구가 한 둘 곁에 있다는 것만으로도 축복이라고들 한다. 그러나 난 아내가 있어 행복한 사람이다. 늘 함께하고 곁을 지켜주는 사람, 곁에 있어야만 완전한 한 사람이 되는 난 아내바보다.

멋짐이란 두 글자에 목을 매고, 오늘도 주섬주섬 여행 가방을 챙기고 있다. 이 목숨 다하는 날까지 지켜주고 싶은 사람. 난 그런 아내와 함께 여행을 떠난다. 꽃 잔치에 구경꾼이 적으면 재미없지. 주말나들이는 동행자가 많아야 한다.

화개장터에 도착하니 칠불사까지는 이제 15km 남았다. 1세기경 가락국 수로왕의 일곱 왕자가 창건하였다는 전설이 있고, 칠불의 스승인 문수보살을 모신 절이다. 가락국 허 황후는 먼발치에서나마 아들의 모습을 볼 수 없을까 하는 마음에서 연못을 팠다고 한다. 어느 날 "어머니, 연못을 들여다보면 저희들을 만날 수 있습니다." 일곱 왕자가 성불하여 황금빛 가사를 걸치고 하늘로 오르는 마지막 모습을 보았다 하여 영지(影池)라는 연못이 있다. 사각형의 조선시대 연못과 달리 동그스름한 연못이다.

아자방은 신라시대 담공선사가 만들었다고 하는데 그 방의 온돌은 한번 불을 때면 49일 동안 따뜻하다고 한다. 초의선사가 차를 명상에 비유하는 이론으로 다도를 정리하여 '다신전'을 완성했다는 곳이다. 오늘은 한창 재단장 중이라 어수선 하다.

문수전은 일곱 왕자의 스승이신 문수보살을 모신 곳이다. 이른 시간이라 절집 마당은 깨끗하게 쓴 빗자루 자국이 선명했다. 사각형의 연못은 조선의 우주관을 가감 없이 보여주었다. 그리움이 열반에 오른 듯 하다는 배롱나무도 있고, 나무 위의 연꽃이라 불리는 목련도 잔뜩 물이 올랐다. 소나무 잎도 윤기가 흐른다. 솔바람에 터질 듯 부푼 꽃망울, 참새를 불러 모으는 개울물소리, 몸을 잔뜩 머금은 물이끼에 흠뻑 젖다 왔다. 명상의길, '천비연로'가 뒷산자락까지 이어졌더라면 좋았을 걸.

야생차박물관

박물관마당은 능수벗나무가 몽우리에 붉은 빛을 덧칠해가고 있었다. 풀밭도 들풀들로 떠들썩하긴 매한가지다. 우리는 봄을 불러모아볼까 하고 왔는데 저들은 이미 봄을 즐기고 있었다. 우리가 한발 늦었다.

하동녹차는 828년에 왕명으로 화개동천에 처음 심었고, 이를 진감선사가 널리 보급하면서 전통차 문화가 싹트게 되었다는 이야기로 시작한다. 마님은 자연이 인간에게 주는 천연약품이라며 암 예방도 되고 고혈압, 당뇨병 예방에 좋다니까 솔깃해한다. 내가 먼저 운을 떼었죠.

"우리 차살까." "집에 있는 차도 끓여 먹는 걸 못 보았는데 가능하겠어요."

바로 꼬리 내리던데요. 죽로차는 대나무밭에서 자란 찻잎으로 만든 차다. 우리 고유의 발효차는 '천고향'이라고 한다. 바위틈에서 자란 차나무로 만든 차를 명품차로 취급한다는데 얻어 들고 본 지식은 이것만으로도 넘칠 것 같다.

체험할 수 있는 기간을 축제기간이나 여름휴가철에만 한정할 것이 아니라 사계절 이런 체험을 할 수 있도록 노력한다면 더 자연스럽게 엄마와 아이가 체험학습을 위해 찾아오지 않을까.

우리가 그랬다 "시음장이 있던데 차 마시면 그냥 나오기가 쉽지 않을 텐데. 그럴 수 있겠어요? 난 뒷덜미가 간지럽던데." 차 마시며 힐링 하면 되겠다. 머리로는 그게 이해가 가는데 마음이 따라주질 못한다. 우린 차 체질과는 거리가 먼가 보다. 선뜻 지갑을 열지 못하는 걸 보면.

화개 장터국밥

지리산의 물줄기가 섬진강으로 흘러들어가는 길목이라는 이곳도 아직은 벚꽃을 피우기엔 힘이 부치는 모양이다. 가지 끝마다 붉은 기운만 감돌뿐. 오늘 내일 필 것도 아니라며 접으려하지만 성미 급한 녀석들이 있어 괜히 마음이 바쁘다. 어릴 적부터 자주들은 노랫말 '전라도와 경상도를 가로지르는 섬진강줄기 따라 화개장터엔…' 여기선 오늘도 팔도가 만나고 있었다. 웃음이 끊이질 않는다. 만나고 떠나고, 또 만남이 이루어지는 곳이 화개장터다.

장터하면 입맛을 돋우는 것이 있다. 장터국밥. 입맛을 불러들이는데 이만한 것이 없다. 반나절을 쏘다녔으니 배가 고프다. 점심은 화개장터에서 그렇게 찾아갔다.

"뭘 먹을까? 나는 별로 먹고 싶은 게 없네. 생각 좀 해봐요. 그런 것이 내 짐을 덜어주는 건데."

"우리 서방님 드시고 싶은 걸로."

내 머릿속엔 온통 국밥만 들어있는 걸 어찌 알았을까. 마음을 읽었다고 봐야한다. '장터국밥' 에서 소머리국밥 한 그릇씩 뚝딱. '아가(왕)꽈배기' 에서 꽈배기와 수수부꾸미 사 들고는 흥을 돋우는 무대를 찾아 가는 길이다. 귀에 익은 가락에 어깨가 들썩들썩, 웃음소리가 상가골목을 따라 몰려다니는데 어딜 가나 기웃거리기만 한다면 그게 이상한 거죠.

진달래와 하얀 목련이 피었다. 산수유와 매화가 끝물이어도 노란 개나리에 자목련이 가세했으니 꽃 잔치마당이다. 게다가 붉은 동백이 아직도 남아 그 빛을 잃지 않고 있으니 벚꽃마음이 다급해질 수밖에 없겠다. 언제 펴야 사람들로부터 사랑받을까 고민하느라 연지 발랐나보네. 가지 끝이 볼그레한 걸 보니.

어쨌건 들풀까지 가세했으면 봄이 온 거다. 그런데 있어야 할 건 다 있던데 화개장터에 없는 게 있네. 뭐지. 아!

최 참판 댁

버스정류소 갓길에 차를 세우고 일부러 걸어 올라갔다. 힐끔거리면서도 무심한 듯 사람들은 그랬을 것이다. 주차장까지 가지 왜 하필 여기부터야. 따스한 햇살이 너무 좋아 걷고 싶었다.

물오른 과수나무, 무심하게 돋아난 들풀들과 눈길을 주고받으며 정신 줄은 놓고 싶어 그랬다. 시간 많은데 흙냄새나 맡으며 걷자는 제안에 선뜻 응해주니 고맙고, 걷는 것을 힘들어하지 않으니 더 고맙다. 타박타박. 오늘의 마지막 일정은 이렇게 시작했다.

하동 평사리는 '박경리' 의 '토지' 라는 소설의 배경마을이다. 특히 드라마 토지를 촬영하기 위해 소설 속 마을을 사실적으로 재현해 놓은 세트장이 볼거리라고 한다. 둘러보기만 해도 소설 속 인물들이 그려진다고 한다.

 박경리 문학관은 그의 작품세계와 삶을 재조명해 보는 곳이다. 그의 육필 원고와 필기도구들 그리고 손때 묻은 생활가구는 물론 소설 속 내용을 읽는 것도 좋았다. "버리고 갈 것만 남아서 참 홀가분하다"는 그의 유고시집까지 보았으면 삶의 소중함을 말하고 있는 그의 목소리를 들어야 한다. 그는 한 번도 와본 적이 없다는 평사리라지만 그의 작품이 이 고장에 똬리를 틀었다. 작가의 동상을 배경삼아 사진 찍는 젊은이들을 보고 있으면 고와 보이는 건 글을 사랑하는 마음이 있기 때문이다. 중턱에 자리 잡은 고래 등 같은 기와집은 토지의 배경이 된 최 참판 댁. 드나드는 사람들로 어수선하다. 사랑채, 안채, 바깥채를 휘 둘러보기만 하고 나오긴 아까우니 부러워하고, 놀라고, 감탄하기를 반복하는 것이 좋다.

 자운영이 피어날 무렵이면 들판 한가운데 서 있는 두 그루의 소나무가 가장 눈길을 끈단다. 헌데 난 부부소나무 아래서 소작인들이 땀에 흠뻑 젖은 모습으로 모 심고, 피 뽑고, 물대고 빼느라 하루도 쉴 날이 없었을 고단한 삶을 떠올리고 있었다. 그 소나무 밑에서 땀을 식히며 새참 먹는 농부의 모습에서 풍요로운 농촌풍경을 떠올리기가 쉽지 않았다.

 서울은 롯데월드가 흐릿하게 보일 정도로 잿빛하늘이란다. 최악의 미세먼지로 방독마스크까지 등장했다고 한다. 마님은 소중한 자식들을 그곳에 두고 왔으니 마음이 편할 리가 없다. 그런데 아이들이 우릴 걱정하고 있다. 여행 중 가장 행복한 시간은 하루를 마무리하고 쉬는 시간이다.

섬진강호텔(금성면) 506호

三神山 쌍계사

2018년 3월 26일(월)

 섬진강호텔에서 35km를 달려가야 하는 거리다. 오늘은 삼신산 외청교라는 작은 다리를 건너면서 하루를 시작했다. 보인다. 속세를 벗어나 부처의 세계로 들어선다는 일주문에 三神山 쌍계사라 쓴 글씨가.

내청교에 들어서면 불법을 수호하는 동자와 악을 물리치는 금강역사가 있는 금강문이 있다. 네 분의 천왕이 있는 천왕문까지 가면 명부전과 나한전을 좌우에 거느린 대웅전이 진감선사 탑비를 앞세우고 모습을 드러낸다.

이곳이 두 계곡이 만나는 지점에 절을 지었다는 쌍계사다. 여승처럼 단아한 모습의 마애불과 불경목판을 보관하고 있는 화엄전은 어젯밤도 그랬듯이 석등에 불 밝힐 날을 기다리고 있는 것만 같다. 석등은 대웅전에도 있다. 절 집에 어둠을 밝혀주고 그 빛으로 부처님의 진리로 중생을 깨우쳐 선한 길로 인도한다고 하지 않는가.

꽃모양이 연을 닮아 그리 불렀다는 목련이 곱다. 습관이 무섭다고 우린 '소원 탑'에서 약수 한 잔으로 목부터 축였다. "오 물소리 좀 들어봐요. 죽이는데!" 허리춤에 두 손을 얹고 여유까지 부렸다.

범종각의 범종, 범고, 범어, 운판을 보았으면 옥천교 계단. 그 위에는 금당이 있다. 자칫 근력이 없는 사람들은 "뭘 거기까지 올라 가냐." 그러겠지만 올라간 사람만 볼 수 있는 또 다른 세계가 있다. 쌍계사를 창건한 스님이 723년에 여기에 한적한 수행처를 짓고 누군가를 모셨다고 하던데. 우리는 불일폭포 가는 길로 방향을 잡았다.

쌍계사 불일폭포

불일폭포는 국사암 가는 길이다. '환학대'도 알게 되었고, 이여송의 말발굽이 새겨져 있다는 '마족대'에서는 쉬어 가기도 했다. 어린 딸과 함께 온 부부가 동행해 주어 앞서거니 뒤서거니 외롭지 않은 것도 큰 힘이 되었다. 말은 필요 없다. 지루할 때 쯤 쉬고, 또 걷고 그러다보니 '불일폭포'로 내려가는 계단이 나온다.

계단 앞에 오면 폭포소리에 귀가 멍멍해 질 정도다. 불일폭포는 지리산에서는 제일 큰 폭포라 알고 있다. 해발 720m에 폭포의 길이가 60m. 계단을 내려가기만 하면 시원스레 떨어지는 모습이 정말 장관이다. 표현할 방법을 찾지 못하겠다. 누가 폭포까지 가는 길이 어땠느냐고 물었다면 난 이리 말했을 것이다.

"말도 말아요. 꽃길이요, 소리길 입니다. 동백이 아직 지지 않고 진달래가 한철이니 그렇고, 개울물소리 바람소리 새소리에 딱따구리까지 또르륵 또르륵 소리를 보태니 할 말이 있겠소. 생각해보세요. 거기에다 나무들의 숨소리까지 들리는 것 같더라면 게임 끝. 올라가보지 않은 사람은 그 맛 몰라요."

불일암은 탑을 모신 금당과 팔상전으로 된 작은 암자다. 물 한 모금 얻어 마실 생각이었는데 스님도 안 계신다. 목은 말라도 우린 악마의 웃음소리에서 벗어나 한껏 봄을 즐겼으면 되었지 더 바라면 죄 받지. 그러며 내려왔다.

쌍계석문

쌍계석문은 쌍계사 올라가는 옛길에 있다. 젊은이들에게 낯선 길이지만, 나이 지긋한 사람에겐 추억의 길이요, 잊힌 길이다. 젊은이들은 낯선 환경에 당황스럽겠지만 석문과 계단, 상가들까지 온통 그리움이다.

최치원이 임금의 명을 받아 쇠지팡이로 썼다는 '쌍계석문' 이라 쓴 석문바위가 있다. '쌍계석문' 의 바위 하나는 둥그스름하고, 다른 하나는 마름모꼴로 전엔 이곳을 지나야 쌍계사로 갈 수 있었다. 당시는 쌍계사로 가기 위해 골목길을 뜀박질하다 보면 석문은 잊고 가곤 했던 기억이 난다. 기억을 되살린 것만으로도 고맙다. 어디가 변한 거지? 내 마음인가?

이 골목 부산식당에서 우린 빙어튀김과 비빔밥 한 그릇을 시켰다. 취나물과 고사리, 콩나물이 들어간 비빔밥은 청매실장아찌와 시래깃국이 수저 사랑을 듬뿍 받았다.

하동 백사청송

그냥 지나가면 두고두고 후회할 일이다. 지금은 섬진강의 푸른 물줄기에 은빛 모래사장, 거북이 등껍질을 닮은 진초록의 노송이 우거져 숲을 이루고 있다. 백사청송이라 불리는 곳이다. 하동포구에 있다. 영조 때 강바람으로 부터 모래 피해를 막기 위해 심은 소나무라고 한다.

이곳에 들어오면 우선 가슴 펴고 소나무가 뿜어내는 향기에 몸을 맡기는 것이다. 송림 사이로 불어오는 바람이 가슴을 파고드는 것을 느낄 것이다. 시원하다. 강 건너가 한 폭의 그림이다. 우린 걷고 또 걸었다. 숲속도 걷고, 벤치에 앉아 쉬기도 하고, 이 모두 은빛모래에 마음을 빼앗겼기 때문이다. 해를 넘기고서도 자리를 뜨는 것이 쉽지 않았다.

어둠이 깔리기 시작하는 분위기로 바뀌니까 배가 갑자기 고파진다. 저녁은 먹고 들어가 말아. 마님은 믿는 구석이 있다. 백사청송 가는 길에 옛날팥죽 판다며 테이크아웃 한 팥죽이 있다. 그래도 그렇지. 여기까지 왔는데. 하동의 마지막 밤인데 참게장 정식은 먹고 가야지. 섬진강어부들이 모여 산다는 강가 마을로 갔다. 어제와는 비교를 거부한다. 갓 잡은 실한 녀석들로 끓여주었다.

섬진강호텔(금성면) 506호

하동 섬진강호텔

함 안

함안박물관과 말이산 고분군
함안의 아라 연꽃
함안의 무진장과 함읍국밥거리

함안박물관과 말이산 고분군

2018년 3월 30일(금)

새는 이승과 저승을 오갈 수 있는 특별한 동물로 죽은 이의 영혼을 내세로 인도해준다고 믿고 살았던 아라가야인. 함안박물관에서는 또 다른 역사를 만났고, 그들의 이야기를 들려주었다.

아라가야 사람들은 신석기시대부터 이 지역에 터 잡고 살면서 흙을 구워 토기문화를 발전시켜왔다. 7개의 등잔이 있는 '굽다리 토기'가 그 좋은 예다. 와질 토기, 손잡이 그릇 등 뛰어난 손재주를 보여 준 토기들이 이곳 고분의 '껴묻거리(부장품)'에서 나왔다고 한다.

뿐인가 마갑총이란 고분에선 말의 갑옷도 발견되었다고 한다. 900개 이상의 철편을 사용한 갑옷을 말에게 입혔다는 건 이미 놀라운 철기문화를 가지고 있었음을 말해주는 것이다. 갑옷과 투구는 물론 칼, 창, 화살촉까지 나왔다고 한다. 철기제작과 우수한 토기를 바탕으로 생겨난 '아라가야'의 도읍지가 함안이라고 한다.

남은 건 고인돌에 바위그림을 그려 넣어 풍요와 다산을 바랐던 마음까지 묻었을 말이산 고분군을 걸을 일만 남았다. 당시의 지배계층이 묻혔을 무덤이다. 아내는 어느 틈에 고분군은 나무 그늘이 없다며 선크림을 들고 그늘부터 찾는다.

선글라스, 모자하며 잔소리 챙기느라 바쁘신 분이 어딜 가신다. 그 때가 허전하면서도 가장 온전한 내 자유시간이다. 난 잔소리 듣는 재미로, 아내는 잔소리 하는 재미로 우린 지루할 새가 없는 부부다. 우린 천생연분인 겨.

함안의 아라 연꽃

함안의 고려인들이 오늘을 사는 사람들을 위해 타임머신에 태워 보낸 것이 있다. 오랜 기다림 끝에 다시 태어난 '아라 홍련' 이란 보물이다.

고려시대, 700여 년 전의 씨앗임이 밝혀졌다며 신문지상을 떠들썩하게 한 일이 있다. 2009년의 일이다. 함안 성산산성에서 발견된 단 4개의 씨앗을 발아시키는데 성공함으로서 피어난 연꽃이 '아라 홍련' 이다. 번식에 성공한 그 모습을 사진으로 보면서도 우리의 발전된 기술에 난 충분히 놀라고 있었다.

그 신비의 연꽃을 직접 볼 수 없는 것이 안타까웠다. 그럼 또 한 번 와야 하잖아. 궁금하지만 그 때까지는 참아야한다. 계절이 아니니 어쩔 수 없다. 복도에 걸어놓은 사진과 영상으로 만 보았는데도 이렇게 가슴이 두근거리는데.

아라 연꽃은 투명하리만치 뽀얀 속살에 연분홍물감을 바른 붓이 살짝 스쳐간 그런 느낌이었다. 꽃잎이 아련해 보여서다. 한 번도 본적이 없는, 아니 상상해보지도 않은 그런 환상적인 옷을 입었다. 오죽 아름다웠으면 "아! 알겠다. 선녀가 입은 하늘거린다는 옷이 저 빛이 아닐까." 그랬다. 매년 6~8월이면 아라 홍련이 핀다는데 꼭 한번은 이곳에 들러 그 연꽃이 핀 모습을 보며 700년을 훌쩍 뛰어넘어보고 싶다.

"뭔데 그렇게 웃어요. 재밌으신가 보네. 얼굴에 나 재미있다. 그렇게 쓰여 있는데요. 뭔데요 말 해봐요. 나도 좀 압시다."

"응 나중에요. 지금 알면 재미없어요. 여름이 오면 그때 알려드릴게요."

함안의 무진장과 함읍국밥거리

무진장이란 경치는 다함이 없고 즐거움 또한 다함이 없다고 했다는 조삼이란 분이 남긴 정자다. 동정문으로 들어서니 알겠다. 남은 여생을 보내기 위해 지금 이 자리에 손수 정자를 지었으며, 정자의 이름은 그의 호라는 의견도 있고, 향토학자의 말을 빌리면 연못과 정자가 조화를 이룬 빼어난 풍광이라 붙인 이라고 한다. 언뜻 보아도 정원에 비해 정자가 작아 보이는 건 사실이다.

학자들은 모습은 단순하고 소박한 정자의 형태를 갖추었다고 한다. 소박한 것이 이 정도라면 그 시대 유생들의 욕심이 어떠했을까는 미루어 짐작하기 어렵지 않을 것 같다.

관광지로 개발하기 위해 걸을 곳을 만들어 놓았으면 쉬어갈 의자도 몇 개는 마련해 놓았으면 좋았을 걸 했다. 정자에서 연못이나 보고 서둘러 떠나는 것이 낫겠다는 배려라면 모를까. 언덕 위의 정자를 가보고 연못 따라 뒷짐 지고 걸어봤자 20여분이면 떡을 친다. 함안박물관에서 하는 말이,

"가는 길목에 무진정이 있으니 둘러보시고, 때가 되어 가는 것 같은데 길 따라 죽 가다보면 소고기국밥거리가 나와요. 거기 가서 국밥 한 그릇 말아 달라하시던가" 대충 메뉴만 듣고 가는 길인데 큰길이 두 개가 나온다. 연못을 함께 거닐던 아주머니에게 물었죠. 친절하게 가르쳐 주셔서 찾는 덴 어렵지 않았다.

국밥은 무, 대파, 대가리 없는 콩나물에 양지고기와 선지가 전부인 것 같은데. 맛이 끝내주더란 얘기다. 비법양념장에 비밀이 숨어있지 않으면, 토렴기술에 숨어 있는지도 모르겠다. 궁금해도 묻진 않았다.

국밥 한 그릇도 펄펄 끓고 있는 가마솥에서 여러 번 토렴해 손님상에 내보내더라. 밥알에 따끈한 국물이 고루 배여 있어 그런가. 맛이 있었다. 함읍우체국 앞에 너른 주차장까지 마련한 걸 보면 근방에선 소문난 먹을거리촌이 맞긴 맞는가 보다.

함 양

용추폭포   함양 하림공원
용추사   함양 상림공원

용추폭포

　오늘 아침은 망개떡 사는 것으로 하루를 열었다. 아내가 익숙한 걸음으로 남산떡방앗간에 갔다 오면서 "아유 말도 말아요. 떡 빚는 아줌마들이 열 명은 넘나 봐요. 앞사람이 선물할 거라며 한 보따리 사들고 가고 난 달랑 한 팩. 좀 그렇데요. 그렇지만 양이 뭐 중요해요 맛있게 먹으면 되지." 아쉽다는 표정이다. 두어 팩 살 걸 그랬나. 나도 후회했다.

　용추계곡이 얼마나 깊은 계곡인지 짐작도 못했다. 다만 시원한 계곡물소리와 동행한다고 좋아했다. 선택은 오늘의 컨디션이다. 휴양림으로 가서 많이 걸을 생각이면 덕유산 장수사로 가야하는데 우린 기백산 용추사로 길을 잡았다. 좀 더 욕심을 부려 황석산성까지 걸어갔다 오면 좋겠다만 이 더위에 그건 무리라고 처음부터 못을 박았다.

　걷다보니 계곡물소리가 폭포소리로 바뀌었다. 가까워질수록 더욱 우렁차게 들린다. 폭포소리가 커지는 것과 함께 걸음이 빨라진다. 어느 순간 "와!" 하는 소리가 우리 두 사람 입에서 동시에 튀어 나왔다. "야! 멋있다. 폭포소리 좀 들어봐요. 귀가 멍멍하네. 굉장한데 어디서 본 그림 같다." 입을 다물 수가 없었다. 여기서 사진 한 장 박는 건 필수다.

　울창한 숲을 지나 암반 위에서 직각으로 떨어질 때 토해내는 물거품도 장관이다. 한여름에 오면 정말 볼만 하겠다. 물거품을 일으키며 떨어지는 4단

의 폭포는 소에 떨어지면서 계곡을 따라 내려간다. 폭포의 음이온을 받고, 물보라라도 흠뻑 맞을 생각은 아쉽게도 바람이 도와주지 않았다.

그래도 귀는 멍멍 하고 코는 물안개로 촉촉하다. 눈을 지그시 감고 서 있기만 해도 마음은 용소 속으로 뛰어들 기세다.

용추사

용추사는 용추폭포에서 올려다보면 지붕이 보일락 말락 한 거리에 있다. 대웅전과 삼성각, 명부전이 있는 작은 절집이다. 명부전은 중생들에게 경각심을 주기 위해 저승을 이 땅에 재현한 불전이라고 하니 저승을 한번 경험해볼 생각 없느냐니까 우리 이쁜 색시 도리질하던데요.

절 구경하고 내려가는데 널빤지에 대충 쓴 글씨로 '계곡으로 가는 길' 화살표가 그려져 있다며 한번 가 보잔다. 마님이 '우린 궁금한 건 못 참지.' 앞장서고 나는 뒤따랐다. 너르고 평평한 마당바위 사이로 시원한 물이 흐르는데 건너다니고 싶고 발 담그고 앉아 쉬고도 싶은데 마님의 잔소리는 늦지도 않는다.

"위험해요. 위험할 것 같은데 그만 내려가지요."

같은 상황일까. 용추폭포 아래 서서 한 남자가 계속 손짓발짓하며 우릴 올려다보며 소리 지르는 것 같다. 폭포소리 때문에 들리진 않지만 위험하니 내려오라는 거라며 아내는 다그친다.

우릴 왜 불렀느냐고 묻지도, 위험한데 올라가시면 안 된다는 핀잔도 서로 없었다. 그냥 멀쑥한 표정의 해프닝이었다. 오지랖 넓게 참견만 안했으면 발 담그고 좀 더 바위에서 물장구치며 놀다 내려오는 건데 그게 아쉬웠다. 용추폭포까지 와서 요길 빼 먹으면 설탕 빠진 공갈빵일 게야.

함양 하림공원

이 공원은 어린이와 노인을 위해 만들었다는 것을 한참 둘러보고 난 뒤에야 알았다. 평범한 공원인 줄만 알았다.

이런 공원이 있다는 건 젊은 엄마와 아이들뿐 아니라 어르신들도 대 만족일 것이다. 놀이시설에서 아이와 함께 놀고 체험도 하고 손잡고 산책도 한다. 숲속에 앉아 도란도란 이야기 나누는 가족의 그림이 그려진다.

노인들도 누구 눈치 보지 않고 동호인들끼리 어울려 'Park 골프' 장에서 시간을 보낼 수 있다. 공원이라기보다는 '하림도시 숲' 이 더 어울린다. 도시락 싸들고 와서 서로 나눠먹고 농담 따먹기 하다 지루하다 싶을 때 운동 한판 때리고 간다. 부럽다.

'게이트볼' 이 테니스코트장만 한 넓이가 필요하다면 'Park 골프' 는 공원 숲을 걸으며 경기하는 미니골프 같은 것이다. 채와 공이 골프보다 크고 그것도 채 한 개만 달랑 들고 다니면 된다. 4~6명씩 그룹을 지어 놀면 더 좋다. 그림이 나온다. 공원에 깃발과 구덩이만 파면되지만 도시에도 맞을지는 모르겠다.

민물어류전시관에서도 아이들의 맑은 웃음소리를 들을 수 있어 좋았다. 우리도 웃음을 참지 않았다.

'물고기 사육동' 에는 성장단계별로 메기, 잉어, 붕어, 철갑상어를 기르고 물고기병원까지 있었다. 함양 토속어류생태관에는 우리 개천과 강에서 자라는 토종 물고기들이었다. 쉬리, 배가사리, 피라미, 갈거니, 황 쏘가리, 수수미꾸리, 참 가제, 황금미꾸라지, 각시붕어까지. 아이디어는 좋은데 이 먼 곳까지 차 끌고 와서 놀다 갈 시골 분들이 과연 몇이나 될까. 그게 궁금했다.

함양 모텔 휴

함양 모텔 휴

합 천

황매산 군립고원
합천 영상테마파크
가야산 해인사

함양 상림공원

2018년 4월2일(월)

　2014년 찾은 이후 다시 찾았다. 어탕국수집에서 1.2km. 함양 상림은 최치원이 태수로 부임하면서 마을과 농경지의 홍수피해를 줄이기 위해 둑을 쌓고 인공림을 조성한데서 시작되었다고 한다. 여름엔 연꽃 향, 가을엔 단풍이 물색없이 불어오는 바람에 그 분위기를 주체할 수 없을 정도란다. 숲의 특징은 활엽수만 있다. 단풍철이 상상이 된다. 공원에 도착하니 AM 9시다. 상사화단지도 한 계절은 책임질 준비가 되어 있었다. 내 입이 가만히 있질 못하는 건 아내의 기억을 끄집어내려는 노력이니 예쁘게 봐줘야 한다.

　봄이 활짝 눈을 뜬 계절에 오니까 맛이 다르다. 저번에 걷던 길은 기억이 없는 모양이다. "이번엔 이 길로 걸어갈 겁니다. 괜찮지요. 마님! 걸어보시니 어때요. 이 나무가 느티나무와 개서어나무가 만들었다는 그 연리지. 상림에서 영원히 함께할 인연을 맺는 사랑나무라고 했잖아요. 나보고 여기서부턴 손잡고 걷자며 떼썼는데…" 우리 부부는 그때처럼 상림약수터에서 물 한 모금. 난 물맛이 다르다며 너스레를 떨었지만 다르다면 오늘은 봄볕을 쏘이며 걸었으니 물맛이 시원하겠다.

　천년교는 제방을 쌓을 당시 건너편에 살고 있던 총각이 성 안에 사는 처녀를 사랑하여 매일 밤 이 시냇물을 건너다녔다는 사실을 알게 된 최치원선생이 이곳에 돌다리를 놓아주고 '오작노디(오작징검다리)'라 했다는 기록이 있다. 1000년의 세월을 뛰어넘어 그 자리에 다리를 만들었다.

다리를 건너자 제방 저쪽에 또 다른 매력을 지닌 공원이 있다. 우린 시간이 없다면서 개천공원을 넓게 다 걷고서야 떠날 수 있었다. 두 시간 넘게 걸었는 데도 만족이 안 된다. 함양서 하루 더 머물다 가면 안 되지? 괜히 던져본 말이 아니다.

황매산 군립고원

2018년 3월 29일(목)

황매산은 5월이면 해발 800m의 산자락을 자주색으로 물들게 하는 철쭉이 관광객과 등산객을 불러 모은다고 한다. 합천호에 비친 산자락이 호수에 떠 있는 매화 같다하여 붙여진 이름이라고 한다. 걸을수록 기운이 느껴진다. 우린 지금 이대로가 좋다. 산자락을 덮고 있을 철쭉꽃을 생각하며 걷기로 했다. 상상만으로도 행복한 곳이다.

철쭉제가 열리면 눈앞이 파노라마처럼 철쭉꽃으로 물들어 있겠다. 철쭉 병풍을 확 펼쳐놓은 것 같을 게다. 관광객들이 입고 온 알록달록한 등산복으로 황매산을 또 한꺼풀 덮겠지요. 사람들이 꽃에 취해 있을 모습이며, 입에 올리며 함박 웃는 얼굴들 하나하나가 그림이 될 것 같다. 오늘의 황매산 철쭉제 손님맞이 꽃단장하느라 어수선한 날이다.

하나의 거대한 바위덩어리 같은 모산재는 한 폭의 산수화였다. 그 바위틈을 헤집고 있는 소나무들은 또 어떻고 난 감히 오를 생각은 접고 보고만 있는데도 가슴이 뿌듯하다. 잔잔한 미소를 흘렸다. 솔직히 황매산 진달래가 유명하다기에 꼭 가봐야 할 곳이라며 동그라미를 그리며 기다렸던 곳이었다. 그런데 산청에서 철쭉이라는 소리를 듣고 맥이 좀 빠지긴 했다.

안 가면 더 후회할지 모른다며 찾아온 것이다. 미리 선이나 보아두자며 들른 곳인데 생각 그 이상의 감동을 주었다. 우린 그들을 보지 못했으면서 뒷이야기를 듣고 있는데도 그림이 된다. 맑은 공기, 바람 한 점 없는 날씨에 미세먼지에서 자유로운 곳인데 따스한 햇살까지 보탰다.

1군락지의 정상까지 걸으며 봄이나 노래해 보자며 아내가 앞장섰다. 이곳저곳 자리 잡고 있는 억새가 어린 철쭉까지 식구로 맞아주니 황매산 평원은 해가 다르게 철쭉으로 더 장관이 될 게다. 2군락지 높은 봉에 올라 붉은 빛에 취하다 내려오면 2km. 사람들에 떠밀리며 걷는다 해도 시간 반이면 떡을 치겠다. 황매산지킴이식당에서 막걸리 한 잔 쭉 들이키면 무엇이 부러울까.

우리 부부는 요기까지 만이다. '비단덤'이라 불리는 병풍바위까지 걸으면서 성미 급한 철쭉에겐 서둘지 말라는 눈빛을 주고 왔다. 한창 때 온 것만큼이나 황홀했으면 다시 찾지 않아도 되겠다. 그러나 가끔은 그리울 것 같은 그런 곳이다.

합천 영상테마파크

아침에 산청을 떠날 때도, 황매산 가는 길에서도 감감무소식이더니만 이게 웬일이래요. 오후의 합천은 흐드러지게 핀 벚꽃들로 별천지였다. 눈이 부셨다. 벌까지 찾아들며 날갯짓이 분주하니 콧노래가 절로 나왔다. 나는 어깨를 들썩이며 '꽃바람'을 흥얼거렸다.

한물간 매화며 산수유에 싫증 날 때도 되었다. 산허리마다 불붙은 진달래며 동네 어귀의 병아리입술들이 동무를 부르고 싶을 때다. 흰빛이 고와라 조팝나무에 자목련까지 가세했으면 계절은 4월의 허리를 넘어섰다 봐야 한다. 벌 나비도 날갯짓이 바쁘다. 꽃길 따라 17km는 환상적인 드라이브 코스는 꽃길이었다.

영상테마파크는 경로가 4천원이면 꽤 볼 것이 많은 모양이다. 입구에서 마차 타고 구경하라고 목청을 돋우는데 걷는 것만 할까. 굳이 휘– 둘러보고 갈 것이 아니라면 골목을 타박타박 걸어야 제 맛이다. 서울 시간여행은 우리 세대는 색 바랜 추억을 끄집어내는 것만으로도 할 말이 많은 사람들이다. 도깨비마을, 조선교도소, 경성역, 일본인 적산가옥이 있고, 여로다방, 전당포, 복덕방, 국수집 등 서울거리의 기억을, 뽀얗게 먼지 쌓인 추억들을 불러다 주었다.

우리의 시장 끼를 면하게 해준 파전은 전 이승만 대통령의 사저였던 이화장, 백범김구선생의 숙소이자 임시정부의 마지막 청사 '경교장' 이며, 대학 동기들과 드나들던 명동 입구 음악카페 '쎄시봉' 도 보인다. 초등학교 교실의 오르간, 시장풍경도 재밌다. 포목점, 당나귀마차, 광목점, 양화점, 철물점에 당시는 우유과자에 홍차까지 팔았다는 대가 국수집, 작명소, 경성극장, 단성사, 삼미백화점, '외상사절' 이라고 써 붙인 밥집까지. 지루하다니요.

청와대엔 역대 대통령의 초상화를 걸어놓은 충무실, 12인의 다육 아트작가들의 작품을 전시한 인왕실과 회의실, 그리고 이층 집현실까지 둘러보는데 눈은 건성 발만 바쁜 시간이었다.

"그만 호텔로 들어가는 게 어때요? 날도 더운데. 오늘 이만큼 돌아다녔으면 된 거 아닌가."

아내의 말은 언제나 진리고 설득력이 있다. 가는 길에 저녁 먹을 곳이 없나 찾아낸 식당에선 난 양곰탕, 아내는 소머리곰탕. 진국이다. 이보다 더 맛있는 곰탕집 을 찾는 건 쉽지 않을 거다.

해인사관광호텔 1507호

가야산 해인사

2018년 3월 30일(금)
2014년 1월 13일 겨울에 다녀왔던 절이다. 양산 통도사, 순천 송광사와 함께 우리나라 3대 사찰로 꼽히는 큰절 가야산 해인사를 보겠다고 60여 km를 달려왔는데 너무 춥다. 이번에도 미루면 영영 못 올지도 모르는데 그러며 여행계획을 짤 때부터 찜찜했던 곳이다.

"해인사도 못 가 봤다면서. 가야산 해인사에 한번 가봐. 정말 좋아. 거북이 등껍질을 닮았다는 붉은 소나무 숲이 장관이라니까."

그 산자락에 가서 나도 솔향기에 취하고 싶었다. 나로선 진짜 초행이다. 그날은 신고식을 거하게 치렀다. 날씨가 춥다 못해 매웠다. 고행하듯 걸어야 본당에 들어설 수 있었다. '마하반야심경'을 새긴 목판과 다른 몇 개의 목판을 야외전시한 곳을 찾아가고 있는데 햇살이 목판주위에만 내려앉은 놀라운 광경을 보았다. 아주 짧은 시간이었다. 이런 걸 기적이라고 하는지 모른다는 기억을 떠올렸다.

이번엔 밤새 이 궁리 저 궁리하느라 잠을 설쳤다. 새로 짠 일정대로 움직여볼 생각이다. 일주문에 발을 들여놓은 시간을 8시로 잡았다. 듣던 대로 봄의 가야산은 적송 숲이 보물이었다. 가야산이 품은 최고의 보물은 천년고찰 해인사와 대장경판인 줄 만 알고 왔다. 다층석탑 등 4개의 보물이 더 있었다. 앞산, 매화산송림은 해인사를 웅장하게 연출하는데 크게 한 몫 하는 것 같다.

'순응과 이 저이' 두 스님의 기도로 신라 애장왕의 난치병이 완치되자 그 자리에 절을 지어주면서 전나무까지 심었다고 한다. 그 전나무들이 더는 세월을 이기지 못해 고사목이 되었지만 그 주변에는 대를 이은 고목들이 늠름한 자태를 뽐내고 있었다.

일주문 뒷면에 '해동제일도장'이라 쓴 글씨는 절에 들어왔으면 마음을 닦고 다시 세속으로 돌아가라는 의미라고 한다. 사천왕을 불화로 그린 문을 통과하면 20여 계단을 걸어야 한다. 해탈문에서 또 계단을 그리고 잊지 않고 감로수 한 모금 마시고 계단을 밟아야만 대적광전이 모습을 드러낸다.

이 절은 석가모니불을 모신 대웅전이 없고, 비로자나불을 모신 대적광전이 주 법당이다. 왼손 집게손가락을 오른손으로 감싼 모습은 중생과 부처,

번뇌와 깨달음이 본래 하나라는 것을 보여주는 것이라고 한다. 비로자나불이 빛으로 세상을 구원한다는 뜻이라고 한다. 명부전과 불상을 모신 정중삼층석탑도 예사롭지 않아 보인다. 애장왕이 마셨다는 '어수정'에서 물 한 모금이라니요. 큰 자물통을 부수지 않는 한 꿈도 꾸지 못한다.

최치원이 가야산에 은거하며 가야금을 연주할 때 수많은 학이 날아와 경청했다는 곳, 당시 전나무지팡이를 거꾸로 꽂아 두었는데 잎이 나서 지금까지도 살아있다는 '학소대'는 놓치면 안 되는 곳이다. 1200년 된 고목답게 어마 무시하거든요. 그날따라 새들이 요란을 떠는데 우린 '어디서 가야금소린가.' 했네요.

팔만대장경 '반야바라밀다심경 목판'과 인쇄본이 나란히 진열되어 있었다. 그 반야심경에 '색즉시공 공즉시색'이란 글이 보이는데 현상에서는 실체가 없단다. 무슨 뜻인지 통 이해가 안 된다. 이 어리석은 중생이여. 화식하는 인간이여.

경판경전은 비로 쓴 자국만 있지 마른 나뭇잎사귀 하나 없는 길을 걸어 들어가야 한다. 팔만대장경판전 법보전(法寶殿)이란 법당에서는 독경소리와 목탁소리가 들린다. 여기까지 온 김에 신라 최치원선생이 살던 초막터에 지었다는 고운암까지 둘러보고 간다면 보살이 되어 있을지 모르죠.

합천 해인사관광호텔

울산광역시

울산 석남사

2014년 4월 7일(월)

대구 경산에 들어서면서부터 복사꽃에 눈이 호강을 한다. 진한 그리움까지 섞였다. 대구 내당동 피난 시절, 가을이면 동네 어귀만 벗어나면 발갛게 익어가는 능금밭이 널려있었다. 연줄을 끊고는 능금밭으로 달려가기도 했다. 물론 연을 주우려는 것은 아니었다. 맘씨 좋은 능금밭아저씨들은 늘 우리를 그렇게 맞고 보내주었던 기억이 난다.

"실컷 묵고만 가거레이. 얼마나 배고프면 그라겠노. 그래도 호주머니에 넣어 가면 안 된 데이."

'만 육천구백원이 결재되었습니다.' 그 소리가 나오자 참 많이도 받네. 우린 합창을 했습니다. 톨게이트를 벗어나자 차는 지가 알아서 '일번가 주먹떡갈비집'을 찾아간다. 여행은 뭐니 뭐니 해도 입이 즐거워야한다는 건 진리다.

　물김치, 잡채국수, 도토리묵에 미나리와 적상추 쌈, 꼬마고추초절임으로 상차림이 간단 깔끔한 데다 맛의 개성이 있다. 소 부위를 황금비율로 배합했다는 이집만의 비법. 여태껏 먹어본 것과는 차원이 다른 맛이었다. 석쇠에 직접 구워 느끼함이 없었다. 입 안에서 살살 녹는다. 여행은 바로 이 맛에 한다.

　호텔방 티 테이블에 앉아 있으니 가지산의 정상이 한눈에 들어왔다. 아직도 봄의 그리움을 못 잊고 있는 벚꽃들이 유혹하는 창밖은 풍경화였다. 그런 방에서 두어 시간 휴식을 취했으면 그 가지산 남쪽 산기슭에 있다는 석남사를 찾아가야 하는 것이 옳다.

　일주문을 지나 길 따라 걷다보면 초승달 모양의 반야교가 반겨준다. 몇 계단 올라서면 대웅전 앞마당에서 삼층 석가사리탑이 자상한 모습으로 길손을 맞는다. 부처님의 진신사리를 모신 탑이라고 하니 합장하고 들어서는 보살들에겐 축복이겠다. 또 다른 삼층석탑은 손님들이 무심히 지나칠까 두려워 예쁜 입술을 가진 금낭화를 모셔다 놓았다. 얼굴을 붉히고 있는 모습이 너무 곱다.

　"네 이년! 이 귀한 이 팝을 네 입에 넣다니!" 나는 시어머니의 밥주걱에 맞아 죽은 가엾은 며느리가 환생하였다는 며느리밥풀 꽃을 떠올리고 있었다.

　대웅전 뒤뜰에는 천명대중이 공양할 때 밥을 푸고 쌀을 씻었다는 500년은 더 되어 보이는 엄나무구유가 먼지를 뒤집어쓰고 있었고, 신라시대에 구유로 만들었다는 데 약수터에선 물받이용이다. 네 귀퉁이를 매끈하게 다듬어 모서리마다 연꽃봉오리 모양의 무늬를 넣어 만든 돌 수조가 구유였다고 한다.

　우리는 그 약수터에서 배낭에 있는 6개의 물병에 가득 채웠다. 어디 몸뿐이겠습니까. 마음도 건강해야 여행이 즐거운 법이지요.

　'성 안내는 그 얼굴이 참다운 공양구요/ 부드러운 말 한마디 미묘한 향이로다.

　깨끗해 티가 없는 진실한 그 마음이/ 언제나 한결같은 부처님 마음일세.'

울산 아마란스호텔

울산 암각화 박물관

2014년 4월 8일(화)

　여행의 즐거움과 피곤은 반비례 하는 것 같다. 어제 석남사주차장에서 석남사비빔밥을 놓쳤으면 후회할 뻔했다. 비빔밥 재료로 들어간 미나리의 향과 맛은 입에서 감도는 데 잊을 수가 없다. 아침은 우리 둘 다 늦잠자기로 묵계가 된 모양이다. 눈 뜨니 10시. 분침이 바쁘다. 이럴 땐 누가 먼저랄 것도 없이 서두르면 따라 나서게 되어있다. 사과 반쪽 씩 먹었다.

　잘 잤습니다. 또 올 수 있었음 좋겠네요. 네 언제든지 오세요. 이 호텔은 방도 넓고 깨끗하고 숙박비도 저렴하고 경치도 끝내주는데 시내 들어가면 뭘 해요 그냥 여기서 며칠 쉬다가란다. 숙박이 예약되어 있어가지고.

　무등면에 있는 울산암각화박물관에 도착하자 다 잊고 수다 떨며 우린 신이 났다. 이 너른 박물관이 우리 차지였다. 8개월 동안 물속에 잠겨있는 반구대암각화의 완전한 모습을 볼 수 있다는 곳이다. 신석기시대부터 그려놓은 고래, 호랑이, 멧돼지, 사슴도 있고 마을 사람들이 힘을 합쳐 고래잡이 하는 모습을 묘사한 것도 있다. 그 자체가 작품이요. 그들의 살았던 그 시절의 이야기를 한번 들어볼까요.

　"고래를 잡아 잔치를 벌이고 할아버지와 마을 사람들은 제사 지내기 위해 반구대로 갔습니다. 할아버지는 하늘과 통하는 무당이자 지도자이십니다. 할아버지의 기도로 모두가 무사히 더 많은 사냥을 할 것입니다."

　"오늘 마을 사람들은 멧돼지를 잡았습니다. 맹수들이 많이 지나다니는 산길에 멧돼지가 나타났습니다. 숨어있던 마을 사람들은 일시에 창을 던져 멧돼지를 잡았습니다."

"고래가 나타났다. 오늘은 선사마을의 잔칫날이다. 그물과 작살 창을 들고 낚시를 떠난 20명의 마을 사람들이 커다란 흰 수염고래를 잡아왔다."

"오늘 마을에서는 새로 만든 배를 띄웠습니다. 통나무 2개를 붙여서 만든 새로운 배는 열 명이 고래잡이와 낚시로 사용할 예정입니다."

자신들의 일상생활을 그림으로 남긴 열정과 지혜, 손재주가 놀랍다.

반구대 암각화

박물관을 둘러보고 나오는데 봄기운에 병아리가 깨어났나 했다. 귀가 번쩍 뜨인다. 자글자글 아이들이 줄 서서 걸어가는 소리다. 반구대암각화로 가고 있다. 차 끌고 다리를 건너 대나무숲길로 들어선 우린 후회했다. 차를 박물관에다 두고 와야 하는 건데. 아이들의 보행을 방해하면서 인솔선생님이나 학생들의 눈치까지 보며 갈 수 밖에 없었다. 내 생각이 짧은 탓에 빚어진 일이니 누굴 탓할 수도 없다.

다행히 한실마을에 공터가 있어 차를 세우고 아이들 따라 나무 생태 길을 걸으니 날아갈 것 같다. 엄지손가락만한 새들이 버들가지를 옮겨 다니며 재롱을 떠느라 부산하다. 짹-짹-짹, 아이들과 새들이 재잘거리는 소리에 봄이 화들짝 놀라 깨어났다.

다리를 건너면 산세와 계곡 기암괴석이 어우러진 곳에 거북이가 엎드린 형상이라는 반구대가 보인다. '스토리워킹 길'을 걸어서 먼저 도착한 상급반 학생들로 반구대 앞은 시끌벅적하다. 먼 옛날 이곳에 살던 사람들이 건너편 절벽에 평평한 바위를 골라 그린 그림들을 보러온 모양이다. 현장견학.

그런데 망원경이 있는데도 보려고 줄서거나 그런 아이들이 보이지 않는다. 그냥 재잘거리며 웃고 떠드느라 정신이 없다. 눈이 마주치면 "안녕하세요.” 하며 방글방글 웃는다. 귀엽고 티 없이 자라는 아이들이 너무 예쁘다.

눈은 날아다니는 나비를 쫓아다니고, 코는 향긋한 봄꽃 향기에 취해있는데 귀 마저 아이들이 웃음소리를 듣기 위해 열어놓아야 하니 이런 복이 있나.

이 세상에 이보다 더 아름다운 그림은 없을 것이다. 암각화는 무슨 그보다 아름다운 예쁜 천사들의 웃음소리와 병아리들의 맑은 얼굴만 보다왔구먼. 반구대도 긴 겨울의 지루함을 잊었는지 행복의 바이러스를 발산하느라 제 본분을 잊은 것 같다.

울산 박물관

울산박물관은 2014년을 ‘태화강인의 삶과 죽음’ 이란 주제를 내걸었다.

제1전시실에는 수렵, 어로, 채집으로 생활하던 선사문화로부터 시작해서 약 3만 년 전부터는 돌로 도구를 만들어 사용했고 청동기시대는 이곳에서 농경문화가 전파 되었다는 증거로 벼, 팥, 보리와 채소를 재배한 흔적이 발견되었다고 한다.

제2전시실은 태화강인의 죽음과 무덤이 주제였다. 청동기시대사람들은 마을을 이루고 집단사회생활을 하며 죽음으로 삶을 마치는 과정 속에서의 생활의례와 장례의례를 가지고 있었던 것 같다.

2층 산업전시관은 울산의 역사와 발달사를 보여주는 공간이다. 민족태동의 시기를 거쳐 근대사의 자랑스러운 모습과 ‘조국의 발전은 울산에서 부터’ 라는 케치프레이스를 내걸었다. 당시의 월급봉투며 제1호 국내개발 고유모델 포니, 최초의 국산자동차 엔진, 브라운관 텔레비전, 국내에서 발주한 각종 선박들의 모형을 보니 자부심을 가질 만 한 공간이었다.

저녁은 4대를 이어 70여년 전통을 자랑한다는 고래비빔밥과 묵채(메밀묵) 육회가 메인이었다. 우린 묵채 먹으러 갔다. 국물이 신의 한수였다. 고기꾸미에 김치를 송송 썰어 얹었는데 맛이 기가 막히다. 메밀 맛이 그 맛이지 하면 오산이다. 간이 강하지 않으면서 슴슴한 감칠 맛. 우린 그 맛에 뿅 갔다. 포장까지 해 달래서 호텔에서 야식으로 먹었다.

밤 여행은 계획은 세워두지만 번번이 계획뿐인 경우가 많다. 오늘도 밤 공기를 맞으며 태화강공원을 걷자고 하긴 했는데 몸이 말을 듣지 않는다.

울산 간절곶

울산 반구대를 보고 나오면서 가을여인은 봄 햇살이었다. 금년엔 봄을 타는 모양이다. 예쁜 것만 보면 그냥 지나치지 못한다. "어머! 예쁘다." 꽃이건 나무건 오늘은 사진 찍자며 포즈 취하고 따라다니라 혼 좀 났다. 그래도 더 예쁜 걸 보면 난 색시 바라기가 분명하다. 오늘은 마음 쓰는 것도 더 곱네.

점심은 호텔로 가던 도로변의 어느 작은 '봉계불고기집'이다. 언양 불고기로 유명한 불고기를 판다는 곳이다. 들어갔더니 손님이 많아 입이 떡 벌어졌다. 부엌에서 석쇠에 구워 손님상에 내오는데 최소단위가 3인분이었다. 불 맛을 입힌 불고기가 끝내주었다. 살살 녹는 불고기 맛에 운치 있는 시골길 풍경. 맛배기로 내온 멸치육수에 유부를 퐁당 빠뜨렸다. 호박, 당근, 파 밖에 올린 게 없는데 그것도 맛있었다. 배부르다며 입맛 다시며 호텔로 직행했다. 울산 시내 한 호텔을 예약하고 갔는데 무심중에 툭 튀어나온 말이다.

"어머 이건 말도 안 돼 돈은 3배나 가까이 더 많이 받으면서 시설은 어제보다 못하잖아. 방은 콧구멍만 하고 벽지 색도 낡았네."

간절곶은 누가 유채꽃을 흐드러지게 피워내어 파도를 불러냈는지는 몰라도 사람들은 피곤하지도 않은 모양이다. 사진 한 장 찍으려고 유채밭을 헤집고 다닌다. 멀리서 보면 예쁜데 가까이서 보면 상처투성이다. 교양이 좀 그런 사람들이 먼저 다녀간 모양이다.

"울산 간절곶에 해가 떠야 한반도에 아침이 온다."

그곳을 걷다 보면 관광객을 위해 세심한 배려를 해 흠잡을 데가 없는데 화장실이 문틀보다 큰 문을 달아 잠글 수가 없고 화장지도 안 계신다. 세면대를 가보면 때가 끼어 언제 닦은 건지 알 수가 없다. 비누는 물론 없다.

해상소망길을 따라 걷다보면 누구나 신라 충신 박재상 부인과 두 자녀를 보고 간다. 치술령에 올라 애절하게 남편을 그리워하던 마음과 어부들의 무사귀환을 비는 가족들의 소원을 담아 세웠다고 한다. 울산 큰 애기노래비 앞에서는 가사 보며 신나게 노래를 불러 재꼈다.

간절 곶의 투명한 쪽빛 바다에서 발길을 돌리기란 우리도 쉽지 않긴 마찬가지였다. 그러면서도 언덕에서 한껏 멋을 부리고 서 있는 등대만은 못 본 척 지나치기로 했다.

장생포 고래박물관

민족의 자랑이라는 울산산업단지를 가로질러 1986년 포경금지 이후 사라져가고 있는 고래 관련 유물과 자료 등을 수집 보존하고 있다는 장생포고래박물관으로 가는 길이다. 세계의 포경역사를 한눈에 볼 수 있는 포경역사관, 귀신고래의 울음소리가 들리는 귀신고래 관에선 한국계 귀신고래의 실물 모습을 그대로 재현한 모형도 보았다.

길을 건넌 것은 고래 고기를 맛보기 위해서다. 우린 모듬을 시켰다. 세팅한 것이 너무 간소해 의아할 정도다. 그러나 고추냉이 초고추장 등 고래 고기에 필요한 찬이라는데 본 메뉴에 충실하라는 배려가 아닐까. 육회, 생고기, 막찍기, 오베기, 우네를 고루 맛 볼 수 있어 좋았던 것 같다. 회 맛도 나고 육 고기 맛도 난다고 해서 궁금하긴 하면서도 처음엔 쉽게 젓가락이 가질 않았다.

그런데 어느 틈에. 비린 듯 고소한 그 맛 때문일까. 접시가 비였다. 마주 보고 웃었다.

베개에 머리를 대자마자 코를 곤다. 우리 영님인 좀 일정을 느슨하게 잡으면 밤에 잠을 설치고 일정이 좀 타이트하다 싶으면 오늘처럼 잠을 잘 잔다. 혹시 꿈에서라도 내일 갈 여행지를 미리 찾아 나서는 건 아니겠지.

울산 갤럭시호텔

대왕암의 전설

2014년 4월 9일(수)

웬일이래. 7시에 눈이 다 떠지다니. 호텔식당 메뉴는 소머리국밥이다. 국밥에 들어간 콩나물처럼 씹히는 것은 질기고 국물은 짜고 난 딱 두 숟갈 뜨고 수저를 놓았다. 영님인 배고플 것을 염려해 먹어둔다 했는데 어처구니없어서였을 게다. 더는 자신의 입맛을 속일 수 없는 모양이다. 좀 통명스럽게 주문하고 호텔방에 들어와 사과와 낑깡으로 식분을 달래고 있었다.

"저 내일 아침은요. 아메리칸 스타일로 준비해 주세요."

대왕암 해변산책길 A코스와 C코스를 돌고 주차장으로 나오는데 걸린 시간이 2시간 반이다. 입구에서 왼쪽 길로 들어서면 '막 구지기'가 나온다. 막은 막다른 이란 뜻이고 구지기란 구석의 경상도 방언이란다.

옛날에 청룡 한 마리가 여기 숨어 오가는 뱃길을 어지럽히자 동해의 용왕이 노하여 청룡이 굴속에서 다시는 나오지 못하도록 큰 돌로 입구를 막아버렸다는 전설의 '덩덕구디', 망망대해를 바라보며 누군가를 기다리고 있는 할미바위 그런데 별스럽게도 애칭이 남근바위란다. 재복을 기원하는 거북바위도 있다.

이렇듯 곳곳에 예쁜 이름이 붙여진 바위들에 관심을 갖고 걷다보니 시간 가는 줄 모르겠다. 그러니 걷는 것이 힘들지 않았다. 대왕암으로 들어서려는데 왼쪽의 붉은 바위에서 한 여인이 하는 말.

"저기요 그 위에 뭐가 있어요? 아! 저기 꼭대기 갈라진 부분 있죠. 그곳을 자세히 보세요. 갈색바위 틈새로 하얀 물체가 숨어있는 것 보이지요? 물개 똑 닮은 것 같지 않아요?"

"네. 어디요?" 해보았지만 당황스럽긴 매한가지였다. 그게 어디 쉽게 눈에 들어오는 것이 아니라서. 정말 자세히 보니 그렇긴 했다. 판박이었다.

그렇게 철다리를 건너고 바위를 오르면 대왕암이다. 문무왕의 왕비도 한 마리의 용이 되어 하늘을 날아 울산에 있는 이곳에 잠겨 용신이 되었다고 한다. 그 전설의 대왕암에서 인증사진을 찍고 내려오는 길에 정상에서 사진을 찍어준 고마운 여인에게 나도 선물로 보답했다.

"저기 바위 위에 틈새를 살펴보세요. 하얀 돌이 보이죠. 뭐 같아요? 소원을 빌면 이루어진다 하던데."

"어머머! 물개네. 맞네. 맞아."

좋아죽는 모습을 보며 슬그머니 두 손을 잡는다. 아범 힘 좀 쓰게 해 달라 빌었을까.

C 코스에서 야생열무

C코스를 걷던 중에 한 아낙이 돌 위에 풀을 한 무더기 올려놓고는 열심히 씹고 있는 것이 보였다. 궁금한 건 못 참는 성미다. 물으면 그냥 지나치는 것보단 얻는 것이 있다는 것은 경험으로 알고 있다.

"그거 뭔 데 자꾸 씹으시는 거예요?"

"한번 씹어 보실래요. 샤포닌이 엄청 많데요. 꽃이 핀 건 안 되고 꽃이 피지 않은 줄기를 껍질을 벗기고 씹어 드시면 건강에 좋데요. 야생열무에요. 이맘때면 어릴 적에 들에서 씹던 그거예요. 봄에 피는 꽃도 예쁘지만 입 안을 개운하게 해 주는 데는 이만한 것이 없거든요. 저기 많네요. 먼저 한번 드셔 보실래요. 장다리라 카던가."

물어주길 기다렸다는 듯이 내 손에 풀을 한 줌 쥐어준다. 맛을 본 영님인

장다리줄기 따느라 지극 정성이다. 나도 거들었다. 걷느라 목이 마른 터에 입 안에 넣고 씹으니 목마름도 가신다.

"오늘 따라 너무 예뻐 보이는데. 우리 영님 씨. 같이 다니면 주변의 시선 때문에 서방님 부담되는데. 지금 저 뒤태 봐요. 죽여준다니까."

"아니 이젠 나이 들어 쭈글쭈글한데 얼굴이 뭐."

나의 립 서비스가 싫지 않은 눈치다. 동백이 벚꽃과 짜고 꽃 잔치를 버리려는데 시샘하듯 대왕암공원에 사는 숲속의 요정들이 모두 들고 일어선 모양이다. 봄볕이 들면 얼굴을 내미는 무명초들은 모두 불러들여 꽃 잔치에 모셨는데 그 중에 야생열무도 이름을 올렸는가 보다. 그 무명초들 하나씩 이름을 불러주지 못해 미안하다.

신불산 도선사

2019년 5월 6일(월)

울산 공암마을에는 신불산 도선사라는 절이 있다. 고려 태조왕건의 탄생과 고려의 건국을 있게 한 도선국사의 손길이 많이 남아 있는 곳이다. 그분은 스님이긴 하나 도교며 풍수지리에도 밝았다고 하니 어쩜 여기는 무속신앙사찰일지도 모른다.

신불산은 신령님이 도를 닦는 산으로 사람이 곤경에 처했을 때 도와주는 신령스런 산이요, 도선사는 산 전체가 와불 부처님 형상을 하고 있어 기도 소원성취로 이름난 기도처라는 말만 들어도 불교사찰보다는 무속신앙에 더 가깝겠다는 생각은 지울 수가 없었다.

우린 군위휴게소에서 소-떡으로 아침을 대신하고 아카시아와 이팝나무가 눈부시게 곱다며 달려왔다. 도선사는 화려하게 핀 장미꽃과 범상치 않은 지장보살이 손을 맞는다. 우선 도선사 약수로 갈증을 풀고 들어선 무량수전 뜰에는 석등도 탑도 보이지 않고 금강역사 두 분만이다. 해탈문을 들어서서야 '부디 지극한 마음 간직하고 간절한 마음으로 기도하기를 당부한다. 모두 성불하십시오' 라는 글귀가 보살님들을 기다리고 있었다.

촛불을 밝히고 공양을 올려 소원을 빌면 이루어진다는 영험한 미륵바위도 보았다. 조곤조곤 들려줄 것 같은 무속이나 풍수지리에 대한 이야기로 넘쳐날 것 같은 사찰임엔 틀림없으나 난 별로 관심이 없기도 하지만 오래 머물 핑계거리를 찾지 못한 것이 큰 이유였다. 짧은 만남도 소중한 인연인 건 변함없는 진리다.

신불산 아미타 대석굴 송운사

신불산은 영축산, 가지산, 간월산, 천왕산과 함께 영남 5대 명산이다. 송운사는 신불산 9부 능선에 군립공원과 함께 있는 큰 사찰이다. 주차장에서 철계단을 오르거나 아니면 좀 걸어 올라가야 한다. 사찰은 일주문 대신 세 마리의 거북이와 코끼리, 그리고 12지상을 먼저 만나보고 가야 한다. 그래야 대웅전, 용왕전, 삼신각, 달마대사, 기도동굴, 약사여래불이 있는 입구에 들어설 수 있다. 모두가 파노라마처럼 한눈에 들어오지만 동굴 안으로 들어가야 하는 종교시설이다.

"소원을 빌고 돌을 들어보세요. 소원이 이루어지나?" 그 신비의 돌이 작은 전각에 혼자 앉아 있다. 아미타대석굴에는 부처님진신사리 친견실도 있다. 타 종교를 배려하는 마음이 없으면 모를까. 관광하기 위해 들어간다는 것이 쉬운 곳은 아니다. 은은하게 울려 퍼지는 독경소리만이 산사에 들어와 있음을 실감한다.

'미륵부처 가는 길' 은 누구에게나 열려있는 길이다. 미래의 부처, 신비의 미륵부처가 나타났다는 곳이다. 2016년 어느 날 밤 주지스님 꿈에 이 바위에서 사람의 형상이 나타났다고 해서 붙여진 이름이 미륵부처님바위. 그 바위를 허연 수염을 늘어뜨린 산신령이 호랑이를 타고 앉아 지키고 있었다.

걷다보면 휴게공원으로 이어진다. 자치단체에서 하는 일 다 그렇다. 무조건 저질러 놓고 보자는 식의 조성이 얼마나 큰 피해를 가져오는가를 보여주는 현장을 보고 왔다. 산 정상부를 망가뜨려 놓은 것도 모자라 황폐화 지경에 이르렀다. 이 소중한 자연을 파괴한 책임은 누군가는 져야한다. 시설은 녹슬었고 찾는 이는 없다.

군립공원주차장 쪽은 그래도 좀 낫다. 바이킹, 보트타기, 공룡놀이 등 어린이가 좋아할 다채로운 놀이기구를 준비하긴 했다만 성공작이라 볼 수는 없다. 오늘이 어린이날인 걸 감안하면 너무 방문객이 적다. 우린 동굴한식당에 들러 난 라면에 사이. 누군 돈가스에 레몬 워터. 여긴 영남의 알프스라는 신불산이다. 사계절 찾는다는 등산객들의 성지 같은 곳이다. 바람이 많이 분다.

태화강을 바라보는 태화루

2019년 11월 30일(토)

겨울이 가을의 치맛자락을 붙들고 애원하고 있는 모양새다. 한 며칠만이라도 더 있다 가면 안 되겠느냐며 통 사정을 하는 것 같다. 우리도 같은 맘이었다.

"알았어요. 귀찮아 죽겠네. 며칠 쉬었다 올 테니까. 그땐 군 서리 말고 놔줘요. 나 길 떠나려면 서둘러야 하니까. 알았지요?"

단풍이 고운 계절인데도 내가 석양의 낙조를 닮아서 그런가. 언제부턴가 낙엽이 전같이 살뜰한 마음이 아니어서인지 의도적으로 무관심했던 것 같다. 사람들은 낙엽이니 단풍이니 하며 가을만 되면 가슴이 설렌다며 단풍구경 가자고 할 때 난 시큰둥했었다.

그런 내가 뭔 바람이 불었는지 가을과 가까워지고 싶단 생각을 했을까. 단풍구경을 다녀오더니 마음이 변하긴 한 모양이다. 핑계는 겨울맞이 여행이라지만 속내는 떠나는 가을이 아쉬워 아랫대에 남아 있을 단풍 보러 450 여 Km를 달려 도착했다.

누리꾼들이 입을 모아 악취가 진동하던 태화강이 생명의 강으로 되살아난 것을 기적이라고들 하던데 금년을 넘기면 안 될 것 같다. 금년 7월 12일에 순천 다음으로 국가정원2호로 지정된 곳이다.

초행길에 주차장 때문에 애 먹었다. 갓길에 일렬로 주차하는 주차장구조인 걸 몰랐다. 이거 뭐지 그러며 태화루 코앞까지 와서는 다시 삥 돌아와야겠다며 큰 도로로 들어가려는 순간 차 한 대 밀어 넣을 만한 공간을 찾아냈는데 이런 걸 행운이라 고 하는 가보다.

태화루는 임진왜란 때 소실된 것을 되돌려 놓았다는 거 아닙니까. 고려 성종이 잔치를 벌일 정도로 경치가 아름다웠다고 한다. 우린 우산 쓰고 태화강을 바라보며 빗속의 연인처럼 그렇게 천천히 걸었다. 이 정도의 비는 맞아도 괜찮다며 억지 부리는 나 때문에 우산 들고 뛰어다니느라 우리 마님 고생시킨 곳도 여기고요. 바라보고 있어도 마음이 편해지고 눈이 시원해짐을 느끼니 자리뜨기 쉽지 않다고 한 곳도 여기다.

가을빛이 그리움이 되어 가슴에 잔잔한 파문을 일으킬 줄은 생각도 못했거든요. 날씨를 보니 가을이 며칠 쉬었다 가려고 작심한 것 같다. 겨울이 게으름을 피우는 것도 그렇고. 둘이 손발이 척척 맞는다. 우리가 생각해도 가을 끄트머리 잡고 늘어지려고 울산에 온건 참 잘 한 일이다.

태화강 국가정원. 십리대숲

울산의 '사계절 아름다운 정원' 으론 억새풀의 신불산, 설경이 고운 가지산, 머리를 맑게 해주는 푸른 십리대숲이 있다. 그중 오늘은 태화강국가정원의 대나무군락지 십리대숲수변공원을 걷고 있다. 후드득 떨어지던 빗방울 대신 햇살이 고개를 내민다. 우산이 거추장스러워졌다.

태화강엔 용금소(옛 이름은 용연)가 있다. 태화사 용(龍)의 안식처라고 한다. 백양사 우물과 연결된 굴이 있다는 전설도 있다. 이런 전설에 갈대숲의 싱그러움까지 보태야 태화강의 매력을 애기할 수 있다.

첫 대숲은 맷배기다. 한참을 더 걸어야 '십리대밭교'가 나온다. 다리를 건너갔다 와서 휴게소를 기웃거려야 맛이 난다. 저긴가. 거기가 바로 십리대밭 산책로 입구다. 숲은 들어서는 순간부터 빠져들게 되어있다. 울창한 대나무 숲은 하늘을 가렸고 좌우로 천연녹색이 벽을 만들었다.

십리대숲의 유래는 오산에서 용금소까지 10리에 대나무 군락을 이루고 있어 붙여진 이름이라고 한다. 숲은 음이온이 많아 피로회복에도 좋다고 하니 마다할 우리가 아니다. 짧은 해를 원망할 시간도 아깝다. 우린 솔직히 반나절 넘게 숲을 음미하며 걷기만 했다.

따스한 햇살이 분위기를 띄우는데 한몫 거든 건 젊은이들이었다. 와글와글 시끌시끌 생동감이 있다. 봄이 볼거리 위주라면 가을은 여유로움이다. 마음이 넉넉해지는 걸 느낀다.

태화강국가정원 안내센터에 들러 목을 축이고 쉼표를 찍었으면 계속 갈 것인가 마무리 할 것인가를 결정해야한다. 되돌아가는 것도 용기다. 겨울의 짧은 해를 아쉬워말고 요만큼의 건강에 감사하기로 했다.

저녁은 롯데시티호텔뷔페에서 푸짐하게 한 상 받았다는 거 아닙니까. 양고기, 등심구이. 잘 씹진 못했어도 괜찮았다.

울산 롯데시티호텔 1129호실

외고산 옹기박물관과 옹기마을

2019년 12월1일(일)

구름이 잔뜩 끼었다. 15시 이후에 비올 확률은 60%. 여행 중에 비 소식 들으면 마음이 심란해진다. 날씨가 좋아도 굼뜰 나인데 핑계거리가 생겼다.

그걸 꾹 참고 서둘렀다는 거 아닙니까. 침대에서 뒹굴긴요. 구경 마치고 비 오기 전에 돌아올 생각이었다. 여행도 출근하는 일상과 별반 다르지 않다.

옹기박물관은 우리가 첫손님이었다. 김윤주 해설사가 설명해 주겠다고 자 청하고 나선다. 우리야 고맙지요. 단체손님이 아니면 해설사의 설명을 듣는 것이 쉽지 않다. 단체손님과 만나면 적당한 간격을 두고 엿들을 때도 있지 만 분위기 깰까 봐 오래 같이 다니질 못해 언제나 아쉬웠었다.

외고산 옹기마을의 기능장 8분이 만들었다는 223cm×517.6cm의 거대 한 옹기가 박물관의 마스코트다. 2011년 6월 28일 기네스북에 등재된 작품 으로 현존하는 옹기로는 지구상에서 가장 크다고 한다. 정말 엄청나네요. 그것도 여러 번의 실패 끝에 작품을 성공한 기능장들이 이 부락에 모여 살 고 있다고 한다. 옹기마을.

옹기는 흙을 빚어 만드는 숨 쉬는 그릇이다. 지역마다 그 모양이 다른 것 은 빛 때문이다. 서울, 경기도는 햇빛을 많이 받기 위해 주둥이가 넓고 날씬 한 반면, 경상도는 기온이 따뜻한 지방이라 햇볕을 많이 차단해야 하기 때 문에 주둥이가 좁고 배가 불룩한 것이 특징이다. 위치상 충청도는 입과 밑 동의 크기가 비슷하다고 한다. 특히 전라도는 들이 넓어 옹기에 많은 곡식 을 저장하려다 보니 옹기모양이 풍만한 달항아리란다.

마을의 역사는 정착생활의 초기단계인 신석기시대의 토기문화를 중점적 으로 다루었다. 단순한 손놀림을 이용해서 문양을 만든 마음대로무늬로 그 신석기시대를 빗살무늬토기시대라고 부른단다.

2층부터는 자유 관람이다. 우리의 옹기는 투박한 자연을 입힌 반면, 유럽 자기는 화려한 색을 입었다. 우리는 콩을 발효시켜 저장하는 옹기를 만든 반면 유럽은 우유를 발효시켜 특유의 맛과 향을 살리는 용기로 개발한 것 이 다르다. 옹기와 식문화는 떼려야 뗄 수 없음을 보여주었다.

옹기박물관 견학을 마쳤으면 궁궐에서 장을 관리하던 장고와 전국 여염집 장독대를 재현해 놓은 옥상으로 올라가면 된다. 옹기마을과 연결되어 있다.

울주 민속박물관

　넉넉잡아 10여분이면 민속박물관까지 걸어갈 수 있다. 세상과 울주 사람들을 이어주고, 과거와 현재의 문화적 가치를 재인식하기 위해 만들었다고 하니 궁금하기도 하고, 들르면 뭔가 하난 건질 것 같단 생각이 들었다.
　박물관은 울주 8경과 역사. 선사시대와 현재 이 지방에 살고 있는 사람들의 일상을 현실감 있게 그려내었다.
　한 인간이 태어나면서 시작되는 일생의 의례를 표현한 것이 눈에 쏙 들어온다. 출산의례를 거쳐 삼신할머니의 도움으로 잉태, 순산, 삼칠일, 백일, 돌, 문에 거는 고추(고치), 배냇저고리도 보인다. 봄이면 논밭 갈고 고기 잡던 생활에서 현대산업사회의 선두 주자로 성장한 자부심까지 꼼꼼하게 챙겼다. 봄에는 화전, 여름엔 밀떡, 가을 송편, 겨울에는 동지팥죽을 먹고 살았으며 당시에 쓰던 다양한 농기구로 쇠스랑, 따비, 쟁기, 장군, 작두 등이 있었음을 볼거리로 준비했다. 당시 보부상이 넘던 고갯길이 신불산 바람고개, 소금강 금강골재, 소금장수가 넘나들던 배내재도 잊지 않았다.
　2층에선 만듦과 쓰임의 멋이라는 4인 공예작가 초대전이 열리고 있었다. 그들의 현대감각을 곁들인 작품들을 보니 좋기만 하다. 더 나은 도자의 세상을 열 사람은 바로 이들 젊은 공방장인들일 것이다.
　'명태 만진 손 씻은 물로 사흘 동안 국을 끓인다.'
　이 글이 유독 가슴에 많이 와 닿는 것은 배곯던 같은 시대를 함께 이 땅에서 살았기 때문이다. 수도꼭지에 입대고 허기달래며 공부했고 가족을 위해 헌신하며 산 세대다. 그런데 세상은 우릴 자부심은커녕 세상물정 모르는 노인취급을 한다.
　선거철 말고 누가 우릴 어른 대접해 준 적 있습니까? 세월이 흘러 노인이 되었지만 거추장스런 늙은이 취급은 받고 싶지 않다.

대운산 내원암 계곡

내친김이다. 옹기마을에서 6.3km. 대운산 주차장에 도착해 보니 산악회까지 찾아온 걸 보면 주말을 즐길 줄 아는 사람들이 모일만 한 곳이니 반갑다. 때가 때인지라 들고 나는 차량들이 제법 있다. 목적지는 내원사. 절을 가다 보면 내원암 계곡을 자연히 지나치게 될 테고 왕복하면 시간 좀 걸리겠지. 아는 건 그게 전부다. 산악회버스운전사가 친절하게 일러준다.

"조기 삼거리 보이죠. 거기서 왼쪽으로 길을 잡고 곧장 가면 되요. 우리 걸음으로 30여분 정도 걸리니까. 멀진 않아요."

계곡을 따라가면 원효대사가 마지막으로 수행한 내원암이 나온다는 말. 잘못 일러주었거나, 잘못 알아들었거나 둘 중의 하나다. 그 방향은 직진이었다. 우리가 간 방향은 수목원, 휴양림, 계곡을 따라 걷는 힐링 숲이었다. 치유의 숲으로(새로운 쉼터)조성하고 있었다. 내원사 찾아갈 이유를 잊기로 했다.

숲은 굴참나무가 많아 그 특성을 살린 숲으로 특별관리 한다고 한다. 아직은 오랜 연륜의 명품 숲에 비하면 일천하긴 하나 갖출 건 다 갖추었다. 산행을 좋아하는 사람, 가족단위, 계곡에 꽃바람 쏘이러 오는 사람, 산책을 즐기는 사람들의 취향을 모두 만족시키는데 성공할 것 같다.

가족단위면 봄, 여름이 좋겠다. 봄에는 꽃구경하고 여름엔 아이들은 물장구치며 멱 감으며 놀고, 엄마는 발 담그고 여고생으로 돌아가기 좋은 곳이다. 옷을 갈아입는 계절이 오면 봄, 여름이 그리움 되어 다시 찾을 테고.

우린 '만보농장' 까지 걸었다. 부슬부슬 비 내리는 산책길에 우산을 함께 쓰고 걸을 사람이 있다는 것만으로도 행복한데 뭘 더 바래요. 노년의 행복은 그 하나만으로도 게임 끝이다. 처지고 앞서고 그렇게 내려왔다.

울산 롯데시티호텔 1129호실

울산 대공원

울산대공원에서 탐방로를 따라 걷기 시작한 시간이 9시 30분. 겨울날씨는 아닌데 제법 옷깃을 여밀 만큼 찬바람이 분다. 길을 잘 모를 땐 산책로를 따라 묵묵히 걸으면 된다. 그럴 땐 말이 필요 없다. 단풍, 낙엽길로 들어서면서부터는 각자 느낌대로 걸으면 된다.

"여긴 아직 단풍이 여전해서 좋은데!"

"저 단풍나무 좀 봐요! 정말 예쁘다. 곱다 그래야 하나. 멀리서 보면 예쁜데 가까이 가면 그래요. 가지를 못 떠나고 있는 낙엽이지 뭐."

색색의 단풍이 아직은 가을을 놓을 생각이 없는가 보다. 우린 '단풍물들라' 걱정된다며 수다 떨며 걸었다. 셀프사진도 몇 장 박았다.

자연학습장에는 당종려, 팔손이, 코코스야자, 녹나무, 참식나무, 동백나무를 심어 이국적인 풍취가 물씬 풍긴다. 잉어연못을 끝으로 동문으로 나갈 생각을 버리고 호수를 끼고 정문 방향으로 걸었다. 은행나무숲에도 노란 단풍이 여전하다. 땅에 누워있는 녀석이나 가지를 붙들고 버티고 있는 녀석들이나 내 눈에는 오십보백보던데. 아내는 은행잎을 주워 내 손에 쥐어주며 곱다며 좋아 죽는다.

태극기가 휘날리는 현충탑에 왔으면 이정표 따라 '솔마루하늘 길'로 가기로 했다. 대공원 걷는 것으론 심이 안찰 것 같았나보다. 솔마루란 소나무가 울창한 곳이란 뜻이니 무얼 더 바랄까. 현충탑에서 '솔마루하늘 길'까지 2.8km 걸어가면 떠오르는 해와 푸른 동해바다를 벗 삼아 걷는 '해파랑길 6코스'와 겹친다고 한다. 거기서 또 1.7km를 걸으면 '해파랑길 7코스'로 접어들게 되고 두 길만 합쳐도 최소한 숲길로 4.5km는 걷는 거리니 도전해 볼 가치가 있다고 생각했던 것 같다. 오가는 사람이 적어 지루하긴 했지만 힘들지는 않았다.

우린 풍요 삼거리에서 직진, 삼호산 산행코스로 길을 잡았다. 휴식처가 있는 용마등, 옥현 전망대, 고래머리를 지나 소 타고 피리 부는 소년상이 있는 솔마루 산성도 지나갔다. 삼호산 삼거리, 범이 살았었다는 범장골, 성지대사가 울산의 지세를 파악했었다는 성지골을 지나면 솔마루정 300m를 남겨놓고 우린 '새미길'로 빠졌다.

이 길도 300m의 가파른 급경사 계단이다 보니 엄청 힘들었다. 오늘 6시간 걸었다. 실은 배가 너무-너무 고팠다. 더 욕심내면 큰일 날 수도 있겠단 생각에 멈추기로 했다.

울산 롯데시티호텔 1129호실

울산 간절곶 등대

2019년 12월 3일(화)

9시 10분에 시동 걸었다. 오늘 첫 방문지는 간절곶. 마님의 결심이 힘이 되었다. 거기 간 거 같은데. 아닌가. 포항에 왔으면 틀림없이 들렀을 텐데. 그냥 지나칠 리는 없고. 긴가민가할 땐 기억에서 지워졌거나, 기억이 엉켰거나 했을 때일 것이다.

"뭘 걱정해요. 여기까지 왔으니 가보면 알 거 아니에요. 별걸 다 가지고 고민하시네."

동북아에서 해가 가장 먼저 뜬다는 간절곶을 놓치고 갈 내가 아니다. 근데 왜 기억의 창고에는 아무리 뒤쳐도 없는 거지. 한 번 더 간다고 흠 되는 것이 아니라면 가볍게 드라이브하는 기분으로 다녀가면 되겠네. 24km. 콧노래 부르며 달렸다.

간절곶은 병풍처럼 둘러선 녹색송림과 잉크색 바다. 진주를 바다에 뿌리고 있는 햇살, 물거품을 일으키며 까만 조약돌에 달려와 부서지는 파도까지 보태니 그림이 되데요. 여긴 바다를 끼고 걷는 바다 산책길이 포인트였다.

힘자랑하는 파도를 보면 권력에 맛들인 사람 같고, 그와 겨루기 하고 있는 검은 암석에서 서민들의 옹골찬 모습을 보았다. 바다는 우리의 희망이나 그 바다를 뒷배로 둔 파도는 수시로 모습을 바꾸는 종잡을 수 없는 존재들이다. 파도와 맞서는 바위와 녹색의 송림은 우리 서민들의 작은 희망이다. 아니 무서운 군중의 침묵일 수도 있다는 걸 보여주는 것 같았다.

1920년 3월 처음 불을 밝힌 간절곶 등대는 2000년 1월 1일 7시 교체되었다. 동북아대륙에서 해가 가장 먼저 뜨는 곳을 기념하기 위해 '해맞이등대'를 새로 만들었다고 한다. 오늘도 동해바다를 지나다니는 배들의 바다 길잡이 역할을 톡톡히 할 것이다.

남들은 바다를 그리움의 대상이라는데 나에겐 너무 먼 당신이다. 품어보지도 안겨보지도 않은 낯선 얼굴이다. 곁에 두기엔 부치고 놓자니 아쉬운 그런 관계다. 그런 우리가 겨울의 문턱에서 서로를 보며 가을을 그리워하고 있었다.

다행히 소망우체통이 내 기억을 되돌려 놓았다. 참말로 나이 들면 기억이란 것도 믿을 것이 못 되는 요물 같은 것. 그걸 확인하였으면 되었다.

울산 아마란스호텔, 울산 갤럭시호텔, 울산 롯데시티호텔

부산광역시

부산 동백섬

2014년 2월 5일(수)

아침을 든든하게 먹고 나면 걱정 하나는 던다. 하늘은 푸르고 바다는 출렁이고 여행자의 마음을 한껏 흔들어 놓는 곳이 해운대다. 더 이상의 미사어구가 필요 없다. 바닷바람 쏘이려 걸으면 몸과 가슴이 먼저 아는 곳이다.

볼썽사납게 모래산이 해운대 백사장의 주인 행세를 하고 있었다. 파도가 모래를 쓸어가는 바람에 벌어지는 진풍경이라니 흉물로 보일 테지만, 또 누군가에겐 밥줄이겠다.

소나무가 휘감듯 둘러친 해운대 송림공원과 동백섬을 둘러보는 것으로 하루를 열었다. 바다와 동백꽃, 해송이 어우러진 곳이다. 더 무슨 말이 필요할까. 해안 따라 진황색 계단을 오르고 내리며 바라보는 바다가 정말 아름다웠다. 가슴이 탁 트인다. 아내의 손을 한 번씩 꼭 잡아보면 그 체온이 대답이 된다.

바닷가에는 보름달이 뜨는 밤마다 황옥에 비친 고국을 바라보는 여인이 있었다고 한다. 그립고 슬픈 마음을 달랜다는 바다 건너 인어나라 미란다국의 황옥공주. 그녀도 보고 가야 한다. 갈맷길로 들어서면 APEC기념전망대가 있고 그 옆 계단 아래 해운대석각은 보고 가라고 손짓한다.

"신라 말 최치원이 어지러운 세상을 떠나 가야산으로 가다 이곳을 지나던 중 자연경관이 너무나 아름다워 암석에다 음각했다는 海雲臺 세 글자다."

누리마루하우스는 찬찬히 둘러보면 된다. 지붕이 동백섬의 능선을 형상화했다고 한다. 그보단 계단을 내려가야 풍광이 뛰어난 곳을 만날 수 있으니, 정신 팔다보면 자칫 지나칠 수가 있다. 간소한 티 테이블의 배치와 회의장의 검소함에 또 한 번 놀라게 된다. 당시 노대통령의 생활철학이 느껴지는 곳이다. 대마도가 보인다는 전망대, 뱃사람들의 별밤지기 등대. 이 모든 것을 담아가기에는 내 가슴이 작았다. 추억만 담아간다면 모를까.

추억은 뭐니 뭐니 해도 입이 즐거워야한다. 부산해운대 하면 복이라면서요. 그거 한 그릇 먹겠다고 호텔서부터 우리 부부는 손잡고 해운대해수욕장을 지나면서 물어물어 찾아간 걸요. 그거 먹어야 한다는데 어떻게 그냥 모른척해요. 우린 생 밀복지리 시켰어요. 국물이 시원하고 향이 좋고 혀에 착착 감긴단 말은 난 이해가 안 되던데요. 시원하긴 했지만 엄청 특별한 맛을 기대하는 건 무리라고 봐요.

무엇보다 손님이 많아 어수선한 분위기다보니 고급음식을 시장바닥에 쪼그려 앉아 먹는 기분이었다. 그렇다고 일본처럼 예약손님만 받는 시스템은 반대다. 우리 같은 나그네에겐 그림의 떡이기 쉬우니 말이다.

월정 커피거리와 문텐로드

북국과 커피는 묘한 뉘앙스를 풍길 것 같은 것이 꼭 연인 같다. 복국집이 순수 우리 먹을거리의 한축이라면 해월정 주변 커피거리는 스위스나 프랑스 몽마르트를 생각나게 하는 이국적 풍경이다. 거리로 솔솔 풍겨 나오는 구수한 커피향이 코를 자극한다.

달빛아래서 구애를 하면 이루어진다는 해월정은 와우산의 정수리부분에 있다. 젊은이들은 바다가 내려다보이는 이층 Cafe에서 커피 향에 취할 때, 두 아낙이 주차장 낭떠러지로 내려가는 것이 내 레이더망에 걸렸다. '어? 저 여자들 어디 가는 거지? 우리도 따라가 볼까?' 라는 생각이 들면 바로 실행에 옮기는 것이 내 방식이다. 계단을 내려가자 산길소로가 있다. 당연히 커피는 다음으로 미루기로 했다.

이런 면에서 우린 취향이 같다. 숲속으로 들어가는 데 우린 멀찌감치 따라붙었다. 가다보면 어딘가 끝이 있겠지 뭐 그 외엔 아무 생각도 안 했다. 걷다보니 안내판이 보인다. 옛날 이 지방 사람들이 물건을 지고 나르던 길을 따라 조성한 이 길이 '문텐로드' 라고 쓰여 있다. 숲속의 새들이 재잘거리는데 전설까지 재밌다.

'옛날, 도령이 달맞이 고개로 사냥을 나왔다가 나물 캐는 아름다운 낭자를 만난다. 낭자에게 반한 도령은 다음해 정월대보름날, 달이 뜰 때 다시 만나자고 약속한 후, 다시 만난 두 사람은 보름달에 부부가 될 수 있게 해달라고 빌어 그 소원을 이루었고 한다.'

와우산 소원바위에 얽힌 전설이다. 금년 대보름달에는 모든 이의 소원이 이루어졌으면 좋겠다. 그 문텐 로드길을 따라 무심중에 걷다보니 어느새 아낙들은 온데간데없다.

미포항 유람선

문텐로드 길의 끝은 미포항 유람선 선착장이다. 배가 곧 출발한다는 안내방송에 사람들 틈을 헤집고 재빠르게 표를 구하긴 했는데 그 배표는 불교신자들이 물고기를 방생하러 가는 배였다. 일반인은 탈 수 없다고 하니 내려야 했다.

부랴부랴 배표를 바꾸는 해프닝을 벌인 다음에야 겨우 유람선을 탈 수 있었다. 처음엔 손님이 없어 우리 둘만 타는 뱃놀이가 아니냐며 아내가 예쁜 투정을 한다. 그러나 배가 떠날 때쯤 되니까 삼십여 명의 아줌마들이 우르르 몰려온다. 갑자기 배 안은 웅성웅성 활기가 돌고 온기가 생긴다. 한시름 놓았다.

유람선에서 바라보는 해운대의 야경이며 초고층 아파트들이 즐비하게 늘어서 있는 아파트촌 불빛과 광안대교의 네온사인의 번쩍거림을 맥 놓고 보기만 했다. 오륙도를 둘러보고 오는 뱃놀이였다.

단 둘이 탔다면 투정은 계속되었을 것이고 또 얼마나 심심했을까. 해운대가 화려하긴 한데 영혼은 어디에 있는지 찾아주는 이가 있을 것 같지가 않다.

부산베스트웨스턴 해운대호텔

태종대

2014년 2월 6일(목)

부산에서 한번은 꼭 가 봐야할 곳을 꼽으라면 난 태종대를 꼽겠다. 그리 말했던 기억이 난다. 아련한 추억이 남아있긴 한 걸까. 몸은 반가워하는데 눈은 길목부터 낯설다. 안내소에선 눈 내리는 날은 '다누비순환열차' 는 운행하지 않는다며 좌측으로 길을 잡고 가시면 된다고 일러준다.

'아왜나무' 가 진녹색으로 꽃단장하고 마중 나와 있었다. 손님 대접 제대로 받았다. 영님이는 우산 펴고 난 눈발에 내 몸을 맡겼다. 해풍에 실려 오는 하얀 눈송이와 소나무의 녹색잎이 어우러지는 모습이 장관이었다.

'남항조망지' 의 깎아지른 절벽과 기암괴석들이 눈발에 가렸다. 선녀의 손을 들어주었다. 대지와 하늘이 한 번도 그려본 적 없는 그림일 것 같다. 바라만 보고 있는데도 마음은 신선이 되어있었다. 눈은 축복이요 바다는 평화였다.

모자상은 세상을 비관하며 전망대에서 자살하려는 사람들에게 어머니의 사랑을 생각하게 하고 다시 희망을 갖게 하려고 세웠다고 한다. 예전엔 이곳에 자살바위가 있던 곳이다. 그 낭떠러지 앞에 주전자섬이 있다. 그 섬에서 불을 취급한다거나 용변을 보면 큰 화를 당하고 남녀가 정을 통하면 급살을 맞는다는 전설이 있다. 바람이 쉬이익 나뭇가지를 흔들며 지나가는 소리가 으스스하다.

경치를 표현할 방법은 모르겠으나 미풍에 실려 내려앉는 눈꽃송이의 모습은 선녀들이었다. 사뿐히 내려앉더니 부끄러운지 이내 땅속으로 숨어버린다.

영도등대(신선대)로 가는 길은 자연학습장이다. 자귀나무며 바닷바람에 잘 견뎌 해안가에 산다는 해송(곰솔), 정열적인 사랑을 상징하는 동백꽃도 있다. 여기는 태종이 일본에서 돌아오는 길에 궁인들이 마중을 나와 연회를 베풀었다고 구전되는 태종대다.

석교를 건너면 바다를 향한 곳에 신선들이 노닐다 갔다는 신선바위, 왜구에 끌려간 지아비를 애타게 기다리던 한 여인이 오랜 기다림 끝에 그 자리에 돌로 굳어 망부석이 되었다는 애틋한 사연이 있다.

전망대 갤러리에서 '구선화 민화전' 을 둘러보고 왔다. 하얀 고무신 코에 그려놓은 민화그림은 눈을 뗄 수 없었다. 닥나무종이공예 못난이 네 자매의 표정이 웃지 않고는 못 배기게 한다. 대부분의 시간은 자연과 눈에 취해 빼앗긴 마음을 주어 담느라 허비하지 않았나 싶다. 등대 유리벽에 이런 글귀가 있다.

'사랑에 찢겼을 때 나 이곳을 찾는다'

국립 해양박물관

해물이 듬뿍 들었다는 태종대 짬뽕은 어쩌누. 영남이가 밀이라며 시큰둥하니 접자 그러면 점심은 조금 미루어야할 것 같다. 이기대에 가서 오륙도를 먼저 보고 점심먹자며 가는 길에 앞 버스에 국립해양박물관이란 글씨를 보았다.

"우리 저 버스 따라갑시다. 가서 해양박물관 구경하고 가지 뭐. 어디 정해놓은 목적지가 있는 것도 아니고. 어때요?"

한마디로 오케이다. 이미 내 차는 제가 알아서 버스꽁무니에 머리를 디밀었고 우회전한다. 얼마가지 않아 알만한 모습의 건물이 보인다.

박물관 1층은 바다가 훤히 드러나 보인다. 2층은 '바다를 배운다. 3층은 바다를 만나다' 4층은 바다로 나가다. 란 주제로 각종 수조에는 바닷물고기가 그리고 바다생활에 관한 각종기기와 장비를, 우리 해군의 역사를 보여주었다. 한마디로 우리 민족의 미래는 바다에 있음을 보여주는 박물관이었다. 흥미와 꿈을 동시에 만족시켜주었다.

휴게실에서 아메리카노 한 잔으로 휴식을 취하며 감정을 추스르고 나서 박물관레스토랑 '바베큐 엘'에서 모처럼 칼을 잡았다.

레스토랑에서 바라보는 방패섬과 솔섬의 허리가 하나로 보이다가 밀물일 때만 둘로 나뉘어져 보인다 하여 오륙 도라 했다는 섬들이 한 폭의 그림으로 온전하게 보인다. 오륙도에 이기대까지 한눈에 다 담았으니 소원 둘을 한 번에 해결한 셈이다.

부산 국제시장, 깡통시장

호텔로 돌아와 두어 시간 휴식을 취하고 해저물녘에 해운대역에서 지하철을 탔다. 낯이 설어 그런가. 어리바리 해진 것 같다. 귀한 돈 2천원을 무인매표기가 잡아먹곤 시치미를 떼어도 하소연 할 생각을 못 했다. 부산국제시장, 깡통시장, 중앙시장을 장님이 코끼리 코 만져보듯 돌아다녔다. 사람들에게 깡통시장을 물어도 대답은 영 신통찮다.

이 길로 죽 가보세요. 여기가 아닌가요. 돌아오는 대답은 우리도 잘 모르는데요. 그 사람들도 나와 별반 달라보이질 않는다. 우리처럼 거리에 관한 한 무지랭이들만 다니는 것 같다. 쇠락해가는 깡통시장은 아이쇼핑도 식상할 정도로 진열된 상품들이 형편없다. 싸구려 동남아산 사탕이며 과자로 진열장을 채웠다. 이 시장이 고추, 고구마, 오징어, 새우, 피망, 단호박, 만두튀김과 떡볶이, 어묵, 꼬마김밥, 순대, 씨앗호떡, 비빔당면 등 길거리음식의 천국이라는데 우리 입맛엔 꽝이었다. 입맛 다시며 걷는 수고는 안 해도 될 것 같다. 먹는 재미가 반이라 했는데 반감했다.

젊은이들은 무얼 잘 먹을까. 재탕 튀겨서 그런지 기름에 찌든 냄새가 역겹던데. 이걸 어떻게 들 먹지. 둘러보니 그들은 유부만두나 떡볶이 어묵을 주로 먹고 있었다. 이것도 나이 탓인가.

자갈치시장은 지나친 호객행위로 혼까지 빼앗긴 기분이다. 회 한 접시 먹고 가기로 한 건 잊어버리기로 했다. 상가에 발을 들이미는 순간, 손님이 아니라 돈 쓰는 호구였다. 도를 넘은 호객행위. 이런 아사리 판에서 누가 회 한 접시에 추억 한 토막 담아갈 수 있단 말인가. 영남이의 입도 한주먹 나왔다. 그래도 고래 고기 한 점이라도 들고 가야하는 것 아니냐며 채근하는 아내의 마음 씀이 고와 난 좋아죽는 시늉이라고 해야 할 것 같다.

부산베스트웨스턴 해운대호텔

해운대 아쿠아리움

2014년 2월7일(금)

모닝커피 한잔 딱 어떠냐며 아내를 꼬드겨 들어간 곳이 카페 달맞이 집은 미리 눈도장 찍어두었던 스위스풍의 빨간 지붕의 바다가 내려다보이는 이층 집이다. 나는 커피의 진한 향을 느끼기 위해 에스프레소를 영남이는 마시기 편하다며 민트카페모카를 주문했다. '블루베리 요거트 치즈'를 곁들였다.

눈이 내릴 줄 알고 길을 나섰는데 비가 섞였다. 잠시라도 큰비는 피해야 한다며 해월정으로 올라갔다. 우리 선조들은 어둠과 질병 재액을 밀어내기 위해 둥근달에 소원을 비는 풍속이 있다.

그림 같은 카페거리와 해운대 달맞이고개의 저녁 보름달이 대한팔경 중 하나라지 않는가. 그 달맞이 길을 겨울비를 맞으며 걷는 데도 마음이 편안 해지는 걸 보면 참 신기하다.

달맞이 길을 따라 아쿠아리움까지 걸었다. 해변에서 바다 속 지하 3층까 지 내려간 수족관은 환상 그 자체였다. 이런 곳은 그냥 보고 지나가면 그 때뿐이지 다 잊어버린다. 최소한 이름만이라도 메모해둔다면 본전 생각은 안 해도 된다.

마스코트는 웃는 돌고래 누리와 마루인데 마다카스카르의 방자거북의 나 이가 188세란다. 호수에 산다는 해룡, 바다에 사는 해마 그리고 눈송이라 는 예쁜 이름을 가진 장어. 물위를 떠다니는 상어알, 붉은 쐬기라는 이름 의 해파리. 산호들도 보고 있으면 볼수록 신기하다. 저들이 모여 오랜 세월 을 자라면 산호섬이 만들어진다고 하지 않는가. 바다의 신비요 자연의 경 이로움이다.

해운대 춘하추동에서는 밀면이다. 얼큰한 비빔밀면의 맛과 시원 달착지 근한 물밀면의 맛을 잘 살렸다. 쫄깃쫄깃한 식감과 부드러운 면발이 양념 과 잘 어울렸다. 배는 부르겠다. 눈발은 날리겠다. 또 어딜 졸랑졸랑 찾아갈 까 궁리하는 것 자체가 사치스러웠다. 여행은 나른한 피곤함 뒤에 오는 넉넉함 그게 매력이다. 여행의 맛을 제대로 탐할 줄 아는 욕심쟁이 노부부가 꿈을 이룬 하루였다.

부산베스트웨스턴 해운대호텔

해동 용궁사

20014년 2월 8일(토)

눈에 비가 섞여 있어도 들러 가야 한다. 계획엔 없던 곳이다. 계획이란 수정하라고 있는 것이지 강행하라고 만든 것이 아니다.

우리 여행은 더욱 그렇다. 오순도순 얼굴 보며 이야기보따리를 풀었다 쌌다 하면서 하루 일정을 다시 확인하는 시간이 있다. 어딜 가느냐 보단, 나눌 이야깃거리를 많이 준비해야 한다. 과거가 아니라 오늘과 내일의 이야기다.

아쉽지만 부산의 마지막 아침식사. 먼 길을 달리다보면 입에 맞는 케이크 한 조각도 힘이 될 때가 있다. 그런데 아침 메뉴에 기대했던 푸딩이 안 보인다. 대신 과자 두개를 주머니에 질러 넣었다. 누구는 과자 4개를 호주머니에 넣고 왔다고 자랑한다. 우린 웃었다. 우린 누가 뭐래도 부부 맞네. 부창부수구먼.

동래 해동용궁사로 달린다. 양양낙산사, 금산보리암과 함께 3대 관음신앙의 성지로 꼽힌다는 사찰이다. 바닷물이 발아래에서 넘실대는 수상법당이다. 무한한 자비의 화신인 관세음보살이 한 가지 소원은 들어준다니 믿음이 없는 나도 마음이 솔깃해진다.

대표적 관광지답게 인파는 장난이 아니었다. 거기에 외국인 관광객까지 합세했다. 여기까지 왔는데 법당은 안 가도 바닷가에 있는 관세음보살은 보고 가야한다. 두 번씩 짚어가며 계단을 내려간다. 바람과 파도는 바위에 올라서기가 겁날 정도였다. 관광객들이 한발씩 물러선다. 보살님들은 불공에 정성을 다하고 있다.

"자기야! 여기 관세음보살이 소원 한 가지는 들어주신 다는데 그냥 가 실라오."

그 말에 슬그머니 보살 앞에 선다. 무엇을 기원했는지는 몰라도 종교와 는 거리가 먼 한 아낙의 욕심 없는 소원이니 들어주지 않을까. 날씨가 심상 치 않다. 꾸물꾸물한 날씨가 언제든지 맘만 먹으면 일낼 것 같은 분위기다.

전기요에 스위치를 켠다. 가스잠금장치를 푼다. 창문을 활짝 열어젖힌다. 화분마다 물도 준다. 아내는 청소기를 들고 안방과 응접실로 끌고 다닌다. 이번 여행은 이렇게 마무리 했다.

동백섬 해파랑길

2014년 6월 5일(목)

어제보단 여유가 있었다. 그만큼 서두르지 않았다는 예기다. 태선이 아빠 는 새벽에 일어나 동백섬을 걷고 부산 시내를 지하철까지 타고 다녀왔다 하 니 그 부지런함에 혀를 내두를 정도다. 건강하단 애기다. 건강을 지키려는 의지가 대단해보인다.

결국 프런트에 모인 사람만 걷기로 했다. 울창한 해송으로 뒤덮인 숲길을 산책한다는 것은 기분 좋은 일이다. 맑은 공기도 마시고 부산의 바다 풍경 도 구경하고 부산 시민들의 일상생활에 섞여보는 것도 나쁘지 않다. 어제 비가 제법 온 탓인지 오늘은 공기가 다르다.

아시아 정상들의 회의 장소로 사용했던 누리마루, 맑은 날이면 대마도까 지 볼 수 있다는 등대, 신라의 최치원이 글씨를 새겼다는 '해운대' 란 바위 까지 보았는데 희 자매들은 서둘러 숙소로 돌아가겠단다. 형님과 난 계단으 로 내려가 해파랑 길로 들어섰다. 계단으로 이어지는 길이 바다와 가깝게 걸을 수 있어 풍광이 죽여준다는 산책길이다. 조용필의 '동백섬' 의 통기타 소리가 귓가에 맴돈다. 가사는 슬픈데 들을수록 기가 사는 노래다. 나는 앞서 걸으며 혼자 흥얼거렸다.

'꽃피는 동백섬에 봄이 왔건만/형제 떠난 부산항에 갈매기만 슬피 우네.'

출렁다리도 건너고 수다를 떨어보지만 형님은 별 반응이 없으시다. 반응이 빠르신 분이었는데.

"저기 저 바닷가에 동상보이죠? 황옥공주 동상이랍니다. 가락국의 김수로왕의 부인. 고국이 너무 그리운 나머지 보름달이 뜨는 밤이면 바다에 나와 황옥에 비친 고향을 보며 그리움을 달랬다는 전설을 토대로 만들었다고 합니다."

해운대 소문난 암소갈비 집

2019년 5월 6일(월)

척 보면 응. 그런 시절도 있었다. 지금은 감도 잘 안 잡힐 때가 많다, 호텔방에 들어서니 낯선 물건이 하나 있다. 그와 씨름하는 건 내 몫이다. 난 남자니까. 마님은 사용해보지 않아 모르겠다며 손사래부터 친다. 기계치인 내가 사용설명서를 읽어가며 끙끙댄 결과 커피 맛을 내는 데까진 성공했다. 커피 맛은 모르겠는데 기분은 짱이었다.

웨스턴조선에서 식당까지 해운대를 가로질러 갔다. 좀 전에 해운대로 들어올 때 눈썰미 좋은 마님이 "어! 저 기와집이 그 집 같은데 아닌가?" 그렇게 알아둔 식당이다. 그 거리를 택시 타기도 뭐하고 그냥 산책삼아 걸었다.

고풍스런 한옥으로 들고 나는 사람들로 부산하다. 손님인 우리도 정신없는데 일사분란하게 움직이는 종업원들을 보니 믿음이 간다. 대기하는 시간에 수십 명의 중국관광객이 만족한 모습으로 나오는 것을 본 것이 고기의 맛을 더 좋게 한 것 같다.

생갈비는 오전에 이미 동이 났단다. 선택의 여지없이 우린 양념갈비 3인분에 밥 한 공기. 이렇게 맛있을 수 있느냐며 아내가 침이 마르도록 칭찬한다.

칠기사각쟁반에 양배추, 메밀묵 두 조각, 호박나물 3조각, 마늘 한주먹, 물김치, 무초절임, 상추겉절이, 솔직히 갈비가 맛있으면 곁들이 음식에 젓가락 갈 리가 없지요. 들어온 찬이니 맛이나 보자며 한 젓가락씩 먹어보긴 했지만 고기 맛에 가려 빛을 잃었다. 된장찌개는 밥 말아 먹을 정도로 괜찮았다. 고기요. 양이 좀 하면서도 맛있으니까, 입에서 살살 녹으니까.

해운대 전통시장 못난이 꽈배기

'시장'은 배고픈 시대를 살아온 우리 세대에겐 그리움이다. 언제나 추억 하나쯤은 남아 있는 곳이다. 해운대전통시장은 여행 중에 가끔은 추억을 그리움으로 만드는 재주도 있지만, 추억을 끄집어내는 매력도 있다.

어제 다르더니 오늘 또 변신했다. 100여년의 역사를 자랑한다는 시장은 올 적마다 시대의 눈높이에 맞게 변해가는 모습에 깜짝깜짝 놀라고 있다. 전보다 점포의 수는 줄었지만 매장이 좀 더 넓어졌다. 포장마차 분위기에서 홀 느낌으로 바뀌었다. 부산하면 무엇보다 다양한 먹-거리로 유명한 곳이 아니냐. 한국동란을 겪으면서 팔도의 음식이 몰려들었고 그것이 현지에 적응해가는 과정에서 얻어진 새로운 먹-거리의 탄생이다. 우린 길게 늘어선 줄만 보이면 그냥 지나치는 법이 없다. 식당이나 홀 앞에 줄서서 기다리는 것도 요즘 새로운 놀이요, 문화라는 말이 있다.

"배부른 데 뭘 먹어요. 그냥 눈요기나 하며 지나가면 되지."

"여기 뭘 팔기에 이렇게 줄서서 기다리는 겁니까?"

"못난이 꽈배기요. 여기 꺼 맛있데요."

"그럼 우리도 줄서야지요. 자기야! 꽈배기 두 개만 사갖고 가자. 텔레비전 보며 먹으면 맛있을 것 같은데."

그렇게 우린 득-템 했고 의기양양하게 바람과 맞서 걸을 수 있었다. 해운대의 바닷바람에 관광객들이 웅성웅성한다. 겁먹은 표정이지만 웃음소리가 큰 것은 즐기는 부류도 있다는 얘기다. 우린 바람을 등지고 걸어 바람에 날아갈까 걱정하며 걸었지만, 맞은편에서 오는 사람들은 바람을 안고 오니 앞으로 나가질 못하고 서로 붙들고 버티느라 애를 먹고 있다. 마님께서 피곤하시다는 구나.

해운대 웨스트 조선

오늘은 아내의 귀빠진 날

2019년 5월 7일(화)

아내가 눈뜨기만을 기다렸다. 생일 축하합니다. 쑥스러운지 다시 시트 속으로 쏙 들어가 버린다. 허긴 부끄럽긴 내도 마찬가지다. 해운대의 아침은 그렇게 밝았다. "영님 씨가 해운대에서 생일을 맞아 그런가. 점 하나 콕 찍으니까 해까지 마님 눈치 보는 것처럼 보인다. 해운대백사장을 금분으로 칠했다. 저 금분 값이 도대체 얼마야. 누군 좋으시겠다. 이제 늘그막에 꽃가마 탈 일만 남으셨네 뭐. 가마꾼은 내가 도맡아 하리다. 대신 품삯이나 넉넉히 쳐 주소."

해님이 방긋이 웃는다. 바다에 보석까지 부려놓은 해운대의 바다풍경, 시원한 아침바람이 심술 한 점 부릴 것 같은데 웃기만 한다. 요로콤 여행이나 다니며 얼렁뚱땅 보내는 것에 맛들인 건 아닐까. 한마디 툭 던진다.

"배고픈데 아침 먹으로 언제 가요?"

"예! 마님 오늘은 좋으실 시간에. 시간 죽여 가며 드셔요."

뷔페식당 '까멜리아'. 각종 야채에 게살, 연어, 불고기, 요구르트에 과일과 빵도 좋지만 미역국 한 그릇으로 대만족이다. 잠시만 눈을 붙인다고 해놓곤 느지막한 시간에 호텔을 나섰다. 오월은 계절의 여왕이다, 아내는 나의 여왕이다. 하늘은 여왕을 위해 새털구름에 향긋한 바람까지 실어다 주었다. 나는 관광객들 틈에 섞여 아내를 살필 일만 남았다.

동백섬

동백섬엔 섬의 능선을 형상화해서 지붕을 얹었다는 누리마루가 있다. 누리는 '세계', 마루는 '정상'을 뜻한다. 당시 정상들의 입을 빌릴 필요도 없다. 아름다운 바다풍경과 예술성이 잘 어울리는 건축물이라는 말. 입구에 12장생그림은 우리의 10장생에 아시아가 선호하는 대나무와 천도복숭아를 그려 넣어 각국 정상들의 무병장수, 번영을 기원하는 의미를 담았다고 한다.

'하나의 공동체를 향한 도전과 변화'를 기원한다는 노무현 대통령의 방명록의 글의 의미를 잘 담아내었다.

오늘은 1층 자유마당과 평화마당에서 '돈 나무꽃향기' 따라다니며 놀았다. 흰 꽃에서 풍기는 은은한 향기를 나는 좋아한다. 바다길 따라 동백섬을 섭렵하고는 테이크아웃 카페 '조선델리'에서 난 '아메리카 노' 아내는 '망고스무디' 한 잔씩 시켜놓곤 말없이 해운대를 바라보고 있었다. 마님도 혼자이고 싶을 때가 왜 없겠는가. 여행 중에는 흔한 풍경이다.

저녁은 '중화요리 향연'이란 주제의 호텔뷔페가 예약되어 있다. 잉어찜, 누룽지탕, 능이해삼탕, 버섯탕수육 등 익숙한 메뉴들에 한, 양식이 절묘하게 조화를 이루었다. 가격이 비싸달 수도 있지만 어제 한우갈비 값과 비교하면 비싼 것도 아니다.

분위기 있겠다. 음식도 깔끔하겠다. 아내는 만족했고 우리의 입은 호강한다. 음식이 입에 착착 달라붙는다는데 무슨 말이 필요할까. 이 많은 손님이 아내 생일 축하 하객이다. 오늘 노인 손님이 많은 걸 보니 내일이 어버이날이네.

해운대 웨스트 조선

기장바닷길과 송정해수욕장 투어

오늘 해운대는 하늘과 바다가 같은 색이다. 해변을 걷는 이들이나 모래사장에 앉아 있는 이들이나 여유로워 보이는 건 특별한 날 때문일 것이다. 우린 해운대 웨스트조선에서 주관하는 오전 프로그램에 참가했다.

'알록달록 굽이굽이 달맞이트레킹 드라이브로 상쾌한 하루를 열어보세요.' 10시 반 출발. 최명진 가이드에 일행은 부부 두 쌍이 전부다.

청사포항에는 300년 되었다는 한 그루의 망부송이 서있다. '청사포 다릿돌' 까지는 걷는 길도 그리 멀지 않다. 청사포에 가면 소망벽이 있고, 해안에서 등대까지는 다섯 개의 암초가 징검다리 역할을 한다하여 붙여진 '청사포 다릿돌' 이 있다. 오래전에 무용지물이 된 철길 위를 걸어보았다. 생각처럼 쉽지가 않다.

'달맞이 옛길' 따라 달리면 기장군 송정해수욕장이 나온다. 부산사람들에겐 모래사장이 곱고 번잡스럽지 않아 토박이가 즐겨 찾는다는 송정해수욕장이다. 셔핑의 명소이다 보니 찾는 이가 점점 늘어나는 추세라고 한다.

우릴 전복죽과 멸치로 유명한 대변항에 내려놓고는 30분의 시간을 준다. 이 시간이면 둘러보기 바쁠 것 같은데도 딱히 갈 데가 없다. 멸치시장을 둘러보는 것이 고작이다. 특히 젓갈용 생멸치가 거래되고 있는 현장은 그 규모가 어마어마한 규모라 관심을 가질 만 하나 우린 관심 밖인지가 오래됐다.

용왕기도 성취도량까지 갔다 오는데도 시간이 빠듯했다.

해상케이블카 대모험 투어

'도심과 자연이 어우러진 명품 야경을 즐길 수 있는 부산의 달빛명소로 초대한다' 이 프로그램 괜찮겠는데. 빵과 우유로 점심을 대신한 오후시간이다. 14시에 출발했다. 이번에도 짝 바꾸어 4명. 오후엔 구름이 그늘이 되어주었다. 명품 광안대교는 밤이 더 아름답다는 송도해수욕장을 보면서 달렸다. 섬에 소나무가 많아 소나무 松자를 썼다는 설명도 꼼꼼히 기록해 두었다.

토요일 2시만 되면 15분간 다리를 들어 올린다는 영도다리도 지나고 수영만 요트경기장을 보면서 유럽 못지 않네. 그러다보니 불꽃축제가 유명하다는 광안리해수욕장을 지나고 있다.

10월 세 째 주말, 국제영화제에 맞추어 열리는 불꽃축제는 장관이라고 한다. 광안대교 덕에 해운대에서 송도까지 시간 반 걸리던 길이 2~30분이면 갈 수 있다니 좋은 세상이다. 처음엔 광안리상인들이 대교건설을 반대했다는데 지금은 광안대교를 보기 위해 광안리해수욕장을 찾는 사람이 늘고 있다니 한치 앞도 내다볼 수 없는 것이 세상일 인가보다.

'오륙도'를 기준으로 동쪽은 동해, 서쪽은 남해. 임진왜란 당시 일본장군을 붙잡고 바다로 뛰어든 두 기생의 무덤이 있어 '이기대'. 그곳엔 갈멧길이란 예쁜 이름의 바다길이 있다. 부산항대교 위를 달릴 때는 부산항의 위용이 대단함을 실감하고, 자갈치시장을 내려다보면 옛 부산의 추억이 그리움으로 다가왔다.

송도해상케이블카가 송도 암남공원에 내려주었다. 관람객이 다가가면 공룡이 스스로 움직이는 야외공룡박물관이 인기라는 곳이다.

아미산(여인의 눈썹)전망대에서 바라본 영도는 엄청나게 발전했다. 또 다른 볼거리지만, 여행은 굼벵이처럼 다녀야한다. 독수리처럼 날려고 하지마라. 이 말이 새삼 가슴에 와 닿게 하는 여행지가 바로 이곳 영도다.

'흰여울 문화마을'은 변호인, 범죄와의 전쟁 등의 촬영지로 유명하다는 곳이다. 지그재그 좁은 길을 내려가 남항대교를 건너 산등성이를 넘을 때쯤 돼서 내리라고 한다. 주차장이 없으니 대중교통. 흰여울 핫도그가게에선 입맛 다시고, 예쁜 벽화에는 '이런 게 어딧 어! 이러면 안 되잖아요.' 그 글귀를 읽으며 변호인 촬영 장소로 가면 된다. 코앞이다.

우린 흰여울 문화마을 등대쉼터에서 끝없이 펼쳐진 너른 바다풍경을 즐겼다. 백과사전식 여행이면 어떤가. 지금 이 순간이 행복하면 그만이지.

미포 원조할매 복국

원조할매 복국은 복국촌으로 알려진 부산 미포지역의 대표적인 복요리 전문점이다. 계단을 오르는 것이 불편할 수도 있다. 2층에는 테이블이 6개밖에 없다. 그 할머니에 그 집이 분명하니 상술로 보면 고리타분할지는 몰라도 그리움이 있어 찾아오는 여행객들에겐 고향 같은 곳이다.

생 참복 맑은 탕 한 그릇씩 뚝딱하고 일어섰다. 복 껍데기무침, 묵은 지, 고추된장무침, 오이무침이 맛깔나던데 미나리 숙주나물을 아끼지 않고 넣어준다 해도 복을 소홀히 다루면 안 되는 것이 복요리다.

배가 부를 쯤 돼야 끝이 보인다. 상상 그 이상이다. 이 집은 관광객이 아닌 지역주민들이 주 고객이라고 하니 믿고 먹어도 된다. 담백하고 야들 쫀득. 할머니와 아들이 운영하니 그 복 맛이 어디 가겠나. 조용히 맛을 음미하며 천천히 먹을 수 있는 맛집으로 강력 추천한다. 우린 바닥이 보일 때까지 코끝을 빠뜨릴 기세로 뚝배기를 기울였다.

만족한 저녁한 끼는 인간이 누리는 최고의 선물이다. 바람이 잦아 든 해운대는 추억 만들기 하느라 바쁜 시간대다. 해변에 앉아 밤을 하얗게 밝혔던 그 어느 가을밤이 문득 떠오른다. 그리움은 시도 때도 없이 찾아와선 해 뜨면 사라지는 안개 같은 것이다. 입 꼬리 살짝 치켜 올리고는 사라지는 아침이슬이다.

해운대 웨스트 조선

부산 내호냉면

언양불고기 노포집인 삼오불고기집을 찾아갔으나 주인할머니가 노환중이라 개점휴업. 선택은 쿨 하게 다음 '노포 집'으로 떠나는 것.

다음은 부산 우암시장. 산등성이마을로 이북 피난민들이 정착하여 고향으로 돌아갈 날만을 기다리며 삶을 일궈온 동네다. 냉면이 그리운 이들이 고향을 그리워하며 먹었다는 밀면이 깊은 맛을 내는 집이다. 그 시절 밀면 맛을 그대로 보여주는 곳이 있다니 먼 길을 달려왔는데도 시간이 아깝지 않다.

1953년 3월 이곳에서 내호냉면, 부산밀면을 개발한 지가 66년의 세월이 흘렀다고 한다. 오늘도 인터넷을 뒤져 그 맛을 보려는 젊은이들과 자리를 같이 했으면 좋으련만 했다. 호기심으로 주말이면 문전성시를 이룬다지 않는가. 그 맛이 궁금하긴 우리도 마찬가지다. 실향민들에겐 향수가 맛이 되고 그 맛이 그리움이 되는 식당이다.

밀면을 "맛있게 먹으려면 면은 자르지 말고, 식초겨자도 넣지 말고 그냥 드셔보시라." 내 입엔 쫄면 맛이었다. 약간 짠 듯 매운맛, 개운하긴 한데 이마에서 땀이 난다. 그만 먹어야지 하면서도 자꾸 젓가락이 간다. 결국 다 비우고 일어났다.

냉면과 밀면은 제조과정이 달라 주문 순서대로 나오지 않을 수도 있다고 미리 귀띔해주는 것과 주문과 동시에 식대를 지불하는 것이 다른 냉면집과 다르다. 좌석도 30여명, 시장 입구를 찾아가서 좁은 길로 들어서면 낡은 간판이 보인다. 입구는 조금 더 들어가야 한다. 주말은 주차전쟁도 각오하고 오셔야 할 거란다. 우리도 주차하느라 애 좀 먹었다.

부산베스트웨스턴 해운대호텔, 해운대 웨스트 조선

경상북도

김 천

황악산 직지사
불영산 청암사
김천 지례면 삼거리 불고기집

황악산 직지사

2018년 5월 5일(토)

　유럽이나 남미를 여행하다보면 눈에 보이는 것이 성당이요 올려다 보이는 것이 뾰족탑이다. 우린 경치 좋은 산이 곁에 있다. 거기가면 있는 것이 절이다. 성당을 빼놓고 유럽의 관광을 말 할 수 없듯이 우린 절이 차지하는 부분이 크다.

　외국인이 우리나라에 오면 제일 먼저 보여주고 싶은 곳이, 보여 달라고 하는 곳이 절이라고 한다. 절은 아름다운 숲뿐이 아니라 걷고 싶은 마음까지 아낌없이 준다. 우리에겐 낯설지 않아 고향 같은 곳이다. 보고 싶은 문화재와 듣고 싶은 이야기가 있으니 알고 싶은 만큼만 가져가면 된다.

　날씨가 꾸물거린다는 핑계와 장애인이라는 이유를 대고 절 안으로 차를 끌고 들어갔다. 주차공간이 없어 어쩌나 했는데 이번엔 스님이 차단막을 열어주며 차를 사찰 안에 넣도록 배려까지 해준다. 실은 거동이 불편할 정도의 장애인까지는 아닌데.

'도피안교'에는 눈길도 주지 않았다. 서별당을 지나 황옥루로 들어서니 비로전이다. 지금 시간은 찬불가에 이어 주지스님의 법문이 있는 예불 중이다. 주지스님은 40여동을 새로 창건하는 일을 우리 사부대중이 일으켰다며 불자들의 공으로 돌리고 있다. 큰 힘을 보탠 조식스님이 입적하셨는데 뵙고 싶었다며 아미타불을 낭송하고 나무아미타불로 가름하고는 입정에 드시겠단다. 자리를 뜰 수 있는 기회는 바로 지금이다. 이런 법회를 야단법석이라 한다.

그러고 보니 일주문 금강문을 거쳐 천왕문에 이르고 만세루에 발을 들여놓으니 문경산불로 이곳에 옮겨 놓았다는 삼층석탑과 석가모니불이 반갑다고 한다. 좌우에 약사불과 아미타불을 모신 대웅전. 호국애민을 실천하신 사명대사의 진영을 봉안한 사명각. 대웅전 불상 뒤편에선 부처들을 그린 3폭의 탱화도 보고 왔다. 선원다실에서 차 한 잔은 하고 가도 되겠다. 영남인 석류, 난 약차. 그리 내려오는 길에 읽은 법문이다.

'대웅전에 천원 넣고 일억 벌게 해 달라 빌었으며, 관음전에 천원 넣고 만사형통기원하고, 지장전에 천원 넣고 선망부모 천도 빌고.'

불영산 청암사

도선대사가 창건하고 인현왕후가 궁에서 쫓겨났을 당시 잠시 기거했던 인연이 있는 절이긴 하나 오랜 세월동안 잊힌 절이다. 폐사된 절을 1900년대 초에 극락전을 복원하면서 세상에 알려졌다.

누군가가 코로나로 유배된 몸과 마음을 달래려고 이곳을 다녀갈 때는 다녀간 수많은 사람들의 사연이 들리는 듯 했다는 글을 읽은 기억이 난다. 우린 코로나에 당당히 맞서며 여행을 다녔다. 산사의 돌담길이나 고즈넉한 숲길을 걸으면 위안이 되고 몸과 마음이 더 건강해지는 것을 느끼며 다녔다. 시골이나 지방은 어머니 품 같은 그리움이란 것이 있다. 코가 뻥 뚫리도록 머리가 맑아지는 건 덤으로 받아들이고 있다.

　인현왕후가 꿈을 이룬 곳이라 하여 유명세를 타고 있는 청암사. 조금 아쉽긴 하지만 주차장에서 500m거리면 걸을만하다. 많은 이들이 빌고 빌며 걸었을 이 길은 그래서 더 알뜰하다. 일주문과 천왕문을 지나 청암교를 건너니 무언가 소원이 있으면 빌어야 후련할 것 같은 그런 분위기였다.

　아내에게도 말하지 못한 나만의 소원이 왜 없겠는가. 그러나 다 부질없는 짓이다. 가슴에 묻고 욕심 없이 살다 훌훌 털고 갈 생각이다. 오래도록 자리를 지키고 있는 나무와 잡초, 풀벌레들은 오래전부터 함께 살았던 것처럼 낯설지가 않다. 우린 전생에 친구였나 보다. 직진하다가 왼쪽으로. 그러면 극락암과 보광전이 나온다. 조용한 사찰 분위기에 빠져들며 발소리까지 죽였다.

　인현왕후 경행길(기도 명상길)은 문을 굳게 닫아 걸었다. 갑자기 목적지를 잃어버린 풍뎅이 신세가 된 기분이다. 마음은 문에서 떠날 생각이 없는데 다리는 포기가 빠르다. 극락암 텃밭의 가을걷이를 살피는 여승의 섬세한 손끝에서 나는 보았다. 무심무욕(無心無慾).

김천 지례면 삼거리 불고기집

　진작 배꼽시계가 울린 걸 보면 끼니때를 놓친 지가 한참 되었나보다. 화식하는 인간세계로 돌아가면 청암사에서의 달콤했던 시간을 많이 그리워할 것 같다. 청암사의 흥분이 채 가시지도 않은 시간이다.

　예쁜 산촌마을을 지나 한참을 달려가야 했다. 굽이굽이 큰 산줄기를 넘어야 하는 쉽지 않은 여정이었다. 멋진 드라이브만을 생각한다면 오산이다. 현실은 지그재그 도로를 안전하게 달리려면 핸들을 꽉 잡아야 한다. 경치야 말해 뭐할까. 끝내주더란 말로도 부족했지만 눈요기 빨리 잊어야 안전운전 할 수 있다.

차는 구경도 못하고 17km를 달려왔더니 주차장은 자동차가 가득하다. 식당은 손님들로 바글바글. 자리 나기를 기다리며 식당 입구에서 줄 서 기다려야 한다. 주방에서 지글지글 돼지불고기 익는 소리가 장관이더란 말 실감하며 한참을 식당밖에 서 있었다. 점심시간이 한참 지난 시간이었다.

서빙 하는 할머니들이 순발력 있게 움직여주고, 식당은 거리두기를 엄격하게 지키고 있어 믿음은 간다만 코로난가 뭔가가 신경 쓰인다. 기본 상차림을 했으면 또 기다려야한다. 시뻘겋게 양념한 삼겹살을 초벌구이해서 내보내면 손님은 중불에 올리고 타기 전에 먹어야 한다. 손님들은 대부분 수저를 놓기 바쁘게 자리를 뜬다.

그러니 회전률도 빠를 수밖에. 매운맛에 길들여지지 않은 우리는 혼이 좀 나긴했지만, 삼겹살 돼지불고기의 진수를 맛본 것으로 만족하기로 했다.

김천 호텔 로제니아 401호

김천 호텔 로제니아(혁신도시)

구 미

금오산은 아내의 생일상
금오산 도립공원
금오지 올레길

금오산은 아내의 생일상

2018년 5월 7일(월)

아내의 생일기념 가야산 등반. 어때요 계획은 괜찮지 않나요. 멋대가리 없는 녀석이라고요. 식구와 식사하고 선물 받고 생일축하 노래 부른다. 그런 레퍼토리 이젠 식상할 때도 된 거 같은데. 그래 집에서부터 분위기를 띄운 일이라 말은 안 해도 기대는 했을 거 같다.

"생일날 이렇게 풀만 먹으면 안 되지. 이럴 거면 신랑 갈아치울 거야."

왜 불길한 예감은 틀리질 않는 거지. 비는 여전히 그칠 생각이 없다. 남편으로서 할 수 있는 일이 없다. 아침에 마님은 미역국 챙겨먹었다지만 속이 불편하다 보니 결국 샐러드만 먹었다는 거 아닙니까. 집에서 목걸이 사줄까, 외국여행 갈까, 크루즈 타는 건 어때, 이참에 돈다발 한 무더기 안겨주는 건 어떨까? 말씀만 하셔. 허풍만 떨더니 이럴 계획이었으면 날씨라도 도와달라고 부탁이라도 해 놓고 올 것이지.

바람이 심하게 불지 않는 한 비가 와도 케이블카는 언제나 간단다. 오늘은 케이블카 타고 금오산으로 들어가기로 했다. 혹 나무꾼이라도 만나게 될지 누가 알아요. 다행히 주인공을 태운 케이블카는 7분 30초간을 산자락을 타고 오르면서 구름 하객이 축하해 주었고, 금오산 자락에 구름별식을 차려 놓았다. 선녀와 나무꾼들이 우산으로 하늘만 가렸겠습니까. 한바탕 잔치마당을 벌이고 온걸요.

금오산 도립공원

'해운사'는 케이블카에서 내리면 바로다. 사천왕문을 들어서자 보살님들이 기와불사하고 가시라고 다그치듯 하는 말투와 절 마당에 넘치도록 걸어놓은 연등이 부담되었다. 보살님들 앞을 지나가기 뭐해서 대혜폭포로 길을 잡았다.

등산객들의 부지런한 발걸음을 보니 나도 모르게 호흡이 빨라진다. 오랫동안 길들여온 습관이다. 싱그러운 연두의 숲이라며 대뜸 걷자고 했다. 오늘따라 우산이 왜 이렇게 무거운지 모르겠다. 도선대사가 도를 깨우쳤다는 도선굴은 "우리가 도 깨우치러 온 것도 아닌데." 하며 지나쳤고, 무엇보다 가파른 계단을 올라가야 하는 것이 싫었다. 관세음보살은 당연 잊어야 한다.

폭포의 울음소리가 들리는 착각과 현실 속으로 한걸음씩 옮기다보면 걸음이 조금씩 빨라지는 걸 느꼈다. 그렇게 물바람이 느껴지면 다 와 간다는 얘기다. 대혜폭포는 하늘에서 물을 쏟아 부었다. 그 소리에 귀가 멍멍하고, 가슴이 다 벌렁거린다. 해발 400여m에 위치한 폭포가 28m의 높이에서 떨어지는 소리다. 게다가 며칠 동안 비가 내린 뒤라 수량은 풍부했고, 그 위용과 위력이 금오산을 흔들 만큼 울음소리는 정말 대단했다.

산악회회원들이 사진을 찍어주었다. 얼굴 내밀고 인증사진 찍느라 정신들 없는데 나도 물보라 받을 각오로 동참했다. 안내판을 읽어보니 갈 길이 너무 멀다.

그랬으면 걸어내려 왔느냐고요. 천만에요. 케이블카라는 편리한 물건을 알았는데 어떻게 그럽니까. 그 바람에 금오산성과 세류폭포는 하늘에서 내려다보았다.

금오지 올레길

비가 3일째 쉬도 않고 내리더니 이제 지겹기도 했나보다. 오늘이 마님 귀빠진 날이라고 생색내는 걸까. 아님 제풀에 지친 걸까. 오전에 대해폭포 다녀올 때와는 달리 오후 들어 비가 한풀 꺾였다.

호텔산책을 했다. 금오산의 정기를 받고자 하는 일이 잘되라는 기원을 담았다는 '四通八達'을 둘러보고, 혼기의 연인이 프러포즈하면 행복하게 잘 살 거라는 프러포즈다리를 건너자 메타쉐콰이어 숲이다. 걷고 싶은 욕망이 마구마구 넘쳐나는 길이었다.

숲길로 들어서기만 했는데도 코가 가만히 있질 못한다. 숲향의 느낌이 다르다. 채미정 홍기문에 들어서면 야은 길재의 충절과 학문을 추모하기 위해 영조 때 건립했다는 3칸 규모의 팔각지붕인 건물이 한 채 있다. 그 뒤로 길재의 충절을 기린 숙정의 어필 오언구가 있는 '유해비각'. 제사를 지내는 '경모당'이 개방되어 있어 잠시 앉아 쉬었다 다시 걸었다.

금오산공원은 입구에 채미정 건립 당시 심었을 것으로 보인다는 느티나무 한 그루가 압권이다. 꼬마분수에 앙증맞은 물레방아, 실크로드, 한솔 등 숙박촌, '원스 특화거리'에는 젊은이들로 넘쳐났다. 여기서 ONCE(원스)란 once 새 음식을, nice 양질의 음식을, clean 청결하게 하여 enjoy 즐거운 마음으로란 뜻이란다. 상가마다 개성이 있는 건축물이 돋보이기에 젊은이들의 취향을 제대로 저격했나 했는데 메뉴는 노인 용.

이젠 2.4km의 금오지 올레 길이다. 우린 백운교부터 시작했다. 백운제에는 아기들이 좋아하는 떡볶이, 어묵을 팔고, 아이들은 해맑은 웃음소리로 엄마아빠미소까지 보태게 되니 행복하다는 말이 저절로 나온다. 우리가 그걸 놓치면 바보천치. 우리도 호수를 바라보며 웃었다. 환경연수원은 연자방아, 우마차, 맷돌까지 가세해서 손짓하지만 우린 눈도장만 찍고 나무 그늘로 들어섰다.

호수를 낀 산자락의 산책로는 우리 취향이니 어쩌겠습니까. 흙길이라 느낌이 다르다. 새소리에 귀가 즐겁고, 어깨 부딪힐 일 없으니 마음이 편하다. 아카시아 향에 코를 내 맡기고 벌름거리기만 하면 된다. 걸음을 멈추고 꽃 냄새에 취한들 누가 뭐랄 것이며, 흥얼거려도 상관없다. 이 길이 요즘 핫한 말로 MRF길이라고 한다. 산길, 하천이나 강길, 들길이 포함되어 있어야 하고 원점회귀가 가능하면서 해발2~300m의 낮은 산에 길을 만들어야 한다면 여기다. 걷기 좋은 길이다.

저녁은 호텔 중식당에서 오늘의 추천메뉴로 마무리 했다. 연어샐러드와 스테이크, 칠리새우, 버섯볶음, 만두, 자장면. 이만하면 생일상 만족하신가요.

사랑하는 우리 마님 내가 정말 귀찮아지는 그날까지 지켜주고 싶어요. 그래도 되죠? 생일 축하해요.

구미 호텔 금오

구미 호텔 금오

경산

팔공산갓바위　　　　　　삼성현 역사문화공원
선봉사　　　　　　　　　경산 반곡지
불굴사의 석조입불상

팔공산갓바위

2018년 4월 29일(일)

　이번 여행의 시작은 경산 팔공산 관봉이다. 금룡교를 밟은 시간이 9시 25분이면 부지런히 달려왔다고 보아야 한다.

　'지혜와 자비의 세상'으로 들어간다는 석등불사다. 불자들은 밝은 등불처럼 세상을 밝히며 복락을 누리고, 난 신기한 행렬이 어디까지 이어질까 궁금증으로 지루함을 잊었다.

　이제 다 올라왔나 했더니 '불연각'에선 빛 공양에 동참하는 불자들이 정성을 들이고 있었다. 지금부터 계단 한번 세어봐야지 하는데 이런 미련한 짓 하는 거 아니란 걸 깨닫는데 오래 걸리지 않는다. 계단 세는 거요. 그거 까먹지요. 이런 멍청한 짓 다신 안 할 거 같지만 어딘가에 가면 또 할 걸요.

　'애자모 치장보살'을 모신 작은 동굴기도처가 보인다. 부모의 잘못으로 인연이 악연이 된 한을 풀어주는 곳이라고 한다. 사산아나 유산아의 영혼을 위한 곳이다. 그냥 지나치지 못하는 불자들이 많다. 3층 석탑을 앞세운 청기와 대웅전에 도착하면 이젠 다 왔는가 싶은데 어림없는 소리. 한참을 잊고 더 걸어야 한다.

　사람들이 한 곳을 향해 돗자리 깔고 앉아 있다. 턱 보면 아는 모습. 아! 저 분. 머리에 넓적한 돌이 올려져있다. 갓 쓴 모습이라 '갓 바위'라 부르는 것 같다. 참배객들로 발 디딜 틈이 없다. 불자들의 정성이 대단하다.

부처님의 가피를 바라는 불자들의 정성이라. 분위기 파악은 빠를수록 좋다. 뜨내기가 분위기 흩트리면 안 된다. 인증 사진 한 장 남겼으면 자리 피해주는 게 도리다. 정성껏 빌면 한 가지 소원은 들어줄 것 같은데. 저리 정성을 드리는데 어느 神인들 안 들어줄까. 근데 무얼 비는 것일까. 내라면 그날까지 걸어 다닐 수 있는 힘을 달라 하겠다.

와촌에선 가뭄이 들면 '갓바위'에 불을 질러 새까맣게 태우면 용이 놀라 부처를 씻기 위해 비를 내린다고 한다. 갓 바위는 신라 때 의현스님이 어머니 넋을 위로하기 위해 만들어 바친 부처라고 한다. 당시 밤이면 학들이 날아와 추위를 지켜주고, 세끼 식사는 그들이 물어다 준 양식으로 연명하며 불상을 조성하였다고 한다.

갓바위까지 힘들게 올라왔으니 기도하는 모든 이에게 한 가지 소원은 꼭 이루어졌으면 좋겠다.

선봉사

내려오는 길은 가팔라서 더 어렵다. 오를 때는 잘 몰랐는데 내려올 때 보니 오르는 사람이 정말 엄청 많네요. 난간 짚고 게걸음 하듯 내려가는 인내와의 전쟁을 잘 치룬 것을 축하하는 의미에서 우리 마님 짝 짝 짝.

다 내려왔으면 큰 나무그늘에서 땀부터 식히며 숨을 돌리기 마련이지만 눈은 바쁘다. 두리번두리번. 사람 구경 정말 원 없이 하고 간다. '관세음보살' 독경소리에 새가 화음을 넣어 준다. 그러니 어떠케요. 내가 간 것이 아니라 소리에 끌려갔는걸요.

아내가 앞장서고 난 뒤 따랐다. 길모퉁이만 돌아서면 금방이라며 힘을 냈다. 선봉사는 그렇게 찾아간 절이다. 오늘은 갓바위에 가려 눈길 한번 못받아도 개의치 않는다. 두 그루의 소나무가 모시는 모양새를 하고 있는 극락전이 금당이다.

　1500여 년 전 극달화상이 지었다고 한다. 선방과 요사체도 있고 극락전은 삼층석탑과 마주보고 있는 모습이 편안해 보인다. 석가탄일이 얼마 남지 않아 그런가. 스님과 불심이 깊은 불자들의 발걸음만 바쁘다. 성탄절에 나는 뭐했냐. 절에 와서 되돌아보게 될 줄이야.

불굴사의 석조입불상

　"이 시간에 배 안 고프다면 정상이 아니다. 안 그래요? 우리 요기라도 하고 갑시다. 완전 배고파요."

　'30년 갓바위 어묵' 집에서 어묵 한 개로 둘이서 한 입씩 물었으면 심이 찰린 없겠지만 여기선 길거리음식 먹는 재미 하나 주워가면 된다. 주차장으로 가면 '30년 전통국산콩두부집'이 기다리고 있다. 단 마님에게 아양 떨어야 한다. 우리 색시. 두부 그딴 거 썩 좋아하는 편 아닌 걸 아니까 꼭 물어봐야 한다.

　"우리도 여기서 두부 한 모 거들깜요. 어떠셔. 주문하면 한참을 기다려야 한다는데."

　그렇게 두부 한 모까지 거드니 우리 두 사람 요기가 아니라 속이 든든해졌으니 끼니가 된 거다. 체중이 불었다며 마님께서 이번 여행은 웰빙하자고 했는데 잘 지켜질는지 그건 잘 모르겠는데요. 옆자리서 모두부 먹고 있는 젊은 부부에게 수작을 걸어보았다. 동행을 만들 생각이 있었던 거다.

　"설화지만 풍수지리학적으로 갓바위 부처님이 양의 기운을 품고 있고 팔공산 불굴사의 석조입불상이 음의 기운이라 같은 날 두 곳에서 불공을 드리면 소원 성취한다는 이야기가 있던데 혹 알고 계세요. 여기서 멀지 않아요. 8km."

　'갓바위 약사불'은 갓을 썼는데 여기 약사불인 '불굴사석조입불상'은

족두리를 쓴 걸 보니 이 두 불상이 원래는 부부라는 설화가 맞는 거 같다. 많이 낡아 지금은 약사보전 보호관에 앉아계신다. 편안한 웃음 뒤에 넉넉한 모습, 여느 할머니, 아니 수더분한 우리 외할머니 모습이 떠오른다. 그리움은 이렇게 순간순간 예고 없이 찾아왔다간 슬그머니 사라지며 여운을 남긴다. 이쯤 되면 자리뜨기가 쉽지는 않다.

날씨가 받쳐주면 그리 먼 거리가 아니니 원효대사와 김유신장군이 수행했다는 석굴 '홍주암' 까지 갔다 올만 하겠다. 그러나 우리는 포기했다. 날씨가 웬만해야지요. 숨이 턱턱 막힐 정도로 아주 쪄요 쪄.

'불굴사' 갈 생각 없느냐고 은근히 떠본 그 젊은 부부를 불굴사에서 다시 만났다. 엄청 반가웠다. 무뚝뚝한 경주사내와 달리 여자는 아주 살갑던데요. 이번엔 먼저 아는 척 해주었어요. 거리가 좀 있어 그냥 지나쳐도 그만인데.

"오셨네요, 안녕하세요?"

"오! 반갑습니다. 우린 서로 스치는 인연인가 봐요. 네 두 분이 여행 재미있게 하시는 걸 보니 보기 좋아요. 저희는 여기 둘러보고 경주로 가려고요. 안녕히 가세요."

손까지 흔들어주니 고맙죠. 오늘 '불굴사' 를 다녀가는 저 젊은이의 간절한 소원에 '이 땅에 평화라는' 우리 소원 하나 얹는다고 힘들어 하실 분 아닐 것 같다.

삼성현 역사문화공원

여행 첫날은 대체로 바쁘다. 브레이크 없이 달리는 열차 같다. 다음은 경산 삼성현역사문화공원. 모르긴 몰라도 어린이들에게 큰 꿈을 가지라고 만든 공원임엔 틀림없다.

"와! 좋네. 너르고 정원도 잘 꾸며 놨는데. 놀이 공간도 저 정도면 엄지지. 완전 재미있겠다. 오늘은 마실 가는 기분으로 걸어야겠다. 공원을 걸어본 게 얼마만이냐. 언덕도 있네. 코티 분 냄새가 나는데 어디서 나는 걸까?"

홀씨 되어 날아갈 날만 기다리는 민들레도, 한창 멋 부릴 나이의 '애기똥 풀'도 미처 챙겨보지 못했다. 눈여겨보지 않는다고 서운해 해도 어쩔 수가 없다. 고대 신화와 설화, 향가를 모아 삼국유사를 저술한 일연, 그는 우리 민족의 뿌리를 찾기 위해 몽고 난 때 사라진 경주황룡사9층탑의 찬란한 문화와 처용가, 서동요도 그가 지었다고 한다.

일연의 아들 설총은 이두문자를 만들었다. 경주박물관에서 아버지 원효를 그리워하며 세웠다는 탑을 본 기억까지 보태지 않아도 될 것 같다. 그의 아버지 원효가 해골 물을 마시며 보리수 아래에서 깨달음을 얻은 나이가 45세. 전쟁과 약탈을 몸소 겪고, 골품제의 한계에 신분상승의 절박함을 느낀 세대다.

십년공부 나무아미타불이 될 위기를 기회로 바꾼 카드는 바로 요석공주. 그가 경주 월정교를 서성거렸을 것에 한 표. 요석공주 눈에 쏙 들게 된 묘수는 과연 무엇이었을까. 난 그게 궁금했다. ㅎㅎㅎ!

경산 반곡지

공원에서 멀지 않은 곳에 있다는 반곡지. 가보면 후회하지 않을 거라 해서. 단숨에 달려갔다. 사진 찍기 좋은 곳이라고 한다. 피곤한 줄 몰랐다면 거짓말이고 이왕지사 여기까지 온 김에 들르기로 한 곳이다.

느티나무와 저수지. 그러니 데이트하는 젊은이들이 손잡고 산책하기에 이만한 곳이 없겠다는 것에 한 표다. 규모로 봐서는 단체관광객을 불러들이는 건 무리겠지만 철따라 분위기 좀 아는 젊은이들은 잊지 않고 찾을 것 같은 그런 장소였다.

아내와 함께 영화 속 풍경 같다는 왕버들 길을 걷던 경북 청송 주산지의 어느 겨울. 왜 기억나지 않겠습니까. 주산지가 엄마라면 반곡지는 시집 온 딸이 어미를 그리워하는 모습 같다.

거목이 된 느티나무 밑을 거닐며 데이트 삼매경에 빠진 젊은이들이 부럽다 부러워. 시원한 바람과 그늘 아래서 오순도순. 그 모습은 보는 우리도 시원함을 느낀다. 우리는 태그로드를 따라 저수지 둑으로 들어갔다. 거목들의 자태에 눈이 휘둥그레졌고, 셔터를 누르는 건 연인이거나 여행객이거나 매 한가지다.

"이 길로 가면 저 저수지 건너 복숭아밭이 나오나요?"

"예. 그런데 길이 험해서 힘 드실 텐데요."

방해 받지 않고, 남의 눈에 띄지 않는 은밀한 데이트 길이 있다. 저수지를 낀 언덕에 자연적으로 만들어진 작은 산길이다. 그 길은 간만에 손을 잡아야 다닐 수 있는 길이라니 느낌이 온다. 굳이 찾아가 또 걷긴 그렇지만 복사꽃 피는 계절이 오면 경산의 젊은이들이 환하게 웃는 그림이 그려지는 곳이다.

경산 메조부띠끄호텔

경산 메조부띠끄 호텔

경주

처용의 전설

　신화의 문으로 들어가는 유일한 비밀열쇠를 쥐고 있는 처용암(溶巖巖)으로 가는 길이다. 처용이 출현하였다는 곳이다. 신라 제 49대 헌강왕(憲康王)이 동해의 용을 달래기 위해 근처에 절을 세워주도록 왕명을 내리니 동해의 용은 크게 기뻐하여 아들 일곱을 데리고 임금 앞에 나타나 춤을 추며 덕을 찬미하였다고 한다.

　그 중 한 아들이 임금을 따라가 왕정을 보필하였는데, 그가 바로 처용이었다. 평온한 날이 계속되던 어느 날, 처용의 아내를 탐낸 역신(疫神)이 사람의 모습으로 변신하여 몰래 동침하고 만다.

'동경 밝은 달에 밤드러 노니다가/돌아와 자리를 보니 가랑이 네히러라 둘은 내해였고 둘은 뉘해인고/본대 내해다만은 빼겼으니 어찌하리꼬.'

이에 역신은 무릎을 꿇고 사죄하며 맹세하길 내가 공의 아내를 사모하여 과오를 범하였으나, 공이 노하지 않으니 감격했으며, 맹세코 공의 형용을 그린 것만 보아도 그 문에는 들어가지 않겠노라 했다고 한다.

그런 일이 있은 뒤부터 사람들은 처용의 형상을 대문에 붙여 요사한 귀신을 쫓고 경사를 맞아 들였다고 한다. 그 처용암은 바닷가에 외롭게 떠있는 작은 섬이었다.

"보이시나요? 조기 바다 위에 떠 있는 외로운 섬 하나."

문무대왕릉과 흩어진 유적들

능에 도착하니 바람이 많이 부는 데다 차고 으스스하다. 바깥을 돌아다니기엔 뭐한 날씨다. 문무대왕은 평시에 지의법사에게 이르기를,

"나는 죽어 호국대룡이 되어 불법을 숭상하고 나라를 수호하려고 한다. 그러니 내가 죽으면 화장하여 동해에 장례하라."

유언에 따라 이곳 대왕석에 장사를 지내니 마침내 용으로 승천하였다고 한다. 수중릉 앞에서 학생들에게 능에 대해 설명해주고 있는 선생님의 모습이 멋져 보였다.

"우리가 들으려는 눈치만 보여도 신경 쓰여요. 자리 비켜줘야 해요. 우린 그냥 추우니까 차에 들어가 있다가 갑시다."

석굴암 가는 길목에는 부왕의 은혜에 감사하는 마음으로 지었다는 감은사지, 인터넷으로만 보아온 골굴암의 마애여래좌상, 길옆에 예쁜 돌담을 쌓고 철쭉을 꽃다발처럼 두르고 앉아있는 장항사, 의좋은 형제처럼 산허리를 지키고 있는 두개의 탑, 장한리 사지는 쌍둥이 형제가 찾을 리 없는 님을 기다리는 모습처럼 보인다.

토함산을 타고 오르고 능선을 달리면 석굴암 못미쳐 노목의 목련이 길가에 버티고 서 있다. 이제 한창 제철인 모양인데 눈치 없는 개나리가 아직도 자리를 내어 줄 생각이 없어 보인다. 토함산 7부 능선부터는 아직 여름을 시샘하기엔 철이 이른 모양이다. 나목만이 빼곡하다.

양지바른 곳이라도 산벚은 5월 초순에야 피는 것으로 알고 있다. 석굴암 초입엔 어찌된 영문인지 산벚은 물론 개나리, 진달래에 매화, 목련까지 다투어 꽃을 피웠다. 토함산의 흙이 서로 만나기를 꺼리는 이들을 한 공간과 시공으로 불러들였으니 이들처럼 남북이 서로 손잡고 평화를 노래할 그 날도 멀지 않았으면 좋겠다.

봄풀을 키워내고 무명초들도 바쁘긴 매한가지다. 나름대로 귀엽고 여린 자태로 자신만의 존재를 알리려고 최선을 다하는 모습이 우리들의 사는 모습을 닮았다.

석굴암 다녀오는 길

석굴암은 초입에서 600미터를 걸어야 한다. 그 길을 걸어본 사람은 느꼈을지 모른다. 세속을 벗어나 부처의 세계로 드는 기분. 영국인은 인도를 잃어버릴지언정 세익스피어를 버리지 못하겠다고 한다. 우리에겐 그만큼 소중한 곳이 석굴암이다.

효심이 깊은 김대성이 현생의 부모를 위해서 불국사를 지었고, 전생의 부모를 위해서는 석굴암을 창건하였다고 전하는 그 전설을 만나러 가는 길이다. 석굴암은 석가모니가 깨달음을 얻는 그 순간을 재현한 것이라고 한다. 우린 석가모니 대불이 동해를 보고 앉아 깊은 명상에 잠긴 듯 가늘게 눈을 뜬 모습만 보고 나왔다.

석굴암은 축제분위기였다. 부처님이 오신 날이 가까웠음이다. 중생을 무명에서 구해달라는 공양물이라는 연등에 달린 저 많은 꼬리표에는 어떤 기원들을 달았을까.

　점심은 별채반. 우린 고사리, 양, 고기를 넣어 푹 고은 6부촌육개장과 곤달비비빔밥을 시켰다. 해발 1,013m 문복산에서만 자생한다는 곤달비와 미나리, 양송이, 달걀지단(흰색,노란색), 당근을 꾸미로 얹었다.

　숙소를 찾아갔는데 아이들이 좋아할 것 같은 특이한 감각의 외관이었다. 영님인 호텔방이 마음에 든다며 소녀처럼 좋아한다. 동화 속에 나오는 공주님 방 같단다. 벽이며 티 테이블도 하얗고 심지어 침대도 흰색이다. 그 위에 하얀 침대보.

　창문을 열어도 동화 속에 있을 법한 그런 예쁜 모텔들이 눈에 가득 들어온다.

경주 스위스레잔호텔

경주문화엑스포공원

<u>2014년 4월 11일(금)</u>

　이곳은 다양한 볼거리와 체험거리가 있는 문화테마파크로 꾸며놓아 한번 둘러보면 좋을 것이라기에 찾았다.

　먼저 '코리아실크로드사진전'이 열리는 곳부터 갔다. 실크로드탐험대의 여정과 실크로드의 풍경을 담은 사진, 코리아실크로드 대장정의 활동기록물을 장비와 함께 만나볼 수 있어 유익했다.

　신라 천년의 이야기도 흥미로웠다. 경주 미추왕릉지구에서 출토했다는 독특한 문양의 유리구슬은 인도네시아와 교류가 있었다는 증거요, 14호 무덤에서 발굴된 황금보검의 석류석은 동유럽의 것이 박혀 있다고 한다. 우즈베키스탄의 고도 사마르칸트박물관에는 7세기 벽화에 한반도에서 간 두 명의 사절단의 모습이 그려져 있다지 않는가.

　실크로드의 동방의 끝은 경주요 서단의 끝이 터키의 수도 이스탄불이란 것도 주목할 필요가 있다. 그 증거들을 보고 나왔다. 고구려인과 말갈인은 고구려 건국의 초석을 다진 형제다. 고구려가 당에 망하자 말갈인은 대규모 탈출을 시도해 이스탄불에 정착하게 된다. 그래서 터키와 우린 형제의 나라다.

황룡사구층목탑을 현대적으로 재해석해 세웠다는 높이 82m의 음각 건축물 경주타워에서는 위대한 신라의 과거와 현재를 만나고 왔다. 엘리베이터를 타고 전망대에 오르면 보문호와 명활산성공원 등 구석구석의 풍경이 한눈에 들어온다. 놓치지 말아야 할 곳이 한 군데 더 있다.

'그때 그 시절'을 둘러보면서는 배꼽을 들어내 놓고 웃었다. 우리 부부의 어린 시절이 주마등같이 스쳐지나니 어찌 안 그렇겠는가. 전시된 물건 하나하나가 내 눈엔 예사롭지 않은 것들뿐이었다. 나이든 분에게 강력 추천합니다. 젊은이들이여! 우리의 역사를 잊어버리는 민족은 되지 말자.

경주 콩국의 매력에 빠졌다. 나지막한 지붕의 경주 전통한옥이다. 냉우뭇 콩국을 시켰다. 뽀얀 국물이 매혹적이다. 고소한 맛이 입 안 가득 퍼지면서 개운하다. 저녁에 콩국을 가볍게 들자며 포장까지 해갔다. 콩국엔 검은 깨, 검은 콩, 꿀에 찹쌀도너스가 들어있었다. 여행 중 배부르지 않으면서 든든한 이런 느낌. 오랜만이다.

포항 갤럭시호텔

보문호수변길

2017년 5월 14일(일)

여장을 풀고는 해 저물어 나갔다. 야경을 동무삼아 '보문호수변길'을 걷는 일이 오늘의 일정에선 하이라이트다. 호수를 바라보며 호반1교와 큼지막한 화강암으로 만든 징검다리를 건널 때까지만 해도 간간히 흥얼거리기도 했는데 '물 향내 쉼터'부터는 영님 씨의 걸음이 빨라지기 시작한다.

호수너머 야경은 볼 만한데 인적이 드무니 아무래도 그렇다. '물너울 교'를 건너면서부터 여유가 생겼다. 노래도 부르고, 가슴 펴고 기지개도 편다. 누구든 한번 걸어보면 평생의 추억으로 남을 길이다.

'강나루 건너서 밀밭 길을 /구름에 달 가듯이 가는 나그네.' 박목월의 나그네 시비 앞에 서서 시를 읊어보았다면 가로등을 불빛삼아 인증사진을 찍어야 한다. 젊은이들은 사진 찍느라 정신 줄 놓을만한 장소다. 이번 여행은 아이들 이야기하며 걷다보니 금방이다.

광장에서 사발 면을 끼고 앉은 시간이 9시. 호수에서는 '천년의 미소' 라는 레이저쇼가 그 시간에 맞춰 펼쳐지니 땡 잡았다. 땅거미와 가로등을 맺어주는 찰나의 시간. 셀카로 추억을 만드는 여행객들 속에서 우리 부부는 추억을 줍고. 피부색 가리지 않는 보문호수변길은 오늘밤도 그렇게 추억을 심어 주곤 홀로 잠드는 것 같았다.

호텔현대경주(보문호)

경주 국립박물관

2017년 5월 15일(월)

국립경주박물관에서는 신라의 영광과 숨겨진 탐욕을 가감 없이 보여주었다. 우린 새들의 지지배배 소리로 하루를 연다는 옥외전시장을 더 좋아한다. 아무생각 없이 걷다 벤치가 보이면 앉아 쉬다 가는 것이 우리 수준에 맞는다.

설총이 할아버지 원효대사를 추모하기 위해 고산사에 세웠다는 삼층 전탑을 옮겨다 놓았는데 벤치에 앉아 탑을 바라보며 시간을 낚는데도 그 시간만은 지루할 턱이 없었다.

첨성대와 빛의 궁궐 월성

"오! 그 모습 그대로 그 자리에 서 계시네 뭐."

첨성대는 눈에 너무 익숙하다 보니 눈으로 휘 둘러보고 가게 된다. 누가 보면 오늘은 지나치리만큼 역사를 탐하러 먼 길을 걷는 것처럼 보이겠다. 우린 둘러보는 것이 아니라 그냥 걸어 다니는 건데.

빛의 궁궐 월성의 궁터로 잘 알려진 월성지구유적발굴지A, B, C지구는 그냥 걸어 다녔다. 뭘 보았느냐 묻는다면. 우리는 걷기만 했지, 눈에 들어오는 것은 없으니 뭘 보았다고 할 수는 없다. 우리가 본 것이라면 이곳저곳 널브러진 자재와 인부들이 구슬땀을 흘리며 파고 있는 구덩이일 것이다.

걷기엔 더없이 좋은 길이긴 한데 오늘은 그냥 마을 뒷동산에 올라가 한참 걷다 내려왔다 해야 할 것 같다. 온통 유적발굴지라 출입금지란다. 다음 방향은 계림이다.

계림과 요석궁

계림은 김알지의 탄생설화가 있는 곳이다. 그 사당을 지켜온 회나무가 쓰러져가는 것이 안타까워 그랬을까. 세월 속에 잊혀져가는 노파의 모습을 보는 것 같았다. 우린 소나무 숲길을 걸으면서 김씨의 두 번째 왕인 내물왕릉을 들여다보는 걸 잊지 않았다.

경주향교는 신문왕 2년에 처음 세워진 국학이었다는데 오늘은 성년식을 치른 뒤끝이라 어수선하다. 교촌마을이 향교가 있는 마을이다 보니 요석공주가 거처했던 요석궁도 그곳에 있었다.

원효란 분이 아주 먼 옛날에 이 마을에서 거지행세를 하며 노래 부르고 춤추며 민중포교를 했다고 한다. 그가 궁에 있는 요석공주와 눈이 맞았으니 그녀를 만나러 월정교를 자주 건너다녔을 것이다. 그 다리를 복원하고 있는 현장을 보았다. 마무리 단계라 무지개처럼 떠 있는 다리가 아름답고 예사로워 보이진 않는다. 완성되었을 때의 그 모습이 궁금하다.

경주 최씨 댁

'경주 최씨 댁' 은 기증 가옥이다. 거길 안 보고 갈 만큼 무관심하기가 쉽지 않다. 집 안은 너르면서도 어딘가 사치스럽지 않고, 붉은 벽돌로 쌓아 만든 높은 굴뚝은 집의 살림 규모를 미루어 짐작 할 수 있을 것 같다.

다른 반가와 달리 안채 뜰에 붉은 벽돌로 낮은 담장을 두른 장독대를 만든 것은 집은 사치가 아니라 안방마님들이 직접 살림을 챙기기 편하도록 한 것이다. 먹을 것을 귀하게 여겼다는 물증이기도 하다며 우리 마님은 그리 해석하시던데. 나도 동감이다. 집안대대로 내려왔다는 6훈 중 하나.

'만석 이상의 재산은 사회에 환원하라. 흉년 기엔 땅을 늘리지 마라.'

오늘을 사는 위정자들에게 전하려는 메시지가 분명히 있는데, 그들이 여기 안 오는 이유를 알 것 같다. 못 본 척 지나치자니 낯 간지러울 테고, 보고 가자니 뒤가 구릴 테니 그렇겠다.

한 세상이라야 백년도 못사는 인생, 저승 가서 무슨 변명 늘어놓으려고 그러는지. 찔리는 게 많으면 거짓말도 는다던데.

대능원

대능원까지는 땡볕을 고스란히 받으며 걸어갔다. 그리곤 벌거벗은 몸매가 끝내주는 배롱나무가 심어져 있는 관람로를 따라 걸었다. 천마총을 보고 나오자 체력이 한계점에 도달해 있었다. 무얼 보고 나왔는지 기억도 없다. 종아리가 딴딴하고 허벅지가 뻐근하다 못해 머리까지 띵하다.

발이 천근이다 보니 벤치 한 귀퉁이를 빌려 잠시 앉았다 가야 할 것 같다. 왜 있잖아요. 아줌마들! 버스나 지하철타면 자리확보 하느라 번개 되는 거. 이해가 되더라고요. 나도 그런 생각했거든요. 더 이상 버틸 힘이 고갈되었나 봐요. 그때 영남이가 어디 앉아 좀 쉬었다 가잔다. 얼마나 반가운 소린지. 연못의 수련만 보다 일어났는데도 피로가 가신 것 같았다.

'미추 왕릉' 까지는 하고 둘러보고 나오니 오늘 체력은 다 소진되었나 보다. 택시 불러 호텔로 들어오니까 몸은 파김치였다. 침대에 벌렁 들어 눕더니 너 나 없이 눈 뜰 생각을 안 한다. 야참으로 김밥 먹은 기억밖에 없다.

호텔현대경주

경주 교리김밥

2017년 5월 16일(화)

'교촌마을 교리김밥집' 은 달걀지단을 듬뿍 넣어주는 곳으로 유명한 곳이다. 오늘이 주말인 데다 소문이 무섭다. 줄이 길게 늘어서 있는 모습이 장난이 아니다. 줄 왜 서느냐구 했나요. 재밌잖아요. 두 줄씩밖에 안 판다며 다녀온 아내는 개선장군이었다.

"우리 같이 나이든 사람은 아예 없어요. 30대 젊은 애들 뿐인걸. 간간히 외국인 여행객들도 줄서는 걸 보면 유명세가 붙긴 붙었나 보네요. 재밌던데요."

어제도 그랬다. 오늘은 경주 최씨댁 옆집이 교리김밥집이란 것도 알았겠다. 그냥 지나치기가 아쉬웠다. 주말인 어제만은 못해도 오늘도 여전히 젊은 사람들이 줄 서서 즐거워하는 모습이 보기 좋았다. 영남이가 김밥 2줄 사들고 오더니 그런다.

"어제는 손으로 만드는 줄 알았는데 오늘 보니 재료를 기계에 넣으니까 기계가 알아서 돌돌 말고 알맞게 썰어주네 뭐. 생각보다 만드는 사람이 그리 많아 보이지 않아요. 손맛이 덜 들어갔으니 맛도 전만 못하지 않을까."

이집 유리창에 쓰여 있는 메뉴에 잔치국수가 있는 걸 본 할머니들이 몇 분이 우르르 가게로 들어가려는 걸 종업원이 막아선다.

"우리 잔치국수나 한 그릇씩 먹고 가자. 어서들 들어오지 않고 뭘 햐."

"오늘은 바빠서 잔치국수 안 팔아요."

오늘만이 아니겠지. 어제도 그런 거 같던데. 그럼 내일도 못 파는 거지. 가게 안을 들여다보니 콧구멍만 하다. 가서 보면 줄서지 않으면 손해 보는 것 같단 생각이 드니 줄을 안 서곤 궁금해서 못 배긴다. 오늘도 그런 경우다.

나정과 포석정

금오산과 고위산, 도당산, 양산을 통틀어 이르는 산세를 경주 남산이라 부른다. 고운 목소리를 가진 딱새, 오목눈이, 멧새, 뻐꾸기, 박새가 부처와 함께 터 잡고 산다고 영산이라 부르는지는 몰라도. 어쨌건 그 남산자락을 휘돌아 차를 타고 가다보면 궁금증 때문에 안 들르고는 못 배기는 데가 한 군데 있다.

완만한 구릉에 신라시조 박혁거세가 태어났다는 전설이 깃든 우물 나정이다. 이곳은 거북이등껍질 닮은 갑옷으로 무장한 장수들이 지키고 있는 곳이다. 적송군단이라 부르기도 한다. 아직 발굴이 마무리 되지 않은 탓인지 휑 하니 어설프다. 역사공부 하러오는 학생들이면 몰라도 우리 같은 일반인은 에게 여기야! 하겠다. 10여분 정도 기웃거리며 걷고 나면 더 이상 있을 맴이 없는 곳이다. 나정 입구에는 신라 6부 촌장의 위패를 모시고 제사를 지낸다는 '양산제' 가 있다.

포석정은 거목으로 자란 한 그루의 노목이 버티고 있었다. 그 위엄이 대단하다. 역사탐방이면 몰라도 솔직히 관광객으로선 볼 것이 많지 않긴 여기도 매한가지였다. 아기자기하다 해야 하나, 빈약하다고 봐야 하나. 역사지식이 부족해서인지는 몰라도 무심하게 아! 이런 곳이었구나.

신라왕실에서 제사지내던 곳이라고 한다. 나중에 별궁으로 쓰이면서 나라님들이 연회의 장소로 사용했다던 유상곡수연의 흔적으로 길이 22m의 수구를 남겨 놓고는 천년사직을 말아먹었다고 봐야 한다.

그래도 포석정은 다녀갈 만하다. 싫증나면 포석정 뒤로 들어가면 아깝단 생각은 안 들기 때문이다. 그곳에는 울창한 소나무 숲이 있어 산책할 만하다. 마을사람들은 더위를 여행객들은 잠시 여독을 풀기 위해 쉬어가기 딱 좋은 곳이다.

남산 배동삼릉

배동삼릉은 세 분의 신라왕의 무덤이 모여 있어 붙인 이름이다. 경주사람들도 아는 사람만 찾는다는 남산산행코스이기도 하다. 이곳은 많은 불교유적이 흩어져 있어 남산산행의 요람으로 불리기도 한다. 숲에 들어서면 붉은 소나무 숲이 끝내준다. 초입부터 마음이 산 너머에 가 있는 등산객들에겐 그냥 지나치는 풍경일 수 있겠지만 우리 같은 풋내기들은 우거진 숲만 보고도 좋아 죽는다.

어제부터 왼발엄지와 새끼발가락에 물집이 생겨 오늘은 탐방로 안내센터의 도움을 받았다. 벤드로 발가락을 감싼 덕에 걷는 게 많이 편해졌다. 산뜻하다고 해야 하나. 삼릉의 소나무향을 맡겠다며 긴 숨 짧은 숨을 번갈아 마셨다. 계단을 오르며 가쁜 숨을 헐떡거리기만 했는데도 산행 기분이 난다.

"얼굴이 창백하신데 어디 다른 데 불편한 곳은 없으신 거죠?"

"얼굴이 너무 창백해보이시는데 괜찮으세요? 무리하게 올라가시는 거 아니죠. 지금 어디 몸이 불편한 곳은 없으시고요. 빈혈이 있으신 거 같긴 한데…. 내려가시면 병원에 꼭 한번 들러보세요, 오늘은 조심해서 산행하시구요."

산중턱에서 하산하는 경주아낙들의 물 공양과 울산아줌마들의 초콜릿의 나눔 속에 나오는 걱정하는 말에 겁을 먹은 내가 문제였다. 그 말은 달포 전에도 병원에서 들은 얘기라 더 신경 쓰였다.

"고맙습니다. 피부가 너무 희어서 그래요. 고마워요. 알맞게 올라갔다가 무리하지 않을 만 할 때 하산할게요. 고맙습니다. 정말."

상선암까지 무겁지 않게 올라가 물 한 모금에 잠시 휴식을 취한다고 계단에 앉아 있는데 이번엔 늙수그레한 할배가 한마디 또 보탠다.

"얼굴이 노란색이면 어디 몸이 많이 안 좋은 건데. 지금 어디 불편한데 없으세요. 산타는 것도 좋지만 건강부터 체크해 보셔야겠어요. 어디 분명히 안 좋은 곳이 있는 것 같은데."

그 말까지 들으니 덜컥 겁이 난다. 걱정이 되더란 얘기죠. 안 좋은 곳이 한두 군데여야지요. 아내에게 표현은 안 했어도 겁먹은 건 사실입니다. 그래 한 백여m 더 올라가다 그만 내려가자고 했지요. 아직 해가 중천인데도 경주 떡갈비 먹기로 한 것도 이 핑계 저 핑계대곤 호텔로 직행해서 침대에 벌러덩 누었어요. 집사람이 "오늘 웬일이에요." 좋아 죽는다.

산행 길에 보고 온 삼릉의 유적 중에 삼릉곡의 좌불은 약사발을 들고 있으니 약사여래불일 것이고, 옷 주름까지 생생하게 살아있는 석조여래불이 바위 위에 좌정한 모습도 보았다. 중생의 불심에 불을 지필 것 같은 모습의 마애여래선각여래좌상 들이 흩어져 있는 걸 보니 야외박물관이 맞다.

산행 중에 영님인 들꽃들만 보면 코부터 갖다 댄다. 요즘 꽃들이 향기를 잃어가는 것이 안타까워 그러는가 보다. "어 이 꽃은 향기가 있네." 소리만 들리면 귀 뿐이겠습니까. 내 코가 먼저 알아서 달려가는데.

호텔현대경주

석굴암과 불국사

2017년 5월 17일(수)

석굴암은 여전히 사람들의 발길을 끌어당기는 관광명소다웠다. 경주관광 하면 불국사, 석굴암을 떠올리는 이유를 알겠다. 이른 시간인데도 들고 나 는 여인들의 발자국소리가 들린다.

우리나라가 여인천국이라고들 한다. 그 말을 실감하는 곳이 관광지나 맛 집이다. 여기 걷고 있는 사람들도 나이들이 지긋한데도 그렇다. 여자 10명 이면 남자 한 둘 있을까 말까다. 서방들은 다 어디다 팽개치고 구경 다니는 건지 그걸 모르겠다.

젊은 나이엔 남자는 직장일이 바빠서 못나오니 그렇다 치지만 할배들은 바쁠 것이 없는 나이가 아닌가. 근데 왜 떨어져서 아니 떼어놓고 다닐까. 돈 을 안 벌어다 준다고 구박하는 건가. 왜 내가 그게 궁금한데. 초록은 동색이 라 그런 걸 게다. 허긴 우리 영님 씨 머슴살이 마다않고 껌딱지라 자칭하는 나라고 다를 거 있겠소. 양반 댁 사모님 모시고 사는 조금 높여서 집사지.

석굴암에서 푸른색 옷의 젊은 여인에게 "저기 사진 한 장만 부탁해요." 그리고 포즈를 잡는데 어디서 많이 들던 목소리다. 혹시 아니세요? 저 만치 서 강병남 부인이 웃고 서 있다. 귀에 익은 목소리라 금방 알아보겠더란다. 참 신기하다. 목소리 하나로 구별한다는 것이. 내가 사진 한 장 부탁한 그 여인은 미국서 잠시 들른 김 혜자 씨로 동행이시라니. 이런 인연이.

오가다 옷깃만 스쳐도 인연이라는데 이리 되면 보통 인연은 넘는다. 그러 니 석굴암을 둘러보고 불국사까지 동행하자는 것을 뿌리칠 수 없었다. 우리 가 '감은사지'를 둘러보고 가기로 한 걸 포기했다. 덕분에 아기보살들이 예 쁜 마음을 담은 글들을 불국사 회랑을 걸으면서 여러 편 읽는 행운을 얻었 다. 그 중 하나를 소개할까 한다.

'할머니

나는 5학년5반 / 우리할머니는 6학년5반 / 아침마다 나는 학교 가고 /우리 할매는 / 아파트청소 일하러 가시고 …중략… /이상하네.

  할매가 다니는 학교는 / 7학년도 있나보네 /할매 7학년까지 다 다니면
  저랑 많이 놀아요.'

  병남 씨는 미국에 들어갈 때 아예 사진첩을 쥐어줄 모양이다. 열심히 찍
어주는 정성이 놀랍다. 여기까지만이다. 이제 헤어져야한다. 우리 일정도 고
려할 수밖에 없다. 서운했을까. 포항으로 가는 내내 눈에 밟힌다. 저녁이라
도 사야하는 건데. 마음이 쓰이네.

경주 최씨 양반가 한정식 '요석궁'

2019년 1월 13일(일)

  평상시도 그렇지만 7시면 눈이 떠진다. 당연히 해수욕장 주변의 부지런한
관광객들의 하루의 시작을 훔쳐보는 모양새지만 마음은 그냥 박수칠 준비
가 되어 있는 관객이다. 혼자 해변을 걷고 있는 남정네, 먼 바다를 바라보
고 있는 여인. 소설 쓰는 건 내 자유. 흐뭇한 웃음을 흘리는 것 또한 내 몫
이다. 기다리기만 하면 된다.

  아내가 부스스 눈뜨며 하는 말. 늦잠 잤나보다며 웃는다. 오늘 왜 이렇게
예뻐 보이냐며 너스레를 떤 아침이다. 9시 반에 출발했다. 교동은 경주 최
씨가 살던 마을이지만 더 옛날엔 요석공주가 살던 궁터가 있던 곳이다. 요
석공주가 원효대사를 만나면서 정분이 난 곳이다. 그렇게 태어난 이가 당시
이두문자를 만들었다는 설총이 아닌가.

  오늘은 최 부자 집안 여인들에 의해 전해져 왔다는 전통반가음식을 먹으
러가는 날이다. 12시, 2명이라 정말 어렵게 예약했다. 곁방이면 어떻고, 안
마당으로 들어가지 않으면 어떤가. '반월정식'을 먹을 수 있으면 되었다. 기
본 찬에 보푸라기복어, 삼색나물, 가자미식혜와 사인지가 먼저 상에 오른
다. 잡채, 해물파전, 낙지볶음, 곤약소면, 해파리냉채, 버섯탕수, 갈비찜, 한

방삼겹구이, 편채말이, 전복조림. 마지막으로 밥 한 공기에 조갯국.

한 상 차림이다. 정통 놋그릇에 담아내어 귀한 손님 대접 받은 기분이었다. 특히 기본 찬에 들어가는 '사인지' 는 간수 뺀 배추를 소금물에 절인 후 해산물 등 갖은 재료의 양념을 넣어 담아내는 최 부자 집안의 김치라고 한다. 물김치인 듯 아닌 듯 맛이 시원하면서도 담백했다. 국물김치려니 해서 눈길도 안 주다가 뒤늦게 젓가락 한번 가더니 그만 바닥을 보고 말았지 뭡니까.

그 동네에 꽤나 유명한 교리김밥이 있다. 여기도 그냥 지나칠 수 없는 집이다. 계란김밥 2줄을 사들고도 성이 안차는지 최영화 빵집까지 들렀다. 황남빵의 큰아들이 열었다는 빵집이다. 속셈은 이걸로 저녁식사를 대신 할 참이다.

최영화 빵집은 경주 황남빵의 역사를 읽을 수 있는 가게였다. 옛 건물 그대로여서 비록 오래 되어 허름하고 낡긴 했지만 역사는 어디 갑니까. 진정한 황남빵의 대를 이은 노포집이 맞는구나 했지요.

대를 이은 한결같은 마음을 기대해도 될 것 같다. 우리 마님이 맛은 달라 보이지 않는데 더 담백하다고 하네요. 덜 달다는 표현일 겁니다.

분황사

주말이라 관광지마다 관광객들이 정말 많다. 경주에 왔으면 경주다운 여행은 바로 역사공부다. 유적지를 건성으로 둘러본다지만 어디 그렇게야 하겠어요. 치매예방에도 좋고 여행지의 또 다른 면을 볼 수 있어 일석이조의 효과를 기대할 수 있다니 열심히 역사공부하며 다닐 생각이다.

여행 끝나고 집에 가서 휙 내던지지만 않는다면 남는 게 있지 않을까. 메모지에 적는 습관 하나로도 가능하다는 게 내 생각이다. 경주하면 볼 곳, 갈 곳이 좀 많아요. 분황사는 우선순위에서 밀리다보니 오늘에서야 찾아오게 된 것 뿐이다. 솔직히 뭐 볼게 있냐. 달랑 탑하나 서 있는데. 그런 말 많이 들 한다.

신라 선덕여왕 때 건립하고 원효대사와 자장스님이 머물렀다는 절이다. 지금은 소실되고 없지만 간절히 기도하여 눈먼 아이가 눈을 뜨게 했다는 이야기가 전해오는 천수대비관음보살이 있었던 절이요, 솔거가 관음보살상이란 벽화를 그린 곳이기도 하다.

고려와 조선을 거치면서 몽고난, 임진왜란, 병자호란을 겪으면서 대부분 소실되었고 분황사 모전석탑의 일부만 남았다. 안산암을 벽돌모양으로 다듬어 만든 석탑으로 현재 남아 있는 신라석탑 중 가장 오래된 전탑이다. 탑문설주에 금강역사상을 새겨 넣은 것이 최고의 걸작으로 꼽힌다지 않는가.

또 있다. 낙엽이 떨어져도 우물 안으로는 들어가지 않는다는 분황사 석정. 이 석정(돌우물)은 통일신라시대에 만들었다는데 조선시대에 와서 사찰 내의 모든 돌부처의 목을 잘라 이 우물에 넣었다는 비극의 우물이다.

이 종을 울리는 사람은 번뇌가 사라지고 지혜가 생겨나며 고통을 잊는다는 글귀를 읽더니 서슴없이 탱 하고 종을 치고 해맑게 웃으신다. 도대체 무슨 소원이 있으시기에 마님께서 종까지 치셨을까. 궁금하지만 안 물어보기로 했다. 오래 전에 모든 욕심 내려놓았다는 말, 나는 믿고 있기 때문이다.

황룡사지(터) 걷기

신라 진흥왕이 궁궐을 지으려다 황룡이 나타났다는 말을 듣고 황룡사 9층탑을 짓고 황룡사라 했다는 기록이 남아 있다고 한다. 국태민안의 기원을 담은 목탑이다.

선덕여왕이 삼국통일의 위업을 위해 자장스님의 권유로 백제의 기술자 아비지를 초청했다고 한다. 아비지는 200여명의 기술자와 함께 3년에 걸쳐 높이 80m의 황룡사 9층 목탑을 세웠고 그 후 백제는 망했다.

그러나 지금은 탑의 크기를 알려주는 심초석과 64개의 초석만 남아 있을 뿐이다. 심초석은 목탑의 가운데 기둥을 받치던 석재로 현재 보이는 것은 초석을 덮고 있는 암석뿐이다.

암석의 무게가 30톤이 넘는다니 그 규모를 미루어 짐작해 봐도 엄청나게 클 거라는 건 금방 알 수 있다. 그 심초석에서 금동사리함, 사리장엄구, 청동제팔찌, 그릇이 발견되었다고 한다. 터만 남아 있는 황룡사지터. 황룡사지를 복원 할 것인지에 대한 여론이 분분할 것이다.

어쨌건 먹고 역사공부하고 다녔으면 쉬는 일도 게을리 해서는 아니 된다. 호텔로 들어갔다가 어두워지면 다시 나올 생각이다.

동궁과 월지(안압지)의 야경

밤은 설렘이요 악마의 눈빛이란 말이 있다. 우리에겐 꿈길 같은 길을 걷는 기대에 설레지만, 젊은이들은 그 기대가 우리보다 훨씬 클 것이다. 사랑의 묘약과 영원한 행복을 선물로 안겨 주고, 받으면 되는 일.

불 밝히는 시간에 맞추려면 서둘러야 한다. 늦지 않으려고 부지런 좀 떨었다. 택시를 불러 타고 열심히 갔는걸요. 시간이 빠듯해 걱정했는데 얼마나 다행인지 모른다. 한숨 돌리고 화장실을 다녀오니 동궁과 월지에 불이 켜진다.

어둠에서 튀어나오는 빛의 영롱함을 뭐라고 표현해야 할지 생각하기도 전에 그 빛을 향해 걷고 있는 사람들의 뒤를 따라가고 있었다. 그 찬란한 빛의 향연을 가까이서 보겠다는 일념으로 발자국소리까지 죽여 가며 조심스럽게 앞사람 등만 보고 걷는다.

찍고 또 걷고, 서서 불빛 한번 바라보고, 또 걷고 그러다보니 어느새 월지다. 인증 샷은 필수. 우린 월지의 야경에 취해 걸었던 것 같다. 참 많이 걸었단 생각밖에 안나는데요. 파란 하늘에 불그레한 상현달조차 너무 시리도록 곱다던 말을 한 것 밖에는 기억이 없다. 어째 그런 일이. 구경한 것이 아니라 취중에 걷다 온 것 같다, 우린 그렇게 동궁과 월지의 밤을 즐겼습니다.

당시는 못의 이름이 월지(月池), 고려 후기에 폐허가 된 못에 기러기와 오리가 날아든다 해서 안압지. 자식들이 여행도 좋지만 밤엔 절대 나가시면 안 된다고 신신당부한 말을 까먹은 건 아닐 테고, 우린 그냥 이 순간이 좋아 죽는 시늉이라도 해야 할 것 같다.

택시 타고 '경주원조콩물' 집에 데려다 주려던 기사님 말씀이 저 집은 정말 오래도록 저 자리에서 장사하는데 원래 고집스런 할머니에요. 요즘 장사가 잘 안 돼 문을 닫을까 한답니다. 오늘은 안됐습니다. 내일 아침에 와서 들고 가소.

호텔에서 내려다보이는 보문호도 만만치는 않다. 겨울의 호수 정경도 한발 물러서서 보면 또 다른 매력이 있다. 오늘 밤참은 걱정 안 해도 될 것 같다.

경주 현대호텔경주 1025호

경주 양동마을

2019년 12월 3일(화)

소씨와 장씨가 살던 마을에 양민공 '손소' 에 이어 그의 사위 '이번' 까지 처가마을에 들어와 살게 되면서 시작된 마을이라고 한다. 당시는 남자가 결혼하면 처가마을에서 사는 풍습이 있었다고 한다. 그것이 '월성 손씨' 와 '여강 이씨' 의 집성촌으로 자리 잡게 되었고 동족마을인 양동마을이 생겨나게 되었다고 한다.

양동마을은 유물전시관부터 들러보고 가야 수월하다. 마을역사도 배우고 이 마을에 산재해 있는 집들을 찾아다니는 동선을 그려야 편하게 다니며 구성할 수 있다. 마을 초입에는 중종임금이 이 언직에게 모친을 잘 모시도록 지어주었다는 '향단' 이란 집이 눈에 잘 띄는 언덕배기에 있다. 원래는 99칸이었으나 6.25때 불 타고 남은 것이 이 정도다. 얼마나 대단했을까 감이 안 잡힌다. 머리에 쥐나겠다.

세조 5년에 임금이 지어주었다는 양민공 손소의 집은 경주 손씨의 종택(宗宅) 서백당이다. 여강 이씨의 종택에는 조선 선비들의 생활을 들여다볼 수 있게 꾸몄다. 선비들이 사용했다는 탁자, 문갑, 문방사우로 꾸민 사랑방이 있고, 조선 여인의 안방에는 수납용 가구, 반짇고리, 장롱, 좌경 등으로 꾸며 흥미와 재미를 더했다. 차분한 분위기는 당시의 사회분위기와 무관하지 않을 것이다.

엄청 큰 회화나무 3그루가 버티고 있는 심수정과 여강 이씨 문중 서당으로 이연상이 후학을 가르쳤다는 '강학당' 까지 둘러보았다.

바람 쏘일 겸 마을 이곳저곳을 걷다보면 시골 마을풍경에 젖게 되는 매력이 있는 동네. 우린 그 바람에 끼니를 놓치고 말았다. 허기는 경주 찰보리빵으로 달랬다. 대신 저녁은 한 상 제대로 받았다.

경주 베니키아 스위스 로젠 호텔 517호실

흥무왕릉(김유신의 묘)

2019년 12월 3일(화)

간절곶에서 진하해변을 따라 80키로. 살아선 장군이요 죽어선 왕이 된 사람이다. 흥무왕 김유신장군의 묘가 있다. 주차장에 들어서자 햇살이 좋은 곳에는 아직도 눈이 부실만큼 붉은 단풍이 제 역할을 버리지 않고 있었다. 평일인데도 사람들이 송화산 남쪽을 찾는 것은 이 단풍 때문일 수도 있겠단 생각을 했다.

금관가야의 마지막 왕 구형왕의 증손으로 15세에 화랑이 된 신라장수 김유신장군이 묻혀있는 곳은 흥무문(興武門)으로 들어가야 한다. 하늘을 가릴 만큼 크고 붉은 소나무숲길이 무덤까지라 멀지는 않다. 소나무 숲 좋은데 그러면 도착한다. 바닥을 직사각형 돌로 깔아 걷기에도 아주 편하다. 막판에 14계단 올라가면 능이 보인다.

김유신장군의 묘는 봉분을 크게 하고 자연석으로 묘를 두른 것이 특징이다. 십이지상은 평복을 입고 무기를 든 사람형체이고 머리는 동물모양이다. 이는 신라의 능에서 십이지상이 사라지기 전의 무덤형태라고 한다. 이 무덤에서 조선시대 능의 느낌이 난다.

태종무열왕릉(김춘추의 묘)

김유신 장군묘에서 2.8km. 태종무열왕릉은 선도산 서악리 고분군의 고분들과 함께 있어 외롭진 않아 보인다.

비단 치마 한 필을 주고 언니에게 꿈을 산 김유신 장군의 여동생 이야기를 알고 있으면 안 들러볼 수 없게 되어 있다. 김춘추와 김유신 그리고 그의 여동생 문희의 이야기까지 참 사연 많은 역사의 인물들이 아닌가. 서악에 올라가 오줌을 누었더니 서라벌이 오줌에 잠기더라는 언니의 꿈을 산 동생은 태종무열왕의 아내, 황후가 되었다는 이야기는 동화책에도 나온다.

그 태종무열왕이 서악에 묻혔단다. 건무문을 들어서면 오른쪽으로 거북모양의 받침돌과 용을 새긴 머릿돌만 남은 태종무열왕의 비가 있다. 힐끔 보건 가까이 가서 보건 그건 개인취향이다. 여긴 김유신 묘와 달리 묘지를 둘러싼 보호석이 없다. 신라왕의 무덤 중 그 주인을 확실히 알 수 있는 유일한 무덤이라고 한다. 가까이 가면 조그만 비석에 새긴 이름표를 보면 검소했음도 짐작케 한다.

묘의 봉분장식은 자연석으로 무덤 주위를 두른 것이 전부다. 묘의 형태가 소박하다. 이때부터 묘에 십이지상을 새긴 보호석을 없앴다고 한다. 그 뒤에 연이은 고분 4개도 서악동 마을에 흩어져 있는 다른 고분들과 함께 그 주인을 알 수 없는 묘라 하여 통틀어 '서악리고분군' 이라 부르고 있다. 쉬엄쉬엄 둘러보며 산책하는 것도 나쁘지 않다만 우린 점심을 쫄 쫄 굶었다.

앞의 김유신과 뒤의 김춘추는 혈연으로 맺어진 관계요, 삼국통일에 중심역할을 한 인물들이다. 혈연을 맺음으로 군사적인 능력은 있으나 신분의 제한을 받았던 김유신은 그의 여동생과 김춘추를 혼인시켜 신분의 안정과 정치적 기반을 마련했고, 김춘추는 진골귀족 신분으로 임금의 자리를 꿰 차는 쾌거를 이루었다.

당나라와 손잡고 백제를 멸망시킨 왕이다. 외세를 끌어들여 이룬 통일, 그 역사적 평가는 더 후세에 맡겨야 할지도 모른다. 사대의 늪에서 헤어나지 못하고 있는 우리의 현실이 너무 답답해서 그런다.

토함산 정상에 오르다

2019년 12월 4일(수)

원래계획은 이랬다. 일찌감치 출발해서 불국사에 차를 대고 토함산 정상(745m)까지 올라간다. 내려오면서 석굴암을 들렀다 온다. 그때쯤이면 따스한 햇살이 비출 테고 그러면 수월하게 산행을 마무리할 수 있지 않을까.

그것이 현지에서 수정하게 된 것은 음산한 날씨에 바람까지 분다는 데 있었다. 그것이 석굴암주차장에 차를 대고 토함산을 오르기로 한 이유다. 음지의 찬바람을 안고 산행을 한다는 것도 마음에 내키진 않는다. 괜히 다녀와서 몸살이라도 나 봐요. 여행에 차질이 생기면 우리만 손해지.

토함산은 1.4km만 걸어가면 된다. 이 정도 거리는 솔직히 껌 값이다. 그런데 출발부터 삐걱거린다. 자꾸 몸이 쪼그라들고 심란해서다. 몸이 찌뿌듯한 것이 컨디션이 출발부터 영 안 좋았다. 더 이상 양보할 것도 없고, 뾰족한 대안도 떠오르지 않으니 계속 걸을 수밖에요.

그러다보니 무겁게 걸었다는 거 아닙니까. 맞바람을 맞으며 올라가는 길이라 엄청 힘들었습니다. 어렵게 정상에 도착했더니 그제야 날씨가 확 풀리는 거 있지요. 정말 오늘 날씨는 맘에 들었다 안 들었다 했습니다.

토함산 정상은 겨울 산의 매력을 다 갖고 있었다. 작은 정원이 연상되는 억새풀숲에 몇 그루의 소나무가 있는 듯 만 듯 자태를 드러냈고, 그 주변은 벌거벗은 나무들이 군락을 이루며 감싸듯 서 있었다. 어렵게 올라왔는데 챙겨야 할 것이 추억 만이었겠습니까.

석굴암의 석가모니는 오늘도 천부상, 보살상, 나한상, 거사상, 사천왕상, 인왕상, 팔부신중상과 같이 부처의 미소를 잃지 않고 있을 텐데. 누가 뭐래도 세련된 조각솜씨와 불교세계의 이상과 과학기술이 결합한 결정체라고 세계가 칭송하고 있지 않는가.

그 석굴암을 또 다녀가자니 감포가 울겠고, 눈 딱 감자니 석굴암이 서운해 하겠지만 우린 후자를 선택했다. 토함산에서 만난 경주토박이 아낙들이 일러주는데 정성을 봐서라도 우리가 가는 게 맞다.

선덕여왕 능

'낭산에 구름이 일어 누각같이 보이면서 오랫동안 향기가 피어올랐다. 신령이 내려와 노니는 것으로 여기고, 그 후로는 나무를 베지 못하게 하였다.'

그 낭산에 선덕여왕 능이 있다. 해를 가릴 만큼 송림이 우거진 이유라고 한다. 둥근 묘를 보호하기 위해 자연석 석축으로 두른 것 말고는 특별한 시설 없이 검소한 것이 경주의 고분군들과 별 반 다르지 않았다.

좀 후진 위치긴 하나 주차장에서 500m 걸어가는 낭산(108m)정상에 있다. '낭산'은 남북으로 길게 누운 누에고치 모양의 자그마한 야산으로 서라벌의 진산이다. 당시 낭산에는 거문고의 명인 백결선생이 살았고, 최치원이 공부하던 독서당도 있었다고 한다.

우리 나이엔 스토리의 전개가 재미있으면 그만이다. 어차피 역사는 허구와 진실의 비빔밥이니 누구 나무랄 일도 아니다. 그런데도 신라 최초의 여왕으로 김유신 김춘추와 얽혀 살아가는 이야기다보니 감동 먹고 푹 빠졌다고 보면 된다. 흥미위주면 되었지 역사적 진실이 중요한 것은 아니다. 굳이 기억하려고 애쓸 필요도 없다. 보고 바로 잊어먹는다고 흉이 되지도 않는다. 기억이란 믿을 것이 못 된다는 말이 진리다. 보는 순간 재미있으면 그걸로 끝.

여왕은 삼국통일의 기반을 닦았으며, 첨성대, 분황사, 황룡사가 그의 업적으로 기록되어 있다 "내 죽거들랑 '도리천' 에 묻어 달라" 는 유언을 남겼지만 신하들이 그 도리천이 어디 있는지 알지 못해 이곳에 묻었다고 한다. 30년이 지난 후, 선덕여왕이 묻힌 낭산에 '사천왕사' 라는 절을 짓게 되었는데 그 때 불경에 이르기를 '사천왕천' 위에 '도리천' 이 있다. 라는 글귀가 있었다고 한다.

도보여행으로 경주를 둘러볼 때 선덕여왕 능은 꼭 넣을 필요가 있다. 다시 경주를 찾을 기회가 온다면 이번엔 꼭 걸어서 와 볼 생각이다.

경주 베니키아 스위스 로젠 호텔517호실

대중음악 박물관

2019년 12월5일(목)

밤새 별들이 하늘에서 놀더니 그 별들이 새벽에는 파란 이불을 뒤집어쓰고 잠이 들었나 보다. 저리 깊은 잠이 들 수 있는 것은 샛별이 불침번을 서주기 때문일 게다.

우리는 뽕짝에 목말라하며 살아온 민족이다. 그 뽕짝을 모아 보문단지에 대중음악박물관을 세웠다. 10시 오픈이라고 한다. 느긋하게 쉬다 출발한다고 호텔방에서 빈둥거리다 12시에 길을 나섰다. 호텔 근처니 길 잡을 것도 없다. 유행창가에서부터 k-POP에 이르기까지 우리의 대중음악 100년의 역사를 둘러볼 수 있어 좋았다. 우리가 오늘의 첫손님.

가수들이 공연 중에 입었던 의상과 함께 그들이 연주했던 악기 등 기증품이 흥미를 더 해주었다. 그동안 노래로 위안 받고 즐거워했던 그 시절을 떠올리는 것만으로도 행복한 곳이다. 우리 세대는 학창시절에는 유행가는 금지곡이었다. 가곡이나 팝을 흥얼거려야 멋 부림을 하는 줄 알았던 절름발이 시절이었다. 짝짜기 신발을 멋인 줄 알았던 시대를 살았다.

알 것 같으면서도 통 이유를 모르겠고, 궁금해 미치겠던 우리 성장기의 대중음악을 이곳에 다 모아 놓았다. 우리 윗세대는 귀에 딱지가 앉도록 듣고 불렀을 '낙화유수'가 우리나라 최초의 창작 가요라고 한다.

"이강산 낙화유수 흐르는 봄에 새파란 잔디 얽어 지은 맹세야, 세월에 꿈을 실어 마음을 실어 꽃다운 인생살이 고개를 넘자."

우리 민족 최초의 가곡은 '울밑에선 봉선화야 네 모양이 처량하다.'로 시작하는 봉선화, 그 음악을 틀어주던 축음기는 1887년에 선교사 알렌에 의해 우리나라에 들어온 사실도 알았다. 대중음악의 부흥 시기는 1964년부터라고 한다. 통키타 붐을 일으키면서 기타 하나쯤은 둘러메야 멋있어 보였던 시절도 있었다. 당시 이수미의 여고시절, 이문세의 이별이야기, 김종서의 겨울비는 우리 세대에겐 그냥 지나칠 수 없는 노래들이다. 추억 하나쯤은 물고 다녔을 노래니 듣고 또 부르고 그럴 때면 진지하다가 웃다가 그러며 한을 달랬던 기억이 난다.

K-POP 특별전시전에는 가수 카라, 원더걸스, 신화와 함께 트로트를 대중화시킨 가수들, 한 떨기 전설의 꽃이 된 윤심덕이 관부연락선을 타고 오다 불렀다는 〈사의찬미〉의 이야기. 7인조 방탄소년단은 지금 K-POP의 새로운 역사를 쓰고 있다고 한다. 흥얼거리기조차 버거워 따라 부르는 건 언감생심 꿈도 못 꾸는 세대지만 대중음악의 꽃을 활짝 핀 시대에 살고 있는 것만으로도 행복하다.

3층으로 올라가면 에디슨의 축음기 발명에서부터 축음기의 여왕이란 별명을 가진 멀티 폰에 이르기까지 소리예술의 모든 것을 보여 주었다. 우리

나라 오디오의 시초인 금성사 제품 라디오, TV 수상기를 보니 나도 모르게 그 시절이 그리움이 되더이다. 강릉의 소리박물관보다 여길 먼저 들렀으면 더 재미있었을 걸 그런 생각을 했다.

우린 심수봉의 '그 때 그 사람', 조항조의 '남자라는 이유로', '왕가네 식구들', 현미의 '보고 싶은 얼굴', '밤안개' 를 듣고 따라 흥얼거리기도 하면서 추억에 잠길 수 있었던 것은 지나온 세월이 그리움이기도 하지만 반가움이 더 컸던 건 사실이다.

경주 힐튼호텔 내 우양미술관

호텔에선 장 보고시안의 '심연의 불꽃' 이란 주제의 작품 전시회가 우양미술관에서 열리고 있다 하여 들렀다. 숙박 객은 공짜라는 매력에 끌렸다는 표현이 맞다.

근데 이 무식쟁이 좀 보소. 장 보고시안이라기에 장보고의 생애를 그린 작품들을 보여주나 하고 갔다는 거 아닙니까. 엉뚱한 상상을 한 내가 못난 걸까요. 아니면 터키인 미술가 '장 보고시안' 이란 이름이 유죄일까요.

입구에 백남준의 '고대기마상' 과 '비디오 아트작품' 이 전시되어 있어 그 때 까지도 까맣게 몰랐다. 예술은 자유이며 나는 물론 관람객도 자유로움을 느낄 수 있도록 하는 것이라며 끝없이 자문자답 해가며 정의했을 작가의 변을 읽고서야 아님을 알았다.

1층은 문명이 불에 타버리면 과연 무엇이 남을까. 그 주제로 만든 작품 20여 편, 2층은 불의 파괴적 힘을 통해 새로운 창조를 만들기 위해 노력한다는 작가의 변을 담은 작품들로 채웠다.

작품마다 선이 뚜렷한 반항의 기운이 느껴진다. 그는 불을 파괴가 아닌 힘과 도전으로 보았다. 그의 말을 빌리면 불은 나의 파트너로써 폭력 속에서 예술을 찾아 갈 수 있도록 나와 함께 한다며 불로 인해 변형되어가는 재료

의 모습, 발생되는 연기와 재, 타버린 구멍, 우연히 발생하는 색의 변화 등
은 이를 표현하려는 작가의 창작활동이라고 한다.

　그는 아르메니아 계의 터키인이다. 대량학살이 자행되던 시대에는 자신
의 나라를 떠나 시리아에서 출생했고, 사회가 불안전하자 다시 레바논, 거
기서 내전 발발로 벨기에로 옮겨야 했던 불운의 작가다. 지금도 서유럽을
전전하며 작가활동을 한다지만 작품들을 둘러보고 있으면 가슴이 짠해지
는 것은 그의 살아온 삶과 격동기를 살아온 우리 세대와 무관하지 않아 보
여 그런 것 같다.

경주 힐튼호텔 844호실 싱글트윈

경주 스위스 레잔호텔, 호텔현대경주, 경주 베니키아 스위스로젠호텔, 경주 힐튼호텔

고 령

고령 대가야수목원   대가야 박물관과 순장왕릉 전시관
미숭산 반룡사   우륵박물관

고령 대가야수목원

2018년 5월 3일(목)

이번 여행에선 맛있는 음식 찾아다녀 본 적이 별루 없지만 다행히 고령에서 예약손님만 받는다는 농가맛집을 만났다. 해설사분이 일러준 집이다.

전채로 도마도와 야채샐러드에 마와 표고버섯들깨죽. 그리고 한우아롱사태수육, 한우육회, 한우 쇠고기버섯전골, 취나물밥에 청국장. 후식은 꼬마양갱과 감주. 우린 선택받은 귀한 손님이었다. 가슴이 따뜻한 한 끼였다.

다음 찾아간 곳은 수목원. 들어갈 때만 해도 견딜 만 했는데 날씨가 폭염 수준이다. 야생화단지, 암석원, 미니동물원, 전망대에 금산재 구름다리까지 걸으면 볼 것이 많아 그 이상일 수도 있겠지만 더위 먹으면 객지에서 며칠 개고생 할 걱정부터 앞세웠다. 몸은 이곳저곳 쑤시지 않는 데가 없고, 머리는 지끈거리다 못해 띵- 하다. 귀에서 여치 우는 소리까지 들린다면 시원한 그늘에서 쉬는 것이 최선이겠다.

입술이 바싹 마르는 건 더위 먹었거나 아니면 몸살일 확률이 많다. 그렇다고 아내 앞에 티낼 수 없어 혼자 끙끙거렸다. 오후는 정말 힘든 시간이었다. 어제도 그제도 궂었다, 더웠다, 추웠다 오두방정을 떨더니만 결국 그 변덕스런 날씨를 내 몸이 견뎌내기엔 역부족이었나 보다. 고령읍내 약국에 들러 몸살감기약 사들고 수목원은 건너뛰고, 가야호텔로 Go Go. 땀 흘리며 푹 잤다.

호텔로 가는 마지막 6km 길은 기분전환 하는 데는 딱 이었다. 드라이브하기 좋은 길이어서다. 하늘을 가린 숲에 까만 아스팔트길. 드라이버들은 이런 멋진 길을 달리면 웬만한 몸살감기는 뚝 떨어지더라는 경험담을 들려줄 만도 한데. 난 잠시지만 감기를 잊을 수 있었고, 운전을 즐길 수 있어 좋았다.

약 먹고 한 숨 푹 자고나서 호텔식당에서 저녁식사에 차 한 잔. 종업원이 가수들 노래 듣고 가라며 슬쩍 눈짓을 준다. 세미나에 참석한 손님들이 벌인 잔치에 슬쩍 발 하나 담갔다. 추억의 노래는 마님 어깨도 들썩이게 하더라니까요. 내두요.

성주 가야호텔 205호

미숭산 반룡사

2021년 10월 3일(일)

고령은 과거로 떠날 수 있는 3만년의 역사를 가진 몇 안 되는 고장 중 하나다. 여기 오면 고분과 산성, 벽화 등 수많은 대가야의 문화와 역사를 만날 수 있다고 한다. 그러나 우리 부부의 관심은 '대가야 탐방숲길' 이었다.

오늘의 첫나들이는 미숭산 반룡사란 절이다. 여행갈 적에는 가능한 절을 찾아 나서는 이유가 있다. 시간 제약이 없다. 공기 맑고 조용하다. 무엇보다 들르면 가슴에 담아갈 것이 있을 것 같은 그런 분위기가 좋다. 거기다 마수걸이로 걸을 수 있는 길이 준비돼 있다면, 힐링의 장소로 이만한 곳이 또 있을까 싶다. 미숭산 반룡사도 그런 곳이다.

대가야의 후손들이 신령스러운 용의 기운이 서려있는 곳이라고 믿었던 곳에 원효대사가 터를 잡았고, 고려장군 이미숭이 이성계의 집권에 맞서 끝까지 항거하다 패배하였다하여 지어진 산 이름이 미숭산.

차를 끌고 다니는 여행이다 보니 일주문은 그냥 지나치고 말았고, 기둥에 그려져 있다는 용무늬는 인터넷으로 볼 수밖에 없었다. 반룡사 대적광전에는 목조 비로지나불이 있다는데 그의 손모양이 중생과 부처는 하나라는 뜻을 갖고 있다고 한다. 점판암으로 만든 다층석탑과 동종은 도난과 훼손의 우려로 '대가야박물관'에 소장되어 있어 모조품인 동종과 다층석탑을 보고 왔다.

약수터에도 변화가 생겼다. 코로나 때문에 물바가지가 없어졌다. 당황한 건 우리였다. 이 또한 미처 생각지 못한 일이다. 절은 어수룩한 듯 소박한 분위기라 마음에 꼭 들었다. 단출한 느낌이어서 둘러보는데 부담이 없어 좋았다. 그러나 입고 있는 옷은 여름옷인데 가을이 곁에 와서 우릴 지켜보고 있었다.

요 몇 년 전부턴 가을들녘의 풍요로움이 전처럼 가슴에 와 닿지 않는 것도 서러운데 나뭇잎마저 생기를 잃어가고, 낙엽마저 일찍 떨어뜨리는 걸 보니 속이 상한 건 사실이다.

이 모든 것이 자연의 섭리라며 편안하게 받아들여지지 않는 내 자신이 그만큼 늙었다는 증거다. 입으로만 다 비웠다지만 아직 자연의 섭리를 따를 준비가 덜 되었다는 증거다.

아담한 대적광전과 용왕당, 약사전, 지장전을 둘러보며 들에서 우리 부부는 반나절을 메뚜기들과 뛰어놀며 시간을 보냈다. 행복했다. 그러면 되었지 뭘 더 바랍니까. 점심은 고령 농가맛집 참살이. 전채로 땅콩죽에 샐러드 등. 자글자글 끓고 있는 된장찌개와 김이 모락모락 나는 곤드레밥. 후식으로 양갱과 호박식혜. 따슨 밥에 배부르면 되었다.

대가야 박물관과 순장왕릉 전시관

2018년 5월 3일(목)은 바람이 엄청 부는 데다 황사, 아니 미세먼지가 시야를 가릴 정도였다.

대가야박물관을 먼저 들렀다. 가야인의 주거지와 낟알을 보관하는 창고 건물부터 보고 정문으로 들어서면 통일신라시대의 석탑3기가 맞는 박물관이다. '길에서 찾은 보물'이라는 고분군 발굴조사 보고형식의 기획전시를 하고 있었다.

탐방로에는 무덤의 모형과 유물들을 전시했는데 책자와 전시물이 딱 일치되어 있어 이해가 쉽고 빨랐다. 특히 순장돌무덤의 형태와 부장품들, 그리고 돌덧널무덤에서 대가야 사람의 인골이 확인되었다는 것도 흥미로웠다.

지산동고분군에서 출토했다는 대가야의 부드러운 곡선미를 자랑하는 토기류며, 방어, 공격용 철기무기류, 가야 기마무사의 모습을 떠올릴 정도의 마구류 등은 물론 장신구와 제의용 껴묻거리 등 다양한 물건들을 알기 쉽게 진열한 것이 특징이었다.

가야토기는 백제양식의 긴 목항아리와 신라양식의 굽다리접시와는 달리 바리모양의 그릇받침과 원통모양이라고 한다. 전시물로 토기문화를 비교할 수 있어서 좋았다. 우린 박물관 광장으로 나와 언덕길을 걸어 왕릉전시관 방향으로 향했다. 언덕길 한쪽으로 눈만 돌리면 저절로 역사공부가 되게 활용한 것이 이채로웠다.

왕릉전시관은 '대가야의 순장왕릉전시관'을 운영하고 있었다. 그러니 전시관 내부로 들어가면 숙연해질 수밖에 없다. 순장무덤을 전시하고 있어서다. 순장이란 왕이나 신분이 높은 사람이 죽었을 때 같이 살던 사람이나 동물들을 죽여서 함께 묻는 장례풍습이다. 이는 죽어서도 살아있을 때의 삶이 계속된다는 생각이 반영된 것이라고 한다.

지산동고분군은 순장자가 많게는 40여명에 이른다고 하는데 방을 별도로 만들어 매장하는 방식을 썼다고 한다. 순장왕릉인 지산동44호분의 내부를 발굴 당시의 모습 그대로 재현해 놓아 놀라웠다. 실물크기로 복원된 능속으로 들어가 내부 모습과 순장자들의 매장모습, 껴묻거리를 직접 보고 느낄 수 있게 꾸몄다. 남녀노소, 부부, 아버지와 딸, 형제자매가 함께 순장된 것도 있었다. 시종과 시녀, 호위무사, 창고지기, 마부 등 신분도 다양했다고 한다. 이를 '대가야식 순장'으로 부른다고 한다. 분위기가 숙연해지는 것은 어쩔 수 없다.

대가야인의 옷차림은 신분이었다. 평민은 저고리, 바지, 치마, 두루마기를 삼베 등으로 만들어 입었고, 왕족 등 신분이 높은 사람은 무늬가 있는 비단옷을 걸쳤다고 한다. 화려한 왕실의 복식도 보고 나왔다.

우륵박물관

3대 음악의 성인이라면 박연, 왕산악, 우륵을 꼽는다. 고령의 우륵은 가야와 신라를 음악으로 정치적 통합을 이끌었던 궁중악사라고 한다. 12현금 가야금을 만들었으며 185곡을 지었다고 하나 기록만 일부 있을 뿐 단 한곡도 남아 있는 곡이 없다고 한다.

우륵의 가야금과 비슷했던 가야금은 신라의 선비들이 풍류음악을 연주하기 위한 가야금이었다는 것도 여기 들어와서 알았다. 오동나무로 가야금을 만들었다는 것과 가실왕 때 우륵이 가야에서 신라로 가게 된 현실도. 무엇보다 근 현대사에서 가야금의 명인들을 알게 해준 것이 의미가 컸다. 한 뜻을 품고 한 길을 걸어온 그들에 대한 정당한 예우라 생각했다. 25금, 21금 가야금도 보았고 초창기 가야금이라 할 수 있는 가야금 역사도 보았다. 가야금 역사의 변천을 한눈에 볼 수 있었다.

따스한 햇살, 상큼한 공기, 여유로운 사람들의 걸음걸이가 아니더라도 영락없는 가을 날씨다. 시쳇말로 오늘은 하늘뿐만 아니라 땅도 죽여주는 풍요로운 계절. 하늘은 구름 한 점 없이 시리고, 땅은 오곡이 익어가는 황금빛이었다. 풍요의 계절.

이번 여행 중 달라진 것이 있다면 절은 물론 호텔에서조차 마실 컵이 없다는 것이다. 컵이 코로나매개체일 것이라 믿는 행정기관의 판단 때문이겠지. 우린 컵을 준비하지 못해 지금도 애를 먹고 있다.

로얄모텔 503호

고령 로얄호텔

군 위

삼국유사 군위 휴게소
군위 인각사
군위 삼존석굴

엄마아빠 어렸을 적에(화본마을)
일연공원과 일연 효행의 길

삼국유사 군위 휴게소

2018년 5월1일(화)

들어서면 느낌이 다르다. 휴게소마다 분위기라는 것이 있다. 묘한 긴장감을 부른다. 가슴에 은근히 와 닿는 따스함. 작은 도시에서 흔히 볼 수 있던 그 간판들. 세월 따라 시간과 함께 우리 곁을 떠난 추억의 일상들을 잠시 느껴볼만 한 곳이다.

만물상회 간판을 붙인 곳은 호도빵집, 대신상회에선 추억 건빵도 판다. 국제시장에선 팝콘과 떡볶이가 있고, 경성회관은 한식당이었다. 추억의 경양식 1929, 메뉴도 재미있다. 밥도둑 코다리, 엄마손 제육볶음. 쉽게 발 안 떨어지는 휴게소다.

김밥 한 줄 사 들고는 분위기 있게 먹자며 장미다방 옆 전차 안으로 들어갔다. 옆자리 남자가 추억의 도시락을 흔들어 대는 모습에서 장난 끼가 보인다. 덩달아 내 입에서는 침이 꼴깍 넘어간다. 갑자기 추억의 도시락이 왜 먹고 싶지요.

누가 글 올린 걸 보았는데 화장실만 빼고 다 좋다 그랬어요. 안 가보면 두고두고 손해 보는 기분이라면서. 그래 둘러보았는데 생각보다 재미있었던 것 같았다. 우리 세대는 추억이 있어 좋다. 젊은이들은 그런 낯선 환경이 신기하기도 하고 재미있어 하는 것 같다.

엄마아빠 어렸을 적에(화본마을)

휴게소에서 멀지는 않다. 화본마을까지 차로 9km라면 금방이다. 추억의 시간여행이라면 밑지는 장사는 아닌데. 공짜에 익숙한 경로가 2천원.

1954년 개교한 산성중학교가 폐교되면서 이를 안타깝게 여긴 화본마을 분들이 되살렸다고 한다. 아내는 문득 낡은 재봉틀을 보니 친정어머니 생각이 나더란다. 난 어릴 적 동네 미나리꽝에서 얼음지치며 놀던 썰매, 고등학교 체육시간이면 애 먹이던 곤봉. 우리 둘만의 추억의 물건들로 차고 넘쳤다. 신혼 시절 쓰던 풍로며 선풍기, 다듬잇돌도 있었다.

여기 있는 물건들은 누군가의 마음속의 보석 같은 기억의 조각들이라 방금 손을 떠난 듯 따스한 체온이 느껴진다. 교실의 난로와 책상 난로 위에 올려놓은 도시락. 아이스깨끼 통은 너무 낮이 익다. 요즘 아이들은 호기심 가득한 눈으로 물건들에 관심이 많겠지만.

추억의 운동장을 걸었다. 아내가 팔짱을 낀다. 그녀의 과거가 슬그머니 내 호주머니로 들어온다. 난 손깍지를 끼었다. 그녀의 손이 많이 거칠다. 한평생 고단했음이 내 몸속으로 스물스물 스며든다. 추억은 각자의 몫이나 어깨에 느껴지는 삶의 무게는 아내 쪽으로 기운다. 더 잘 해줘야겠구나.

묵직한 분위기 깨 줄 상대가 보인다. 중년의 여인들이 탁자에 앉아 맛나게 먹고 있다.

"뭘 그리 맛있게들 드세요."

"떡 좀 드실래요. 이 친구가 해 왔는데 호박떡 맛있게 됐어요."

"주면 고맙죠. 맛있게 먹을 수 있어요."

호박떡 두 덩이를 쥐어 주며 더 드릴 까요? 하는데 거절하고 온 걸 바로 후회했다. 어찌나 맛있는지 댓바람에 차 안에서 다 먹어치웠다는 거 아닙니까. 더 달랄 걸 그랬나.

중앙선의 아담한 간이역 '화본역'도 들어가 보았다. 역사 안 미루나무와 느티나무가 주민들에게는 시원한 그늘을, 나그네에겐 추억과 함께 휴식을 취할 수 있는 자리였다. 색 바랜 사진첩을 보고 있는 것 같았다. 더위에 지쳤어도 눈은 피곤한 줄 모르겠다. 몸은 나른하지만 기분 좋은 나른함이었다. 화본마을에서 이야깃거리를 잔뜩 주워 갔다.

군위 인각사

내친김에 달렸다. 고려불교의 중심인 인각사로 가는 길이다. 절 앞에 병풍처럼 펼쳐진 자연암석과 '위 천'은 학들이 살았다 하여 이름 붙였다는 '학소대', 멋진 그림이었다.

일연이 연로한 어머니를 모시고 '삼국유사'를 저술한 곳이라고 한다. 오늘은 발굴유물을 여기저기 늘어놓아 절간이 어수선하다. 그래도 볼 건 보고 가야한다. 극락전과 3층 석탑, 그리고 일연선사의 특별전도 보고 왔다. 그의 일생은 몽고침입으로 굴욕을 당하던 시기였다.

삼국유사는 그가 후대에게 민족혼을 심어주기 위해 편찬했다고 한다. 만약 그가 아니었으면 시가의 한 시대가 고스란히 사라져버렸을 뿐 아니라, 향가의 존재도 몰랐을 것이라고 하니 대단한 분이시다.

문득 김대성이 현세의 부모를 위해 불국사를 세우고, 전생의 부모를 위해 석굴암을 세웠다는 것을 떠오르는 것은 일연스님의 어머니에 대한 각별한 마음 때문이었을 것이다. 그가 남긴 글 한 줄로 가름할까 한다.

'시름에 묻힌 몸이 덧없이 늙었어라, 인간사 꿈결인 줄 내 인제 알았노라.' (삼국유사 3권)

일연공원과 일연 효행의 길

걸어 갈 수 있는 길이라지만 차를 가지고 갔다. 일연공원의 솟대와 기억의 방은 군위댐 건설로 정든 고향을 떠난 수몰민들의 추억과 향수가 되는 공간으로 꾸몄다. 미세먼지가 사라진 것 같아 찜찜한 맘 날리고 맘껏 공원을 돌아다닐 수 있었다.

절벽에서 떨어지는 일연폭포, 개천에서 다슬기 잡는 부부, 흐드러지게 핀 등꽃, 눈이 부시도록 곱다는 하얀 산철쭉. 오늘은 철부지처럼 놀다 왔다는 표현이 어울리는 날이다. 삼국시대와 고려시대의 묘가 한 곳에 있는 화북리 고분군 유적까지 다녀왔다. 나들이 장소로 이만한 시설을 만드는 것이 쉽진 않을 텐데 오늘은 냇가에서 다슬기 잡는 부부와 우리 부부 밖에 없었다는 것이 좀 아쉽긴 했다.

인각사 앞 '학소대'에서 출발하는 '일연 효행의 길'은 왕복 2.2km로 젊은이들도 많이 참여하는 길이라고 한다. 느티나무 아래서 출발해 학소대. 징그럽게 많은 애기똥풀이 둑방에 일가를 이룬 것을 구경삼아 걸어야한다.

그러면 황토색옷을 입은 일연 엄니도 만날 수 있고, 징검다리 건너면 일연이 주먹밥을 들고 어머니와의 이별을 아쉬워하는 모습도 볼 수 있다. 전망대를 지나 조금만 가면 일연공원이다. 우린 전망대까지만 다녀왔다.

일연이 출가하면서 어머니를 홀로 두고 가야 하니 발길이 쉽게 떨어지지 않았을 그 마음을 담은 길이라고 한다. 아들을 위해 주먹밥으로 어미의 마음을 전하며 큰 뜻을 품은 아들을 보내는 모습이 있다. 스님이 다시 인각사로 내려와 어머니를 모신 이듬해에 어머니는 96세로 생을 마쳤다고 한다.

살아온 이야기마을은 조선시대의 생활을 직접 체험해 볼 수 있고 신명나는 놀이마당에 흠뻑 빠져볼 수도 있는 곳이다. 그런데 오늘이 노동절. 손주 녀석들 손잡고 여행할 때 들르면 좋아할 것 같다. 얻어가는 것이 많은 곳이다.

군위 백송스파비스 관광호텔(온천)

군위 삼존석굴

밤새 내린 비가 얼만데 아직도 모자라는 감. 하늘이 깨끗해지려면 얼마를 기다려야하나. 석굴인가 뭔가 하는 곳이 그리 멀지 않다면서요. 비 잦아들 때까지 기다릴 것이 아니라 우리가 그냥 출발하면 그새 비도 무슨 소식 있겠지요. 아내의 채근이 성화같다.

여행을 하면서 얻은 것이 한둘이 아니나 내 핏줄 안에 있는 호기심을 일깨워주는 것이 보람이다. 낯선 지방을 찾아다니며 자연에 녹아들고 그들을 동무삼아 걷는다. 뚜벅뚜벅, 타박타박. 어찌 걸어도 상관없다. 그러다 그 지방의 맛을 본다. 또 있다. 호기심을 갖는 건 좋지만 짐이 되어서는 안 된다는 것.

쬐끔 젊게 사는 것 같더란 착각을 하는데 여행만한 것이 있을까.

팔공산의 원래 이름은 공산이다. 왕건이 견훤에게 패해 겨우 목숨만 부지하고 개경으로 줄행랑칠 때 그를 위해 8명의 장수가 목숨을 버린 의로운 곳이라 하여 팔공산. 그 팔공산자락에 있는 어느 돌담마을을 찾아 가는 길이다. 고구려 불교에서 전해진 신라 불교가 팔공산자락에서 꽃피웠다고 하지 않는가. 내비만 믿고 갔는데 돌담을 지나쳐버렸다. 돌다리를 건너서야 겨우 주차할 공간을 찾았다. 차를 세우고 보니 공교롭게도 '양산서원'이다. 굳게 잠겨있었다.

생각지도 않은 절이 문을 활짝 열고 손을 맞고 있었다. 절은 비를 흠뻑 맞은 채 물안개 속에 아무렇지 않은 듯 의연한 모습이었다. 얼른 지도를 꺼내보았으나 삼존석굴을 비롯해서 촘촘히 박혀있는 한 무더기의 불교 유물들을 나열한 것 말고는 절 이름이 안 보인다. 희한한 절이다.

우산을 쓰자니 거추장스럽고 접자니 그런 날씨다. 극락교를 건너니 비로좌나불좌상이 있는 비로전이 있고, 절벽을 마주하고 삼전석굴모전석탑이 상투에 보주를 올려놓고 있다.

군위삼존석굴 앞에 일반인은 출입금지란 푯말이 붙어있다. 개울 너머에 천연절벽 자연동굴이 있고 그 안에 부처는 먼발치로 보란다. 전엔 개울을 건너다녔으나 1963년에 다리를 놓아 불자들의 접근이 용이한 것이 부처님 덕분이라고 하던데.

제2석굴암 혹은 팔공산석굴암이라 불리는 삼존석불은 석굴 안에 중생을 극락으로 이끈다는 아미타불이 좌정하고 대제지보살과 관음보살이 좌우에 있다고 한다. 석굴암보다는 1세기 앞섰고, 경주 토함산석굴암을 만드는 모태가 되었다. 신라의 불교유산이라는 범종각과 요사체가 천연절벽과 유난히 잘 어울린다. 암벽에 굴을 파고 그 안에 불상을 안치하였으니 정식 명칭은 석굴사원이다.

군위 백송스파비스관광호텔

문 경

문경새재 3관문 걷기

문경새재 3관문 걷기

문경새재 3관문 걷기

2019년 5월 12일(일)

밤새 뒤척였다. 아침 뷔페는 나쁘지 않았다. 빨리 가자며 재촉을 하신다. 그 보답은 보부상, 장터아낙네, 과거 보러가는 선비들의 모습을 고스란히 재현했다는 옛길박물관을 제치고 전동차 타고 오픈 세트장까지 가는 거였다.

하늘재는 조선시대에 급제를 바라던 선비들이 좋아하는 고갯길이며 영남과 한양을 잇는 교통로다. 지금의 길은 새로 만든 고개라 해서 새재라 불렀다는 의견이 설득력이 있다. 새로 낸 길에 억새(새)풀이 많아 붙여졌다는 설도 있으나 설득력은 약하다.

제1관문 주흘문은 문경의 진산 주흘산을 지고 있다. 외적으로부터 빗장을 지르듯 문을 잠가 걸겠다는 문이다. 마을 입구에 세워 마을의 안녕과 풍요를 기원했다는 '조산' 즉 '골맥이 서낭'도 보고, 기름 짜는 틀을 닮았다하여 붙인 '지름틀 바위'도 보았다.

무주암을 가겠다며 조령 옛길로 들어섰다. 누구나 올라가 쉬는 사람이 주인이라는 무주암이다. 1964년 이 고개를 혼자 넘던 젊은 나를 보고 있었다. 어느 날 무전여행이나 다녀오겠다며 집을 나가선 하늘재를 넘다 날이 어두워져 머물었던 곳, 산속에서 짐승들의 울음소리를 들으며 밤을 지새운 경험이 있다. 그 추억의 숲에서 색소폰소리가 들린다. '팔왕 휴게소'였다.

산길이 제법 험하다며 투정부릴 여유가 없다. 낯선 길손에게 쉽게 길을 내주질 않았다. 길을 잘못 들고 부터는 그리움은 순간이었고 두려움이 한 짐이었다. 헤집고 다닌 끝에 다시 새재길을 찾았더니 새댁이나 아가씨가 지나가면 '꾸구리'가 희롱했다는 꾸구리 바위. 한두 개 돌이라도 쌓고 가야 장원급제나 옥동자를 낳는다는 소원성취탑이 보였다.

매바위(응암)폭포소리에 등줄기를 타고 내리던 땀이 저절로 식는다. 쉬어가고 싶은 마음이 유혹한다. 제2관문 조곡관까지가 경북 문경이다.

다음은 충북 충주. '귀틀집'은 산간지역에서 사용하던 우리의 전통가옥이다. 우물 정자모양의 '막집(투방집)'이라 불리는 통나무집이다.

'이진터'는 임진왜란 당시 신립장군의 제2진의 본부다. 부하장수들의 간언을 무시하고 여기에 허수아비를 세워두고 농민군 8천명으로 탄금대에 배수진을 쳐 몰살당하게 한 치욕의 현장이다.

'동화원 휴게소'는 들꽃들의 마음을 흔들 만큼 아름다운 피아노 소리가 흘러나온다. 우리는 낙동강 발원지로 가는 길을 마다하고 '금의환향 길'로 들어섰다. 3관문 조령관아가 떡 버티고 있다. 이미 도착한 사람들의 여유로운 모습에 우리도 어깨를 펴보지만 이미 조령약수는 말라 있었다. 오후 2시 10분.

되돌아올 때도 낙동강 발원지로 내려왔다. 길은 울퉁불퉁 거칠어도 붉은 병꽃이 산철쭉에 산딸기, 참꽃마리와 함께 반겨준다면 그곳은 꽃동산이다. 소원을 빌면 장원급제한다는 책바위에서 잠시 휴식을 취하다 왔다. 비상식량 육포를 뜯었다.

문경 초점을 지나선 큰길을 버리고 동화원 길로 들어섰다. '흰젖 제비꽃'이 무리지어 피는 들꽃마을이다. 동화원은 예로부터 길손들에게 휴식을 제공하던 곳이었다고 한다. 조곡약수는 맛이 좋아 길손들의 갈증과 피로를 풀어주는 영약수라 하는데 그냥 지나갈 수가 없죠. 물병에 담았다.

조선후기의 희귀한 산림보호비석인 '산불됴심', 신구 경상감사가 업무를 인수인계했다는 고귀정 보단 고귀정 소나무가 훨씬 더 품위가 있어 보이는 건 나만의 생각이었을까요.

색소폰소리가 다시 들리면 오늘의 여행도 막을 내려야한다. 완주의 뿌듯함과 무사히 도착한 안도감에 기분이 짱이다. 먼 곳도 아니니 100수를 바란다면 한번쯤은 버스라도 타고 와서 걸어볼 만한 길이다.

라마다 문경새재호텔

문경 라마다 문경새재호텔

봉화

청량사 원효대사 구도의 길

2017년 5월 22일(월)

'오마도 터널'을 통과하면 바로 봉화군이다. 10시 반 조금 못 돼서 입석에 도착 했다. 하산 시간은 오후 3시 15분. 산속에서 잘 놀다 내려왔다. 어제 하루 푹 쉰 것이 약이 되었다.

펄펄 날았다면 그건 거짓말이지만 무리하지는 않았다. 피곤한 줄 모르게 즐기며 산행하고 돌아왔으면 컨디션이 좋은 하루였던 건 확실하다. 거기 올라갔다 왔다고 엄청 자랑 늘어놓는다고 하시겠다. 자랑하는 거 맞다. 이 나이에 부부가 함께 산을 찾는 것도 쉽지 않은 일이지만 서로 챙겨주며 힘이 되어주고 이인삼각 하듯 산을 오른다는 것이 쉬운 일은 아니다.

일행이 있는 것도 아니다. 둘이 서로만을 의지하는 초행길이다. 우린 정자에 걸터앉아 마음을 다 잡았다. '입석'을 만들어 놓은 건 산사람들에게 마음을 진정하고 편안한 마음으로 오르고, 하산 길에 들러 피곤한 몸을 잠시 쉬어가라는 배려일 것이다. '이황의 망산'이란 시가 있다.

'어느 곳인들 구름 낀 산이 없으랴 만은 /청량산이 더더욱 청절하다네. 정자에서 매일 먼 곳을 바라보면/ 맑은 기운이 뼈까지 스며든다네.'

'원효대사구도의길'로 들어서는 일이 오늘의 출발선이다. 가파른 계단을 올라가는 것으로 작은 금강산이라 일컫는 청량산에 입산신고를 했다. 1.3km를 걸어가면 청량산의 첫 방문지 청량사가 액자 속 그림처럼 모습을 드러내었다.

잠시나마 산속의 작은 동물들과 닮아가고 싶어 하는 마음이 왜 안 생기겠는가. 인생살이의 고단함이 저 산 아래서 똬리를 틀고 기다리고 있다면 내려가기 싫다. 그런 땐 산사람들은 헤쳐 나가야만 하는 현실에 당당히 맞서는 힘을 산에서 얻어 가지만, 우리 부부는 땡볕에 오존경보까지 내리는 마당에 모두들 화들짝 놀라 마스크를 쓰고 다니는 인총에서 멀리 떨어졌다고 희희낙락하고 있다. 그 인총에 내 자식들이 살고 있다는 걸 까맣게 잊고 있는 것도 희한한 일이다.

오솔길 따라 걷기 시작하면 이 산의 주인이 누군지 알 수 있다. 바람과 새들의 음악당이고 우린 초청장이 없는 방문객이다. 그러나 스산한 바람소리에 섬뜩해지다가도 산세와 숲에 취하면 새들의 지저귀는 소리에도 마음이 열리고 귀를 기울이는 자연인이고 싶은 사람들이 찾는다.

나뭇잎과 새들이 그들의 이야기를 멋진 발라드풍으로 불러재끼면 말인즉슨 죽여준다. 넋을 잃게 되어있다. 귀에서는 자꾸 풀벌레 우는 소리가 들린다. 우리는 사람들과 동행하고 있는 것이 아니라, 풀벌레와 이름 모를 풀꽃들 보고 길동무 되어 달라 조르고 있었다.

청량산 하늘다리

청량사가 범종 각을 앞세우고 부챗살처럼 늘어서 있는 특이한 모습이다. 이제부터가 산행의 시작점이라고 보면 된다. 주저하게 되고 마음을 다 잡는 것이 쉽진 않다. 올라가 말아. 숨이 턱턱 막힐 만큼 힘이 들만큼 가파른 산을 올라가야 한다. 외로운 싸움이 될 것이다.

간간히 눈에 띄는 길동무들과 눈인사 나누며 끝없이 이어지는 계단을 힘들게 올라서면 '뒷실 고개'가 나온다. 이제 다 왔나 싶었는데 동행인들이 아직 시작도 안 했단다. 이제부터가 진짜 산행이라며 우리를 걱정하는 눈치다. 그렇게 오른 산이다.

자란봉과 선화봉은 하늘을 닮은 연두빛 청량산하늘다리가 잇고 있다. 눈에 확 들어온다. 그 다리를 건너는 축복은 수고를 아끼지 않고 일하는 어르신들 덕분이다. 그들은 하나같이 밝은 모습이었다. 얼마나 힘들게 올라왔을까 걱정해주는 마음이 힘이 되었다.

"건강하게 여행 잘 하고 집에 들어가세요. 조심해서 내려가고요."

우리보다 더 힘들게 올라오셔서 일들 하실 텐데. 오히려 우리를 걱정하신다. 손을 흔들어 보이는 그들에게 다치지 마시고 오래도록 건강하게 일하셔야 합니다. 그랬다. 그들은 일이 있고 함께 일하는 것만으로도 행복하다는 표정이었다. 왕복 3시간이면 충분한 거리를 우린 4시간이나 걸렸다.

뿔 셋 달린 소 한 마리가 원효대사가 청량사를 지을 때 큰 힘을 보태더니 준공 하루 전에 생을 마쳤다고 한다. 바로 그 소가 '지장보살'의 화신이었다는 이야기도 읽고 내려오는 길이다. 길목에 생을 다한 거목의 죽음을 보고서도 담담해질 수 있을 만큼 우리도 연륜이 쌓여가는 것 같다.

하늘다리에서 만난 두 여인을 시외버스 정류장에서 또 만났다. 가는 길이 같다는 건 산행 중 주고 받은 말 속에서 이미 알고 있는데 그냥 지나치면 안 되는 거다. 하얀 감자탕 먹으러 가는 길이니 한 그릇씩 먹고 가지 않겠느냐는 우리 제안에 선뜻 응하기에 내비에 주소를 넣고 달렸는데 공교롭게도 정기휴일이란다.

함께 성모님 품을 그리워하는 자매님이시던데. 우리 산행 인연은 여기까지다. 헤어지고 호텔로 들어와 주변식당에서 육회와 김치찌개를 먹었다. 맛난 집이란 말은 못하겠다. 고기의 육질도 그렇고. 너무 파와 깨를 많이 뿌려 깔끔한 맛을 잃었다.

大자 안 시키길 잘 했다. 영주하면 한우가 끝내준다고 해서 수입산 육회는 팔지 않을 거라 믿었는데. 뒷맛이 어째 씁쓰름하다.

영주호텔

봉화 백두대간 협곡열차

2019년 5월 3일(금)

달리고, 달리고. 분천역 산타마을은 분위기를 확 바꾸었다. 스위스 샬레처럼 꾸몄다. 조용한 산골마을이 스위스 '체르마트' 역과 자매결연을 하면서 변신했다. 볼거리가 광장 주변에 널려 있으니 구경거리에 한 눈 팔랴, 열차표 사랴, 우리 마님 챙기랴 바쁘다 바빠.

어쨌건 거금 28,000원을 들여 우린 분천-철암을 오가는 협곡열차왕복표를 구매했으니 기차시간만 기다리면 된다. 관광객이 한 둘 모여든다. 10시 20분, 백두대간협곡열차가 '분천역'을 출발했다. 양원역은 기차여행의 성지라 불리는 가장 작은 역이다. 옛날엔 이 마을사람들은 역이 없어 승부역이나 분천역에 물건을 던지면 걸어가서 짐을 가지고 걸어왔다고 한다. 기차가 들어오는 날. 주민들이 지었다는 역사가 그 모습 그대로 그 자리에 있었다. 그 날을 상상하는 것만으로도 눈이 시큰거린다. 감격해서 울고 웃었을 그때의 모습이 눈에 선하다.

승부역은 하늘도 세 평 꽃밭도 세 평인 동네다. 말 그대로 태백산맥봉우리에 둘러싸여 있어 땅도 세 평이라는 작고 외진 곳, 오지 중의 오지가 '승부' 다. 열차가 아니면 갈 수 없는 곳이다. 10분이면 마음부터 바쁘다. 작은 장터가 열렸으니 참새가 방앗간을 그냥 지나갈 수야 없지요. 뭔가는 사야할 것 같은 의무감이지만 집어든 것은 고작 수수부꾸미 한 접시였다.

열차는 철커덕 철거덕 소리를 내며 다시 달린다. 우린 철길 따라 펼쳐지는 자연에 넋을 놓고 있다. 열차는 태백 철암역에 우리를 내려놓았다. 주어진 45분은 검은 도시 철암의 역사의 흔적들을 둘러보는 시간이란다. 낡은 상점들의 간판들이 보인다. 호남슈퍼, 진주성, 봉화식당, 한양다방 등 당시는 생산이 목적이지 사람이 죽고 사는 건 문제가 아니었던 시절의 이야기를 광산촌은 조곤조곤 들려줄 모양이다.

광산이 쇠퇴하면서 마을의 인구는 줄어들었고, 공무원들은 철암역 앞거리의 까치발 건물들을 남겨야 하나 부숴야 하나를 두고 고민했다고 한다. 더 많이 보는 걸 포기한 대신 '잔칫날이 아니어도 말만 잘하면 잔치국수는 5,000원'이라고 써 붙인 '태성식당'에 들어가기로 했다. 주민들과 섞여 뭔가는 먹어야 할 것 같았다. 허름한 간판이 인상적이었다. 곰국 한 그릇씩 시켜 맛나게 먹고 배 두드리며 나왔다. 13시 15분에 분천역에 내려준다. 저녁은요. 봉화 한약 우프라자에서 안심 구워먹었습네다.

봉화 궁전파크

문수산 축서사

2019년 5월 4일(토)

'축서사'란 독수리가 사는 절이란 뜻이다. 독수리는 지혜를 뜻하며 문수보살을 상징하는 동물이다. 어느 날 문수보살이 출현하여 불상을 남기고 사라졌다는 소식을 들은 의상대사가 그곳에 법당을 짓고 불상을 모신 곳이 천년고찰의 유서 깊은 '축서사'라고 한다.

오늘은 계절의 여왕답다. 눈이 부실정도로 하늘은 맑고 밝다. 미세먼지도 없다. 특별한 계획 같은 것도 없는 날이다. 남들 바쁘게 움직일 때 우린 느긋하게 움직이면 된다. 발길 닿는 대로 걷고 싶은 날이다.

절은 사과꽃이 지천으로 널린 월계마을과 아곡마을을 지나가야 한다. 일주문서부턴 오르막이다. 숨을 할딱거려야 하니 너무 좋다. 막판엔 계단을 밟아야 아담한 절, 삼존불을 모신 대웅전을 만날 수 있다.

올라서면 보광전이 보이고, 그 앞에 축서사 석등과 극락정토를 묘사해 화려하고 웅장하게 만들었다는 보탑성전인 적멸보궁이 있다. 석가모니부처님의 진신사리 112과를 모신 탑이다. 5층 석탑(보궁)을 보며 계단을 또 올라가야 대웅전이 나온다.

조선영조 때 정일스님 등이 제작했다는 '축서사 괘불탱' 이 대웅전부처 뒤에 걸려있다. 내 눈엔 그저 색이 곱고 화려한 그림일 뿐인데, 괘불탱은 정일스님이 그린 것으로 인물과 문양이 세련되고 화려한 불교그림이라고 한다. 스님은 이루고자 했던 현세와 내세를 그리고 민중의 고단함을 행복으로 승화시키려는 흔적을 남겨놓았다.

'비록 생활이 어렵고 괴롭더라도 행복의 그림을 그려라 그린 것처럼 현실로 다가 오리라'

사찰은 그런 마음으로 꽃 잔치를 벌였나보다. 가지색이 요염한 제비꽃, 연보라의 고깔제비꽃, 속치마가 너무 곱고 화려한 흰젖제비꽃, 매화노루발, 마디마디 피어내는 미나리냉이를 보고 있으면 마음은 설레기 마련이다.

아! 정말 곱다 욕심을 버리면 이리 고운 색을 낼 수 있는 것을. 노란 색이 유난히 탐스러워 고고하다고 정평이 난 죽단화까지 이에 동참했다. 우리가 가는데도 빳빳이 고개 들고 지켜보고 있었다. 노란 씀바귀와 서양민들레가 무리 지어 과수원을 점령한 모습도 장관이었다.

눈이 부시도록 가슴이 콩닥거린다. 차에서 내리지 않을 수 없다. 보고 또 들여다보다 꽃에 그만 취했나 보다. 오늘은 부처님은 대충, 들꽃들의 행복한 모습만 제대로 보고 온 날이다.

봉화 이몽룡 생가

'봉화 계서당 종택' 은 '성 이성' 선생이 살던 집이다. 소설 '춘향전' 에서 '이몽룡' 의 이미지가 된 사람이다. 학자들의 연구를 빌리지 않더라도 크지도 작지도 않은 아담한 기와한옥이 춘향전의 극중 인물과 잘 어울릴 것 같단 생각이 든다.

주차장에 차를 세우고 100여m 의 논두렁 밭두렁을 보며 시골길을 걷는 것은 고향 가는 기분이다. 마을 할머니가 손녀 둘을 데리고 고추밭에 대를 세우는 모습이 평화롭다 못해 부럽다. 가던 발을 멈추고 구경하고 있으려니 할머니는 그새를 못 참아 손녀자랑을 하고 싶은 모양이다.

"글쎄 애 네들이 주말이면 꼬박꼬박 내려와서 이렇게 할미 일손을 도와준다오, 안 그럼 이 농사 짓기 정말 힘들어요. 요즘 애들 같지 않게 착해요. 우리 소녀들이."

할머니 칭찬이 어색하지만 웃어야 할 것 같은 의무감에 입 꼬리만 살짝 올리는 손녀들. 난 그게 더 귀여웠다.

"우리 꼬마 공주님들 할머니 일 많이 도와주세요. 그리고 할머니한테 맛있는 거 많이 해 달라고 그래요. 아셨죠? 안농."

봉화 워낭소리촬영지

여장군 대장군이 자리 뜰 생각이 없어 보인다. 굳세게 버티고는 있다지만 이미 열기가 식은 지는 꽤 되는 모양이다. 영화 '워낭소리' 가 공전의 히트를 치자 주인공 최씨 할아버지를 보겠다고 몰려드는 사람들 등살에 도망치듯 마을을 떠났단다. 지금은 농부가 한창 바쁜 철이다.

"어 저 집이겠다. 저 마을로 들어오는 산길 보이죠? 저 길에서 많이 촬영했어요. 워낭소리의 주인공인 팔순 농부 최씨 할아버지와 마흔 살 먹은 '누렁이'. 여기가 이 둘의 40년 우정을 담은 독립다큐멘터리 촬영지에요."

귀가 잘 안 들리는 최 노인. 수명이 15년인데 무려 40년을 살아 제대로 서 있기조차 힘이 드는 늙은 소. 우리 부부는 감동적인 삶의 현장을 보면서 말을 잊지 못하고 있다. 여유와 느림을 보고 가라는데 우린 남은 삶을 어찌 살아야 할지 생각해보는 시간이 된 것 같다.

'누렁이는 최씨를 도와 있는 힘을 다해 밭을 갈면서도 최씨가 지친 몸을 누렁이에게 기대면 누렁이는 할아버지의 얼굴을 자주 핥아 준다. 어느 겨울, 소의 죽음이 가까워지자 소의 코뚜레와 워낭을 풀어주었다. 더는 워낭 소리가 들리지 않았다.'

다큐멘터리는 그렇게 막을 내렸다. 여운은 관객의 몫이다. 소들이 좋아할 풀들이 자라는 공원에는 늙은 소 한 마리가 달구지를 끌고 찾아왔다. 지게와 지팡이를 손수레에 얹고 라디오 한 대 매달았다. 영감 한 분이 앉아 있다.

소도 고물, 라디오도 고물, 영감도 고물, 여길 찾아온 우리 부부도 고물. 고물끼리는 통하는 것이 있기 마련이다.

봉화 한약우 프라자

어제 점-저 때는 진열장으로 바로 갔다. 기름이 제일 적을 것 같은 안심한 팩을 집어 들었다. 더 먹으면 과할 것 같다며 맛배기 비빔냉면 한 그릇만 시켰다. 나는 쇠고기가 씹을수록 맛나긴 하다고 했다. 부드럽고 누린내만 안 나면 좋은 고긴 줄 알았는데 코를 스치는 향이 다르다고 했지요. 돼지고기의 감칠맛이 제일이라며 살아온 내 코를 납작하게 만들었다.

상에 오른 마늘, 고추, 상추를 된장에 찍어 먹어보니 달았다. 딱 내취향이다. 상추에 고기. 그 위에 고추 마늘을 얹고 된장 발라 한 입 크게 무는 건 내 취향이 아니다. 나물 종류는 밥이나 고기 먹기 전에 대부분 싹쓸이 한 다음, 난 고기 따로 야채 따로다. 고기 한 점 소금 찍어 입에 넣고 꼭꼭 씹었으면 상추와 마늘을 된장 찍어 먹길 좋아한다. 남들은 무식하게 먹는다고 할지 몰라도 고기 맛을 온전히 느끼고, 밥 양을 줄이려면 이 방법이 제일 낫다. 그날도 그랬다.

오늘 점심에도 또 왔다. 고기 팩이 손에 없으니 홀이 아닌 '파인토피아'라는 방으로 안내한다.

"저 갈비탕 두 그릇이요."

"떨어졌는데요. 오후엔 안 팔아요. 한 시 좀 넘으면 떨어져요. 어쩌지요. 한우탕도 괜찮다면."

"그래요 그럼 그걸로 두 그릇 주세요."

놀랄 거 없다. 말이 필요 없다. 먹는 내내 행복했다. 아내는 포항에서 먹은 소머리국밥 생각난다고 한다. 여행 중에 한 식당을 계속 간 것은 아마 처음 있는 일이다. 저녁에도 갔다. 이번엔 '뚝배기 불고기'. 맛이 있냐. 없냐를 묻는 건 예가 아니다. 이런 식당이라면 매일 와서 먹어도 물리지 않을 것 같다.

오늘 저녁은 손님이 많아 한 시간 넘게 기다렸지만 '뚝 불' 한 그릇 먹고 나왔는데도 불평보단 오히려 기다림을 즐겼다면 믿겠는지요.

봉화 궁전파크

봉화 궁전파크

상주

상주 박물관
경천섬과 회상나루공원

상주 박물관

비오는 날은 야외보다 지붕 속으로 들어가는 날이다. 비바람만 불지 않았다면 조금 걷다 들어가자고 할 참인데, 현실은 우산 뒤집어질까 봐 정신 못 차렸다. 옛 상주를 온전히 담아내려고 무던히 애를 쓴 흔적이 보인다. 18세기의 상주의 고지도부터 시작했다.

원삼국시대에는 사벌국이라는 나라가 상주에 존재하고 있었음을 알렸고, 이를 근거로 사벌면 금흔리 일대의 토광묘 유적을 비롯해 '이부곡 토성'을 통해 강력한 정치세력이 주변에 형성되어 있었음을 증명해주었다. 당시 초기 철기시대의 유물도 다수 발견되었다는 것도 자랑으로 삼았다.

신라 서라벌의 토기와 여기서 발굴된 토기가 다르고, 결정적인 것은 신라금관과는 다른 모양의 금동관이 발견된 것이다. 기병의 장식물인 투구며 목가리개 팔 가리개 등의 유물은 강력한 정치세력을 가지고 있었음을 증명하는 것으로 보고 있다. 아쉬운 건 전시물의 대부분이 통일신라이후의 것이었다. 고려불교문화와 청자가 주류를 이루고 있었다. 보물로 지정된 '석조천인 상'이 압권이었다.

왜구의 침입을 막기 위해 쌓았다는 상주읍성은 사진 몇 점만 남겨놓은 채 역사 속으로 사라졌다. 현대화는 1912년 도시화 계획, 최초의 신도시 개발이라는 오명이었다. 성을 부수고 누각을 허물었다. 흙을 메우고 길을 내는 일제의 수탈방법의 시작이었다. 때문에 상주엔 역사유물이 없다. 이를 안타까이 여겨 회상나루와 낙동강이야기 촌이 만들어지고 있으나 시간이 좀 걸릴 것 같다.

　빗방울이 이젠 아예 쏟아 붓는다. 더 이상 나다니는 건 무리다. 아침에 나왔던 곳으로 갈 생각만으로도 마음이 한결 가벼워졌다. 체질이다.

구미 호텔 금오

경천섬과 회상나루공원

2021년 10월 5일(화)

　상주 동쪽(낙동)에 와서야 강다운 강이 되었다 하여 낙동강. 상주 회상나루 선창술집은 1980년대까지도 있었다고 한다. 시간이 흘러 하상리의 좁고 긴 '갱다불길' 은 자동차가 달리는 드라이브코스가 되었고, 나룻배가 머물던 비봉산 아래 나루터와 선창가는 회상나루공원으로 다시 태어났다는 곳에 서 있다.

　하루를 회상나루에서 보내다 갈 생각으로 왔다. 걷고 맛있는 점심 먹고 한동안은 강물을 바라보며 멍 때리기도 할 생각이다. 무리하지 않는 선에서 신체리듬에 충실한 여행을 하고 싶었다.

　'상도드라마촬영지' 에 주차했다. 평소엔 주막촌 주차장을 이용하는 것이 편하긴 하나 한가한 날은 이곳이 제격이다.

　초가와 정자, 방앗간으로 꾸민 초가집들이 있는 곳이다. 딴에는 상도를 재방송까지 보는 광팬이라고 믿었는데 떠오르는 장면이 없어 속상했다. 임상옥 어미의 주막은 있겠지 했지만 그것도 헛수고. 결국 눈썰미가 전만 못하다는 결론으로 끝을 맺었다.

　예쁜 글씨로 스토리를 입혀줬더라면 훨씬 친근감 있게 다가갈 수 있었을 텐데 아쉬웠다. 그러나 자리를 뜨자마자 신기할 정도로 까맣게 잊었다. '시의전서'를 바탕으로 만들었다는 전통음식을 맛 볼 수 있는 한식당 주막촌 '백강정'이 보였기 때문이다. 사계절별미라는 고기완자구이가 올라가는 오첩반상 뭉치구이정식이 이 집 대표음식. 난 골동반이라고 불리는 부빔밥, 즉 곶감약고추장으로 비빈 상주비빔밥을 먹을 생각이었다. 그러나 그것도 바램 이었을 뿐 배를 쫄쫄 굶고 다녀야 했다. 3일 연휴 뒤끝이라 그런다지 않소. 오늘은 쉬는 날.

외래종 넝쿨식물인 가시박이 마당을 볼썽사납게 점령해버렸다. 하천변을 따라 환삼덩굴이며 가시박 등 외래종이 무섭게 번식하고 있어 퇴치해야 한다고 한목소리인데 가시박 천국이라니. 설마 주막촌 주인의 무심한 탓은 아니겠지. 바쁘다보니. 그리 믿고 싶었다.

주막이 있던 자리에는 '객주촌'이란 한옥펜션이 들어섰다. 낙동강문학관도 보인다. 문을 닫았다니 들어가야 하나 마나를 놓고 고민할 필요가 없어 좋았다. 낙동교로 직행했다. '양심 양산'을 가져갈까 고심하기도 했다. 덥게 느껴지긴 해도 햇살이 그리 따갑진 않았다. 가을이다.

경천섬에 들어서니 칸나가 마중 나와 주었다. 범월교까지 시립하듯 서 있는 모습이 고와 사열하듯 걸었다. 나비모형산책로를 걷겠다는 시작은 좋았지만 눈썰미가 전만 못해 실패했다. 결국 풀벌레들과 노는 것으로 대신했다. 나비, 잠자리는 손에 잡힐 듯 날고, 발밑에는 풀무치, 송장메뚜기, 때까치 등 메뚜기가 발에 채일 정도로 많았다. 곤충나라에 와 있는 기분이었다. 아이들 마냥 뛰어다니지는 못했지만 마음만은 그러다 왔다.

경천섬이 홀리는 바람에 수상탐방로를 까맣게 잊고 있었다. 낙동강 강바람을 맞으며 걸을 때 마치 물위를 걷는 것 같다면 신기하고 재미있었을 것이라 생각했다. 계획했던 것도 맞고, 눈으로 데크 길을 확인한 것도 맞다. 그런데 경천섬에 들어서면서 까맣게 잊었다.

지금이라도 걷자고 부추기기엔 배가 너무 고픈데다 체력도 바닥을 치고 있었다. 속상하지만 어쩌겠습니까. 이럴 땐 나이 탓 할 것이 아니라 멈추면 된다. 그게 긴 여행을 하는 요령이다.

상주 비즈니스호텔 '마이홈' 103호 트윈

상주 비즈니스호텔

성 주

성주 한개 민속마을
성주 세종대왕 자 태실
성주 추억박물관
성주 경산리 성 밖 숲
성주 회연서원

가야산 야생화 식물원
성주 참외온실과 금오산
가야 호텔여행
성주호 아라월드(Ara World)
성주·김천 무흘계곡

성주 한개 민속마을

　여주휴게소에서 굳은 어깨를 풀고 선산휴게소에서 기름을 넣었다. 자동차도 먹어야 간다는 간단한 원리 때문이다.

　'한개 민속마을'은 '한개' 나루터에서 따온 마을 이름이다. 안내장을 보면 '이석문'이란 사람이 사도세자를 그리며 북쪽으로 사립문을 내었다는 북비고택이 있고, 20세기 초 대표적인 목조건축물이라는 월곡댁, 마을에서 가장 오래되었다는 교리댁 등 양반네 고택들이 모여 있는 동네다.

　관광안내원이 이 마을은 전통한옥과 토석담이 잘 어우러져 있어 토석담을 따라 걸으면 된다고 한다. 토석담은 황토 흙을 개어 돌의 틈새를 메우는 형식으로 쌓은 담인데 기와지붕을 얹어 멋을 부렸다고 한다. 그 담이 자연스럽게 마을의 동선을 유도하고 있어 그 황토 길을 따라 걸었다.

　아쉽다면 담장이 너무 높아 마당의 한 귀퉁이라도 들여다볼 수 없으니 그림의 떡이다. 발뒤꿈치를 들어서 보기도 하고 목을 빼 담 너머를 기웃거려도 보지만 결국 대갓집은 지붕과 처마만 보고 왔다는 표현이 맞다. 초가집은 안에 들어가 둘러 볼 수 있게 해놓고 기와집은 안 되는 이유는 뭘까. 양반댁 담장은 예나 지금이나 서민들에겐 넘지 못할 담인가.

몇 안 되는 초가집은 대갓집 마당과 동네 밖 영취산 허리에 몇 채 남아 있는 정도다. 그 초가집들은 소작인의 고단했던 삶을 엿 볼 수 있었다. 군데군데 허물어진 집도 눈에 띄고 퇴락한 빈집도 있는 것이 어째 짠하다. 세월의 무상함이 여기서도 묻어나니 말이다.

성주 세종대왕 자 태실

2018년 6월 15일(금)

왕실에선 자손을 출산하면 국운과 직접 관련이 있다 하여 태를 항아리에 담아 일정한 의식을 밟고 묻는데 이를 태실이라 한다. 이곳은 태실이 군집을 이룬 유일한 태실문화유산이다.

월항면 인촌리에는 세종대왕의 아들 19왕자 중 문종을 제외한 7분의 대군과 11분의 군, 그리고 조카 단종의 태실은 세조 태실과 나란히 봉안하여 어째 서늘하다. 주변보다 약간 높은 지형에 터를 잡은 이유가 있다 들었는데 솔직히 까먹었다.

민가에서는 땅에 묻는 경우도 있으나 대부분 출산 후 마당을 깨끗이 한 후 왕겨에 태를 묻어 태운 뒤에 재를 강물에 띄워 보내며 무병장수와 복을 기원하였다고 한다. 요즘은 태어날 때부터 사주팔자도 만들어진다는 세상이다. 금수저와 은수저면, 난 흙수저?

조카 단종의 태를 보관한 표석은 항렬이 아래다 보니 끝줄 옆에 묻었다. 수양대군은 형제가 같이 묻혔는데 따로 자리를 볼 필요가 있겠느냐며 표석은 없애고 대신 임금이 되신 분이라 하여 거북이 받침돌에 비를 세워 격을 높였다고 한다. 그러나 안평대군, 금성대군. 화의군, 한남군, 영풍군의 표석은 아예 없애 버렸다. 세조 즉위 후 파손했다고 하니 권력무상을 실감하게 한다.

근처 선석산에 있는 '선석사' 는 세종대왕의 아들 태실수호사찰로 태를 봉안하는 전각까지 두었다고 한다. 큰 바위가 많지 않고 산등성이가 너르고 평평한 흙산이라 절로 가는 길은 비탈이 가파르지 않아 숲 산책길처럼 느껴지는 길이라고 한다. 2.3km 거리면 콧노래 부르며 다녀올 만 하겠건만 우린 누구도 갔다 올 생각을 안했다. 허긴 태실을 올라오면서도 더운 날씨라며 헉헉 거렸다면 알만 한 날씨가 아닌가.

성주 추억박물관

   추억 속에 새로운 추억을 만든다는 곳이다. 들어가면 즐거운 상상만으로도 행복할 것처럼 꾸몄다. '엄마아빠 어렸을 적에는' 이란 이름으로 폐교를 활용해서 동네어른들의 추억거리를 주워 모아 볼거리를 만들었다. 아랫동네는 '레고 랜드', 윗동네는 '추억의 만화와 비디오'. 폐교만 둘러보고 다른 곳은 제치기로 했다. 우리 취향이 아니기도 하지만 쪄도 너무 찐다. 태양 볕이 장난이 아니다.

   우리 동네를 살짝 들여다보면 추억의 전시관은 맞는데 우린 너무 커버려 별루였나 보다. 7~80년대 세대에겐 솔솔 추억을 불러오기에 좋은 곳이다. 우리 아이들이 오면 추억거리가 너무 많아 시간 좀 잡아먹을 것 같다. 아들, 딸 세대는 아이들 손잡고 와서 도란도란 얘기하다보면 부모를 이해하게 되는 교육의 장이 되지 않을까. 모처럼 부부가 다녀가면 한바탕 웃음보는 터트릴 수 있겠다.

   1990년대 물건들이 많아 눈길을 끄는 데는 성공한 것 같다. 화본역을 둘러보고 마을 벽화까지 보았으면 더위 먹지 말고 시원한 곳을 찾아가라고 권하고 싶다.

성주 경산리 성 밖 숲

"차 가져오셨죠? 그럼 성주보건소를 내비에 치고 가세요. 거긴 주차공간이 널찍하거든요. 저도 처음에 그걸 모르고 갔다가 주차하느라 애먹은 적이 있어요. 그리 가시면 되요."

그리 일러준 고마운 사람 덕분에 편하게 다녀왔다.

성 밖 숲은 경산리 이천 변에 조성된 마을 숲이다. 300년에서 500년은 되었다는 천연기념물 왕버들나무 54그루가 너른 대지에 터 잡고 살고 있는 곳. 왕버들나무는 습지나 냇가에서 잘 자라는 수종이다. 그러니 습기가 많은 하천 주변이 생육조건과 딱 맞아떨어졌던 모양이다.

이렇듯 한 가지 수종으로 숲을 이룬 것을 단순림이라 하는데 그 주변에 뿌리내린 맥문동이란 풀은 가을이면 오묘한 보랏빛으로 물들인다고 하니 성주 주민들이 한참을 넋 놓고 놀다가도 시간이 아깝진 않겠다.

처음에는 이곳에 밤나무를 심었다가 임진왜란 이후 왕버들나무로 수종을 바꾸었다고 한다. 밤나무는 지대가 낮고 습한 땅에서는 대부분 나무가 고사하게 되어 그랬었겠네요. 현명한 선택이었어요.

난 성주보건소 온 김에 몸살감기약을 처방받았다. 경로다 보니 처방에 오백 원. 약값 육일분이 천원. 이거 미안해서 어쩌나.

성주 회연서원

회연서원은 가야호텔로 들어가는 도로변에 있다. 조선 중기 성리학자 정구선생을 추모하기 위해 세운 서원이라고 한다. 그가 직접 조성하였다고 알려져 온 매화정원 '백매원' 이 일품이었다고 하는데 다시 백 그루의 매화를 심어 그때를 되살릴 모양이다.

서원을 감싸듯 흐르고 있는 무흘계곡은 '봉비암' 과 '한강대가 기암괴석으로 절경이다 보니 명승지로 꼽는다고 한다. 그 후예들이 이 계곡을 오르내리며 한시를 지었다고 한다. 무엇보다 해설사의 적극적인 해설이 많이 도움이 되긴 했어도 지루할 수밖에 없다. 비 때문에 우산을 받치고 다녀야하는 불편도 그렇지만, 사설인지 자랑인지 과하면 관람객은 불편한 법이다. 정구선생의 칭찬과 그의 학문적 업적만을 강요하듯 듣다보니 마음이 불편했다.

430년의 노거수 느티나무를 거느린 회연서원을 '경해당' 이라 부르는 것은 주자를 깊이 경애하는 곳이란 뜻이란다. 인간 정구선생의 숭모각도 들어가 보았으면 볼 건 다 보고 가는 거다. 유자들은 매화꽃을 소중하게 여긴 반면 일본사람들은 매화열매를 더 중히 여겼다고 한다. 생각의 차이 이었을까?

성주를 별의 고장이라고 한다. 별은커녕 비구름만 보고 가게 생겼으니 속이 상했다. 가야호텔에서의 첫날은 별채 206호에서 피곤한 나머지 눕자 잠이 들어 몰랐는데 오늘은 본관 316호실로 옮겨 주었다. 두면이 탁 트인 공간이 압권이었다. 비 그치고 시야가 탁 트이니 산과 촌락이 어우러진 경치가 끝내주는 방이다.

할딱거리며 정상에 올라 땀 닦으며 내려다보는 기분이라며 아내는 흥분을 감추지 못했다. 가야의 고분군 같은 봉우리가 파도처럼 밀려올 것만 같은 산, 산, 산과 예쁜 마을들이 점점이 박혀 있는 산촌 풍경에 심취하다보면 동유럽여행에서도 감히 넘볼 수 없는 그런 멋이 느낄 수 있다.

야생화식물원이 호텔 앞뜰에, 가야산 역사신화공원과 심원사는 지척에 두고 있다. 아침 산책삼아 가야산 만불산 인들 못 오를까 만은 갈 생각은 눈곱만큼도 없었다. 그게 날씨 탓 만이었겠습니까. 소홀하게 여겼을 수도 있어요. 콕 집어 얘기하라면 편안하게 쉬다 가고 싶었나 보지요.

자신이 늙어가는 것을 보면 시간낭비 할 새가 없다. 바쁘게 살아도 부족할 것 같은 남은 인생. 그저 마음과 몸이 가는 데로 그리 다닐 생각으로 다닌 지가 벌써 5년째다. 그 어느 날 아내가 귓속말로 이런 소리를 듣고 싶었는지 모른다.

"여보! 멋지게 사셨어요. 정말 고마워요. 이 말 꼭 하고 싶었어요."

성주 가야호텔 306호

가야산 야생화 식물원

2018년 6월 16일(토)

6월은 꿀풀, 산달나무 동지꽃, 광대싸리가 산과 들에서 피고 7월에는 자귀나무와 능소화가 피는 계절이다. 예쁜 꽃들이 몸매 자랑을 하는 계절이지만, 낯선 외래종이 많아 눈은 풍요로운 데 낯은 설다.

우리 이름을 가진 꽃들이 우리 산과 들에서 피고 지는 모습이 더 살갑게 느껴진다는 걸 오늘 새삼스럽게 알았다. 그래서 찾아간 곳이 성주군에서 조성한 야생화전문식물원이다. 660여종의 우리 야생화가 심어 있어 봄이 아닌데도 볼 게 많았다.

전시관에는 야생화와 나무이야기, 황조롱이의 생태와 열두 달 식물이야기. 특히 할미꽃 전설을 영상으로 들려주는 것을 재미있게 보았다. 꽃말이 숲속의 요정이라는 요강꽃은 복주머니꽃, 개불알꽃이라고도 불린다면서요. 5년을 기다려 꽃을 핀다는 얼레지도 보고, 잎이 솔잎처럼 가늘다하여 솔나리를 본 것만으로도 오늘은 복 받은 날인가 보다.

야외에 나와서는 가야산 자생식물원, 관목원을 둘러보고 웅장한 가야산만물상을 간접체험하고 나면 식물원 옥상에 올라가 가야산을 보고 내려가면 된다. 정말 멋져 부려. 그 한마디로 될지 모르겠다. 수생식물원, 향기식물원, 약용식물원까지 둘러보고 나면 야생화로 만든 꽃차 무료시음이 있다.

이처럼 여름에는 왕성한 성장과 번식을 하다가 가을이 오면 새로운 만남과 이별을 준비할 것이다. 오전에는 짙은 구름, 오후에는 새털구름. 호텔에서의 고등어구이 쌈 정식은 느끼하거나 비리지 않고 담백했다.

성주 가야호텔

성주 참외온실과 금오산

2018년 6월 17일(일)

하늘에 빗질 자국이 선명한 걸 보니 누군가가 새벽마다 법당 마당을 쓰는 스님을 흉내 냈나보다. 하늘이 나그네를 챙겨줄 것 같은 날씨니 오늘은 살맛나는 하루가 될 것 같아 기분이 좋았다.

산새소리에 눈이 떠지면 숲의 숨소리에 놀라 일어나지 않고는 못 배긴다. 창문을 열어젖히면 작은 생물의 몸짓은 물론 산이 기지개 펴는 소리까지 들린다. 신이 인간에게 준 가장 큰 선물이다. 자연과 어울리는 마을들이 참 곱다. 평화로워 보인다.

아침은 아메리칸 스타일인데 먹물빵이 이색적이다. 김천으로 가는 길에 성주휴게소는 정말 그냥 지나치기 아까운 곳이다. 성주 참외온실전경을 한눈에 볼 수 있는 전망대에 서야 한다. 그 규모가 얼마나 엄청난지 대단하단 말밖에 다른 표현을 모르겠다. 끝이 보이지 않는 골짜기가 온실로 뒤덮였다.

등산길로 들어서면서부터는 어 시원하다. 산이 이래서 좋다니까. 그러며 잠시 잊었다. '금오동학'은 금오산은 깊고 그윽한 절경임을 고산 황기로가 바위에 새긴 글이라고 하는데 꼭 다녀갔다는 흔적을 이렇게 바위에 새겨 놓아야 하는지 아무리 당시 문화라지만 이건 잘못된 버릇이다. 아닌 건 아니어야한다.

'금오산성'은 고려시대이전부터 있었던 성이다. 고려 말 왜구침입 때는 인근 주민들이 이성에 들어와 성을 지켰다고 한다. 우린 성루까지 올라가서 시원한 바람에 취해 환담을 나누며 경치에 취해 있는데 흰점박이 검은 나비가 바로 우리 앞으로 날아와 앉는다. 우린 잠시 술렁거렸다. 처음 보는 나비처럼 너무 고왔거든요. 사진도 찍었다. 길하단 증표였으면 좋겠다.

'영홍정'은 금오산의 또 하나의 명소로 지하168m의 암반에서 솟아나는 물이라는데 어떻게 그냥 지나가요. 벌컥벌컥 마셨지요. 물맛 정말 시원하고 달던데요.

'대해폭포'는 계곡의 아름다운 경치를 보며 셔터를 누르다 보면 금방이다. 공사 중이라 험한 길로 돌아가서 본 폭포로는 대 실망. 흔적만 남은 폭포를 보며 서귀포의 '엉뚱폭포'를 떠올리다 왔다. 5월에 왔을 때는 폭포소리에 천지가 진동하더니 오늘은 죽은 듯 조용하다. 케이블카 타고 내려왔다.

저녁 먹고는 밤바람 쏘인다며 '금오지 둘레길'을 걸었다. 우리 강행군하는 거 맞습니다. 1.3km의 금오지 둘레길. 둘레길에는 밤의 정취뿐 아니라 낭만도 있었다. 밤바람 쏘이러 나온 시민들과 배꼽마당에서 아마추어 악단의 연주를 듣겠단 생각까지 했으니까. 스피커의 잡음을 못 잡나 보다. 벼락치기 여름방학숙제 끝낸 기분이 이런 거구나. 그런 생각을 했다.

구미 호텔금오

가야 호텔여행

2021년 10월 2일(토)

6시면 어둠이 채 가시지 않은 시간이다. 내비가 안내하는 데로 달리기만 하면 10시쯤 성주에 도착할 것이다. 빵빵하게 기름도 넣었겠다. 세차까지 마쳤으니 어딘들 못갈까. 상큼한 새벽공기를 가르며 달리기 좋은 시간대다. 지방 호텔 여행이다. 가슴이 설레긴 마찬가지지만 기분 좋은 출발은 맞는 것 같다.

짧아진 계절은 신기하지만 차량들이 길나라비 선 것은 놀랄 일도 아니다. 3일 황금연휴의 첫날이 아닌가. 코로나 4차 대유행이 젊은이들의 여행심리를 막지 못하듯, 우리 부부도 개의치 않았다. 묵묵히 제 삶에 충실하면 될 일을 정부가 너무 호들갑을 떠는 건 아닌지 모르겠다.

여행도 세대차가 있다. 그러나 더하고 덜한 차이는 있을지 몰라도 가슴이 콩닥 거리는 매력은 같다고 본다.

핸들 잡은 손이 유난히 부드럽고 여유 있었던 것도 그 때문이 아니었을까. 녹번역에서 홍제동, 내부순환도로를 타고 가다 한남대교 방향 강변북로로 들어섰다. 경부고속도로를 탈 생각이다.

잠깐의 방심이 부른 화는 한남대교를 지나치고 나서야 알았다. 내비가 꿈쩍도 안한다. 천호대교를 건너자마자 어렵사리 정차할 공간을 찾았다. 시동 끄고 잠시 후 다시 켰더니 내비가 정상으로 돌아와 주었다. 내비가 꼼짝을 안하면 영락없는 길치신세가 되고 만다. 내륙고속도로를 탔다. 충주휴게소, 서산휴게소를 들렀다. 해인사를 포기한 대가가 예약 5분전, 성주농가맛집 '밀'에 도착한 일이다. 중부지방과는 달리 시리도록 파란 하늘에 따뜻한 공기가 위로가 되었다.

삶고, 초절임한 상추꽃대의 씹히는 아삭함이 좋았다. 양배추물김치의 시원함, 달달한 참외장아찌에 단 호박과 도라지 튀김, 살짝 데친 모기버섯. 우린 녹차 물에 밥 말아 굴비는 뒤집지 않고 한 조각씩 떼어 먹었다. 날씨 때문이었을 것이다. 시원한 도토리 묵사발에 엄지손가락을 치켜세웠다.

백운호텔에서 가야호텔까지는 자타가 공인하는 환상의 산길드라이브코스다. 연휴 첫날이라 젊은이들은 가야산에 올라 등반의 매력에 심취하고, 우리는 호텔여행으로 만족하기로 했다. 6시간 동안 강행군을 하다 보니 몹시 피곤하다.

아내가 좋아하는 건 이불장이 딸린 온돌방이 있다는 것. 그럼 뭐 합니까. 눕자마자 잠이 들었는걸요. TV가 혼자 돌아가는 걸 보니. 호텔방에서 푹 쉬는 것도 휴식여행의 한 방법이다. 식당을 찾은 시간은 18시. 저녁메뉴는 '해산물 자장파스타'. 곁들여 나온 흑 마늘빵이 정말 맛있었다.

염증과 활성산소 제거에 좋다는 '메리골드꽃차'와 혈당수치 감소와 합병

증 예방에 좋다는 '뚱딴지 꽃차' 를 마시며 엄청 여유부리다 들어왔다. 합리적인 가격이라 부담도 적었다. 밤은 깊어가고, 우린 여행의 가야산의 매력에 흠뻑 빠졌다.

가야호텔 별관2동 309호

성주호 아라월드(Ara World)

2021년 10월 4일(월)

　여행은 언제나 이런저런 아쉬움이 남는다. 진미당 제과점에서 찹쌀떡 두 줄 사는 데 성공했으면 아쉬움 하나 정도는 지워버려도 된다. 우린 한 줄은 아침요기. 또 한 줄은 비상용으로 둘 생각이었다. 어제 허탕 친 보상받은 기분이었다.

　김천 불령산 청암사 인현왕후길을 찾아 가던 길에 얻어걸린 곳이다. 여름 한철 유양지로 손색이 없는 곳이 성주호 끄트머리에 있었다. 성주호를 끼고 달리는 내내 산과 하늘, 구름까지 호수에 내려앉을 기세라며 맘껏 즐겼다면 뭘 더 바랄까. 드라이브하는 내내 놀라고 좋아 죽는 시늉이라도 해야 심이 풀릴 것 같은 날씨였다. 아라월드가 뭐하는 곳일까. 그 궁금증까지 보탰으니 들러보고 가지 않을 수 없었다.

　철 지난 놀이터라 텐트여행을 즐기는 사람들 몇몇과 연분홍 쑥부쟁이만 보일뿐 적막강산이었다. 여름 한철엔 아이들의 웃음소리와 밥 짓는 냄새가 코를 자극할 것 같은 텐트촌까지 밖에 못 걸었다. 텐트촌에 캐빈까지 갖추었다면 여름 한철 멋진 휴양촌이었으리라는 건 상상으로 가름하기로 했다.

　물놀이장으로 가는 길은 언덕배기가 많이 가팔랐다. 어제 멋모르고 올라갔다가 호되게 당한 경험이 있으니 가능하면 무릎에 부담되는 길은 피할 생각이다. 가파른 내리막길을 내려갔다고 치자. 그럼 올라올 때는. 출입금지라는 표식이 있건 없건 무릎만 아니었으면 어떻게든 갔다 왔겠지요. 모터보트, 바나나보트, 디스코보트, 익스트람 보트, 거기다 플라이, 피쉬, 수상스키까지 물에서 놀 수 있는 것은 다 있었다. 눈이 즐거울 일만 남았는데 철이 아니다보니 아쉬웠다.

성주호는 벚꽃 피는 계절이면 드라이브 나온 젊은이들로도 길을 메웠을 것 같다. 그리 드라이브를 만끽하다보면 무흘계곡으로 들어서게 되어있다.

성주·김천 무흘계곡

무흘계곡은 오늘도 캠핑과 차박을 즐기는 사람들의 성지였다. 구곡이라 이름 붙인 계곡마다 마을이 있고, 펜션, 민박이 발달한 것도 계곡 풍경이다. 무흘계곡은 김천시 증산면에서 성주댐을 끼고 달려 고령으로 이어지는 대가촌계곡이라 알고 있다. 계곡마다 탄성이 절로 나오는 비경임은 틀림없으나 우리가 제대로 본 건 4곡인 선바위와 김천 들면서 본 5곡 사인암 두 곳 뿐이다. 조선 중기 정구선생과 그 후예들이 대가촌의 이름난 계곡을 오르내리며 9곡이란 이름을 붙이고 시를 지은 것이 유례가 되었다고 한다. 그들은 당시 계곡을 오르내리면서 산수의 아름다움만을 노래한 것이 아니라 도학의 근원을 찾아가는 일종의 수행 과정으로 여겼다고 한다.

성주 가야호텔 가는 길가에 있는 회연서원의 봉비암이 1곡이요, 한강대와 배를 매어두었다는 배바위, 기이한 모습으로 우뚝 서있다는 선바위, 사인암, 옥류동, 망월동, 와룡암, 용추폭포까지. 청암사계곡과 수도암 계곡에서 흐르는 맑은 물이 어우러지는 곳이라고 한다.

구곡이 탄성을 부르는 비경이라는데 그건 잘 모르겠고, 다만 바쁜 오늘을 사는 사람들이 현실에서 벗어나 잠시 쉬었다가기 좋은 곳이라는 것은 알겠다. 야영객과 피서객의 천국임은 틀림없어 보였다. 계곡이 있고, 산이 있고, 마을이 있으니 힐링 하기 좋은 곳이다. 30번 국도는 드라이브 코스, 계곡은 사계절 캠핑장소로 더없이 좋은 곳이니 이런 자연이 있음에 감사해야지 더 바라면 그건 욕심이다.

성주 가야호텔

안 동

병산서원

2017년 1월 2일(월)

어제 저녁은 안동 구 시장에서 그 유명하다는 안동찜닭을 거하게 먹었다. 순한 맛을 시켰는데 둘이 다 먹긴 역부족이었다. 아까워서 정말 열심히 먹었다. 간이 좀 세고 당면의 양이 부담되긴 했다. 넷이 와서 먹으면 맞춤이겠던데.

2017년의 시간 여행도 내일을 장담할 수 있는 건 아무것도 없다. 그저 하루하루를 오늘이 있음에 감사하며 다니며 된다. 여행이나 인생이나 이럴 때 누가 뭐래도 동반자가 있어야 한다. 오늘도 그걸 새삼 느끼며 살고 있는 복 많은 남자의 하루였다. 우린 부부며 전우다. 병산서원과 하회마을을 이어주는 멋스러운 길도 오늘 우리 부부가 걷고 왔다는 자랑부터 하고 시작해야겠다.

서애 유성룡이 풍악서당을 옮겨와 세웠다는 병산서원은 하늘과 땅, 산과 강이 절묘하게 조화를 이룬 곳이다. 앞에는 소나무 숲과 고운 모래밭. 낙동강 줄기를 감싸듯 두른 마위산이 마치 어미의 치마폭 같다.

병산서원의 복례문을 들어서면 왼쪽으로 보인다. 광영지는 손바닥만 하다. 네모난 연못은 땅을, 연못안의 작은 섬은 하늘을 의미한다고 했다. 조선의 우주관이다. 서울의 창경궁이나 고택들에서 본 연못들의 형태가 비슷했던 것이 기억난다.

　380년 된 배롱나무가 있는 뜻은 껍질이 없는 배롱나무처럼 겉과 속이 한결같은 선비의 마음을 가지라는 의미라고 한다. 스승이 상석에 앉아 강론하던 강당과 선비들이 앉아 강론을 듣는 만대루를 둘러보며 현대의 학교(학당)구조와 별반 다를 것 없다는 생각을 했다.

　선비들 숙소 앞에 달팽이뒷간이 보인다. 출입문 없이도 볼일 보는 사람과 지나는 사람의 눈이 마주치지 않게 한 지혜의 산물이다. 또한 머슴들의 선비들에 대한 배려였을 것이다. 그럼 선비들은 머슴들을 위해 어떤 배려를 했을까. 그게 궁금했다. 하나 더. 선비들은 어디서 볼일들을 보았을까. 머슴한테 요강 들고 다니라 했을까?

하회마을길

　병산서원에서 길 따라 물길 따라 산자락을 끼고 걸으면 아무렇지 않게 뒹구는 낙엽을 밟기만 해도 사각사각하는 소리에 귀가 호강하는 길이다.

　하회마을길에서 '풍경소리이야기길'은 정자까지의 거리가 2.5km이고, 하회마을까지의 1.5km구간은 '선비이야기길'로 구분되어 있다. 앞길은 자연을 동무삼아 걷기 좋은 길이라면, 뒷길은 아는 노래를 목청껏 불러도 좋고, 시 한 술 읊어도 어울릴 것 같은 그런 길이다. 바쁘게 걷기엔 아까운 길이다. 편하게 내려놓고 자연을 벗 삼아 두어 시간 걸을 수 있는 이런 길이 흔치는 않다.

　우리가 왕복하는데 3시간 넘게 걸렸지만 하회마을도 구경하고 배타고 부용대도 갔다 오려면 반나절은 잡아야 한다. 내 마음의 길 하나쯤 갖고 싶단 생각이 들면 이 길을 첫손가락에 꼽을 것 같다. 오늘은 날씨까지 받쳐주었다. 겨울날씨답지 않게 포근했다. 날씨가 너무 좋아 미안하고 싶은 그런 하루라고나 할까.

구름 사이로 수줍은 여인네마냥 얼굴을 내밀 땐 햇살이 따뜻하다. 그럴 땐 봄 날씨 같다만 구름 뒤로 숨으면 늦가을이다. 햇살이 그리울 것 같으면서도 바람한 점 없으니 겉옷을 벗을까 말까 고민하며 걸었다. 걸어보면 안다. 자연인의 마음을 읽을 수 있을 것 같은 그런 길. 다람쥐도 조심해서 다녀야 할 만큼 좁고 가파른 벼랑길을 내려다보며 걷는 그 기분. 혹시 아세요? 찢어진다는 말.

하회마을에서는 겨울철이라 먹을 곳이 없어 애먹었다. 동네사람 말로는 버스 타고 가야한다니 그도 말이 안 되고, 자판기에서 물 한 병 빼들고 발걸음을 돌리려고 했다.

"저기요. 그거 어디서 샀어요? 엿 두어 개만 주고 가면 안 될까요? 재 넘어 방산서원까지 걸어가야 하는데 배가 너무 고파서요."

지나가는 여학생 손에 들려진 엿을 보았거든요. 그 엄마까지 나서 팩에 있는 깨엿까지 섞어 덜어주는데 그만하면 됐단 말 못했어요. 그 덕에 기운차게 재를 넘을 수 있었다. 4시를 훌쩍 넘겼네요. 겨울철이라 서둘러야 해요. 궁하면 통한다는 말 그거 틀린 말 아니더군요.

훈훈한 고향의 맛이 그리운 계절, 거기다 안동은 구수한 토속음식이 있는 도시다. 어제 저녁 안동찜닭 먹었으면 오늘은 안동 맛집 순례의 두 번째 날. 안동역 앞 갈비골목에서 안동갈비 먹어줘야겠네요.

안동그랜드호텔

퇴계선생의 계산서당

2017년 1월 3일

어제 황진이의 춤 선생 '백부'가 학춤을 추다 떨어져 죽는 장면을 촬영한 곳으로 젊은이들에게 더 유명세를 타고 있는 하회마을 부영대의 나신을 강 건너에서 바라만 보다 급하게 하회마을길로 간 것이 아쉽긴 했다. 그렇다고 다시 간다는 것도 무의미하다. 다만 다음에 또 올 수 있을까. 그 생각만 했다.

"마님 어디로 모실까요. 이 머슴이 가마 대령하겠나이다. 잠깐 앞 유리창 좀 닦아야 할 것 같은데요. 괜찮으시겠어요."

"퇴계 종택 가신다면서요. 맴 바뀌었어요?"

햇살이 그리울 것 같은 초겨울 날씨가 매력 있다고 말 한 적은 없다. 그러나 아침 공기가 상큼하다는 말을 오늘 같은 날씨엔 하고 싶다. 산과 들이 새벽에 내린 서리로 곱게 나이 들어가는 여인의 머릿결 같았다. 산천이 참 곱기도 해라. 잎을 떨군 가지, 들녘의 누른 풀밭에 계절의 여신이 고운자태를 보이고 있는 그 길을 잔잔한 미소를 흘리며 운전대를 잡았다. 어깨춤을 추고 싶을 정도로 기분이 좋았다.

안개 사이로 산천과 도로가 모습을 숨겼다 보이기를 반복하는 모습이 어쩌면 저 굽어진 길 너머가 먼 여행의 종착점일 것 같은 영화 속의 한 장면을 떠올리고 있었다. 순간 숙연해지기도 하는 건 나이 탓이다. 죽음을 덤덤하게 받아들일 준비가 되어있다고 한 말 오늘은 취소하고 싶다.

퇴계 종택은 검소함을 생활의 덕목으로 삼았다는 그분이 사셨던 공간이라니 궁금하긴 하다. 솟을대문을 들어서니 그 규모가 내 눈엔 대갓집 저택 같았다. 손님 맞을 공간까지 넉넉하게 갖춘 것을 보면 작다 할 수가 없다. 참 유교사상의 제1덕목이 선비는 모름지기 출세하여 '커다란 집을 짓고 사는 것' 이라고 했던가요. 그럼 이야기가 달라지는데.

도산서원

'퇴계명상길' 은 퇴계선생이 도산재를 넘어 도산서원으로 왕래했다 하여 붙인 이름인데 과거길 마냥 궁핍한 삶을 벗어나보려는 애절함이 아니라, 아침나절로 뒷짐 지고 바람 쐬러 다니는 여유 있는 양반의 나들이 길이었다.

유교문학길은 산로를 따라 걷는 길이다. 능선에서 퇴계명상길과 만나 산을 넘어 도산서원까지 2.3km. 차를 주차한 곳이 퇴계 종택이다 보니 신작로를 따라 되돌아와야 했다. 퇴계 이황 종가로 들어가기 전에 냇가를 끼고 작은 집 3채가 보인다. '계산서당' 이라고 퇴계선생이 글공부하러 오는 학동들을 가르쳤던 서당이라고 한다.

겨울에는 계산서당에서 공부하고 날이 풀리면 도산서원에서 공부하기 위해 우리가 넘던 그 유교문학길을 걸었던 선비들의 모습을 그려볼 수 있을 것 같다.

도산서원 앞에는 호숫가나 물이 많은 곳에서만 자란다는 두 그루의 왕버들이 누워있는 위용에 압도당할 만하다. 낙동강의 풍경이 한 폭의 수채화 같더란 말이 부끄러울 것 같은 그런 그림 같은 분위기였다. 길 따라가면 산에는 색 바랜 단풍이 낙엽 되어 나목을 떠나지 못한 채 주변을 덮은 모습도 고운데 낙동강의 물빛과 잘 어우러지는 풍경이 멋져 보인다.

도산서원에 매화나무를 심은 뜻은 퇴계선생의 학문의 뜻이 담겨있어서라고 하는데, 선비정신에 청렴이란 단어가 있기는 한 건 가요? 난 무식해서 그래요.

안동그랜드호텔

경북 산림박물관

청포도가 익어가는 계절의 이육사기념관은 재단장 중이라니 지나치기로 하고, 고택에 내려앉은 햇살을 바라보며 천천히 차를 몰았다. 차창으로 스치는 시골경치를 즐기는 것도 여행의 멋이다.

한 고개 돌아가면 진성 이씨 수절당. 느낌이 남 다른 것은 우리 엄니가

이 집안의 후손이시다. 뒷산에 퇴계선생묘소는 길가에서 잘 보이는 양지바른 곳이었다.

경북 산림박물관에선 소백산, 주왕산, 금오산, 청량산이 경북의 4대 명산이란 소개와 소나무의 분류였다. 줄기가 밑동에서부터 여러 갈래로 자라면 반송, 줄기가 곧고 마디가 긴 것은 금강송, 가지가 밑으로 처지면 처진 소나무, 잎이 황금색이면 황금소나무, 솔방울이 다닥다닥 붙어있으면 다닥다닥 소나무.

박물관을 둘러보는 내내 머리가 맑았던 것 같다. 눈이 즐겁고 마음이 편안하다보면 이곳저곳 꼼꼼하게 둘러보게 되어있다. 눈이 즐거운데 지루할 틈이 없으니까. 3시를 훌쩍 넘겼는데도 배고픈 줄을 몰랐다.

유교 박물관

유교박물관은 입구서부터 머리를 지끈거리게 한다. 우연의 일치겠지만 갑자기 배도 고프고 피곤이 몰려와서다. 유교는 공자의 사상을 바탕에 두고 있다. 사람이 지켜야할 도리와, 가족주의를 바탕으로 우리 사회에 뿌리내린 사상의 근본이요 존경받아 왔던 사상이었다.

유교가 이 땅에서 뿌리내릴 수 있었던 것은 근본인 가족주의가 가족이기주의로 변질되면서였을 것이다. 그 폐해는 헤아릴 수가 없이 많았다. 율곡, 퇴계, 정약용에 이르러 꽃을 피웠다고 하는데 가족이기주의와 인맥의 폐해에 대해선 한마디 언급도 없던데. 그 이유를 모르겠다.

내가 알기로는 그들이 풀어가는 주체는 지배사회의 굳힘이었기 때문이다. 네가 소학을 아느냐. 이것은 바로 양반네가 평민들을 향한 손가락질이고, 비웃음이요, 자기우월주의에서 나온 말이다.

유교가 꿈꾸는 제1세계가 고향에 내려와 큰집을 짓고 사는 것이라는데 경악을 금치 못하겠다. 출세를 위해선 인맥을 동원해야 하고, 출세하면 돈은 저절로 굴러 들어온다. 떵떵거리며 살다 가족을 위해선 무슨 일이든 서슴지 않는다.

그들의 생활은 또 어떠했는가. 마음의 눈으로 노닌다면서 퇴계의 제자들은 청량산을, 남명의 제자들은 지리산을 마음의 고향으로 삼았다고 한다. 그를 계기로 선비들은 '산을 유람하는 것은 독서하는 것과 같다'고 했으나, 덕분에 머슴들은 그 뒷바라지하느라 몇 배는 더 고달팠을 것이다.

출신과 인맥이 사람을 평가하는 악순환의 고리를 끊어야만 자기우월주의를 타파할 수 있고 개인의 실력이 제대로 평가받는 사회가 된다는 믿음엔 변함이 없다. 무엇은 무조건 나쁘다는 것이 아니지 않는가. 처음 먹은 마음으로 돌아가자는 것이다.

월영교아래 드리운 금성

안동 양반들이 별미로 먹었다는 헛제사밥이 오늘 저녁 메뉴였다. 이 지방의 음복상이라 해서 간장과 깨소금만으로 간을 한 음식을 말한다. 상어, 고등어, 두부, 호박과 전등을 빙 돌리고 가운데 계란 1/4토막올린 접시, 6가지 나물비빔밥, 조기 한 마리와 상어, 쇠고기, 도토리묵, 무국, 안동식혜. 정말 맛과 향이 강하지 않아 맛나게 먹었다.

먹은 김에 고구려갈비구이라는 육탕맥적이나 한 접시 올랐으면 좋았겠단 엉뚱한 생각은 왜 했을까. 식당 앞이 월영교다. 다리에 올라서는 순간에 켜진 야경. 아니 어떻게 이렇게 절묘하게 타이밍을 맞출 수 있었던 건지. 신기하고 되게 기분이 좋았다.

월영교는 호수 위를 가로지르는 나무다리로 사랑하는 사람과 걸으면 사랑이 더욱 깊어진다는 다리다. 비오는 날, 물안개가 피어오르는 새벽, 노을이지는 해질 무렵, 휘영청 달 밝은 밤에는 그 풍경이 신비롭기까지 하다고 한다.

내가 본 월영교는 꺾임의 미학을 살려 호수를 가로질렀는데요. 휘영청 밝은 밤의 밤풍경은 아니어도 초생달에서 손가락한마디 거리에 있는 금성의 잔영이 호수의 다리 아래에 머무는 모습을 본 것만으로도 오늘은 행운이었던 것 같다. 무슨 말이 더 필요할까. 신비롭고 아름다웠으면 되었다. 가슴이 콩닥거릴 만큼은 아니어도 곁에 있는 사람이 사랑스럽게 보였다면 게임 끝. 뭘 더 바랄까.

안동그랜드호텔

안동 민속박물관

2017년 1월 4일(수)

게으름 피운 걸 보면 어제는 좀 피곤했나보다. 보태면 점심시간 다 되어서 호텔을 나섰다는 표현이다. 아침을 배부르게 먹었으니 저녁 겸 점심을 먹으면 되겠네.

안동민속박물관에서 본 것 중에서 관심 있는 것을 몇 개 고르라면 이렇다.

아들을 낳지 못하는 부인들이 자식을 점지해달라고 남근석 앞에 정안수를 떠놓고 소원을 비는 습속을 '기자', 첫돌 무렵에 행하여지는 아기의 건강과 장수를 기원하는 마음으로 소띠 아이는 수풀에 범띠 아이는 큰 바위에 파는 행위를 '습속', 이렇듯 안동지방에선 아기점지에서부터 출산 성장까지를 돌보는 가신을 가정마다 모셔두고 있다고 한다.

산모가 동쪽으로 누워 해산하면 부자가 되고, 남쪽으로 누워 해산하면 명이 길어진다는데 안동 사람들은 어찌 했을 것 같아요. 나주가 본관인 우리 林씨는 산모에게 남쪽으로 누우라 했던 모양이던데.

은어를 달인 육수에 밀가루와 콩가루를 1:1비율로 섞은 다음 지단, 쇠고기고명을 얹어 무더운 여름철 별미로 먹었다고 한다. 그것이 찹쌀엿기름

물이면 식혜요, 여기에 무, 생강, 고춧가루를 섞으면 안동식혜가 된다. 우리도 안동식혜 한통 차에 실었다. 서울 올라가서 마실 생각에 벌써부터 입에 침이 고인다.

대청마루를 사이에 두고 며느리에게 곳간열쇠를 물려주고 시어머니가 안방에서 옮겨와 거처하는 방을 상방이라 한다고 한다. 콩나물도 키우고 손자손녀들 재롱삼아 여생을 보내기엔 적당한 공간이긴 한데, 뒷방 늙은이가 되어가는 모습이 그려지며 가슴이 짠해지는걸 보면 난 영락없는 늙은이구면.

박물관 뒷길에 있는 '행복전통마을 구름에'는 걷기 좋은 길이 있는 한옥숙박단지던데 우린 걷는 재미만 즐기다 왔다. 박물관 앞에는 배 띄우는 '개목나루'도 있었다.

산책길에는 낙동강에서 많이 잡히는 은어를 임금께 진상하기 위해 만들었다는 서부리에서 옮겨왔다는 석빙고, 사신이나 귀한 손님의 객사로 사용한 선성현에서 보는 호수는 마음을 평안하게 하는 매력이 있었다. 내려놓을게 또 뭐 없나 돌아보게 한다.

원이 엄마의 편지

412년 만에 세상에 드러난 미이라에는 절절한 사연이 적힌 '원이 엄마의 편지'와 자신의 머리카락과 삼을 엮어서 만든 한 켤레의 미투리가 가슴 뭉클한 감동을 주었다고 한다. 그걸 알고 있으면 이 길을 걸을 자격이 충분하다. '원이엄마 테마길'이다.

오직 가족이 전부였던 한 여인의 삶을 그려보는 것도 나쁘지 않을 터. 요즘은 가정의 중심축이 이동하고 있음을 여러 곳에서 감지하고 있다. 좋은 일일까. 나쁜 징조일까. 그 판단만은 유보하고 싶다. 서로 어여삐 여기며 살고 싶은 마음을 다짐하는 러브자물통을 보면 마음이 달라지기 때문이다. 이미 축의 이동이 묵시적 사회적 합의가 이루어진 것 같기도 하다.

월영교를 건너 왼쪽으로 들어서면 법흥교까지가 2,081m. '호반나들이길'은 이야기를 만들어내는 재주가 있는 모양이다. 쉼터마다 이야기를 만들어 오가며 읽고 느끼고 또 나름대로 이야기를 만들어보는 즐거움까지 주었다.

'이루미 다리', '골배길다리', '애지랑다리'가 지방에서 있었음직한 그런 사람들의 짠한 이야기를 들려주었다. 읽다보면 걷는 것이 지루하지도 않을 뿐 아니라 재미까지 쏠쏠하게 챙길 수 있었다.

월영교 위에서 해넘이를, 그리고 호수에 드리운 금성을 보고 싶단 생각을 거두지 않는 한 서두를 수밖에 없다. 법흥교까진 여유를 부렸지만 돌아오는 길은 마음이 바쁘다. 간신히 서산에 넘어가는 해를 잡긴 했는데 우리 영님 씨만 한방 찍는데 성공했다. 나는 이미 넘어간 뒤였다.

월영교에는 저녁나들이 손님들로 붐볐다. 어수선하긴 해도 다 같은 마음이었을 것이다. 해가 기울자 바람이 불고 급격히 기온이 떨어진다. 계절 그거 잊고 있으면 큰 코 다치는 수가 있다. 나그네는 서둘러 자리를 뜨는 것이 좋다.

어쨌거나 해넘이도 보고 물에 드리운 금성도 보았으면 원은 풀었다. 월영교 위에선 '원이 엄마'를 불러 소원이 이루어지길 빌면 되지만, 낭만과 여유는 접어야 하는 것이 아쉽다.

안동호텔

안동 그랜드호텔, 안동 호텔

영덕

영덕풍력발전단지
칠보산 자연휴양림과 우금사

영덕풍력발전단지

<u>2017년 5월 20일(토)</u>

우린 갈 곳이 있는 바쁜 몸이다. 그 발걸음을 잠시 멈추고 들어간 곳이 신재생에너지관. 생각보다 되게 신기하고 재미있었다. 화석연료를 대체해서 태양과 지열, 바람 그리고 물로 에너지를 생산한다. 나는 선풍기가 돌아가며 머리를 식혀주는 경험을 한다며 자전거페달을 열심히 밟았는데 땀을 식히는 게 아니라 흘렸다.

여기선 뭐니 뭐니 해도 바람이 거대한 날개를 돌리고 있는 모습이 압권이다. 바람의 힘이 믿기지 않을 만큼 신기하고 감동적이었다. 그곳에서 자연과 인간이 미래에는 좀 더 자연친화적인 환경에서 살 수는 없는 것일까를 고민하는 우리의 모습을 보는 것 같았다.

하늘정원에 올라가서 보면 다 보인다. 바다와 바람, 숲을 주제로 만든 10여 개의 개성 넘치는 작품들이 있는 조각공원과 풍력발전기가 돌아가는 소리다. 훼방꾼이 아니라 새 세상이 열리는 소리다.

어린이동산. 바람개비정원에 항공기전시장까지 훤히 다 보였다. 저길 두루 걸어보면 괜찮겠단 생각을 하는 것만으로도 용감한 거다. 햇살이 따가운 계절이다. 별빛과 눈 맞춤 하고 싶다면 해 저문 시간에 걸으면 낭만적일 것 같다.

해맞이 공원은 파도와 어울리고 싶은 사람들이 잠시 머물다가는 곳이다.

젊은이들이 자글자글 웃고 떠들다 바닷바람 따라 떠나버린 빈자리는 파도의 몫이다. 벤치에 앉아 잔잔하게 흘러나오는 클래식 음악을 듣고 있으면 눈이 스르르 감긴다. 온몸은 멜로디에 젖어든다. 우리도 한동안 그러다 왔다.

칠보산 자연휴양림과 우금사

배고플 시간이 지났다. 방곡면사무소를 내비에 걸었다. 동네식당을 염두에 두었다. 시골치고는 손님이 제법 많았다. 콩나물, 감자조림, 열무김치, 해초줄기무침에 콩나물냉국과 돼지고기볶음. 배고픈 김에 많이 먹었더니 식곤증이 드는지 몸이 금방 나른해진다.

칠보산은 더덕, 산삼, 멧돼지, 구리 등 일곱 가지 귀한 것이 난다고 하여 붙인 이름이라고 한다. 그곳 자연휴양림에 조성된 '칠보 숲길'을 완주 한다고 해놓고는 도중에 '버들평지 쉼터' 벤치에 앉아 서로 어깨를 빌려주었다. 살랑살랑 바람소리를 자장가 삼아 잠든 모양이다. 어디서 한잠 푹 자고 갔으면 좋겠다는 곳이 여기였나 보다. 두어 시간을 훌쩍 넘겼다. 얼마나 곤했으면 그랬을까. 잘 잤다.

우금사는 여기서 6km거리라니 온 김에 들러보고 가기로 했다. 자그마한 절집인데 대웅전 등 있을 건 다 있었다. 칠보산 등산객들이 하산 길에 들르는 이정표 같은 절이라고 한다. 감로수 한사발로 목을 축이고 사찰을 휘- 둘러보았으니 내침 김이다. 오천 솔밭은 소나무 숲이 있는 청소년 무료 야영장이었다. 개천에 고인 물이 흐르질 못해 물이 너무 더럽다. 봄 가뭄이 심해서 그런가. 텐트와 기타 그리고 야영 젊은이들의 영역에 함부로 발을 담그면 안 되겠기에 서둘러 자리를 떴다. 우리가 줄 수 있는 선물이란 고작 이것뿐이다.

영덕 리베라호텔

영덕 리베라호텔

영주

영주 하얀 감자탕

2017년 1월 6일(금)

어제는 거하게 먹고도 허전했는지 안동역 앞, 문화의 거리에 있다는 제과점을 찾아갔다. 모카빵과 치즈빵이 맛나다는 빵집이다. 환상적인 유럽풍 건물이었다. 유럽 어느 거리에 내놓아도 손색이 없는 건물이었다. 내부는 고급 레스토랑 스타일. 매장에 앉아 먹을 생각을 못하고 서둘러 나온 걸 후회했다.

그제나 어제는 온종일 몸이 으스스하면서 목이 막히는 것이 햇살의 축복을 받지 못해 그랬을 것이다. 겨울철 긴 여행이다 보니 탈이 났을 수도 있다. 일정이 너무 빡빡하지 않았나. 그걸 걱정하며 반성하고 있었다.

아침에 눈을 떠보니 몸이 새털처럼 가벼워졌다는 건 아니다. 컨디션이 그리 나쁘지 않더라는 얘기다. 어제만 해도 영주 하얀 감자탕 포기한다고 했다가 아침엔 그냥 지나치기에는 너무 서운하다며 말을 바꾼 것이 그 증거다.

"자기야! 어떻게 할까 어제 한 말 취소해도 되나. 삼대천왕에 나온 그 영주 하얀 감자탕. 그건 먹고 가야지. 가는 길인데 밥은 휴게소건 식당이건 어디서건 먹어야 하니까. 이왕이면 안 그래요"

"그거 무슨 소린지는 알겠는데요. 그냥 집에 가요. 날씨도 꾸물꾸물 거리는데. 요즘 날씨. 햇살 도움 없인 힘들어요. 겨울 날씨란 녀석이 얼마나 짓

굳은지 알잖아요."

가타부타 대꾸가 없다. 그건 알아서 하란 소리다. 달렸다. 10시 반에 도착했다. 기가 막히게 시간 맞추었다 했는데 12시에 가게 문을 연단다. 우린 거리가 깨끗하고 예쁘다느니. 포석정 물길처럼 꾸민 찻길이 멋스럽고 귀엽다는 등 이유로 걸어가며 시간 죽인다고 정육점 쇼핑까지 하고 왔는데 대기 번호 18번을 쥐어주네요.

"에이 방송에 나가고 나서부턴 점심 먹기 이렇게 힘들어서야 어디 원. 우리 딴 데로 가서 먹읍시다."

발길을 돌리는 동네주민도 있었다. 우린 30여분 동안 문 앞에서 떨었다. 그리곤 감자탕 한 그릇을 먹곤 뿅 갔다. 생각했던 그 맛 이상이었다. 분명한 그릇에 6천량 하는 돼지감자탕을 먹고 나오는 건 맞는데 기분이 묘하다. 혀로 입술을 여러 번 빨아보았다. 색시는 오면서 그런다.

"포장해달라고 그럴 걸 그랬나. 다른 사람들 보니까 포장해갔고 가는 사람들 있던데. 난 아무 말 없기에 가만있었죠."

"그럼 차 돌릴까요?" 나도 그 생각은 미처 못 했다. 미련 한 토막은 남겨두고 갑시다. 지나는 길에 올 기회가 있으면 그 때 또 오던가.

태백산 부석사

2017년 5월 23일(화)

호텔에서 아침식사를 하고 8시에 출발하면 부석사까지는 50분 거리다. 하루일과를 시작하는 시간에 맞춘 셈이다. 사찰에 들어서자 산을 두드리는 딱따구리, 알람시계 수탉, 그리고 봄의 전령사 뻐꾸기까지. 모두 우리를 반겨주니 상쾌한 아침이다.

입구에 사과밭이 없어진 자리에는 은행나무와 소나무가 대신 들어섰다. 휴식공간을 만드는 모양인데 나는 좀 아쉽다는 생각을 했다. 향수가 남아 그럴 수도 있다. 노목들이라 베어낼 수밖에 없었나 보다. 오른편 일부에 사과밭은 건강하게 옛 모습처럼 그리움을 몽글몽글 피어오르도록 남겨두었다. 그건 간직하고픈 어쩌면 마지막 남은 내 추억일지 모른다.

　가파른 계단을 걸어 올라가야만 사천왕상을 만날 수 있다. 오르면 또 같은 형태의 전각. 또 12계단을 올라가서야 그렇게 애타게 찾던 화장실이 있다. 달려가는 아내. 나는 하얀 찔레꽃들을 보고만 있는데도 눈이 부신데 코까지 호강시켜 주기에 아예 눈을 감고 있었다.

　꽤 가파른 24계단을 오른 후에도 문지방을 하나 더 넘어서야 양 옆으로 삼층석탑이 맞아준다. 그제야 '봉황산 부석사' 란 현판 글씨를 볼 수 있다. 또 계단을 밟고 올라서면 '안양문' 에 들어서게 되고 아름답고 우아한 '팔각석등' 과 국보 '삼층석탑' 을 세우고 앉아 있는 극락정토의 아미타불을 모신 '무량수전' 이다. 그 안에선 스님이 목탁을 두드리며 나무아미타불만을 읊고 있는데 우리야 그 의미를 모르지요. 청아한 목소리가 세속의 번거로움을 머릿속에서 씻어내는 것처럼 들렸다.

　영주 부석사를 찾아온 사람들이라면 무량수전까지는 누구나 가는 곳이다. 우린 삼층석탑을 끼고 계속 걸었다. 관광객에겐 약간 낯선 곳이다. '조사당벽화' 와 의상대사의 지팡이나무라는 '선비화' 와 자인당 안에 앉아 있는 세 분의 석조여래불을 보려면 이 방법밖엔 없다.

　굳이 거기까지 가는 이유를 들라면 더 맑은 공기를 마시러 간다 생각하면 오를 수 있는 용기가 생긴다.

풍기 할머니청국장

　끼니를 거르지 말아야하는 데 배꼽시계가 울릴 때다. 맛있는 집도 찾아야하고 가는 길에서 멀면 망설여지게 된다. 그럴 때 그럼 참았다 내려오면서 들려. 그래서 배곯았던 경험이 한두 번이 아니다. 오늘 점심은 그 모든 것이 깔끔하게 정리가 되었다. 풍기역 앞에 있는 식당의 한결 청국장정식이 9천원이다. 손님이 많으니 기다리는 것은 필수다. 우린 그 동안 짬을 내서 풍기역구경하고 와서는 배 터질 만큼 밑반찬까지 싹 비웠다. 아침뷔페가 나쁘지 않아 배고픈 건 몰랐는데도 정말 맛있게 끓였다.

청국장냄새가 나는 듯 만 듯하고, 간간하다는 표현이 맞는 건가. 짜지 않으면서 퀴퀴한 냄새까지 잡았다. 깔끔하면서도 향토색 짙은 그 맛. 나는 맛 표현에는 서툴지만, 곰탕 한 그릇 먹듯 바닥을 보였다.

줄 서서 먹어도 후회하지 않을 맛이다. 사실 어딜 가도 우리 입맛에 맞는 음식 먹기란 쉬운 일은 아니다. 퓨전이다 뭐다 해서 새로운 스타일의 메뉴가 넘쳐나는 세상이다 보니 청국장, 설렁탕, 곰탕, 비지찌개 같은 것들을 먹으려면 찾느라 애 좀 먹어야 할 때가 많다. 찾았다 해도 이 맛이 영 아니다 싶은 경우가 태반이다.

우리는 풍기 근처라도 지나가게 된다면 놓치지 말고 꼭 들러 이 집 청국장 먹고 가자며 새끼손가락 걸었다.

소백산 죽령 옛길

서두른다고 했는데도 리조트에 입실한 시간은 14시 20분이다. 게다가 고장 난 TV까지 고치는 걸 보고 나오려면 시간이 안 될 것 같았다. 할 수 없이 고쳐 놓으라고 하곤 열쇠 주고 나오는 길이다.

소백산역이라고 내비에 찍었는데 '희방역'이 나온다. 소백산역이라고 쓰고 희방역이라고 읽으란 예다. 어쨌든 '희방역'에서 수철리마을까지 1.4km. 죽령 옛길의 입구다. 거기서 2km의 산길을 걸어 주막이 있는 곳까지 걸어가는 죽령 옛길을 걷는 거다. 3.4km면 왕복 6.8km. 이르지 않은 오후시간이라 빠듯할 수도 있다. 더 중요한 건 같이 걸어 줄 사람이 안 보인다. 인터넷에는 요즘 핫 코스라기에 아무 때나 와서 걸어도 되는 줄 알았다.

결정을 못하고 마을 초입에서 맥 놓고 바위에 걸터앉았다. 꾸물꾸물한 날씨인데도 비 한 방울 내리지 않은 것만도 어딘데. 그때였다. 관광버스 한 대가 도착한 모양이다. 산악회회원들이 우르르 몰려오는데 고맙고 반가웠다. 같이 걸어가도 되지요? 대답은 들을 필요가 없다. 우리 부부는 자연스럽게 섞이면 되고 어색한 조합은 뒤처지지 않으면 된다.

만만치 않은 길인가 보다. 저들 일행 중 반 넘게는 버스로 되돌아갔다. 길이 밋밋하지도 그렇다고 가파른 구간이 긴 것도 아니다. 산골집, 사과밭, 옛 주막 터를 지나는 길이 좀 지루하긴 하다. 그러나 이야기가 있는 길이지 않는가. 선조들의 고단한 삶과의 만남이고, 건강을 챙기려는 사람들과의 조우다. 우린 옛길을 걸어 미래로 가는 징검다리를 놓고 있었다.

돌아올 때는 선택의 여지가 없다. 오던 길을 우리 둘만 되돌아가야 한다. 저들은 큰길가 주막에 도착하자 지체되기라도 한 듯 기다리는 버스로 훌쩍 길 떠나버렸으니 우리 둘만 달랑 길에 버려진 낙엽처럼 되었다. 날씨는 잔뜩 흐려있다.

"여기가 어디쯤인지 잘 모르겠는데 그냥 택시 부를까?"

"택시는 무슨. 주막에서 시원한 물 한 그릇 얻어 마시고 그냥 걸어 내려가요. 설마 올라온 길인데 날 저물기 전에 못 내려가겠지요."

저 자신감은 어디서 오는 걸까. 희방역에 도착해서 시계를 보니 6시 30분. 색시가 달리 보였다.

"어서 오세요. 이리로 앉으세요. 구들이 있는 따끈한 데로 앉으시던가. 두 분 시장하시겠다. 시간이 조금 걸리니까 기다리세요."

콩물은 맛있는데 국수를 남기자니 국수에 붙은 콩물이 아까울 것 같고, 다 먹자니 탄수화물에 죄를 덮어씌우는 것 같아 미안하다. 오늘은 콩물 따로, 국수 따로. 시장이 반찬이었겠지 하겠지만 고소함과 깔끔함이 달랐다.

풍기온천리조트

소백산 희방사 희방폭포

어제 온종일 구름이 몰려다니더니 밤새 작당을 한 게다. 기어이 밤새 비를 뿌렸다. 이런 날씨라면 소백산 희방사까지는 무리인 듯싶은 데. 서울로 올라가지.

주저하게 되는 건 여행의 끝물이라 그렇다. 피로가 쌓인 데다 집이 그리울 때도 되었다. 이때쯤이면 몸과 마음이 느슨해지기도 한다. 봄 가뭄으로 도시며 농촌이 이상기온에 물 부족까지 겹쳐 몸살을 앓고 있는 때다. 소금장수와 우산장수 아들을 둔 어미 마음이 이런 것이 아닐까. 비가 그치는 것이 반갑긴 해도 들어내놓고 좋아할 수 없는 마음.

"우린 축복받은 사람이라니까요. 여행하는 내내 적당한 날씨를 주어 고마웠는데 귀가하는 전날 밤부터 전국에 단비를 뿌리다니 안 그래요. 그동안 얼마나 가물었어요. 비는 많이 와야 하는데."

어젯밤에는 그랬다. 아침에 눈 뜨니 마음이 달라졌다. 산속 날씨라는 것이 워낙 변덕이 심하다 보니 산속에서 폭우라도 만나면 낭패인데 그 걱정까지 지고 가야 했다. 트렁크에서 우산을 챙겼다.

이른 시간이라 주차장은 텅 비었다. '희방사 300m' 안내표지판을 보고 들어가는 길이다. 그런데 갑자기 이정표가 못 미더웠던 건 거리가 너무 짧다고 생각했던 것 같다. 숲길에서 나와 차도를 따라 너른 길로 바뀠다. 이렇게 멀어야 맞지. 그렇게 도착했는데 처음 와본 곳 같은 곳이었다. 나이 탓만 했다.

인증사진 찍고 물 뜨고 둘러볼 거 다 보았으면 '연화봉 가는 길'이라는 화살표를 따라 가기로 했다. 그칠 기미가 안 보이는 비가 변수였다. 아내는 얼마나 올라 갈 거냐며 앞장선다. 150m쯤 걸었을까. 희방폭포로 가는 안내판이 나온다. 올라가면 연화봉. 그제야 어렴풋이 알겠더군요. 입구가 달랐으니 절간이 낯설 밖에. 내려갈 때는 제 길로 갔다. 난 바보야! 멍청이라니까. 이정표대로 걸었으면 당황하지도 않고 상쾌하게 걸어 올라왔을 텐데. 그때 왜 그랬는지. 지금도 모르겠다. 혼이 나갔었나. 지켜보는 아내가 웃기만 한다.

"뭘 그걸 가지고 그래요. 그럴 수도 있지. 여태 잘 해왔으면서 난 믿어요."

영주 영주호텔, 풍기온천리조트

영 천

영천 팔공산 은해사
임고강변 공원
임고서원

영천 팔공산 은해사

2018년 4월 30일(월)

'갓 바위의 고장' 와촌으로 가는 길은 벚꽃이 진 허전함을 철쭉이 메우고 있어 색다른 드라이브코스였다. 웃음을 질질 흘리고 다녀도 아깝지 않았다.

영천 은해사는 자신의 덕으로 만물을 소생시킨다는 '증장천왕', 죄인에게 벌을 내려 심한 고통을 느끼게 한다는 '광목천왕', 악한 이에게 벌을 준다는 '지국천왕' 언제나 부처님의 설법을 듣고 있다는 '다문천왕' 이 객을 맞고 있었다.

일주문에서 보화루까지 2km는 울창한 숲이다. 어디다 액자를 들이대도 그게 그림일 것 같은 숲이었다. 그 그림 속을 걸었다. 300년 전에 심었을 것으로 추정되는 소나무 숲이 너무 좋다. 참나무와 느티나무가 짝을 맺은 사랑나무를 만져보고 선우(善友)다리를 건넜다.

산사에 들어서면 느낌이 다르다. 세월의 깊이에 숙연해지지 않을 수 없다. 절간이라 월요일 정적을 깨뜨리는 것은 새들뿐이다. 천년고찰임을 알려주는 것은 대웅전의 현판뿐만이 아니라 추사 김정희의 친필이 있기 때문이다. 그런데 내 눈엔 대웅전 뜰에 심어져 어느새 거목으로 자란 향나무만 보이니 어쩐 일일까. 속인(俗人)이라 그런 마음이 드는 건가.

임고강변 공원

우린 서로의 가슴에 별을 심어줄 것 같은 오늘밤이 기대되어 강변공원을 별밤공원이라 부르기로 했다. 여행을 다니면서 별똥이나 주워볼까 하며 밤길을 걸은 건 처음 있는 일이다. 임고강변 공원을 통째로 정원으로 사용하는 행운을 누렸다. 후더분한 주인아주머니와 덩치 큰 삽살개가 보디가드다.

하늘의 별을 세느라 달님이 앞산 봉우리에 불을 놓으리라곤 전혀 예상 못 했다. 까만 밤에 산봉우리가 지글지글 타더니 그 위로 하얀 달님이 방글방글 웃으며 나타난다. 놀라운 광경이었다. 그 흥분이 가시질 않아 오랜 시간 자리를 지키고 있었다.

우린 낭만과 추억 하나 더 주울 생각에 냇가에 앉아 달님을 바라보며 분위기 잡았고, 가깝고 먼 텐트에선 호롱불 켜 놓고 저녁 먹는 정겨운 모습이 추억을 불러왔다. 슬금슬금 기웃거려 보지만 먼 이웃일 뿐이다. 저네들은 이런 분위기에서 무슨 이야기를 나눌까. 우린 저 나이 때 무슨 얘길 했을까?

우린 저 세대를 격렬하게 살아봤으니 이해는 하지만 저들에게 우리 세대는 갈 수 있을지 모를 먼 미래의 이야기다. 우리가 젊은이들의 아름다운 별밤의 분위기를 깨뜨려선 안 되는 이유다.

가장 아름다워야 할 현실이 누군가에겐 먼 과거. 젊다면야 얘기는 달라지겠지만, 어쩔 수 없이 우린 공원을 비켜주고 펜션에서 별이나 세다 잠드는 세대인가 보다.

영천 샤넬펜션

임고서원

오늘은 느지막해서 출발했다. 삼국유사군위휴게소를 들러 갈 계획이라 너무 이르면 사람들이 적어 썰렁할까 봐 그랬다. 또 있다. 미세먼지 때문이다. 안갠지 미세먼진지 그거 걷히면 움직일 생각이었지만 마음뿐이었다.

주인아주머니가 '시간 되시면 한번 또 놀러오세요.' 아내의 손을 꼭 잡는다. 정이 묻어나는 주고받는 대화다. 아내의 얼굴이 잠시 상기된다. 안개가 장난이 아닌 데다 적막감마저 감돈다는 표현은 이럴 때 쓰는 표현이다. 샤넬펜션에서 차로 5분. 더군다나 군위 가는 길목이라 잠깐 들르는데 무리가 없을 것 같아 잡은 첫 행선지다.

임고서원이 있는 이 마을은 일찍이 아버지를 여읜 포은 정몽주가 영천 이씨 어머니와 함께 살았던 곳에 하늘의 별이 된 포은 정몽주를 추모하기 위한 사당을 세웠다. 조선 선조 때 '임고서원'을 짓고, 기념식수한 것으로 추정되는 은행나무의 나이가 500살이 넘었다. 본래는 부래산에 있었던 것을 임고서원과 함께 이곳에 옮겨 심었다고 한다.

'까마귀 싸우는 골에 백로야 가지마라. 성낸 까마귀 흰빛을 새올세라 청강에 좋이 씻은 몸을 더러 일까 하노라.'

포은 어머니가 아들을 위해 지었다는 詩라고 한다. 오늘도 길게 걸을 생각은 애초부터 없었다. 그러나 '포은 단심로'를 읽고 나선 마음이 달라지려 한다. 이럴 땐 아내의 순간발차기가 놀랍다. 찍 소리 못했다.

"요 앞 조용대가 괜찮지 않아요. 미세먼지도 많은데 먼 길 힘들게 걸을 게 뭐 있어요. 이 뿌연 먼지 좀 봐요. 앞산도 희뿌연 풍경이구면."

영천 샤넬펜션

울릉

울릉도 가는 날

2018년 9월 16일(일)

　'돈 아까우면 못 먹습니다. 그러나 인생이 아까우면 이보다 좋은 건 다시 없습니다.' 어느 건강약품 선전 글귀다. 마찬가지로 배 타는 것이 무서우면 섬 여행은 꿈도 못 꾼다. 그러나 눈 한번 질끈 감으면 울릉도만 한 곳을 어디서 찾습니까. 그래 아내를 설득하느라 공을 많이 들였습니다.

　울릉도를 다녀온 분이 '뱃멀미에 속이 다 뒤집어져 지금 내 상태 완전 만신창이다. 계속 체하고 미식거리고 설사까지 정신력으로 버티고 있다.'고 쓴 글이 불을 지폈다. 아내는 배는 죽어도 못 탄다. 나는 매일 그런 건 아니니 괜찮다. 안심시키느라 애 먹었다.

　새벽 4시에 덕수궁에 도착하는 것이 문제였다. 그 시간대는 길에 나가본 적이 없다. 콜택시는 보낼 택시가 없단다. 차 못 잡으면 낭패가 아닌가. 아내가 그럼 고만 두지 뭐. 그 소리를 귓전으로 흘리고 나가봤더니 택시가 길바닥에 쫙 뿌렸네요.

　또 다른 세상에 놀라며 도착한 시간은 03시 50분. 덕수궁 앞은 까만 밤. 버스에 자리 잡고 눈 뜨니 홍천휴게소. 궁금할 새도 없이 퍼뜩 화장실 다녀오란다. 아침은 묵호여객선 터미널 앞 '청솔식당뷔페'. 10여 가지의 찬에 미역국까지 간도 맞으니 진수성찬이다. 이렇게 차려놓고 먹어본 기억이 없어 그런가. 배 두드리며 나왔다.

8시 50분 출항. 아내는 눈을 감고 있지만 안면근육은 굳어 있었다. 뱃멀미 할까 봐 걱정되고 긴장한 모습이 역력하다. 나도 그랬다. 근데 바다가 너무 잔잔하다. 배가 가고 있는지도 모를 정도로 조용했다. 우리 복 받은 기다. 그러다 잠든 모양인데 웅성웅성 소리에 눈 떠보니 울릉도 도동항. 2시간 40분만에 도착했다. 마님 왈! "배 멀미 약 괜히 먹었구먼. 안 그래요? 비행기 타고 제주 갈 때보다 더 편하게 온 거 같은데 그새 잠 들어서 그랬나."

"그럼 약 토해내서 내 서울 가서 무르게."

이쁘게 눈을 흘긴다.

울릉도 드라이브 관광

2시 30분 출-바알. 울릉도 섬 여행의 시작. 차창에 걸리는 바다는 아무리 봐도 질리지 않는 한 폭의 그림 같다. 기사님 입담에 귀 기울이기로 했다.

울릉도는 56개 마을에 1만 여명의 주민이 살고, 울릉도에 대학이 있다는 건 금시초문이지요. 노인대학이 있어요. 110년의 역사를 자랑하는 울릉초등학교와 성당이 2곳, 신호등이 2개 있는 것까지 알려주었다.

울릉도의 특산물로는 울릉고사리, 부지깽이가 있고, 눈개숭마는 씹으면 씹을수록 소고기 맛이 난다는 유명한 나물이란다. 100그램에 만 오천 원이면 비싼 거 아니라고 한다. 봄철 한철에 어린잎을 따서 먹는 거라 귀한 작물인데 잡숴보세요. 그래도 육지 사람들 그거 못 먹어서 환장들 하던데.

군목은 후박나무, 군조는 후박나무열매를 좋아한다는 흑비둘기. 울릉도의 3무 5다가 뭔지 아십니까? 도둑, 공해, 뱀이 없고 향나무, 바람, 미인, 물, 돌이 많기 때문이라고 해요. 뱀은 향나무의 향을 싫어하기 때문에 울릉도에 없다는 거는 아시는 분들이 간혹 있어요. 뭐 느끼는 거 없어요. 비릿한 바다냄새. 안 나지요? 문 열고 확인해보세요.

저기 보이는 '황남봉' 은 울릉향나무 자생지, 저 연인들이 좋아한다는 다리의 이름은 '할랑 교, 말랑 교' 저기 보이는 것이 가두봉의 무인등대 유, 오른쪽은 장작을 쌓아놓은 것 같다 하여 장작바위, 밧줄을 타고 절벽을 오르내리며 산나물을 채취해 장에 내다 팔아 생계를 유지했다는 주민들의 생존밧줄 보셨죠. 차창으로 스쳐 지나가는데 눈썰미 엔간해선 보겠어요. 눈, 귀가 바쁘기만 했지.

통구미 거북바위에 내려서 인증 샷. 그리고 또 달리면 두꺼비바위, 낙타바위를 거쳐 우산국의 마지막 왕 우해왕이 신라의 이사부에게 항복을 결심하고 벗어 던진 투구가 바위가 되었다는 투구봉, 이사부가 가져온 나무사자가 변한 사자바위는 그나마 한동안 차창에서 머물다 가데요. 국수가락을 펼쳐놓은 것 같다하여 국수산, 남근바위 아래 터널을 지나가면 부부의 사랑이 좋아진다나. 구암의 자라바위, 새끼 곰을 업고 웅크리고 앉아 있는 곰바위, 운지버섯바위에 코끼리바위와 코끼리 똥까지 보며 달렸다. 작은 배가 드나들 수 있을 만큼의 구멍이 코끼리코를 닮았다나.

덜컹거릴수록 울릉도의 비경이 더 아름다워 보이고 신비감까지 일게 하던데 흑비둘기가 원시림 사이로 날아다니는 건 언제 보여 주려나.

울릉도 예림 원

한 잔에 천 원 하는 '울릉더덕 차', 중풍에 효험이 있다는 마가목차. 호박엿에 호박쑥빵까지 다 섭렵하고 왔다.

'구름은 바람으로 가고, 인생은 사랑으로 가네.'

문자조각공원이라며 내려놓는다. 꼬마 수목원, 예림원에서 한 시간 준다고 한다. 없는 것 없이 다 있는 것이 아니라, 울릉도에서 보고 싶은 것은 다 있다는 얘기다. 경로 3천원 내면 10여m의 토굴 문을 지날 수 있고, 새 세상을 만나게 하는 것이 재미있는 곳이다. 울릉도에선 규모로 얘기하지 말란 말이 딱 들어맞는 곳이다.

아기자기해서 한눈에 다 들어올 것 같으면서도 돌아다닐 곳이 있는 곳. 와 보시면 알겠지만 오밀조밀하게 꾸며 놓은 것이 모든 게 신기하고 귀엽고 궁금하고 그래요. 내려다보는 바닷물 빛은 카키, 옥색, 비취색. 바다 속이 훤히 들여다보인다면 믿겠는지요. 수목원에 연보라의 울릉들국화가 만개했는데 볼만해요, 난 육지의 들국화와 잘 구별이 안 되던데, 색깔이 좀 더 선명한 것 같기는 해요.

풀숲을 걷는다는 건 용기가 필요하다. 패랭이꽃, 메꽃, 상사화, 가실쑥부쟁이, 구절초, 엷은 보라의 부처꽃, 노란 애기똥풀, 수탉의 벼슬을 자랑하는 맨드라미, 화선지를 만든다는 연노란 닥풀꽃, 로즈마리향이 난다는 섬백리향을 비롯하여 울릉도에서만 자생한다는 섬 기린초, 왕 해국에 너도밤나무, 마가목까지 다 모아 놓았는데 무얼 더 바랄까. 꽃향기에 취하다 헤맬라 걱정되니까.

나오는 길에 보면 작은 연못이 있다. 동굴 저편에 얼굴 없는 부처가 이런 말을 들려주지 않겠어요. "나를 바라보는 그대가 부처다"

송곳봉의 겨드랑이에는 구멍이 몇 개?

울릉도 송곳 봉에도 우리 민족의 정기를 말살할 목적으로 일본인들이 쇠말뚝을 박았다고 한다. 아직 한 개는 찾지 못했다고 한다.

기사님 왈. 저기 보이는 산이 송곳 산이요. 거기 구멍이 몇 개 보이는지 찾아보세요? 의미심장하게 웃는 것이 좀 수상타 했더니 조크가 숨어 있을 줄이야. 네 개요, 세 개 그러는데 세 개 보이면 입장료가 삼천 원. 네 개보이면 운이 좋으니 공짜라며 웃는 거 있지요. 뻥이에요. 다섯 개 본 사람은 뭐라 그랬는데 잊어먹었네요. 다섯 개가 있긴 한 건가.

은근한 미소로 쪽빛 투명한 바다를 바라보고 있는 독도수호약사여래대불과 그 바다의 비경을 보며 감탄한다 한들 430m의 송곳 봉에 비할까. 그의 겨드랑이에 나 있는 네 개의 구멍을 보았는데도 또 없나 찾아보게 된다.

전설로는 천지개벽 시, 옥황상제가 주민을 구원하기 위해 만들어 놓은 것이라 하고, 안개 낀 날이면 커다란 이무기가 이 동굴에서 얼굴을 내밀고 주위를 두리번거리며 흰 연기를 뿜었다고도 한다. 황소이야기도 들은 것 같은데 그게 무에 그리 중요합니까. 지금은 성인봉 약수 맛이 남다르단 말 밖에요. 한번 자셔보실라우.

자연의 비경에 신비로움 까지 갖췄으니 힐링 여행에 이만한 곳이 없겠다. 차창에 스며드는 시원한 풍경과 바닷바람도 좋기로 말하면 무시 못한다.

나리분지

비경에 취하면 약도 없다. 잠시 눈을 쉬게 할 법도 하건만 여행사에서 가만히 놔두질 않는다. 두 손 들 때까지, 아니 파김치 될 때까지 끌고 다닌다. 가는 길이 정말 험했다. 가파른 경사에 구불구불 에어컨까지 끄고, 기아 1단 넣고 달리는 데도 숨이 차다.

차가 높이 올라갈수록 귀가 멍하고 귀뚜라미가 운다. 침 몇 번 꿀꺽 삼키고서야 증세가 완화되는 걸 보면 나이 들어 그런 건지 특수한 환경에 적응하느라 그런 건지는 잘 모르겠지만 다른 일행들은 멀쩡하다.

그렇게 오르고 또 올라가는가 싶더니 기사가 한 마디 합니다. 여기가 나리분지에요. 울릉도에서 제일 큰 들판 아닙니까. 너르죠. 저 오른쪽을 보세요. 능선 보이시죠. 보이는 거 없어요? 잠시 침묵…. 여인이 누워 있는 모습이잖아요. 그제야 보인다고 버스 안이 웅성웅성했습니다. 묘한 웃음은 나만 흘렸겠어요. 얼굴모습하며, 코, 입술에 가슴의 젖꼭지까지 잘록한 허리하며, 무릎을 올린 요염한 포즈까지. 가슴부분(깃대 봉)에서는 용출수까지 솟는다면서요.

늘 푸른 식당 앞에 풀어놓고 빈대떡에 막걸리 한잔 어떠냐는 기사의 은근한 유혹이 밉지가 않았다. 일행이 많은 팀은 자연스레 한잔 꺾으러 들어가겠지만 그렇지 않은 사람들은 그 틈을 이용해 석양의 노을을 탐해가며 주변을 걷게 되어있다. 오늘의 여행은 바로 이런 맛도 있다.

여기서 길 따라 걷다보면 철에는 향기가 100리라. 뱃사공들이 길을 잃거나 안개가 짙으면 이 향을 맡고 길을 찾았다는 설화가 있는 섬 백리 향과 울릉국화가 반겨준다니 군침 흘릴 만하다.

그거 어때요. 울릉도는 어딜 가나 지금이 마가목이 황금색 열매를 맺는 계절 아닙니까. 수형도 보기 좋고, 열매가 정말 탐스럽고 예쁘다. 나래분지에는 이 묘목을 키우는 농장이 여럿 있다고 한다. 육지에서 볼 날도 멀지 않았다는 얘기다.

울릉 관광호텔

봉래폭포

2018년 9월 17(월)

눈이 시리도록 아름다운 자연에 하루 종일 취해서였을까요. 어제는 우리가 좋아하는 TV프로그램이 있었어도 용빼는 재주 없었다. 그냥 기절했다고 봐야 한다. 가슴이 뭉클할 것 같은 야경도 낼 봅시다. 그랬으니까.

눈떠보니 6시 5분 전 눈은 퉁퉁 부었어도 보이는 건 다 보인다. 안개바다가 그림 같단 생각에 아내까지 깨웠다. 해 뜨면 이 신비로운 세계를 못 볼 것 같아서였다.

어제 저녁은 오삼 불고기. 섬 취나물, 오이무침을 싹싹 비웠는데 오늘 아침엔 시원한 콩나물국에 전복내장 죽을 한 그릇 뚝딱 해 치웠다. 입맛 없단

말 다 거짓말이다. 7시 50분 버스 승차. 정신 줄 쏙 빼놓는다. 개인의 자유가 허용되지 않는 패키지여행의 또 다른 매력이다.

촛대바위는 고기잡이 나간 아버지를 기다리다 돌이 된 전설이 있어 효녀바위라 부르지만, 발음을 잘못 하면 좃대바위가 된다. 저동항을 지나면 바로 봉래폭포로 가는 길목.

"올라가서 시원하게 쏟아지는 폭포를 감상하고 빈대떡 잘 굽는 서울집에 들러 빈대떡 한 장에 막걸리 한잔 하고 오세요. 내려오다 풍혈에서 땀 식히고 오소. 시간은 1시간이면 충분할 거예요."

800m만 걸으면 나리분지에서 매일 3천 톤의 물이 흘러내린다는 3단 폭포인 봉래폭포다. 울창한 삼나무 숲이 장관이다. 산과 바다 자연이 어울려 사는 길이다. 바닷바람은 숲 향기를 실어 나르느라 바쁘고, 한발을 낙엽이 뒹구는 계절 속으로 들이밀고 있었다. 오늘따라 유난히 길이 가파르다고 몸이 말한다. 가슴도 답답하고, 목마르고 숨이 목구멍에서 턱턱 막히는 것 같다. 게다가 신발까지 무거워요. 아침밥을 많이 먹어 그런가.

아내는 화장실로 가면서 다녀오라고 손짓하고 난 200여m를 아무생각 없이 혼자서 걸었다. 무지개다리 사이로 폭포를 보는 순간 환호성을 질렀다. 다 왔다는 안도감이겠지요. 인증 샷만 찍고는 폭포가 좋아 죽는 일행을 뒤로 하고 바로 내려왔다는 거 아닙니까.

곁에 아내가 없으니 허전해서요. 저기요. 한 영희 씨! 하고 불러봐 주실래요. 그제야 배시시 웃으며 나오는 모습. 예쁜 건 젊을 때나 지금이나.

다람쥐부부의 위로공연

화장실 안이 더웠을 테니 풍혈의 시원한 바람 한방 쏘이고 가자며 동굴 속으로 들어갔고 혼자 폭포 구경하고 온 미안함을 멋진 컷 한 장으로 만회해 볼까 셀카 들고 서둘러 따라가다가 그만!

어! 이건 아닌데. 돌부리에 걸려 고꾸라지는 순간 내 몸뚱이와 자존심은 산산조각 나고 말았다. 이마는 깨졌는지 아프고, 오른쪽 무릎은 쑤시고, 왼손은 정상적으로 작동이 안 된다. 허리와 가슴도 그렇다. 아픈 건 그렇다 치고 창피해서 아내가 내민 손을 잡고서야 일어날 수 있었다. 아무렇지 않다는 듯 웃어 보이긴 했는데 속으론 울고 있었다.

몸이 불편한 걸 말로 다 표현할 순 없지만 동백나무 마가목이 터널을 이루고 있어 볼만하다는데도 '내 수전 일출전망대'까지가 계단 폭이 크다는 핑계로 포기한 걸 보면 모르겠어요. 그 덕분에 다람쥐부부의 위로공연을 즐기긴 했지만.

신기하고 재미있어 마음껏 웃었다. 안 아팠냐고요. 글쎄요. 다람쥐 한 쌍의 사랑행각에 잠시 내 혼을 빼앗겼나보죠. 서로 엉켜서 뒹굴고, 입 맞추고, 밀당도 할 줄 알아요. 찍찍 소리질러가며 벽을 타고 오르락내리락, 길바닥까지 내려와서 한참을 사랑놀이하다 눈 깜짝할 사이에 사라져 버렸어요.

19금은 명함내밀 생각을 말아야죠. 이건 자연이 선물한 19금. 어찌나 긴장하며 보았던지 호박식혜가 한 방울도 남아 있질 않았다. 어! 이거 뭐야 없네. 다 먹었잖아.

울릉도 의료관광

점심은 홍합 밥. 독도관광 팀은 12시 10분에 떠났고, 우리 부부는 13시에 팔자에도 없는 울릉군 보건의료원으로 직행 의료관광을 했다.

접수하고 응급실에 들어가니 젊은 의사선생님 말씀. 골절이며 뇌진탕이 있는지 사진부터 찍어보잔다. 머리 부분과 왼쪽 팔을 방향을 바꿔가며 X-Ray를 찍더니 옆방으로 가서 CT촬영까지. 그제야 상처에 빨간약을 발라준다. 혈압이 170까지 올라갔으니 혈압 떨어질 때까지 안정을 취해야 한다며 침대에 눕혀놓는다. 아내에게 한 첫마디가 아이들한텐 절대 얘기하지

마세요. 창피하니까.

그렇게 의료원에서 반나절. 길고도 힘든 시간이었다. 서울 올라가시거든 병원에 꼭 가 보세요. 약제실에서 약 타가시구요. 네 고마웠습니다.

눈퉁이는 시커멓게 퉁퉁 부어올랐고, 무릎은 쑤시고 가슴도 타박상이 있는지 아프다. 삭신이 옥신거린다는 표현이 맞다. 그래도 아무렇지도 않은 척해야 한다. 걱정하니까. 그런데 무심중에 "나 아프다." 그랬나 봐요. "많이 아파요?" 아내는 아무 말 없이 내손을 꼭 잡아 준다. 마음이 그리 편할 수가 없다. 부부의 힘이다.

늙으면 친구라지만 정말 힘들 때 내미는 내손을 잡아 줄 친구 손이 이렇게 따뜻할까 울릉도에는 꼬부랑 할머니가 마가목 지팡이를 짚고만 다녀도 허리가 펴진다는 이야기가 있던데 나도 그 지팡이 한 개 사 갈까.

울릉관광호텔

해안전망대에서 작별인사

<u>2018년 9월 18일(화)</u>

우리가 머문 호텔은 화장실이 잘 돼 있는 여인숙이다. 둘이 등 붙이고 누우면 딱 이다. 여기선 새소리가 알람시계다. 눈퉁이가 더 부었다. 안 쑤시는 데가 없다.

여행 일정은 이랬다. 16,500원을 들여 배타고 죽도에 가서 365계단의 달팽이계단을 밟고 올라가 대나무를 보며 둘레길 걷느냐, 아니면 7,500원 내고 케이블카를 타고 올라가 전망대를 다녀오느냐 하는 선택 관광.

우린 후자다. 도동항에서 약수공원까지, 또 300m의 오르막길을 걸어가서는 케이블카 타고 5분. 오를 땐 몰랐다. 정상에는 차분한 분위기를 좋아하는 사람들은 다 모인 것 같다. 그들 속에 우리도 자연스럽게 녹아들었다.

전망대에서 바라보는 바다 경치가 정말 멋있다는데, 굳이 내려가서 보고 올 필요까지야. 몸도 성치 않은데 중간에 그런 생각을 했다. 울창한 숲이 있고 나무의자도 마련돼 있다면 여기서 쉬어가면 되지. 고민 안하고 바로 여기 좋네. 지루할 때까지 노래 부르며 쉬다 왔다.

해안전망대가 있는 곳을 알았으면 가야한다. 여행 중에 깜빡 까먹고 내려와도 속상할 텐데 정상까지 올라가서 머지않은 곳에 있는 것을 안 이상 귀찮다고 그냥 내려가는 건 있을 수 없는 일이다. 자유여행에서는 가끔 있는 일이긴 하다. 오길 잘했다. 맑은 날엔 독도도 보인다카네요. 햇살 담은 바다며 도동읍내. 배 타고 갈 서동 항, 머물던 호텔, 울릉의료원이 몽땅 보인다. 울릉읍의 아기자기한 모습을 오롯이 보여주었다. 기억을 되살리기에 좋은 곳이었다.

마지막으로 가장 먼저 아침을 맞이하는 섬, 독도의 역사와 자연 환경을 한눈에 볼 수 있다는 독도박물관을 방문했다. 독도를 자기네 땅이라고 우기는 것이 거짓임이 여기 오면 다 밝혀지는데 왜 그들은 여길 안 오는 걸까.

시간 맞춰 내려왔더니 '가고 싶은 집 1호점' 따개비칼국수가 기다리고 있었다. 양푼에 담아 내왔는데 면이 매끄럽고 육수는 비린 듯 풍미가 있다. 무엇보다 아내가 맘에 쏙 들어 한다. 울릉도는 마지막까지 우리 입맛을 실망시키지 않았다.

뿐인가 느릿느릿 흘러가는 시간, 바다와 좁은 길, 그리고 특이한 꽃들과 그 향기, 프로방스의 자유로운 영혼을 울릉도에서 보고 간다.

울릉 관광호텔

의 성

의성 조문국박물관

2018년 5월 6일(일)

오늘 아침은 야채샐러드뷔페. 연어샐러드와 계란, 야채와 나물에 요구르트, 파이애플주스. 장 청소 좀 했다.

의성은 고대국가 '조문국' 이 존재했던 지역이다. 조문국박물관 주변에 널려있는 200여기의 고분에서 다양한 유물이 출토되면서 조문국의 역사와 문화를 보존하고 재조명할 필요를 느껴 2013년에 문을 열었다고 한다.

안녕하세요. 배꼽인사 한마디에 나도 모르게 공손하게 고맙습니다. 하루가 즐거우리라는 거 의심 안 해도 되겠네요. 출토된 인골들이 관속에 누워있는 전시물이 4기나 된다. 처음에는 약간 섬뜩했지만 평상심을 찾는데 뭐 시간 걸리나요. 이런 박물관 눈높이가 나에게는 맞춤이다. 가족단위의 구석기와 정착생활의 기반인 부족단위신석기시대의 생활모습을 비교 전시하니까 호기심과 이해가 빨랐다.

흥미롭게 보았다. 얼기설기 풀로 짠 옷감으로 부끄러운 곳은 가리고 움집에서 가족이 사는 모습, '고인돌' 조성기부터 '널무덤 출현' 의 청동기시대까지 나라의 기틀을 다진 초기 부족국가 조문국이 의성지방에 나타났을 것으로 추정하고 있었다.

조문국은 4세기에 신라에 병합될 때 까지 찬란한 독자문화를 가지고 있었다고 한다. 이를 증명하듯 상주, 선산, 안동, 의성의 토기가 신라 양식의 경주지역 토기와는 형태면에서 차이가 많이 난다고 한다. 의성 사람 박찬이 1,300여점을 선뜻 기증하는 바람에 박물관의 전시물이 더욱 다양하고 풍성해졌다.

2층에는 민속유물전시관을 열어 1960~70년대의 생활용품을 전시하여 우리의 삶이 질이 빠르게 변화하고 있었던 사회상을 보여주었고, 의성의 자랑인 민속놀이를 알기 쉽게 표현한 것도 재미있게 보았다.

그중 하나가 가마싸움이다. 이를 읍내 북촌에서는 가마싸움, 남촌 오씨는 가마놀이라 불렀다는 가마싸움을 생생하게 표현했다. 부여의 영고와 견줄만한 지방문화제를 이렇게 완벽하게 살려낸 노력은 박수 받을 만하다. 의성군민 파이팅!

대곡사의 깨우침

'대곡사의 깨우침' 이란 주제로 열린 특별전도 열었다. 조문국 박물관 주관으로 대곡사에서 위탁하여 보관 관리 중인 유물들을 중심으로 기획 전시한 행사였다. 전시물의 구성은 '불경에서 배우는 깨우침, 사진으로 느껴지는 깨우침, 스님의 삶으로 알아보는 깨우침' 으로 아이들도 알기 쉽게 전시한 것이 특징이었다.

스님들이 사용하는 발우, 다기, 금강령, 염주, 목탁, 죽도들을 한 눈에 본 것도 처음이지만, 무진장이란 말의 본뜻을 알게 된 것은 큰 수확이었다. 물건이나 지식을 습득한 것이 많아 바닥이 들어나지 않는다는 뜻이며, 부처님의 한량없는 자비심이라고 한다.

동자상은 어린 소년의 모습으로 불교의 청정한 세계를 표현한 것이라고 했다. 문수동자와 보현동자. 불교의 예배 대상 가운데 동자상은 특히 아름

답고 순수한 자태로 주목받는 상이다. 지혜를 상징하는 문수와 중생의 목
숨을 길게 해준다는 보현동자의 고운 옷차림보다는 동자의 손에 들려 있
는 것이 무얼까. 뭘 들고 있는 걸까. 부처께 드리는 예물일까. 대중에게 주
려는 선물일까.

죽어서 명부에 가면 그 사람의 현생의 업을 비춰보는 업경대라는 거울이
있다고 한다. 사람이 죽어 지옥에 가면 염라대왕이 인간의 죄를 비추어본다
는 그 업경대가 명부전과 지장전에 있다는데 궁금하다는 건 보고 싶단 얘기
다. 그게 왜 보고 싶으냐고요. 궁금하면 옥상에 올라가 보시던가.

주변풍경이 파노라마처럼 펼쳐지는 속에 내 눈에 보이는 곳이 업경대다.
가장 작은 것을 소유하며 가장 크게 만족하는 삶을 사시는 신부님과 스님
은 존경받아 마땅한 사람이다. 수녀님과 여승도 그렇다.

의성 금성고분군

박물관 옥상에서 보면 산자와 죽은 자의 갈림길이 보인다. 과수원 사이
로 길이보이고 둥근 녹색지붕이 조문국의 상류층이 묻혔다는 고분군이다.
1km거리에 있다.

의성이 복숭아, 자두과수원이 많다 들었다. 꽃 필 때 수확할 때 걸으면
무릉도원이 따로 없겠다. 한여름도 나쁘지 않다. 겨울은 또 어떻고. 걷는다
는 생각만으로도 행복한 곳이다. 그럼 뭘 해요. 걸어갔음 딱 좋겠다는 건
마음뿐이었다. 괜히 비 핑계 대는 것 같지만 감기몸살. 오늘도 차로 가야
할 것 같다.

고분군에는 의외로 산자들이 많이 찾는 곳이다. 젊은이들이 차로 들고 나
느라 번잡하다보니 주차하느라 애 좀 먹었다. 차 카페의 커피 한 잔 입술에
침만 발랐다. 아내가 생각 없단다. 우길 생각 없으면 포기는 빠를수록 좋다.

입구에 8각 지붕의 2층 누각이 있는데 상징물인가 포토 존인가. 포즈 몇

번 취하곤 내려온다. 우리도 따라 했다. 비가 부슬부슬 내리고 있는 날이라 고분군을 산책할 때 상큼하단 느낌보단 귀찮단 생각이 먼저 들어 깜짝 놀랐다. 나에게도 이런 현실적인 감각이 있다니. 인간적이긴 하다.

그래도 그렇지. 여행은 약간의 의무가 따르는 법. 여기까지 왔는데 아이쇼핑으로 끝낼 수는 없다는 생각 때문에 걷게 되는 것 같다. 30여분 걸었나. 비 때문에 불편하긴 했지만 그리 나쁘진 않았다.

조문국고분군 틈에 신라왕의 무덤이 있다고 해서 보러갔다. 그런데 있데요. 뭔 일이래요 이게. 그럴 것 같지만 담담했어요. 이곳은 선선한 바람이 불고 해가 말간 날, 둘이 양산 하나 쓰고 걸을 기회가 있다면 좋겠다. 그 생각만 했던 것 같다.

등운산 고운사

2019년 5월 11일(토)

고운사(高雲寺)는 의상대사가 창건한 절이다. 그러나 신라 말, 유, 불, 선에 통달하였다는 고운(孤雲) 최치원이 이절 스님들과 함께 사찰 안에 우화루' 와 '가운루' 를 지은 인연으로 그의 호를 따서 고운사(孤雲寺)로 절의 이름을 바꾸었다고 한다.

영주의 무량수전이 고운사의 말사였다고 한다. 그만큼 고운사는 사찰풍수의 진수를 보여주는 절이었다. 풍수를 빼고 이 절을 말할 수 없는 것은 고운 최치원이 신선이 되어 하늘로 갔다는 것과 무관하지가 않아서다.

연꽃이 반쯤 핀 모습이라는 일주문을 지나 1km정도 걸어가면 등운교가 나온다. 잠깐의 산책 끝에 만나는 다리다. 석가탄일이 가까워지니 일주문에서 금당까지 길에 물을 뿌렸다. 일주문에는 시립하듯 두 그루의 느티나무가 운검처럼 버티고 서 있는데 꼭 세속의 번뇌를 말끔히 씻고 들어오나 지켜보는 것 같아 잠시 움찔했다.

천왕문을 지나면 고불전이다. 계곡물에 발 담그고 여섯 개의 가늘고 긴 다리로 거대한 누각을 버티고 있는 자운루가 압권이었다. 이 절에 가면 도선국사가 조성했다는 삼층석탑과 약사전의 석조석가여래좌상은 보고 가기에 먼저 들렀다.

약사전에는 작은 돌부처가 앉아 있습니다. 그 약사전 앞에 최근 하얀 석탑을 세웠는데 그게 꽃술이라고 해요. 석탑이 화심(花心)에 해당되기 때문에 그리 했답니다. 오늘은 석가탄일 전날이다. 인심이 넉넉할 것 같은 분위기였다. 대웅보전에서 시골골목길 찾아다니듯 걷다보면 길에는 성스러움이 아닌 정겨움이 있었다.

보살님은 "비빔밥 한 그릇 드시고 가세요." 공양그릇 들고 행복해하는데 해우소에 들른 아내는 소식이 없다. "가만 있어보소. 먼저 떡 하나 드시겠어요?" 기다리는 것에 지칠 쯤 보살님이 내 손에 백설기 두 덩어리 쥐어 주신다.

일주문 주변으로 백설기만큼이나 희고 고운 불두화가 빙 둘러 핀 모습이 정말로 고왔다. 꽃말은 은혜, 꽃모양이 부처님 머리를 닮았다하여 불두화라 했다면 순백의 꽃잎은 보살님의 마음을 표현한 것이 분명하다. 그래서 부처님오신 날에 백설기를 나누어주는 모양이다.

의성 사촌가로 숲

사촌마을은 고려 말, 안동 김씨 김 자첨이 이주해 오면서 안동 김씨와 풍산 유씨 집성촌이 되었다. 서애 유성룡을 비롯해 많은 선비와 학자들을 배출한 마을이다. 현재는 전통가옥 30여동 중 임진왜란 이전의 목조건물인 '만취당'이 가장 오래된 고옥이라고 한다.

사촌마을에 가면 담장너머로 슬쩍슬쩍 들여다보며 걷는 것만으로도 마음이 힐링이 된다고 한다. 특히 '사촌가로 숲'은 서쪽이 허하면 인물이 나지 않는다는 풍수지리설과 서쪽에서 불어오는 산바람을 막으려고 방풍림을 조성해서 생긴 숲이다. 여러 종류의 활엽수를 섞어 심어 산바람을 막았고 농사에 큰 도움이 되었다고 한다. 그 숲이 600여년의 세월을 보내면서 아름다운 숲으로 사람들의 발길을 잡는 명승지가 되었다.

　우리 부부가 걷는 숲은 아름드리나무들이 꽉 들어차 있었다. 울창한 숲길 옆으로 바싹 마르긴했지만 개천도 있다. 각종 활엽수들이 서로 어우러져 수백 년을 지켜온 숲의 위용이 나무 한그루 한그루에 스며있어 겸손해지고 지루한 줄을 몰랐다. 이런 길은 찾아 걷는 것만으로도 살아있음에 대한 축복이다. 밖은 30도를 넘나드는 더위로 숨이 턱턱 막히는데도 이 숲만 들어오면 더운 줄 몰랐다.

　말이 필요 없다. 느낌이 가는 대로 걸으면 된다. 느리게 걷기만 해도 힐링이 된다. 숲이 고맙고, 찾아 온 내가 고맙고, 말없이 곁을 지켜준 아내가 그렇다. 볕이 뜨거운 건 까맣게 잊었다. 정자에 올라앉아 원두막피서를 즐기는 중년부부가 부럽고, 그 귀퉁이에 궁둥이를 붙이고는 조잘거리는 새소리에 넋 놓고 시간을 죽이고 있는 우리도 영락없는 천상의 사람이었다.

비봉산 대곡사

　의성에 대곡사라는 절이 있다하여 33.7km를 달려가는 중이다. 10월은 드라이브만으로도 좋은 추억이 되는 계절이다. 벼가 익어가는 계절, 황금들녘으로 변해가는 모습과 가을걷이를 기다리는 농부들의 느긋한 손길. 그런 시골 풍경을 훔쳐보는 것만으로도 여행의 재미는 충분하다.

　가을들녘은 보고만 있어도 곳간에 양식을 가득 채운 것처럼 마음이 넉넉해지는 계절이다. 먹지 않아도 배부르다고 표현하는 것처럼. 추수를 기다리는 시골마을은 한 폭의 무릉도원이다. 이 기쁨을 자연에 돌려주는 마음으로 달려가는 길이다.

　인도 출신 지공선사와 고승 나옹선사가 주도하여 창건한 사찰이 대곡사다. 목조누각건축물은 원형이 잘 보존되어 있어 학술적가치가 높다고 한다. 대충 다듬은 듯 나무기둥으로 받친 일주문은 화려한 듯 초라하고 퇴락해 그것이 더 고급스럽게 보인다. 사찰은 현판과 건물이 낡고 퇴락한 것처럼 나무의 원색을 살려 멋을 부렸다. 단청을 피한 이유는 잘 모르겠으나 나뭇결의 순수함은 느낄 수 있었다.

　일주문에서 20보 걸으면 세심교. 귀를 열면 청아한 독경소리가 들려온다. 법당이 지척임을 미루어 짐작하게 한다. 조금 더 걸으면 희소성의 가치를 인정받은 의성 대곡사 범종루가 웅장한 모습을 드러낸다. 일주문에서 보면 경내가 한눈에 들어올 것 같이 가깝다. 특이한 건. 사천왕상이 아니라 석장승이 사문을 지키고 있는 것이다. 이런 사찰은 두 군데 더 있다고 한다. 남원 실상사와 창녕 관용사다.

　법계와 속세가 만나는 지점에 불교가 민간신앙과 만나면서 사찰의 외곽을 수호하는 석장승 역할을 지금까지 하고 있다고 보면 된다. 대웅전의 현판글씨는 가까이 가야 보인다. 고려 초기의 작품 173cm의 다층석탑(점판암으로 만들었다는 12층 청석탑)을 보았다.

　스님들이 짓는다는 너른 텃밭엔 발에 채일 정도로 많은 메뚜기들이 폴싹 폴싹 뛰어다니고 있다. 자연과 인간이 함께 사는 모습이 바로 이런 모습이다.

의성 최치원문학관

　대곡사에서 꿈의 도로라 불러도 손색이 없을 만큼 시원하게 뚫린 4차선 도로를 달려왔다. 아쉬움과 그리움이 반반이다 보니 허전하더란 말론 표현하기 어려운 묘한 감정을 안고 달려왔다.

평일이라서 그렇지. 차가 없어도 너--무 없다. 아내는 차가 없어 좋기만 하다며 달리는 내내 스쳐 지나가는 농촌 풍경을 보며 대놓고 좋아한다. 평소엔 지나가는 차량에 엄청 신경 쓰던 마음이 묻어난 말 같아 고맙고 미안했다. 그렇게 57km를 달려 도착했다. 이곳은 신라 말. 유, 불, 선에 통달하여 신선이 되었다는 최치원의 숨결을 느낄 수 있는 곳이다.

'바위에 글 꽃을 새기며'란 주제로 문장가인 최치원의 글과 사상이 담긴 바위에 새긴 글들을 보여주었다. 솔직히 말하면 한자를 알아먹을 수 있어야 말이지. 건성 둘러보고 나가는 꼴이다 보니 가슴에 담아갈 것이 별루 없었다. 우리가 그런데 젊은 세대들은 말해 뭐할까.

최치원은 유, 불, 선에선 당대 최고의 경지에 올랐다는 사람이다. 그는 신라 조정에서 승승장구 했으나 골품제도의 평등사상에 한계를 느껴 벼슬을 내던진 사람이다. 그리곤 이곳 의성 고운사, 합천 청량사, 지리산 쌍계사 등으로 유랑생활을 하던 중 한동안 고운사에 머물게 되었고, 그때 건축한 건물이 가운루와 우화루. 이곳에 그의 손길이 닿지 않은 곳이 없었다고 한다.

그가 전국을 돌아다니며 바위에 글을 썼다는 글들은 해독은커녕 읽기조차 힘들어 지루했다.

의성고운사 천년숲길

천년숲길은 산문에서 일주문까지 이어지는 1.2km의 숲길을 말한다. 걸으면 그림 속으로 들어가는 것 같다는 길이다. 스스로를 치유하는 힐링의 장으로 손색이 없다고 하니 걷지 않고는 못 배길 것 같은 길이다.

아래 주차장에 차를 세우곤 천년숲길을 걸었다. 맑고 깨끗한 마음으로 변할 것 같은 마음이었다. 잠깐의 산책이 주는 기쁨. 나만의 속도로 걸을 수 있는 비대면 나들이코스. 자연 속에서 힐링 하기 좋은 솔향기 짙은 숲길이 일품이었다. 단풍나무와 활엽수가 무성한 길로 시작했지만 끝은 소나무 숲을 지나 사찰 입구 주차장이었다. 거리가 짧아 아쉬움은 있다만 남녀노소 누구나 걸을 수 있어야 한다면 이정도가 좋다.

등운교를 지나 사천왕상이 지키고 있는 천왕문을 지나면 고운 최치원이 이 절에 머물 때 지었다는 '가운루' 를 볼 수 있다. 그제야 다녀간 기억을 되살려낸 걸 보면 나이 탓은 해야 할 것 같다.

그날은 날씨도 엄청 더운 초팔일 전날로 기억된다. 사찰 앞까지 차를 끌고 들어온 건 운이 좋아서였다, 그런 행운을 누린 까닭에 걷기 좋은 길이 있다는 것도 몰랐다. 이른 시간에 차를 끌고 코앞까지 들어와 여름방학 숙제하듯 둘러보곤 자리를 떴던 기억뿐이다.

다행인 건 조금씩 그날의 상황을 떠올리는 재미에 푹 빠졌다. 보살들이 엄청 많아 절 구경보다는 사람 구경 하느라 정신이 쏙 빠졌던 것이며, 당시 걷던 길 따라 걸은 것이다.

대웅보전은 곁눈질로만 슬쩍 보곤 그때와 마찬가지로 경내 깊숙이는 들어가지도 않았다. 한참을 서서 경내를 둘러보곤 바로 돌아섰다. 헛기침소리에 정신이 번쩍 들었다.

"이제 그만 안 갈 거예요."

이 길이 맞네. 골목으로 들어가면 극락전이 있을 걸. 조금 더 걸어가면 해우소와 공양간이 있을 것이고. 그 당시, 호랑이벽화가 그려져 있다는 공양간 앞에 우두커니 서서 보살님들의 눈치만 보고 있었던 기억이 나네. 오늘은 부처님 오신 날을 위해 준비하는 날이니 공양간은 활짝 열려 있어요. 들어오셔도 되요. 어서요. 비빔밥 한 그릇 들고 가세요. 할 것만 같은 보살님의 얼굴이 떠올랐다. 손에 백설기 한 덩어리 쥐어 주시던 그 보살님이시다.

우린 기억을 되살려 낸 것으로 만족하기로 했다. 먼지가 날린다며 길에 물을 뿌리시던 스님의 모습도 떠올려보았다. 기억 속에서 완전히 사라졌던 이유는 지금도 모르겠다.

의성 투데이 모텔

예천

예천 뽕뽕 다리 건너 회룡마을 옛길

2018년 6월 18일(월)

　뽕뽕 다리를 건너면 회룡마을이다. 주위가 가파른 산으로 둘러싸이다 보니 '내성천'이 물도리를 하면서 물에 갇히게 된 작은 마을이다.

　제1뽕뽕 다리를 건너면서 앞서가는 두 사람은 묵언 수행하고 있었다. 우리 부부는 조용히 뒤따랐다. 아내는 이런 다리를 건너봤다며 그리움을 끄집어내며 신이 났고, 난 수원세류초등학교 다닐 때 이런 뽕뽕 다리를 건너 학교에 다녔었다. 그때나 지금이나 뽕뽕 다리를 건널 땐 발판구멍으로 물이 풍풍 솟아 올라야 재미있다.

　오늘은 오랜 가뭄에 개천이 말라 모래밭이 훤히 드러나 있어 재미는 반감했지만 둑에 심은 사과나무가 어느새 골프공만 한 열매를 맺은 것이 되게 신기했다. 초여름, 탐스럽게 커 가는 열매를 보는 것도 볼거리였다. 눈이 풍요로우면 마음도 넉넉해진다고 했던가요.

　제2뽕뽕 다리는 나 혼자 건넜다. 옛길을 걸어보고 싶은 유혹을 뿌리치기 쉽지 않았다. 이런 기회 또 오는 거 아니라며 걸었고 난 팔랑나비였다. 다리를 건너면 바로 용포마을. 거기서 회룡마을 옛길로 들어서기만 하면 보상받고도 남을 것 같은데 어떻게 되돌아가느냐고요.

　손짓으로 나 혼자라도 걸어 주차장으로 갈 테니 기다리라고 했지요. 내성천을 따라 발자국이 만들어낸 산길이니 쉽단 말은 안할게요. 그러나 어려운 코스도 아니었다. 귓전에 윙윙거리는 녀석과 눈앞에서 알짱대는 훼방꾼만 아니면 더할 나이 없이 좋은 길이다. 녀석들은 자연이 살아있다는 증거다.

거기에 느낌까지 있는 길이었다. 능선에 올라서면 선택은 자유다. 전망대까지 1.3km 거리니 그리로 방향을 잡던가. 주차장으로 내려가던가. 함께 걷지 못한 것을 두고두고 아쉬워했다.

삼강주막

번듯한 기와집과 여러 채의 초가집이 그럴 듯하다. 제법 큰 규모의 관광지를 조성했으면 뭐 합니까. 휑하니 바람소리만 듣다 올라온 기억밖에 없는데.

'삼강주막'에 가서야 오늘이 3일 연휴 뒤끝이란 걸 알았다. 월요일엔 박물관도 쉬는데 고생했으니 우리도 쉬잔 말 나올 만해요. 바로 서울로 차머리를 돌렸다. 그날은 5월 첫 월요일이었지 아마.

오늘 삼강주막은 분위기가 달랐다. 시끌벅적은 아니어도 찾는 손이 있고 맞는 주모가 있다. 삼강나루는 한양으로 통하는 길목이었다지. 안타깝게도 1934년 대홍수로 소실된 것을 다시 복원한 것이긴 하나 그리움을 살리기엔 충분한 것 같다.

장사배가 들어오면 문경세제를 넘으려는 선비나 장사꾼들의 허기를 면하게 해주고, 때로는 시인 묵객들이 하루 묵어가는 여숙이 있다. 막걸리주전자 들고 드나들었을 부엌엔 글 모르는 주모가 주전자숫자를 칼끝으로 표시했다는 외상장부가 남아있다기에 보러가는 여유까지 부렸다.

인터넷에는 여기 오면 잔치국수와 두부는 꼭 먹고 가라기에 잔치국수 한 그릇씩에 두부 한 모. 시원한 바람 맘껏 쏘이며 영양가 없는 말만 주고받다 오면서 다음 여행지를 그리고 있었다는 건 아닐까.

요 몇 년 여행 다니는 동안 행복했던 기억이 주마등처럼 지나갔다. 오늘처럼 유람하듯 살다 가면 되겠네. 아니면 어떤가. 이웃과 어울릴 수 있으면 더 좋고. 심심풀이 삼아 여행후기나 긁적거리다 부르시는 그날 홀가분하게 떠나면 되겠지.

뭐하다 이리 늦었냐면 하면. 예, 이곳저곳 돌아다니며 놀다 오느라 늦었습니다. 그러면 되겠네.

용궁 단골식당

2018년 6월 18일(월)

"앗! 뜨거, 뜨거!" 이러다가 자동차가 더위 먹는 거 아니냐며 걱정을 안고 57km를 달려왔다. 가뭄이 긴 탓으로 날씨가 덥다 못해 뜨거웠다. 도로 앞뒤로 차가 한 대도 안 보이는 길을 30여km나 달렸다. 드라이브하긴 그만이던데 도로 이름이 뭐였더라.

그렇게 도착한 곳이 예천 용궁면 시장에 있다는 한 식당이었다. 주말다웠다. 점심시간이 한참 지난 3시쯤인데도 홀에는 손님들로 북적거렸다. 할머니에서 며느리에게 그리고 손주 사위로 이어지는 3대를 이어온 식당이라고 한다. 이 집 오징어볶음과 순대국밥이 관광지 하나 변변한 것 없는 이 촌구석으로 젊은이들을 끌어 모으고 있었다. 허긴, 우리 같은 늙은이까지 가세했으니 일러 무심하리오.

오징어볶음은 필수, 순대는 필수선택이었다. 막창순대냐 순대국밥이냐 만 결정하면 된다. 금년 3월에 부안에서 막창순대가 느끼하고 냄새가 싫어 편의점 신세를 졌던 기억이 있다. 아주머니 넷이 순대국밥 포장해가자며 기다리는 걸 보고 물었다.

"저기요. 뭐 드셨어요?"

"얘 오징어볶음하고 순대국밥 먹었어요. 맛있어요. 잡숴보세요. 막창 순댓국은 제가 느끼한 걸 안 좋아하거든요."

"고맙습니다. 여기요! 오징어볶음하고 순대국밥 두 그릇 부탁합니다."

"오 돼지 특유의 냄새도 없고 국물이 깔끔하네. 내 거는 왜 안 시켜줘요?"

안 시키긴. 워낙 가리는 음식이라 조심스러워 그랬지. 오징어볶음은 우리 마님 거유. 많이 드셔. 이 머슴은 순대국밥이나 뚝딱 해치울 테니까. 마님은 간 하지 않고 몇 숟갈 뜨더니 고소한 맛이 혀에 감긴단다. "오! 장난 아닌데." 그러며 2차로 새우젓으로 간하고 먹더니 또 다른 맛이라며 좋아죽는다. 반쯤 먹고 나서 고추와 양념장을 넣고 얼큰하게 먹어보더니 이젠 순댓국마니아가 된 것처럼 거드름까지 피운다.

맛이란 것이 난 그냥 있는 데로 따라 했을 뿐인데. 아내는 날 보고 맛내는 도사래요. 아예 바닥을 핥더군요. 뚝배기 닦을 필요도 없겠네.

용궁역 자라카페와 토끼 간 빵가게

잘 먹었으니 한 군데는 더 들러 가야 한다. 거북이와 토끼 이야기가 있는 용궁역. 이름을 십분 살린 아이디어에 젊은이들의 호응이 좋단다. 간이역이지만 무인역인 용궁역에 가게를 차린 '자라카페'와 '토끼 간 빵가게'가 참신한 아이디어 하나로 관광객을 끌어 모으고 있다는데 궁금하다.

귀여운 토끼와 빨간 자전거를 마스코트로 내세운 용궁역에 도착하니 이 시간에도 역 주변은 주차한 차들로 꽉 차 있었다. 용궁역 자라카페에서 차 한 잔 시켜놓고 분위기를 마시는 사람들일 게다. 주차할 곳을 찾지 못한 우리는 엉거주춤 차를 정차시켜놓았다. 아내가 '토끼 간 빵가게'에 다녀오더니 카페도 빵가게도 너무 예쁘게 꾸며났다고 자랑을 늘어놓는다.

봉지에는 예천의 명품 참깨, 들깨, 고구마로 만든 빵이 들려있었다. 아기 주먹만 하다. 빵 속에는 용왕님이 드실 간 대신에 팥이 들어있다. 빵맛이란 것이 언제, 어디서, 어떤 분위기에서 먹느냐. 그거 중요하거든요. 맛있다네요.

라마다 문경새재호텔

예천 회룡포 전망대

2021년 10월 7일(목)

비룡산 비룡대는 내성천과 더불어 회룡포 물도리로 이어지는 백두대간의 지맥이다. 의성숙소에서 76km면 가까운 거리는 아니다. 그 길을 지금도 잊을 수 없는 건 여행 내내 벌판에 심어진 벼가 하루가 다르게 황금빛으로 물들어가고 있는 모습이었다. 여행을 떠날 때는 푸르스름하던 벼가 황금색으로 변해가는 모습에 반했는데, 오늘은 누르스름한 벼이삭이 고개를 숙이고 있는 시골 풍경에 빠져들었다.

병이 들었는지 검을 빛을 띠며 죽어가는 모습엔 농부처럼 마음이 아프기도 했다. 농부들의 마음에 반에 반이나 할까. 그러며 달려왔다. 한반도 최고의 물도리마을 회룡포를 보기 위해 전망대를 가려면 장안사를 거쳐야 한다. 힘들게 달려와서는 차를 끌고 가파른 길을 올라가 윗 주차장에 차를 대는 사람들과 달리 우린 굳이 아래주차장에 차를 댄 나름의 이유가 있었다.

회룡포전망대를 가려면 223계단은 어떻게든 올라갔다고 치자 그럼 내려올 때 내 무릎은 괜찮을까. 그걸 걱정해야 했다. 포기하는 것이 재활에 도움이 되겠단 생각도 했다. 기왕이면 더 걷자는데 합의했다. 여기올 땐 구경만 하고, 여기까지 왔는데 그냥 가면 쓰겠나. 이왕이면 밑에 계단도 걷고 가자. 오기를 부렸다. 그렇게 시작한 여행이었다.

먼저 100여 계단을 올라 윗주차장에 도착하는데 성공했다. 느리긴 했어도 어렵진 않았다. 올라갈 수 있다는 희망이 되었다. 8~90m는 족히 되는 오르막길을 걸어 올라가기로 했다. 시멘트포장길에 가파른 길이다. 종아리와 허벅지에 힘을 실을 수 있어야 가능한 길이다. 그 끝에 용왕각과 사람들이 동전을 붙이며 비는 용바위가 있다. 중생들의 평안을 기원하는 모습으로 서 있는 미타전 용왕각이다. 그 길이 힘 들었으면 바로 포기했을 것이다. 이제까지는 몇 안 되는 돌계단도 무릎을 생각해야 한다며 돌아섰던 나였다.

한 계단씩 밟고 오르던 순간의 그 희열을 잊지 못하고 있다. 며칠 전. '고령 고분 가얏길'을 걸을 생각에 겁도 없이 십여 개의 계단을 올랐다가 엄청 애를 먹었다. 그 바람에 벤치에 앉아 지산동고분군을 먼발치로 바라보다 내려온 경험이 있다. 그런 내가 태백산 청룡과 소백산 황룡이 만나 승천하였다는 비룡산 회룡포 전망대에 도전했다.

한 계단 한 계단 걸으면서 충분히 쉬고 또 쉬고 무리하지 않으려고 애썼다. 천천히 오르며 시도 한 구절씩 읽어보고 그렇게 올라갔더니 223계단의 행운의 계단 수를 세어 봤느냐고 묻고 있지 않은가. 그럴 겨를이 어디 있어야지요. 드디어 용이 웅비하는 형상이라는 비룡산 정상을 밟았다. 용이 휘감아 도는 모양의 회룡포도 절경이라며 보고 왔다.

한 삽만 뜨면 섬이 되어버릴 것 같아 아슬아슬했다는 말. 그게 자연의 위대함 아닙니까. 올라가 보면 모든 것이 다 보인다. 과거와 현재까지. 전망대는 세 곳이나 있다. 가장 잘 보인다는 비룡산전망대. 정자전망대, 회룡포 마을이 더 가깝게 보이는 회룡포 전망대.

회룡포 전망대에서 보면 물도리 저 너머 산 아래 황금벌판이 손에 닿을 듯 펼쳐진 모습은 넉넉함이 있었고, 회룡포 마을은 가을걷이를 끝낸 뒤라 밭갈이까지 깔끔하게 마친 시골 풍경이었다.

난 구멍이 숭숭 뚫린 1, 2뿅뿅다리를 건너 '회룡마을 옛길'을 걷던 기억을 떠올리며 혼자 웃었다. 이제 600m 정도의 야산은 오를 수 있는 무릎으로 돌아와 준 것 같은 신호를 보내준 것이 고마워 울컥했다.

예천 비룡산 장안사

회룡포와 함께한 세월이 얼만데 하는 장안사가 비룡산자락에 있다. 신라가 삼국통일 후 국태민안을 빈다며 명산인 금강산과 양산과 국토의 중간에 위치한 예천군 용궁면 비룡산에 장안사를 두었다고 한다. 1300년의 역사가 있는 숨어있는 고찰이다.

최근에 허물어질 데로 허물어진 장안사를 보고, 두타 스님이란 젊은 분이 팔을 걷어 붙였다고 한다. 혼자 산길을 만들고 우마차로 두보를 옮겼다고 한다. 마을주민들이 이에 감복해 불사를 거들었고 절이 제 모습을 보이자 두타스님은 조용히 절을 떠났다고 한다.

현재 본당은 대웅전이다. 과거에 극락전으로 아미타 삼존불을 모셨던 자리에 지금은 석가여래가 앉아있다. 석가여래를 주불로 관세음보살과 지장보살을 모시고 있는 절은 영산전과 탑을 품었다.

우리 고유의 민속신앙의 대상인 용왕신, 산신, 칠성님을 함께 모신 암자 같은 장안사는 자갈을 깔아 사각사각 밟히는 소리가 예사롭지 않아 좋았다. 전망대에 올랐으면 내려오는 길에 둘러보는 것도 역사를 이해하는데 도움이 되지 않을까.

예천 파라다이스 호텔

예천 파라다이스 호텔

울진

죽변 등대지구
울진 망향휴게소

호텔후의 또 다른 얼굴 무인 호텔
후포항의 백년손님 '남 서방 처가 집'

죽변 등대지구

2019년 1월 11일(금)

육지가 바다로 발을 쭉 뻗은 땅이 포항 호미곶과 이곳 죽변 등대지구라 들었다. 울진 시선호텔에서 20여m만 걸으면 그 입구가 보인다. 가파르지 않은 언덕을 걸어 올라가면 정자가 나온다.

키보다 큰 대나무가 숲을 이루고 있는 길이다. 신라 화랑들이 왜구를 막기 위해 화살재료로 사용했다는 대나무 구간은 '용의 꿈길' 로 옛사람들은 이 고을을 '용이 노닐면서 승천한 곳' 이라 하여 '용추골' 이라 불렀다고 한다. 용이 승천하기 위해 긴 세월을 이곳 용소에서 기다리다 기어코 승천의 소망을 이루었다는 바다가 보이는 곳까지가 '대 숲길' 이다.

2004년 SBS드라마 '폭풍 속으로' 의 촬영장은 어부와 두 아들. 그들에게 다가온 운명적인 사랑과 파란만장한 삶. 아버지 역을 맡은 이덕화가 주인공이라고 한다. T자형의 이층 주황색 지붕이 '어부의집'. 이익금은 이 마을 노인복지로 쓰인다니 음료수 한 캔은 마셔야 할 것 같다.

어부의 집 2층은 시끌시끌하다. 3가족 9명의 어른아이가 경치에 푹 빠져 있다. 일행 중 여자아이가 일행을 소개해주었다. 함께 여행하는 것이 자랑스럽고 재미있는가 보다. 한 시대를 어부들과 애환을 같이 했다는데. 두어 시간 잡으면 새뜰마을 골목길을 요기조기 둘러보며 걸어 볼 수 있다. 우린 시간 반 걸었다.

곳곳이 명승지요, 쉬어갈 곳이 널려 있으니 사계절 언제든 와서 하루 걸으며 쉬다 가기엔 딱 좋은 곳이었다. 경치만 감탄하기에는 부족하다. 벽화를 보는 즐거움과 마을 사람들이 소박하게 사는 모습을 보는 것은 더 재밌다.

호텔은 이름 그대로 어느 방에서나 바다와 일출을 볼 수 있는 것이 특징이다. 바다가 발아래, 수평선은 턱밑에 있으니 눈만 지그시 감아도 해 뜨는 장면이 보일 것 같다.

울진 시선(SEA SUN) 호텔

울진 망향휴게소

2021년 10월 21일(목)

2019년 12월 6일(금), 내비에 찍고 보니 경주에서 6시간 넘게 달린 적이 있다. 이 날 7번 국도를 열심히 달리던 중, 울진이 고향인 망향휴게소에 들른 적이 있다. 바다 뷰가 끝내주는 전망대가 있는 휴게소였다. 전면 120°가 탁 트인 동해가 수평선, 넘실대는 파도에 잠시 쉬다가는 곳인 줄도 모르고 바다 풍경에 퐁당 빠질 수도 있으니 조심해야 한다. 여기가 바로 드라이브 여행의 포인트다. 그리고 잠은 강릉 스카이베이 경포호텔 844호실에서 잔 기억이있다.

경남 양산은 새벽에 빗방울까지 뿌리긴 했지만 기분 좋은 드라이브가 예약된 날이었다. 양산호텔에서 조식은 간단한 뷔페. 양산에서 후포항까지 가려면 4시간 넘게 달려야 하는 먼 길이다. 난 샐러드에 과일, 비프와 소시지 한 조각씩에 빵 하나에 만족했다. 장거리 운전 할 때는 가볍게 먹어야 한다는 내 방식을 따랐을 뿐이다.

농부들은 황금벌판에서 수확하느라 바쁜 계절이다. '망향휴게소'는 소피가 마렵지 않더라도 들려야 하는 것은 선 경험으로 알고 있었다. 여긴 휴게소라기 보단 잠시 머리를 식히며 탁 트인 동해바다를 보며 쉬었다가는 관광명소 같은 곳이다. 바위에 부딪혀 부서지는 파도를 보면 가슴이 뻥 뚫릴 것 같은 그런 기분이었다. 장엄함에 잠시 넋을 잃어도 좋다. 다 용서가 되는 곳이다.

망망대해서 밀려오는 파도를 보고 있으면 거칠고 부드럽고 는 상관없다. 거품을 토해내는 파도를 보는 것만으로도 여행의 새로운 파라다이스를 발견할 것이다.

호텔후의 또 다른 얼굴 무인 호텔

울진에선 예약 호텔부터 들어가려고 했는데 내비도 처음 경험하는 광경에 화들짝 놀랐다.

내비의 지시대로 섰다. '가까이 오시면 문이 열립니다.' 가까이 갔다. 열린다. 들어갔다. 커튼으로 가린 차고가 많고 문이 열려있는 곳은 단 두 곳. 힘들게 주차했더니 문이 닫혀버린다.

요상하다며 차고 계단으로 올라가니 문이 가로막았다. 숙박, 대실을 누른 후 현금이나 카드로 결제하란다.

무인모텔은 여행 다니며 보긴 했어도 경험한 건 처음이다. 계약할 땐 분명히 호텔이었다. 숙박료까지 선 입금시켰는데 무인모텔이라니요. 더구나 주소를 치고 왔는데 무인모텔로 안내하다니요. 가슴이 쿵쾅거렸다. 예약손님은 4시 이후에야 입실이 가능하단다. 그때부터 고민을 한 짐 지고 다닐 수밖에 없었다.

근심 한 근 가슴에 얹어 그런가. 발이 천근만근이다. 어쩐다. 이왕지사 이리 된 거, 대실전문 모텔을 경험해보는 것도 나쁘진 않지. 그런데 하룻밤은 몰라도 이틀 밤씩은 좀 그렇지 않나. 그럴 땐 어디에 도움을 청해야 하나. 면사무소, 파출소.

머리에 지진이 날 것 같이 지끈거려 미치겠는데, 같은 시간에 우리 마님은 살살 배가 아프다고 한다. 그러니 장거리를 달려왔으니 일찍 쉬고 싶었던 게 허사가 된 일은 꺼리도 안 되었다.

울진 호텔 후 310호

후포항의 백년손님 '남 서방 처가 집'

2021년 10월 22일(금)

'벽화마을 처갓집 가는 길' 은 온갖 그림으로 담벼락을 장식한 어촌마을이다. 처음엔 벽화에 끌려서 골목골목 뒤지고 다녔지만 한참을 걷다보니 이제는 시골골목이 너무 예뻐서 둘러보고, 빼먹은 것이 없나 골목을 다시 뒤지고 다닌다. 담장 위가 낡아 페인트가 떨어져 그림이 훼손된 벽도 있지만 그건 문제가 되지 않았다.

벽화가 어촌과 가을의 향기를 그려낸 것이 남달라 그랬을 것이다. 볼수록 빠져드는 매력이 있다.

남 서방이 들러 유명해진 곳이 어디 '진 이발소' 뿐이랍니까. 잔치를 벌였다는 '혜성숯불갈비', '남 서방 처갓집'. 마을 사람들이 저녁이면 들러 이야기꽃을 피운다는 '마을정자', 촬영하러 오갔을 '예쁜 골목길' 까지.

만약 벽화솜씨나 내용이 조잡하다거나 유치하다 생각되었으면 건성 둘러보고 나갔을 테지만 여긴 그럴 수 없었다. 벽화가 수준급이기도 하지만 골목마다 남서방의 처갓집 사랑이 메아리가 되어 마을 사람들의 살아온 이야기를 들려주었다.

지루할 틈이 없다. 때를 놓칠 만큼 시간 가는 줄 몰랐다. 지자체마다 벽화마을이네 하며 홍보에 열을 올리곤 하는데 수준미달인 곳이 있어 실망하던 터였다.

여행을 하다보면 종종 있는 일이다. 오늘은 점심때를 놓쳤다. 지금 점심 먹으면 저녁은 언제 먹노. 후포 수산시장 4층 '장봉자 식당' 으로 들어갔다.

메뉴는 포항식 비빔물회. 국수대신 밥이 나오는 것이 달랐다.

울진 호텔 후 310호

울진 울진 시선(SEA SUN)호텔(죽변항), 호텔 후(후포항)

영 양

창수령고개 너머 한, 중식 퓨전식당

창수령고개 너머 한, 중식 퓨전식당

2017년 5월 21일(일)

　영덕에서 영양을 가려면 창수령 고개는 반드시 넘어야한다. 지금도 굽이 길을 돌고 돌아야 한다. 달라진 것은 길을 넓혀 수월해진 것이다. 차와 운전수가 한 몸으로 움직여줘야 넘기가 수월한 고개다.

　오늘은 맑은 공기 시원한 숲이 맞아주고 비껴가니 절로 콧노래가 나온다. 지루할 틈을 주지 않아 달릴 만 했다. 영양읍내거리가 예쁘게 변했다. 개천에 덮개를 하지 않고 멋진 디자인을 입혀 태양빛이 개천에 골고루 닿을 수 있게 한 것이 좋은 아이디어였다. 식당거리는 조용하다 못해 한산했다. 오늘은 주말이다 보니 우리가 밥을 사 먹겠다는 건 글렀나 했다.

　그걸 생각 못하다니 이런 낭패가 있나. 백반, 한정식에 순댓국밥집까지. 간판은 즐비한데 들어갈 곳이 없다. '한식중식 호연각' 이란 간판이 느낌이 좋았다. 맛이 있다 없다가 아니라 문 열었을까 닫았을까 이다. 쑥 들어간 골목 안을 들여다보아도 인기척이 없다. 밑져야 본전. 입구에 앉아 있는 노인에게 이집 장사 하냐고 물었더니 말없이 고개만 안쪽으로 돌린다.

　계세요. 오늘 장사해요? 뜰에서 손님이 들어오란다. 홀은 손님들로 가득하다. 방이 넷인데 방마다 차례를 기다리는 손님들로 꽉 찼다. 순서를 기다려야 하는 집은 대박집이란 건 알고 있다. 메뉴를 보면 칼국수에 해물짬뽕. 매운간짜장을 네모난 도자기접시에 담아 서빙하는 식당이었다.

　"고맙습니다. 좋은 여행하고 들어가세요." 라는 말에 우리는 감동 먹었다.

여행 중 그 어디서도 들어보지 못한 인사말이다. 먹다 남은 탕수육을 달랑 손에 들고 우린 한껏 들뜬 기분으로 숙소로 돌아왔다.

　말 한마디가 천량이란 말이 있다. "열심히 살면서 꼭 부자 되세요." 이 말은 내 진심이었다.

영양 쇼(show)호텔

영양 영양 쇼호텔

청 도

청도 소싸움

2017년 12월 3일(일)

하얀 모자를 꾹 눌러쓴 경기장은 열기로 가득했다. 관중의 함성소리가 주차장까지 들렸다. 호기심을 자극하기에는 충분했다. 우리가 입장할 때는 오늘의 두 번째 경기를 치르려는 의식이 진행 중이었다.

모래판에 청, 홍 점박이 황소 두 마리가 선수로 등장하면서 선수 소개에 열을 올리는 중이다. 들에서 풀 뜯는 누렁이 황소가 아니었다. 덩치가 어마어마한 소가 연신 콧김을 불어대는 소리까지 들렸다. 경기장에 들어서는 순간 싸울 수밖에 없다는 걸아는 모양이다. 장황하게 약력이 소개된다. 옥 뿔을 자랑한다는 '용주골'과 맞붙을 선수는 비녀 뿔의 무곡성!

드디어 싸움은 시작되었다. 오늘은 싸울 생각이 없다며 뒷걸음치는 소를 보며 관중은 웃고 소는 더욱 긴장한다. 싸움은 말리고 흥정은 붙이라는 말이 있는데 여기선 진행요원이 싸움을 붙인다. 소를 끌어다 서로의 머리를 마주치게 한다. 전투력을 끌어올리려고 흥분하는 녀석, 안 싸우려고 안간힘을 쓰는 모습까지. 이를 보며 관객들은 서로의 소를 응원하며 싸움을 다그치고 있었다.

드디어 결전의 순간이다. 뒷발질을 해대며 연신 콧김을 뿜어내며 싸울 의사가 없어 보이는 녀석은 단번에 밀어붙이려는 녀석에 밀리지 않으려고 안

간힘을 쓴다. 씨름판의 모습과 다른 것이라면 두 녀석이 싸울 의사가 전혀 없다며 딴청을 피우면 무승부다.

와! 함성과 함께 경기장이 흥분하기 시작한다. 자신들이 배팅한 소가 이기길 바라는 사람들의 열기로 후끈 달아올랐다. 결국 20여분의 밀고 밀리는 접전 끝에 싸울 의지가 더 강했던 용주골이 승리를 거머쥐었다. 처음 보는 소싸움이었지만 손에 땀이 날만큼 흥미 있는 게임이었다.

우권을 구입하고 한 경기 더 보고 갈 생각이었는데 OMR카드에 가로막혔다. 복잡하더라고요. 어찌할 줄 몰라 당황하고 있는데 아내가 한마디 한다.

"하긴 뭘 해요. 시간도 별로 없다면서"

세 번째 경기에선 노고지리 뿔을 가진 '두성'에게 걸고 싶었는데. 오늘 종일 따라다녔다. 노고지리가 이겼을 거야.

청도 철가방극장

20km. 경치가 끝내준다는 드라이브코스다. 한가한 시골구석에 알루미늄철가방이 있다. 벽에 웃음건강센터라고 쓰여 있는 걸 보면 맞게 찾아온 것 같다. 코미디도 자장면처럼 배달하겠다는 발상에서 문을 연 극장이라고 한다.

우리가 일찍 도착해서 그런가. 이런 시골구석에 정말 찾아오는 손님이 있긴 한 걸까. 우린 서울에서 인터넷예매까지 하고 왔는데 공연히 헛고생 하는 거 아니여. 그건 기우였다. 시간이 임박하자 차가 하나 둘 모여들기 시작한다. 우릴 보더니 어디서 어떻게 오셨냐고 묻는다. 서울서 실컷 웃다가려고 왔다고 했죠. 뜻밖이란 표정을 짓는다. 재미있는 노인분들이시네 하는 반응이었다.

어릴 적 많이 들으며 자란 '크리스마스캐럴'과 '겨울바람 때문에'가 흘러나오는 객석은 관객들로 웅성거리기 시작한다. 드디어 무대에 등장한 사회자가 관객들에게 서로 인사를 나누게 하고 간단히 자기 소개하는 시간을 가지자 서먹서먹한 분위기에서 웃음이 섞이는 분위기로 바뀌었다.

날보고 선창하란다. 내가 "함께" 하면 관중이 모두 "웃자"로 연극의 막은 오르고 우린 시간 반을 마음껏 웃다 나왔다. 내용. 그거 무에 그리 중요한가요. 헤프다싶게 배꼽 쥐고 웃다 나왔으면 되었지. 본전 뽑고도 남았다.

청도 프로방스의 밤

고흐, 샤갈 같은 예술가들도 사랑했다는 마을, 프랑스의 작은 마을 프로방스를 청도에 재현했다. 오늘밤 우린 로맨틱한 여행을 할 생각이다.

화려한 점등식에 이어 야외무대에서는 가수 이대성이 K-POP과 발라드 음악을 섞어가며 젊은 연인들을 들었다 났다 들었다 났다 하고, 우리는 그들과 함께 정신 줄 놓아볼까 욕심 부리는 데는 실패했다. 우리 색시가 차가운 밤공기를 이길 만큼의 열기를 끌어올리지 못했다. 좋아하지도 않는 커피 마시자며 '산토니 카페'로 소매를 잡아 이끈다.

아메리카노 한 잔에 커피 빵. 난 따끈한 커피로 몸이라도 녹였지만 누군 몸만 녹이러 들어온 것 같다. 건강이 전만 못한 것 아닌가 하는 생각에 마음이 짠하다. 우린 빠름이 주는 불안을 차 한 잔으로 치유하고 있었다.

거울미로에서는 허둥대는 우리의 모습이 재미를 더했다. 만난 사람 또 만나면 서로 마주보며 쑥스럽게 웃었다. 한두 번이 아니다 보니 이젠 "아직도 못나가셨네요." 그 소리가 자연스럽게 나온다. 그것도 잠시 은근히 걱정이 되기 시작한다. "이러다 못 나가는 거 아니여. 노인네니까 그렇지. 그럴 거 아니여."

그러고들 웃으면 무슨 망신이래. 우린 그걸 더 걱정하고 있었다. 미로에서 길 찾는데 성공했다며 어깨가 으쓱했는데 알고 보니 출구가 아니라 들어온 입구로 나왔다는 거 아닙니까. 완전 실패죠. 쪽 팔려 죽는 줄 알았습니다.

젊은이는 빛에 취하고 우린 젊은이들에 취했다. 낮은 아이들의 천국이요 밤은 연인의 마을이다. 우리는 상상의 나래를 마음껏 펼쳤다. 큐피드가 화살을 날릴 것만 같은 큐피드 로드. 하늘 존. 빛의 숲. 보고 온 것이 아니라 취해 이리저리 쏘다니다 왔다는 표현이 적절하지 않을까. 그 분위기에 젖어 한동안 잠까지 설쳤다는 거 아닙니까.

청도 용암온천호텔

청도 용암온천탕

<u>2017년 12월 4일(월)</u>

아내는 대중탕과는 아예 담을 쌓고 사는 분이라 온천에는 통 관심이 없다. 그러니 이 호텔로 결정한 건 내 온천욕심이다. 영남인 어제 10시가 안 돼서 잠이 들었다. 일정을 빡빡하게 잡다보니 하루가 고단했던 모양이다. 미안해요. 자기.

6시에 오픈. 숙박인은 4천원. 사우나 풍경은 누구나 다 아는 것이니 새삼스러울 게 없다. 좋아봤자 거기서 거기지 그랬다. 내부가 'ㄱ'자형으로 되어 있어 입구에 들어서면 반은 시야에서 사라진다. 산수유탕, 황토탕, 미네랄탕, 옥탕에 수중안마시스템에 어린이전용탕까지 갖추었다. 히말라야 소금방에 한약방이 있고, 사우나시설에 혈압 있는 사람들까지 배려한 저온 실까지 마련했다. 미끄럼방지시설은 기본. 치유그림에 잔잔한 힐링 음악까지 흘러나오니 머리가 맑아지고 마음이 편안해지는 건 당연하다. 여긴 별천지였다.

작으면 손바닥만 하다고 하고, 너르면 운동장만하다고 한다. 여긴 후자다. 탕에서 잔잔한 음악이 흐르면 손님은 대접 받는 기분일 것이다. 마음이 차분해지게 돼있다. 로마가 목욕문화로 망했다지만 대중목욕문화의 이상향이란 표현을 써도 아깝지 않을 것 같다.

청도 운문산

매표소에서 입장료로 이천 원을 내란다. 순간 우리 경론데요 입을 꾹 다물었다. 젊게 보였나 보다.

"우릴 젊게 보았나 봐 그지. 기분도 그런데 차 여기다 두고 그냥 걷는 것 어때요. 솔바람길이 운문사까지 1.1km라고 하니까 왕복해봐야 2.2km데 뭐. 좀 쌀쌀하긴 해도 걷는 덴 지장 없으니까."

기분이 짱이었다.

'그대 아닌 사람을 아름답게 바라볼 줄 아는 놈이 향기 맑은 사람.' 이라는 이도 마중 나와 주었다. 바람 불고 비까지 뿌리긴 해도, 걷는 길마다 예쁜 글이 발길을 자주 멈추게 하는 것이 흠이 될까. 이런 날씨에도 심심찮게 함께 걷는 이들이 있어 힘이 되어 주었다.

우리는 적송 숲과 계곡을 양옆에 거느리며 벗 삼아 걸었다. 거북이 등껍질을 닮은 붉은 소나무는 산전수전 다 겪은 노송들이었다. 아내는 그 붉은 기운을 온몸으로 받아들이란다. 솔향기에 취하려면 크게 숨을 들이쉬어야 한데나 어쨌다나.

걸을 땐 좋았다. 그 기분 운문사까지 만이었다. 핑계를 대자면 바람이 생각보다 차고 음산하고 거칠었다. 계곡의 물소리가 바람소리에 숨을 죽이고 나무들은 울고 있었다. 운문사 경내를 들어서면서부터는 바람과의 전쟁이 시작되었다. 체온조절과 분위기 잡는 데 완전 실패했다. 대충대충.

절 마당을 가득 채운 건 사찰건물들이 아니라 두 그루의 나무였다. 한 그루는 어느 고승이 소나무가지를 꺾어 심었다는데 지금은 둘레가 3.5m나 될 만큼 자란 어미 품 같은 처진 소나무. 또 한 그루는 목욕탕에서 본 어느 근육질 남자의 벗고도 당당한 우람한 은행나무. 삼층석탑은 수줍은 누이였다.

운문사는 신라통일에 큰 공을 세웠다는 화랑의 세속오계가 만들어진 곳이요, 주변 산과 계곡은 그 화랑들의 땀과 숨결을 느낄지도 모르는 화랑정신의 발상지다. 그런 걸 생각할 여유가 없다. 빨리 이 추운 절간을 빠져나갈 궁리밖에 안했다. 정신없이 솔바람 길 중간쯤 왔을까. 바람이 잦아들더니 햇살까지 보탠다. 이럴 수가!

청도 용암온천호텔

새마을운동 발상지 신도마을

<u>2017년 12월5일(화)</u>

화악산 자락에 자리 잡은 청도군 신도마을은 입구부터가 범상치가 않다. 동남아시아, 아프리카로 영역을 넓혀나가고 있는 새마을운동의 발상지답다. 꼼꼼히 세어보진 않았지만 펄럭이는 새마을깃발의 위용만으로도 자부심을 가질만하다.

정권이 바뀌자 일각에선 새마을운동을 폄하하려는 움직임이 있다. 싸잡아 폄하하기만 한다면 과거 군사정권과 뭐가 다른지 묻고 싶다. 펄럭이는 깃발은 우리 세대의 자존심이었다. 그걸 잊으면 안 된다.

고 박정희대통령전용열차는 신도마을과 인연을 맺어주었다고 한다. 비서들이 머무는 2층 침대칸, 특히 대통령침실은 요즘 민박집 수준이었다. 회의실은 만화방시설보다 못해 보인다. 우리의 가난했던 그 시절을 떠올리며 대통령이 회의를 주제했다는 자리에 앉아 사진 한 장씩 박고 왔다.

당시 주민들이 힘을 모아 지었다는 역사. 이 역사가 폐쇄된 후 옛 정취를 되살리기 위해 복원했다고 하는데 우리가 들어서자 바람이 따라 들어와 걸려있는 역무원의 복장과 모자를 역사 밖으로 날려 보내는 해프닝이 벌어졌다. 굴러다니는 역무원의 모자를 주어다 제자리에 걸어놓느라 애 좀 먹었다.

기념관으로 가는 번영의 길에는 근면, 자조, 협동의 낯익은 구호가 형상물이 되어 서있다. 안에는 신도마을의 새마을운동 이야기, 새마을운동이 세계에 주목을 받는 이유, 이웃과 더불어 살아가는 새마을정신. 이들이 유물과 함께 전시돼 있었다.

신도마을은 당시에 이미 술주정뱅이, 노름꾼이 없는 아니 놀고먹는 사람을 없을 정도로 부지런한 마을이었다고 한다. 그들이 협동해서 잘사는 농촌 만들기 운동을 벌인 것이 역사가 되었다니 자부심을 가질만하다. 청도에 널브러진 감들은 당시 마을소득을 올리기 위해 개간한 산에 감나무를 심은 데서 비롯되었다고 한다. 유실수 심기 운동의 시발점이기도 했다니 대단하지 않은가.

청도 용암온천관광호텔

청송

고향식당 할머니

2016년 12월 30일(금)

여행은 날씨가 90이란 말이 있다. 그날이 화창한 날씨면 환호성을 지를 만하지만, 오늘 같은 날씨는 그렇다. 좀 꺼림칙하다. 모든 말이 비아냥거리는 투로 들릴 수도 있는 날이다. 아침부터 분위기는 따로국밥이었다.

청송에 도착해서는 음식점도 내가 찾아야하는데 마침 허름한 시골집 미닫이문을 열고 네 사람이 나오더니 차를 타고 횡 하니 가버린다. 고향식당이란 글자가 색이바라고 낡았지만 글씨만은 또렷했다.

"저 집 식당 맞네. 들어가서 백반이라도 한 그릇 먹고 가요."

식당 문을 열고 들어가자 홀을 가득 메운 손님들의 시선이 우리에게 쏠린다. 식당 안은 70년대 시골식당인데 된장찌개가 아닌 자장면 냄새. 긍정의 마인드로 금방 받아들이지를 못했다. 할머니가 올 때까지 멍해 있었거든요.

"자장이요, 짬뽕이요? 한 시간은 기다려야 하는데 그러실라우. 아니 요 근처 다른 중국집 가서 후딱 한 그릇 먹고 가면 되지 와 우리 집에 오는지 모르겠구먼."

궁시렁거리는 주인 할머니가 주문받으며 푸념하듯 내뱉는 소리다. 나가주면 고맙단 소리다. 우리 들으란 소린데 못들은 척 했다. 한 시간 넘게 기다렸을 걸요. 앞 식탁의 젊은 처자가 귀띔 해준다.

"저기요. 이 집은 모르는 손님은 잘 안 받을라하는데요. 이해하세요. 할아버지 힘 드실까 봐 그러시는 거예요. 그리고 여긴 현금만 받아요. 근데 어디서 오셨어요. 어떻게 알고 오셨어요?"

백반 먹으러 들어왔다고 하니까 웃는다. 난 짜장, 영남인 짬뽕. 익숙한 맛 같으면서도 다른 맛. 먹어본 맛인데 뭔가 다른 맛. 할아버지의 수타 솜씨 때문인가 보다. 아내가 감동 먹은 것은 할아버지에 대한 할머니의 걱정과 지순한 사랑이었다.

"할머니, 할아버지 엄청 사랑하신다."

"오늘 장사 접었으니 그만 가요. 맛은 만든 즉시 먹어야 제 맛이니 내일 와서 따끈할 때 잡숫고 가시던가." 탕수육 포장해 달랬더니 야단치듯 하는 소리다. 다음날, 우린 우리만을 위해 면을 뽑으시는 할아버지의 옆모습을 바라보며 행복했고. 할머니는 여전히 무뚝뚝한 말투다.

"어제 자장면 짬뽕시키신 분들 아녀. 이 근처 사시우?"

대답은 듣지도 않고 휭 하니 구랑에게 가버린다.

주왕산온천관광호텔

주왕산 등반과 주산지

2016년 12월 31일(토)

노부부의 여행이 즐거우려면 티격태격 입씨름하며 다니거나, 알아서 기어 주면 한쪽이 군말 없이 따라주던가 해야 길게 간다고 들었다.

주왕산국립공원에는 '대전사'란 절이 있다. 하늘을 찌를 기세인 주왕암을 등짐 지듯 하고 있으니 그 기세에 눌려 그런가. 절이 암자처럼 작아 보이는 것이 흠이다. 많은 절을 다녀 보았지만 이런 묘한 기분이 드는 건 이 절이 처음이다.

주왕산은 뜨거운 화산재가 쌓이면서 굳어진 응회암단애여서 지질학적 가치가 있는 보물이라고 한다. 전설에는 당나라 주왕의 한 군사가 이 바위에 깃발을 꽂았다 해서 기암이라 불린다는 주왕암을 뒤로한 채 우린 '주봉마루길'로 들어섰다. 이 길은 오름 계단이 유난히 많고 긴 것이 특징이다. 첫 전망대에 올라 주왕암을 보면 거시기 닮은 바위가 눈길을 끄는데 이걸 보고 올라갔더니 힘든 줄 몰랐다. 재미있어서 웃느라고.

우린 1.6km쯤은 올라갔을 게다. 산길을 걷는 것이 아무리 룰루랄라 할 정도긴 해도 산은 산이다. 어느새 등에선 땀이 줄줄 흐르는데 내 짝꿍도 힘들긴 마찬가지일 걸요. 게다가 컨디션도 좋은 날은 아니고.

컨디션과는 상관없이 우린 정상을 4~5백m 남겨두고 발길을 돌려야만 했다. 길이 얼어붙었는데 계속 갈 거냐는 물음에 바로 꼬릴 내렸다. 하산 때 문제될 것 같아서 접었다. 긴 여행이 몸에 부친다싶으면 쉬엄쉬엄 다니면 된다.

주산지는 수십 년의 수령을 자랑한다는 왕버들이 호수에 발 담그고 있는 모습이 너무 당당하고 아름다워 보여 다시 찾았다. 주산지 가는 길은 온통 사과밭이다. 능금 꽃이 피는 봄과 발갛게 익어가는 가을을 떠올리거나 머릿속에 그려보는 것은 온전히 자신의 몫이란 걸 잊으면 맹탕일 수 있다.

주산지로 들어가는 1km 거리의 '왕버들 길'도 내려놓고 걸으면 담아 올 것이 있는 길이다. 정말 다 벗어던지고 걷기만 하고 왔는데도 한 아름 가득 담아 온 것처럼 뿌듯하다. 이런 걸 만족스럽다고 한다.

이제 5시간 남았다. 채우지 못한 행복도, 더 채울 욕심도 없는 한해가 또 가고 있다. 행복은 마음먹은 만큼 온다는 말만 믿고 건강과 웃음 잃지 않는 또 한해가 되었으면 좋겠다. 오늘만 같아라.

주왕산온천관광호텔

외씨버선 길의 민낯

새벽에 청송 해맞이 행사장에 가서 따끈한 떡국이라도 먹고 싶은 생각이 있으면 말해요. 우리 부부는 늦닭의 울음소리에도 눈을 뜨지 못할 만큼 푹 잤다. 해맞이 명소마다 차량과 인파로 넘쳐났을 시간에 우리 부부는 깊은 잠에 빠져 있었고, 11시가 다 되어서야 호텔을 떠났다.

호텔에서 900m 거리에 있는 청송읍내의 운봉관은 객사 한 채와 세 채의 건물이 남아있는 운봉공원의 터줏대감이다. 객사는 조선시대에 업무 차 온 관리들이 묵는 숙소였다고 한다.

청송의 '외씨버선길'의 또 다른 시작점이 이곳 객사 운봉관에서 출발한다기에 새해의 첫발을 이곳에서 뗄 생각이었다. 길 안내도가 눈에 쏙 들어오진 않지만 용전천 뚝방길로 올라서면 길이 있을 것이라는 생각은 했다. 그냥 걷다 보면 어딘가에 안내글자가 나오겠지. 선선한 바람과 마을 정경이 나쁘지 않아 출발만 좋았다.

시외버스정류소까지 가는데도 안내도는 못 보았다. 원래 있던 길에 기존 마실 길이라고 이름만 그럴 듯하게 붙이고는 처음에 풀 뽑고 삽질 하며 돈 좀 썼다고 한 것 같은데. 남들 다하는데 안 할 수는 없고. 그리곤 나 몰라라 이었겠지. 이방인은 지자체의 무책임한 입방아에 놀아나 아까운 숙박비와 반나절을 허비 했구먼.

청송 덕천한옥마을

대안으로 찾아간 곳은 덕천마을. 두 장승이 험악한 듯 구수한 시골 노인의 모습으로 맞아주어 기분이 밝아졌다. 담장이며 길바닥에 널브러진 감들의 파편들뿐이겠는가. 나목에 주렁주렁 매달린 것들까지 우리에게 철부지

웃음을 선물로 주었다.

송도고택과 송소고택이 숙박도 하면서 자연스럽게 내부를 개방하고 있어 숙박하며 쉰다면 더 좋을 곳. 마을 곳곳에는 우리의 어릴 적 생활모습을 해학적으로 풍자한 벽화며 고풍스런 붉은색과 남색의 가로등까지도 전통마을의 이미지가 손상되지 않을 만큼 세련된 디자인으로 꾸몄다.

우린 편한 마음으로 마을 이 끝에서 저 끝 버스정거장까지 걸어 다닐 수 있어 좋았다. 눈에 띤 것은 마을 사람들이 버드나무가 팔각정 주변에 자생한 것을 기이하게 여겨 조사해본 것이고, 이곳에 농사에 필요한 물을 저장하기 위한 소규모 웅덩이 즉 경상도 사투리로 둠벙이 있었을 것이란 생각을 가진 것이다. 이런 노력이 생태공원으로 다시 태어날 수 있었다고 한다.

그 발상에서 추진까지 마을 사람들 대단하지 않아요. 큰 소나무 30여 그루가 키 재기라도 하듯 서 있는 주막거리까지 쉬엄쉬엄 걸어갔다 와서는 안동까지 달리는데 콧노래가 저절로 나오더라니까요.

안동 그랜드호텔

주왕산 용추폭포 가는 길

2019년 5월 5일(일)

봉화에서 열심히 달려오니 11시. 주왕산 가는 초입은 이미 사람들과 몸이 자주 부딪혀야 할 정도로 관광객이 많았다. 대전사에 들어서도 달라진 것은 없었다.

주왕산은 화산암의 풍화·침식작용으로 기암괴석과 동굴, 폭포, 계곡이 아름다운 산이다. 신비롭고 걸작인 것은 30억년의 세월이 빚어낸 자연이란 보물이다. 2016년 12월 주왕산 산행을 다녀와선 바로 찜해두었던 길이 주왕계곡 트레킹 길이었다. 종점은 용추폭포. 왕복 5.8km거리니까 여유 부려도 반나절이면 떡을 친다.

공기가 맑아 좋고, 날씨도 따뜻하다. 바람은 살랑살랑. 이런 날씨에 해마저 구름에 가렸다면 끝내주는 날씬데 그렇지는 못했다. 나무들도 이미 연두가 아닌 시원한 여름옷으로 갈아입어 짙푸른 색인데다 어린이날이다. 연휴의 중간이니 인파를 즐기는 여행이 되었다.

'주왕동천' 길이 나오면 인파는 분산되게 되어있다. 주왕산 산행하려는 사람, 대전사에서 불공을 드리려고 온 사람, 가볍게 산책하며 바람 쐬러 온 사람, 용추폭포까지 걸으려는 사람으로 분류된다. 우리는 무조건 용추폭포.

주왕산은 당나라 주왕의 이야기로 도배했다. 주왕산에서는 산철쭉을 주왕의 영혼의 꽃 '수달래' 로 부른다고 한다. 당나라 주왕이 최후를 맞이했다는 주왕골도 있다. 우린 떡 찌는 시루를 닮았다는 '시루봉' 에 도착했다. 그 웅장한 모습에 걸음을 멈추고 감탄사를 한바탕 시원하게 토해내고 다시 가던 길로 향했다.

시루봉은 학소교에서 보면 고릴라 같다 해서 고릴라바위라고도 한다. 바위 위에서 도를 닦고 있는 도사가 추울까 봐 신선이 불을 지펴주었다는 전설이 있는데 지금도 바위 밑에다 불을 지피면 연기가 바위 전체를 감싼다고 한다. '반달 이와 꼬미' 라는 작은 산속 도서관을 운영하는 팔각정이 있는 곳이다. 몇몇 아주머니가 아이들과 어울려 책을 읽고 있는 모습이 정말 평화로워 보인다.

학소대는 시루봉 맞은편에 있다. 절벽 위에 청학과 백학 한 쌍이 둥지를 틀고 살았는데 사냥꾼에 의해 짝을 잃은 청학이 매일 슬피 울다 자취를 감춘 후론 지금은 보금자리 터만 남았다고 한다. 거기서 50m만 가면 마치 비경이 신선세계에 온 듯 착각을 일으킬만하다는 용추폭포가 있다.

눈은 휘둥그레지고 가슴이 벌렁거린다는 곳이다. 와! 세상에. 대단하다. 시원한 물소리에 취하다 한숨 돌리고 나면 천상이 따로 있겠나 싶을 정도로 장관이었다. 굽이치는 물줄기며 감싸고 안은 기암괴석들이 장군처럼 시립하고 서서 우리를 맞는데 정말 이런 광경은 처음이다.

청송 서울여관 식당

청송에는 유명한 달기약수마을이 있다. 그 마을에는 약수를 이용해 닭 백숙을 고아내는 유명한 식당이 여럿 있다. 우리는 그중 서울여관식당에서 달기백숙을 먹을 생각이다.

'약수배개숙'이라고도 불리는 닭백숙은 약수를 쓰기 때문에 잡냄새가 없는 것이 특징이라고 한다. 청송을 들러 가는 사람이면 한 번쯤 찾는 명물 별미라니 맛을 봐야 한다. 닭 가슴살을 이용한 닭 불고기도 이 마을의 별미라고 하지만 둘이서 두 가지 다 먹을 수는 없다. 식당에 들어서면서부터 난관에 부딪쳤다.

"예약은 안 받습니다. 아무 때나 편한 시간에 오세요."

말뜻을 새겨들었어야 하고, 무슨 날이라는 것도 계산에 넣었어야 했다. 점심때가 지나서 도착했는데도 자리 잡고 앉는 것부터가 만만치 않았다. 겨우 자리를 잡았으면 그때부터는 기다리다 지치는 일은 없어야한다.

찬에 젓가락 갈 새가 없다. 입에서 살살 녹는 닭에 손이 가다보면 거들떠 볼 수 없게 되어있다. 가슴살까지도 보드랍다면 무슨 설명이 필요합니까. 거기다 닭 육수 한 사발에 찰밥 한 덩어리도 주네요. 우리 부부에겐 닭 한 마리도 벅차다면서 닭 육수 한 사발까지 말끔히 해치웠다. 오늘 힘들어 하는 아내에겐 보양식이 된 셈이다. 고맙게도 잘 잡수시더군요.

어제 저녁부터 머리가 지끈거리고 속이 니글거린다기에 기력이 떨어져 그런가. 했는데 싸 가지고 간 찰밥까지 밤참으로 맛있게 드셨으면 게임 끝이다. 이럴 줄 알았으면 찰밥 한 덩어리 더 달랠 걸 그랬나.

주왕산관광호텔

청송 주왕산관광호텔

칠곡

다부동 전적기념관

다부동 전적기념관

2018년 5월 2일(수)

　팔공산은 웅장한 산세만큼이나 골짜기마다 왕건과 견훤의 이야기가 있듯이, 칠곡 다부동에는 민주주의와 공산주의가 한판 힘겨루기를 한 우리 민족 비극의 현장이다.

　군복 대신 교복을 입고 전투화 대신 운동화를, 펜 대신 총을 들고 낙동강 전투에 참가한 아까운 젊은이들의 사연이 골자기와 계곡을 피로 물들인 사연이 있는 곳이다. 인민복을 입은 수많은 어린 학생들은 또 어떻고. 그들도 우리와 한 핏줄이다.

　삼존석굴을 들러 다부동으로 들어가는 길은 그야말로 첩첩산골이었다. 꼬부랑길을 달렸다. 군위에서 칠곡으로 들어가는 지방도로는 날씨와 상관없이 멋진 드라이브코스는 맞다. 묘기대행진에 나갈 생각이 아니면 산골짜기를 빠져나가는 동안은 전방주시는 필수겠다. 하늘에다 누가 또 미세먼지를 확 뿌리고 도망갔나.

　"우리는 기억해야 한다. 평화는 주어지는 것이 아니라, 힘이 있을 때 만 지켜지는 것이라고."

　6.25전쟁 당시 밀리면 끝장. 왜관철교 폭파를 신호로 미제1기병사단이 북한군 2개 사단을 맞아 싸우면서부터 시작된 다부동 전투였다. 다부동은 한국동란 당시는 방어요충지로 이곳이 뚫리면 철수가 불가피하며 대구가 적 포병사정권 안에 들게 되므로 대구 방어에 중요한 요충지였다고 한다.

한 치의 땅도 적에게 빼앗기면 수많은 전우의 죽음이 있다는 것을 명심하고 끝까지 싸워 이겨야한다. 워커 중장이 한 말이다. B29의 융단폭격, 미군이 최초의 전차전까지 벌여야 할 만큼 민주주의의 국운을 건 전쟁터였다. 55일 간의 사활을 건 전투에서 우리가 승리하면서 전세를 뒤집은 곳이다.

기념관 뜰은 뒷짐 지고 걸어도 좋다. 자연이 벗이 되어 줄 테니 혼자 걸어도 좋고, 둘이면 더 좋다. 일상에서 벗어나 '쉬엄쉬엄' 걸을 여유만 챙겨도 남는 장사다. 칠곡은 나그네에게 내어줄 친절까지 준비되어 있다지 않는가.

야외전시장의 전쟁놀이는 여자들에겐 흥미가 없다는 것을 깜빡했다. 문경휴게소에 들러서야 순두부찌개 한 그릇 먹을 수 있었다. 우린 배가 많이 고팠다. 눈꺼풀이 무거워지는 시간이다. 여행의 말미는 피곤이 밀려오기 마련이지만 여행지에서 맺은 인연의 그리움을 한 보따리 싸들고 가는 즐거움에 발걸음은 가벼웠다.

칠곡 도개 온천모텔

칠곡 도개온천모텔

포 항

호미곶 상생의 손

2014년 4월 12일(토)

유채꽃이다! 우리 부부는 오늘 같은 날은 그냥 좋아 죽는다. 온종일 붕 떠서 다닐 일만 남았다. 주말이라 길이 비좁을 정도로 차량이 많다.

"아 어떻게. 막무가내로 끼어드는 거 봐. 나 미쳐버려. 가슴이 철렁 내려앉을 뻔했네. 나쁜 놈들, 우리 신랑 가는데 왜들 저리 난린지 모르겠네. 뒤에 저 차 또 바짝 좇아 오는 것 좀 봐."

아내가 옆에서 난폭 운전자를 보면 분을 못 참는다. 우리 신랑 힘들까 봐 그러는 거다. 여행을 하다보면 사람들이 왁자지껄하고 차량들이 꾸역꾸역 모여 들어야 나는 신이 난다. 문득 외로움을 탈 때도 있다. 호젓한 분위기가 내키지 않을 때가 바로 그런 날이다. 그렇게 도착한 곳이다.

'새 천년의 눈동자'로 명명한 햇빛 채화기로 변산반도에서 채화된 '마지막 불씨'와 독도 해상과 포항 호미 곶에서 채화했다는 '시작의 불씨', 날짜 변경선이 통과하는 남태평양 피지에서 채화한 '지구의 불씨'. 이 세 불씨를 합화(合火)한 '영원의 불씨' 가 이곳 해맞이 광장 불씨 함에 보관돼 있다고 한다.

호랑이 꼬리는 국운상승과 국태민안의 상징이다. 그걸 안 일본 놈들은 여기 호미 곶에 쇠말뚝을 박아 우리 민족의 정기를 끊으려 했고 한반도를 연약한 토끼에 비유하며 이곳을 토끼꼬리로 비하해 부르기도 했다고 한다.

상생의 손은 그걸 털어버리고 새천년을 자축하며 모두가 서로 돕고 살자는 의미와 미래에 대한 비전을 제시하는 상징물이다. 육지에선 왼손, 바다에선 오른손이다. 광장에는 아이와 그 부모들의 웃음소리로 하루가 시작되었다. 우리 부부는 상생의 손을 말없이 오래도록 보고 있었던 것 같다. 발에 곰팡이 생기겠다며 어서 가잔다.

새천년기념관 1층은 포항의 과거와 현재를 비교 전시해 이곳이 고향인 사람들에게 자긍심을 갖도록 만들었다. 2층은 화석과 조개를 비롯한 바다생물표본을 전시한 포항 바다화석박물관이다. 40년간 수집한 개인소장품이라는데 대단하지 않은가. 그 양과 질이 엄청났다.

국립등대박물관에서는 우리나라 최초의 등대가 팔미도 등대로 110년의 역사를 가졌다는 것만 기억하기로 했다. 그 옛날에는 횃불이 등대 역할을 했다고 한다. 횃불을 들고 바다로 달려가 돌아오지 않는 남편을 부르고 또 불렀을 사연을 말해주었다.

구룡포 역사거리와 찐빵

이곳은 100여 년 전, 일본인들이 구룡포에 정착하며 일궈낸 마을을 그대로 보존한 곳이다. 1920년대 건축자재를 몽땅 일본에서 들여와 지었다는 일본식가옥은 낯설지 않은 다다미, 화장실, 서재 등 그들의 생활모습을 요모조모 들여다 볼 수 있었다. 그 기분으로 일본식 찻집에서 차 한 잔 마시고 싶었지만 솔솔 풍기는 참기름 냄새에 코가 먼저 알고 반기는 바람에.

　나에겐 오로지 생활의 달인에 나왔다는 따끈따끈한 정보에 신경이 쓰여 그랬을 걸요. 50년 전통이라는 '철규 분식집'을 찾아가는 길이었다. 물어물어 찾아갔더니 초등학교 정문 앞에 있는 자그마한 분식집이었다. 그런데 이미 다 팔리고 남은 재료를 싹싹 긁으면 3천원 어치는 팔 수 있을 거라는데요. 그것도 20여분 기다려야 한답니다. 우린 기다리는 시간이 무료하니 국수와 단팥죽을 달라 그랬지요. 양은냄비에 내온 멸치국수와 플라스틱종지에 담은 단팥죽. 딱 네 젓가락. 맛이 그다지 나쁘진 않았나 보다. 단팥죽은 찐빵을 찍어 먹어야 제 맛이라는데 우린 그냥 숟가락으로 떠먹었다. 여기까지 와서 세 가지를 다 먹어볼 수 있는 것도 얼마나 다행이게요. 착한 가격이니까 모두 6천원. 우리 뒤로도 자꾸 손님이 들어온다.

　"찐빵 있어요? 아휴 어쩌나 먼 데서 오셨는데."

　헛걸음하는 걸 보면 괜히 으쓱해지는 건 또 무슨 심보랍니까. 일주일 전에 방영한 곳이라 따끈따끈한 정보일 텐데 어찌 알고. 사람들이 찾는 걸 보니 매스컴의 위력이 무섭긴 무서운가 봐요.

포항 갤럭시호텔

포항 환여공원

2014년 4월 13일(일)

　북부해수욕장 끝에 있는 공원을 걸어서도 얼마 안 되는 거리를 택시까지 타고 갔다. 산등성이처럼 보이는 곳이 포항에서 제일 규모가 크다는 환여공원이다. 바다가 탁 트인 공원전망대에서 바라본 바다와 '포스코'의 전경이 한눈에 들어오는 경치가 그야말로 예술이었다. 그림엽서 같았다. 먼 바다와 해수욕장의 풍경을 번갈아보다, 서로 마주보다 그냥 웃음만 흘리면 되었다.

　소나무 숲길도 걷고, 나무를 알맞게 심어 놓은 예쁜 정원의 꽃들을 보면서 S자형으로 산책로를 만들어 공원을 샅샅이 둘러보며 걷는 재미를 가질 수 있게 만들었다. 그리 올라가면 전망대도 있다.

천혜의 바다는 바라보고만 있어도 가슴이 탁 트이는데 아름다운 꽃들이 한 몫을 거들었다. 환상의 공원이 아닌가. 나는 지금 내 가장 사랑하는 사람의 손을 잡고 그 길을 걸어 다시 해수욕장으로 오고 있다. 여운이 오래 남을 것 같다.

포항 물회

하얀 생선살만을 사용해 식감이 좋고 단백질이 풍부하다는 포항 물회를 점심에 먹었는데 저녁에 또 먹었다. 마라도를 비롯해 맛나다고 소문난 포항 물회집들이 여기 북부해수욕장에 모여 있다. 그러니 공원을 산책하다 내려와서 걷다가 입맛 나는 가게로 들어가면 된다.

만선이 있는 날이면 포항의 뱃사람들은 젓가락질하며 음식 먹을 새가 없었다고 한다. 바쁘긴 하지 배는 고프지. 그래서 생각해낸 음식이라고 한다. 큰 그릇에 막 잡아서 펄떡거리는 생선과 야채를 썰어 넣고 초장이나 막장을 듬뿍 푼 후 시원한 물을 부어 한 사발씩 후루룩 마셔보니 먹기 편하고 속이 든든하더란다. 다시 힘을 얻고 바다에 나가면 고기도 많이 잡혔다고 한다.

얼얼하고 시원함이 뒤범벅되어 오감(五感)을 만족시키는 음식이 '포항 물회' 다. 낮에 먹었는데 저녁에 또 먹으러갔다. 마님께서 먼저 손을 잡아 이끈다. 입에서 자꾸 땅기는 모양이다.

물회는 더운 날은 대기표를 받고 기다려야 더 맛이 있다. 열무김치에 매운탕이면 됐지 뭘 더 바래요. 우린 새꼬시물회 한 그릇씩 시원하게 비우고 왔다. 오늘도 재작년 맛나게 먹었던 기억을 배신하지 않았다.

포항 갤럭시호텔

구룡포읍의 먹을거리

2017년 5월 17일(수)

'철규 분식' 집.

"엄마 찐빵 사주세요. 먹고 갈래요. 아무자리나 앉으면 되죠?"

"안 되는데요. 싸 갈라면 그라든가 하소."

식당이 코딱지만 하다 보니 우길 수도 없다. 가게에선 먹는 걸 포기하는 것이 마음 편하다. 길게 늘어선 줄이 차례가 오면 "찐빵 5개 싸주세요." Take out 해야 한다.

'소문난 할매국수집'도 줄 서는 건 기본이다. 잔치에 양념을 살짝 얹어 입에 넣으면 입이 알아서 좋아 죽는다. 그 맛을 아내에게 양보하기로 하고 난 비빔국수. 너무 시어서 애 좀 먹었다. 주위를 둘러보니 이마에 송골송골 맺힌 땀 닦아 가며 잔치국수들을 맛나게 먹고 있었다. 아차. 내가 잘못 시켰구나. 그걸로 두 그릇 시키는 건데.

'제일국수공장'은 시장 입구 갈림길에 있다. 60년대의 우리 모습을 보지 않고 그냥 간다면 섭섭해 할 텐데. 마나님이 좀 양보 좀 해주시면 안돼요? 아양을 떨었다.

"여기까지 와서 그냥가면 쓰겠어요. 제일 맛나다는 해풍국수라는데 한 묶음 달고 가야지. 공장에 가서 한 묶음씩은 안 파느냐고 물어보기나 하서. 남자가 그러긴 남세스러우니까. 그래주면 좋죠."

그리곤 천천히 뒤따라갔다. 예상대로다. "에이 이왕 살 거면 한 묶음 더 주세요." 그랬다네요. 말없이 돈을 더 건넨다. 난 하늘을 나는 기분이었다. 이 집 국수가 해풍을 받아 제일 손맛 나는 전국구 국수라지 않는가.

베스트웨스턴 포항호텔

경북 수목원

6.25세대는 알고 있다. 펜 대신 총을 잡을 수밖에 없었던 꽃다운 나이의 중학생들의 그 마음을. 교복 입은 채로 포항여고로 달려간다. 학도병 47명이 전멸할 때까지 버텨준 덕에 낙동강 반격을 할 수 있었다는 역사적 사실까지도. 보는 순간 가슴이 뭉클해지는 것을 느꼈다. 포항 학도의용군 전승기념관을 들러왔다.

"여기 들어오니까 공기는 정말 좋은데." 아내의 첫마디였다. 그동안 기분이 무거웠거든요 이제 조금은 홀가분해 진 것 같아 고마웠다.

우리 부부는 공기가 우리 삶의 질을 보장해주는 힘이라고 믿는 사람들이다. 오죽하면 깨끗한 공기 먹으러 여행 다니는 것이라고 당당하게 말하기도 한다. 그런 우리가 둘레길 대신 '맨발걷기체험 관찰로' 만 걷기로 했다. 수국보다 작은 하얀 꽃잎을 달고 있는 꽃은 불도화, 고산식물인 구상나무, 한라구절초와도 눈길을 주고받다 왔다.

숲길은 시원해서 햇살이 있는 곳으론 나가기가 싫었다. '숲 문화시설' 에는 숯가마, 옹기가마, 너와집에 어느 할머니의 손때가 묻었을 장독대, 그리고 남편과 자식을 위해 손발이 닳도록 빌었을 서낭당까지 찬찬히 둘러보는 재미가 있다. 그것으로 끝낼 것이 아니라면 계속 걷는 길밖엔 없다. 우린 공기 마시며 걸으러 왔지 공부하러 온 건 아닌데 그러면서도 궁금하면 기웃거리게 되어있다.

오늘이 한여름 날씨라 그렇긴 하다. 입구에서 50여m만 나무 그늘이 있는 길인 것이 흠이라면 흠이겠다. 좀 더 세월이란 비료를 먹으면 나무들이 자라주고. 그럼 끝내주겠다. 미로 같은 길을 다 걸으려면 반나절은 족히 걸릴 것 같다.

포항 보경사

더위에 지쳤는가 보다. 보경사 입구에 있는 호텔온돌방에서 두어 시간 벌렁 드러누워 뒹굴었다. 해질녘이다 보니 산골바람까지 불어주니 시원하다 못해 서늘하기까지 하니 여기가 바로 별천지였다. 한낮에는 볕을 피해 그늘을 찾아 다녀야하는데 수목원이 그렇질 못해 애먹은 후유증에 대한 보답이라 생각했다.

보경사를 마실 삼아 걸어갔다 왔다. 400살은 넘었을 거라는 탱자나무며 부처님의 공양을 마련하는 절간 주방의 비사리구시의 크기에도 놀랐다. 그렇게 숙제하는 기분으로 절을 한 바퀴 둘러보고서야 춘원식당으로 저녁 먹으러 갔다.

방바닥에 앉았다 일어나면 우두둑 거리는 소리가 내 귀에까지 들린다. 아이구구 소리가 저절로 나온다. 방 바꿀 생각까지 했다. 그런데 신기하게도 시간이 조금 지나니까 자연스럽게 내 몸이 방구들에 맞춰진다. 눕자마자 아내는 코를 곤다. 따라다니느라 얼마나 피곤했으면.

뜻대로 해주는 건 없으면서 끌고 다니기만 한 것을 후회하고 있다. 오늘은 직방 잠자리에 들자고 제안했다. 내일 아침 눈 떠서 푹 잤다면 성공이다.

포항연산온천호텔

내연산 연산폭포

2017년 5월 19일(금)

보경사 적성전은 진흥왕 때 지은 그대로 남아 있어 귀한 보물이라고 한다. '구운 소금 간장'을 담그느라 절간 이곳저곳에 솔솔 풍기는 간장냄새로 코에 새로운 맛을 녹여주었다.

"저 나뭇가지 흔들리는 것 좀 봐요 완전히 눕네 누워. 바람소리 무섭다

무서워. 오늘 어쩌지. 산에 못 갈 것 같은데."

　슬쩍 떠보는 건 컨디션 체크다. 아침이면 산에서 해 뜨면 잦아드는 골바람이 내려오긴 한다. 그 바람이 오늘따라 거칠다. 어제 엄청 더웠기 때문에 오늘 바람이 더 거친 걸 거다. 내 판단을 믿고 싶었다. 다들 올라간다며 절 입구 회화나무와 눈인사 하곤 뒤도 안 돌아봤다. 뚜벅뚜벅.

　걱정되지요. 혹시 다리가 아프다거나 몸살 끼가 있거나 그러면 푹 쉬는 것도 나쁘진 않다. 날씨가 좋으니 안 올라가도 몸살이 나긴 할 거다. 오늘도 공기가 신선하다며 힐링 제대로 하며 가는데 귀는 고단했을 것이다. 빨리 하산하면 이 맑은 공기 아깝다며 요기 있는 산소, 피톤치드 그거 우리가 몽땅 마시고 피부에다 바르며 그리 가자고 그러던데 원 풀었을걸요.

　해저물때까지 어느 골짜기에 엉덩이 붙이고 앉았다간다고 뭐랄 사람도 없다. 거기다 높이 올라간다고 상 주는 것도 아니다. 그렇다고 이 좋은 날씨에 그러기는 너무 억울한 것 같은 것도 사실이다. 다행히 놀러온 사람들이 많았다. 앞사람과 간격이 너무 벌어지면 뒷사람이 걷기 힘 들다며 걸음을 재촉한 것이 컨디션을 끌어 올리는데 결정적이었다.

　산길이라 4.1km가 짧은 거리는 아니다. 연산폭포에서는 사람들의 환호성과 웃음소리가 앞뒤로 그칠 줄을 모른다. 앞서거니 뒤서거니 하던 사람들이 모두 한자리에 모였다. 누구는 그늘에, 혹은 바위에 엉덩이를 붙이고 고단한 산행의 기쁨들을 만끽하고 있었다.

할머니 손맛은 전국구

　식당가의 모토가 '건강먹을거리' 라는 데도 그 구호가 처음에는 믿음이 안 갔다. 이 지방음식이 대부분 맵고 짜서 그런 것 같기도 하다. 어제 우린 무조건 '춘원식당' 이었다. 몇 년 전 칼국수를 맛나게 먹던 기억을 잊을 수 없어서였다.

오늘은 모두부 한 모에 칼국수를 시켰는데 밑반찬으로 내온 배추김치와 취나물도 끝내주었다. 주인 할머니가 이 동네 토박이라는데 손맛은 전국구였다. 반찬 추가까지 해가며 접시를 깔끔하게 비웠다면 더 이상 설명이 필요 없다.

오늘도 아침을 여기서 먹었고 산에서 내려와서는 저녁도 먹었다. 맛깔난 음식은 먹고 나면 행복하다. 찬이란 것이 푸성귀지 뭘 그럴지 모른다. 그러나 그 맛이 조물조물 손끝에서 따뜻한 마음에서 난다. 취나물, 고사리나물에 열무김치, 우거지 지짐, 된장국이 전부다. 저녁엔 누룽지숭늉까지 보탰으니 말마세요. 떠나면서 그랬는걸요.

"고맙습니다. 정말 잘 먹고 갑니다. 오래도록 건강하셔야 합니다. 꼭 또 들를게요." 달리는 차창에 한동안 노파의 미소가 걸려 있었다. 그리고는 누룽지숭늉으로 입가심한 향이 채 가시지도 않은 시간에 우린 동해의 바닷바람으로 눈곱 뗄 생각에 한달음에 영덕 삼사공원에 도착했다. 금요일 밤인데도 광장은 텅 비어있었다. 엄청 실망했다.

영덕 리베라호텔

포항 비빔물회 태화횟집

2019년 1월 12일(토)

어젯밤 고기잡이배가 불빛을 밝히고 포구로 들어오는 모습을 보고 잠 들었는데 새벽에 비가 내린 모양이다. 길이 젖고, 하늘은 잔뜩 찌푸렸다. 결국 아침은 건너뛰었다. 포항 발렌타인 호텔에서 택시를 불렀다.

비빔물회로 알려진 노포집 태화식당으로 갔다. 작은 포구가 있는 여남동 어촌마을에 있다. 인터넷 사진과 똑 같으니 금방 알겠다. 밑반찬으로 가자미구이, 멸치볶음, 시금치, 정구지전을 먼저 내 놓더니 비빔물회 한 그릇 상에 올린다. 소문대로 물 회인데 물이 없다. 원래 뱃사람들은 이렇게 먹었다고 한다.

탁자에 있는 비법고추장 한 숟갈 넣고 쓱쓱 비벼 드시라기에 그대로 했지요. 조심스럽게 시간 죽이듯 살살 비볐다. 한 숟갈 떠 입 안에 넣는데 먼저 신선한 가자미의 향이 느껴지고 단맛이 난다. 달달한 맛 뒤에 고소한 맛과 씹히는 맛이 따라오는데 포항물회의 신세계였다. 이거 인증사진 찍어야 돼. 근데 아내가 눈을 감는다. 너무 맛있어 음미 하느라 그랬다고 한다. 육회 먹는 맛이 난다고 한다.

싹싹 그릇바닥까지 긁었다. 밥공기 열고 밥 한술 떠서 매운탕국물에 적셔 먹기까지 했다. 따끈하고 진한 국물에 몸이 녹는다. 고추기름이 동동 뜬 진한 매운탕의 향과 함께 국물이 목구멍으로 넘어갈 때의 그 느낌도 죽여주었다.

비빔고추장 한 숟갈 넣고 비벼 1/3정도 먹고, 초장 한 스푼 넣고 다시 비벼 또 1/3먹고, 나머지에 얼음이나 찬물을 약간 넣고 비벼 드신 다음 밥을 비벼먹으면 제대로 즐길 수 있단다.

국수보다 밥이 더 잘 어울리는 이유를 알 거라는데. 우린 다 먹고 나서야 벽에 써 붙인 글을 보았다. 아뿔싸. 따라 할 걸.

포항 한우소머리국밥 장기식당

아점으로 비빔물회 먹고는 호텔에서 푹 쉬었다. 찌뿌듯한 날씨에 다니긴 어딜 다녀. 그게 이유다. 5시쯤 길을 나섰다. 65년을, 3대째 이어오는 전통의 죽도시장 곰탕집. 기사님이 친절하시다. 곰탕거리에 와선 골목길까지 일러주신다.

골목으로 들어가 오른쪽으로 꺾으니 정말 보인다. 낡은 간판이 나란히 붙어 있다. 식당 옆이 삼대천왕에서 소개된 평남식당. 우린 장기식당으로 갔다.

따끈한 국물 한 숟갈 떠서 입에 넣는 순간 피로가 확 풀리는 것 같았다. 너무나 익숙하면서도 몸이 온기에 녹는 맛. 마나님은 휘- 젓고는 고기 한 점 저분으로 집는 순간도 행복하다네요. 소머리국밥 맛 인정해야 할 것 같다. 에이 너무 맛있으면요. 배불러도 입이 가만 안 있어요. 도리 없지요 뭐. 그릇 바닥 안 비우면 못 일어나요. 맛있게 먹으면 0칼로리라잖아요.

곰탕국물을 시원하게 들이키고 한 그릇 더 리필해서 먹기까지 했다. 행복했다. 곰탕 한 그릇, 그 안의 머리고기만으로도 만족이다. 더 먹고 싶은데 배불러 수저를 놓는 것이 속상했다. 그러고는 총각호떡은 먹고 가야한다며 마님을 꼬드겼다. 탄수화물 줄이겠다고 필사적인 아내는 곰탕집에서도 밥은 한 숟갈도 뜨지 않았는데 말없이 추억을 줍겠다는데 동참해주었다. 길동무의 맞춰주는 배려에 고마움뿐이다.

시장골목 세 번째에서 오른쪽. 치즈호떡집에 가선 아내가 앞장선다. 달랑 2천 원짜리 치즈호떡 한 개를 컵에 담아 와선 먼저 한입 베어 먹더니 후회하는 거예요.

"입에서 살살 녹네. 한 개 더 사는 건데."

그 기분으로 초행길인 호텔까지 걸었다는 거 아닙니까. 해수욕장을 배경삼아 무대의 주인공이 되고 싶은 생각은 접었나보다. 오늘은 관객이 어울릴 것 같았나 보다.

포항 발렌타인 호텔 604호

포항 갤럭시호텔, 포항 연산온천호텔, 베스트웨스턴포항호텔, 포항 발렌타인호텔

대구광역시

비슬산 돌탑유가사
대구 수성 못

앞산공원 은적사
젊음의 거리 동성로와 두류공원

비슬산 돌탑유가사

<u>2014년 2월 19일(수)</u>

아침 먹으러 호텔에서 40km를 달려왔으면 먼 길이다. 메기를 황토논에 가두리로 키워 파는 식당이라 해서 찾아갔다. 다시마와 무로 우려낸 육수에 메기를 넣고 마늘 고춧가루를 듬뿍 써서 얼큰하게 끓여내는 집. 땀을 수 없이 닦아가며 푸짐한 정구지와 넉넉하게 깐 당면까지 3인분을 깔끔하게 설거지하고 일어났다.

이른 봄, 몸보신 한번 잘 했다. 여행이란 오감의 행복을 찾아다니는 일이다. 이젠 비슬산군립공원이다. 공원으로서의 역할을 다하기엔 아직은 손이 많이 필요해 보인다. 등산객이나 절을 찾는 사람들의 편의를 위한 기초시설이 많이 부족하다. 비슬산 유가사란 절까지 들어가는 길이 재미있긴 하다. 절은 안 보이고 엄청 많은 돌탑들이 손님을 맞고 있었다. 돌탑을 둘러보고 있는데 젊은 여인 넷이 뒤따라 오길래 물었다.

"여기 돌탑이 몇 개나 되는지 혹시 아세요?"

"모르겠는데요. 잠깐만 저기요. 108개라고 하네요."

방금 핸드폰으로 인터넷에 들어가 보았다며 알려준다. 아차! 내가 왜 그 생각을 못했을까. 속상하기도 했지만 부끄러워 혼났다. 이 절은 돌탑들이 절을 에워싸듯 서 있을 뿐인데. 유가사를 보려면 일주문이 아니라 먼저 돌탑 문을 들어서면 매력을 느낄 수 있다니 재밌는 곳이다. 돌탑꼭대기에 사리를 넣는 것이 돌탑의 유래가 되었다고 하니 이 탑들은 신앙심으로, 불심으로 보살님들이 일궈낸 소원 탑들이다.

계단을 밟고 더 올라가면 사천왕문이 맞는다. 그런데 네 분의 사천왕상이 계셔야 할 곳이 텅 빈 것을 보면 사천왕들이 돌탑에 은거하셨나 보다.

현수막에 오늘은 '산신할부지' 모시는 날이라 쓰여 있다. '산신할무이' 는 어디 계시는데.

대구 수성 못

여행을 다녀보면 아이나 젊은 부부들이 즐길 수 있는 곳은 곳곳에 산재해 있다. 아쿠아리움, 스파, 동물원. 랜드. 그러나 우리 나이에 맞는 여행 프로그램은 많지 않다. 지방박물관은 청소년교육용으로 되어있어 실버들이 가서 보고 느끼기엔 많이 부족한 것이 사실이다. 그러니 실버들은 야산이나 공원을 찾아다닐 수밖에 없다.

수성 못은 걷는 사람들에겐 천국이다. 바닥만 보며 걷는 할배, 큰맘 먹고 머리띠 두르고 걷는 아줌마에 인증사진 박느라 정신 줄을 놓고 있는 아낙도 보인다. 어수선한 것 같아도 활기가 있어 좋다. 사연은 서로 다르겠지만 한결같은 건 건강이다, 우리도 동참했다.

수성못은 대구사람에겐 오리배의 사랑과 옛날포장마차의 추억이 있는 곳이긴 하다. 나의 눈길을 한눈에 사로잡는 것은 왕버드나무였다. 수령이 수백 년은 되었을 법한데 의좋게 두 줄기가 마주보고 몸을 비비꼬고 있는 모습이 특이하고 재미있었다. 무슨 사연이 있기에 이리 몸을 틀며 몸부림치고 있는 것일까.

이들이 전생의 어느 싸움닭 부부의 환생인가. 서로 마주보고 다가가지 못하는 아픔을 맛보라는 염라대왕의 벌을 받고 있는 것일까. 사진 한 컷 찍으려는데 너무 의가 좋다고 염라대왕이 다음 생애에 우리 부부를 왕버드나무처럼 갈라놓아 애간장을 태우게 하는 건 아니겠지. 괜한 걱정을 사서 했다. 찰칵. 두 분 참 잘 어울린단다. 당연히 나오는 말. 고맙습니다. 복 많이 받으세요.

"오늘 저녁은 뭘 먹지? 저기 아까 내려오다 보니 보이던데. 원조 대구 칼국수라고 있던데."

밀가루 소비량이 제일 많고 멸치국물을 맛국물로 쓰는 대구를 대표하는 음식으로 별칭은 누른 국수라지 않는가. 특히 오늘은 칼국수가 땡기는 모양이다. 마침 인터넷에 누른 국수집의 종가로 남구에 있는 할매칼국수집을 다녀왔다.

택시 안에서 아낀 돈을 이렇게 막 쓴다며 볼멘 소리를 한다. 밀것을 그리 좋아하지 않는 데다 칼국수에 실망했다는 소리다. 일산칼국수와 명동칼국수라면 얼굴에 화색이 도는 색시다. 기대가 컸던 탓에 실망하긴 나도 마찬가지였다. 꾸미로 얹은 얼갈이배추에 맛이 깔끔하고 뒷맛이 개운하긴 했다. 주인장의 변함없는 마음 씀이 명품집인 건 맞는데 우리 기대엔 너무 먼 당신이었다.

안동 건진 국수, 통영 국시, 대구 누른 국수가 다 칼국수라면서요. 맛국물, 꾸미. 사투리버전에 따라 다르게 부를 뿐이란다. 그걸 왜 다 먹고 나서 이제 알았을꼬.

대구수성관광호텔

앞산공원 은적사

2014년 2월 20일(목)

소치동계올림픽 피겨경기 보겠다고 밤을 새는 그 관심과 애정이 부럽다. 난 자다 졸다 했다. 지도를 들여다보다 아주 우연히 찾아낸 곳이다. 조용하면서도 험하지 않고 사람들의 왕래도 활발해서 걷는 분위기도 있다.

절 앞에서 앞서가던 한 아낙이 귀띔해 준다. 이 절에 가면 '왕건굴'이 있는데 영험한 굴이니 소원 한 가지 빌고 가란다. 정말 있었다. 깜장 나무판에 하얀 글씨로 이렇게 쓰여 있었다.

'백제와의 전투에서 백제왕 견훤에게 패해 군사를 모두 잃고 이곳으로 도망 온 왕건은 이굴에서 3일간 숨어 지냈다. 마침 3일간 짙은 농무에다 때마침 거미들이 입구에 거미줄까지 쳐주어 절체절명의 순간에 목숨을 건진 곳이다. 소원성취 관음기도처 왕건 굴(은적 굴)'

이곳에도 봄기운이 완연했다. 절마당의 목련은 물을 머금었고 내일이라도 꽃망울을 터트릴 기세였다. 우린 은적사에서 대덕사로 가는 윗길을 택했다. 산의 능선을 타고 돌 듯이 나있는 길을 걸으며 마지막 하나 남은 귤 껍질을 벗겼다. 그 힘으로 바람소리 동무삼아 걸을 수 있었다. 발아래로 자그마한 암자현판에 대웅전이란 글씨가 당당하게 걸려있었다. 놀랍지 않아요. 궁금하기도 하고.

컨디션이 좋은데다 재잘거리는 산새소리에 마음 내주는 바람에 정상으로 들어설 뻔했다. 안치령으로 길을 잡았다.

호텔 대구

젊음의 거리 동성로와 두류공원

2014년 2월 21일(금)

연아 경기를 본다고 아내는 또 밤을 샌 모양이다. 오늘 아침 마지막 굿바이경기에서 놀랍도록 침착하더라며 울어버린 대한민국의 대변자 같다.

발랄하면서도 화려한 젊음의 거리, 쇼핑의 천국, 대현지상상가에 들어왔다. 동성역은 대구의 중심이다. 젊음이 있고, 역사가 있다. 서민들의 사는 모습까지 가슴으로 느낄 수 있는 명실상부한 얼굴이다. 우린 택시기사에게 따로국밥 먹으러 간다고 했더니 바로 그 식당 앞에 내려주었다. 선지해장국의 콩나물 대신 숭숭 썬 대파와 배추를 넣은 것이 낯선 데도 맛이 있다. 우린 따로국밥으로 든든하게 배를 채웠다.

그리곤 동성로, 쥬얼리거리, 롯데백화점, 대구역. 걷다보면 자연스럽게 경상감영공원까지 오게 되어있다. 이 공원에서는 노인들도 품위유지가 가능하다는 것이 서울과 달랐다. 골목을 벗어나면 아침에 들른 따로국밥거리다. 재미있다 시간가는 걸 까맣게 잊었다.

거리에서 차 한 잔은 추억. 의외로 흔쾌히 승낙한다. '아메바커피숍'에서 나는 Cold 아메리카노, 아내는 hot 모카라떼 후식으로 비엔나 케이크.

"누구 좋아하는 거 들어있네. 한입 물고 내려놓는 아내의 애교 섞인 특유의 멘트가 귀여운 날이다."

우린 지하철로 이동했다. 두류역에서 내리니 7~8분 거리에 두류공원 (2.28탑)이 있다. 길을 알고 걸으면 그만큼 즐길 수 있는 여유가 있어 좋긴 하지만, 타지에선 물어물어 걸어야 맛이 난다. 큰 주차장. 한가로운 사람들, 숲도 우거지고 앉아 쉴 벤치도 넉넉하고, 길도 여러 갈래, 큰길을 건너가면 이랜드에 대구타워까지 있다. 세대를 아우르는 멋진 공간이다. 규모는 작지만 언뜻 뉴욕의 맨해튼을 걷고 있는 착각을 갖게 하는 그런 공원이었다.

아참 우리 마님 내일 아침 따로국밥 먹고 올라가면 안 되냐고 하는데 어떡하지. 주차장을 알아놓지 못했는데.

호텔 대구

팔공산 케이블카

2019년 5월 9일(목)

팔공산 케이블카는 출발역에서 정상역까지 1.2km. 걸어서는 50분. 달랑달랑 외줄에 매달려 단 몇 분이면 오를 수 있는 신림봉정상이 해발820m. 그곳에 가면 무엇이 기다리고 있을까.

기다리지 않아서 좋다. 신림봉정상에 올라서니 해발 917m의 낙타봉과 염불암이 마을 뒷산처럼 보였다. 낙타봉이 0.6km, 염불암은 1.5km에 동화사까지가 2km라면 마음이 바뀔 수도 있다.

달마바위는 정상에 도착하면 제일 먼저 찾는 곳이다. 바위에 동전을 붙이고 소원을 빌면 이루어진다는 그 너른 바위에는 이미 빈자리가 없을 정도다. 그들 모두 큰 욕심이 아니라면 작은 소원은 다 이루었을 것이다. 그들의 작은 소원을 위해서라도 아내와 나는 떨어진 동전들을 주워 침을 발라가며 붙여놓긴 했는데 언제까지 붙어 있을라나.

팔공산은 봉황이 날아오르는 형국이라고 한다. 이곳 신림봉의 코끼리바위, 낙타봉 가는 방향에 있다는 고인돌과 달마바위. 이 세 바위는 봉황이 알을 품은 형상을 하고 있어 좋은 기운이 쌓이는 곳이라고 한다.

팔공산 동화사

대구 팔공산은 불교성지다. 주봉인 비로봉 제천단과 함께, 기복신앙인 토착신앙이 왕성한 갓바위 불상이 있어서 그런지는 몰라도 봉우리마다 부처님의 미소가 가득하다고도 하고, 영험한 정기를 내뿜는다고도 한다.

498년 극달 화상이 창건한 유가사가 신라 흥덕왕 때 동화사로 이름을 바꾸었다는 고찰이다. 계곡 따라 걸으면 소원을 담은 자잘한 돌탑들이 보인다. '보리수연등'이 하늘지붕을 덮어 분위기를 살리는데 정작 보살과 스님은 안 보인다. 연등터널을 지나자 대웅전이다. 부처님께 꽃을 공양한다는 의미의 '꽃살문'이 유명한 곳이다. 색이 바라긴 했어도 꽃무늬를 정교하게 표현한 목공예로 멋을 살렸다. 숨죽은 듯 조용해서 절간 같더란 말을 실감하고 있었다.

당간지주와 통일약사대불이 무지하게 크다. '인악대사 나무'라는 느티나무도 명물이다. 그늘이 있어 벤치에 앉아만 있는데도 땀이 식는다. 바람이 실어다 주는 것은 시원함이 아니라 행복이었을 것이다. 수령이 500년은 된다는 이 느티나무는 동학사와 인연이 깊은 스님을 기리기 위한 것이라고 한다. 자신의 밑동이 늙어 치료해야하는 처지인 줄도 모르고 모든 것을 내어주고 있었다. 문득 그 스님의 시 한수가 떠오른다.

'밤 깊자 옷자락 싸늘하고, 산도 비었으니 잠자리 해맑구나.

정도 많은 저 달, 서로 친구 되어 새벽까지 함께 하네.'

5월은 어딜 가나 이팝나무와 아카시아 꽃으로 장관이다. 부처님의 자비가 이 땅의 가난한 백성들에게 미치기를 기원하느라 이리 피었나보다. 참 곱기도 하다. 그대는 이곳에 들어 무엇을 버리고 가셨는고.

팔공 에밀리아 호텔

팔공산둘레길 1구간 완주

2019년 5월 10일(금)

아침식사는 도화동에 있는 '수정'에서 송이순두부찌게. 주차는 갓바위 주차장. 우린 둘레길 안내센터부터 들렀다. 지긋한 나이의 투박하면서도 무뚝뚝한 말투가 매력인 경상도 남자가 팔공산자생식물원까지 친절하게 안내해주었다. 팔공산 갓바위 만남의 광장에서 팔공문화원까지 7.4km구간을 걷겠다니까 못 믿겠는지 고개를 갸우뚱한다.

"저기 보이시죠. 그 길로 들어가요. 간간히 리본이 걸려있을 테니 잘 따라 가시면 됩니다. 가파른 산길이 있어 힘 드실 텐데 괜찮으시겠어요?"

"예, 이 정도는 뭐. 며칠 전 태백산 장군봉에도 갔다 왔으니 별일 있겠습니까. 어쨌든 고마워요."

떨떠름한 표정에 반응이 시큰둥하다. 믿을 마음이 없는 것 같다. 얼마간 걷다 되돌아오겠지, 노인들이 설마 무리야 할라고. 그런 생각을 하고 있는 것 같다. "조심해서 가세요." 그 말이 출발을 알리는 신호가 되었다. 음력 9

월 9일에 꺾는 풀이라 하여 이름 붙였다는 구절초, 꽃은 피나 열매를 맺지 못한다는 꽃무릇이 명패요 주인노릇을 하고 있었다. 긴 가뭄 탓에 팔공산 계곡의 물까지 싹 말라버렸다.

고추냉이며 벼룩나물. 꽃은 사막의 오아시스 같은 존재인 가보다. 산딸기, 뽀리뱅이, 고깔제비꽃, 주름 잎, 황새냉이, 산철쭉과 눈 맞춤 하다보면 지루함, 아니 목마름도 잊을 수 있었다. 그 좋은 길을 걷는 사람이 너-무 없어 산속에 홀로 떨어져 있는 것 같아 심심하고 외로웠다.

제일 힘든 코스라는 복지장사 가는 길은 오름길이라 숨이 가쁘긴 해도 어려운 코스는 아니었다. 여태까지 팔공산의 허리띠를 잡고 걸었다면 지금부터는 가파른 산길을 오르려면 손을 잡아야 한다. 소나무숲길에 들어서면 한 숨 놓아도 된다.

꽃들의 잔치마당은 삼국유사에 공산지장사로 불리는 유서 깊은 사찰에서도 이어졌다. 우린 마곡동1주차장까지 걸어와 401번 시내버스를 탔으니 팔공산 둘레길 1구간을 완주했다는 자부심을 가져도 될 것 같다.

팔공 에밀리아 호텔

대구 수성관광호텔, 호텔대구, 대구 팔공 에밀리아호텔